KB275484

거장과 마르가리따

거장과 마르가리따 _하

Мастер и Маргарита

미하일 불가꼬프 장편소설 홍대화 옮김

MASTER I MARGARITA
by **MIKHAIL BULGAKOV** (1966)

이 책은 실로 꿰매어 제본하는 정통적인 사철 방식으로 만들어졌습니다.
사철 방식으로 제본된 책은 오랫동안 보관해도 손상되지 않습니다.

제2부

제19장
마르가리따[1]

자, 독자들이여, 나를 따르시라! 이 세상에 진정하고 성실하며 영원한 사랑은 없다고 말한 자는 누구인가? 그 거짓말쟁이의 추악한 혀를 자를지어다!

나를 따르시라, 독자들이여. 나를 따르기만 하면, 그대들에게 그런 사랑을 보여 주리라!

아니다! 자정이 지나 어둠이 깔린 시각, 거장이 병원에서 슬픈 마음으로 그녀가 자신을 잊었을 거라고 이바누쉬까[2]에게 말한 것은 실수였다. 그런 일은 있을 수 없었다. 그녀는 당연히 그를 잊지 않았다.

무엇보다 먼저 이바누쉬까에게 공개하고 싶지 않았던 거장의 비밀을 폭로하고자 한다. 그가 사랑한 사람은 마르가리

---

1 마르가리따는 불가꼬프의 부인 엘레나 세르게예브나를 염두에 두고 만들어진 인물이다. 이름은 괴테의 『파우스트』에 나오는 그레트헨의 이름에서 땄다. 역사적 인물로서의 원형은 프랑스의 마르가리타 발루아(1553~1615)이다. 이로 인해 그녀는 소설 속에서 볼란드 일당에 의해 〈여왕 마르고〉라고 불리기도 한다.

2 이반의 애칭. 젊은 시인 이반 니꼴라예비치 베즈돔니를 말한다.

따 니꼴라예브나라는 여인이었다. 거장이 그녀에 대해 가련한 시인에게 한 말은 모두 틀림없는 사실이었다. 사랑하는 여인에 대한 그의 묘사는 정확했다. 그녀는 아름답고 현명했다. 거기에 한 가지 덧붙여, 많은 여인들이 마르가리따 니꼴라예브나와 자신의 삶을 바꿀 수만 있다면, 무슨 일이든 불사했으리라는 점을 꼭 짚고 넘어가야겠다. 슬하에 자식이 없는 서른 살의 마르가리따는 국가적인 차원에서 대단히 중대한 발견을 한 아주 뛰어난 전문가의 아내였다. 그녀의 남편은 젊고 잘생기고 선하고 정직했으며, 아내를 숭배했다. 마르가리따 니꼴라예브나는 남편과 단둘이서 아르바뜨 거리 근처의 골목 중 하나에 위치한 뜰을 갖춘 멋진 독립 주택의 2층 전체를 차지하고 살았다. 그곳은 매혹적인 장소였다! 그 뜰에 직접 가본 분은 누구나 그 점을 확인할 수 있을 것이다! 내게 그곳이 어디냐고 물어보신다면, 기꺼이 그 주소와 길을 알려 드릴 것이다. 독립 주택은 지금까지 온전히 남아 있으니까.

마르가리따 니꼴라예브나는 돈에 쪼들리는 것을 경험해 본 적이 없었다. 마르가리따 니꼴라예브나는 마음에 드는 모든 것을 살 수 있었다. 남편의 지인들 중에는 흥미로운 사람들도 많았다. 마르가리따 니꼴라예브나는 한 번도 휘발유 풍로[3]에 손을 대본 적이 없었다. 마르가리따 니꼴라예브나는 공용 아파트의 끔찍한 삶을 알지 못했다. 그렇다면 한마디로 말해 그녀는 행복했을까? 한순간도 그런 적이 없었다! 열아홉에 시집와서 이 독립 주택에 살게 된 이후 그녀는 행복이라는 것을 몰랐다. 신들이시여, 나의 신들이시여! 이 여인에게 필요한 것은 무엇이었을까?! 눈동자에 이해할 수 없는 불

3 공용 아파트에 설치된 부엌용 화로를 말한다. 가스레인지가 생기기 전에 사용되었다.

꽃을 언제나 불태우던 이 여인에게 필요한 것은 무엇이었을까? 봄의 함수초로 몸을 치장한, 한쪽 눈이 사팔뜨기인 이 마녀에게 필요한 것은 과연 무엇이었을까? 모른다. 나는 알지 못한다. 다만 그녀가 진실만을 말하며, 그녀에게 필요한 것은 그 사람, 거장이었을 뿐 고딕식의 독립 주택도, 독립된 뜰도, 돈도 아니었다는 것만은 분명한 사실이다.

진실한 서술자이지만 제3자에 불과한 나조차, 다음날 마르가리따가 거장의 집에 와서 겪은 일을 생각하면 가슴이 미어진다. 다행스럽게도 그녀는 남편이 오겠다던 시간에 돌아오지 않아, 남편과는 미처 애기도 나누지 못한 채 거장의 집에 갔다가, 거장이 그사이 없어진 것을 알게 되었다. 그녀는 그에 대해 알아내기 위해 할 수 있는 일은 다 했다. 그러나 당연히 아무것도 알아낼 수 없었다. 그러자 그녀는 독립 주택으로 돌아가 예전의 자리를 지키며 살기 시작했다.

하지만 인도와 포장도로에 쌓였던 지저분한 눈이 녹고, 썩은 내를 풍기는 불안한 봄바람이 통풍창을 통해 들어오자, 마르가리따 니꼴라예브나는 겨울보다 더 괴로워하기 시작했다. 그녀는 자주 길고도 쓴 통곡을 남몰래 토해 냈다. 그녀는 자신이 사랑하는 사람이 죽었는지 살았는지조차 알 수 없었다. 절망의 나날들이 흐르면 흐를수록, 특히 해 질 무렵이면, 자신이 죽은 자와 맺어졌다는 생각이 더욱 자주 밀려왔다.

그를 잊든지 아니면 죽든지 양단간에 결정을 내려야만 했다. 이렇게 삶을 지속할 수는 없다! 그럴 수는 없다! 무슨 수를 써서라도 그를 잊어야만 한다, 잊어야만! 그러나 그는 잊히지 않았고, 바로 그것이 그녀의 커다란 슬픔이었다.

「그래, 그래, 그래, 그게 실수였어!」 그녀는 그가 본디오 빌라도에 대해 쓸 때 타오르던 그 불빛을 기억하며 벽난로 앞에 앉아 불을 붙인 후 불빛을 바라보면서 말했다. 「그때 나는 왜 그를 떠났을까? 왜? 그건 미친 짓이었어! 약속한 대로 정직하게 그다음 날 돌아갔지만, 이미 늦었던 거야. 그래, 난 불행한 레위 마태가 그랬던 것처럼 너무 늦게 돌아갔던 거야!」

물론 이 말은 불합리하다. 사실 그날 밤 그녀가 거장의 곁에 남았다 한들, 무엇이 달라졌겠는가. 〈우스운 일이다!〉 우리는 이렇게 외칠 수 있지만, 절망에 빠진 여인 앞에서만큼은 이 말을 할 수 없다.

흑마술사의 등장으로 모스끄바에서 갖가지 혼란이 야기되던 바로 그날, 그러니까 베를리오즈의 고모부가 다시 끼예프로 쫓겨난 금요일,[4] 회계사가 체포되고, 그 밖에도 여러 가지 어리석고 이해할 수 없는 사건들이 일어난 바로 그날, 마르가리따는 정오가 다 되어서야 독립 주택의 탑에 퇴창(退窓)으로 둘러싸인 침실에서 일어났다.

마침내 오늘 무슨 일인가가 벌어질 것 같은 예감에 잠에서 깨어난 마르가리따는 종종 그랬던 것과는 달리 눈물을 흘리지 않았다. 무언가 예감을 느낀 그녀는 그 예감이 떠날까 봐 두려워 마음속에 고이 간직하고, 따사롭게 품어 영혼 속에서 키웠다.

「난 믿어!」 마르가리따는 엄숙하게 속삭였다. 「나는 믿어! 무슨 일인가 일어날 거야! 일어나지 않을 수 없어. 그렇지 않다면, 살아가면서 왜 이 고통을 겪으라는 거야? 내가 거짓말

---

4 흑마술사의 등장과 베를리오즈의 고모부 사건, 회계사와 관련된 사건은 엄밀히 말해 같은 날 일어난 것이 아니다. 사탄이 빠뜨리아르흐에 나타난 것은 보다 일찍이었고, 금요일에는 이미 베를리오즈의 장례가 치러졌다. 슬라브인들은 금요일을 다섯 번째 홀수 날로 〈부정하고 불운한 날〉로 생각하여 여러 가지 금기 사항을 많이 두었다. 불가꼬프는 이를 염두에 두어 작품 세계 전체에 걸쳐 금요일을 대단히 〈추악한 날〉로 만들어 간다. 이 작품에서는 금요일을 사탄의 무도회와 마르가리따의 예언적인 꿈, 베를리오즈의 장례식, 예슈아의 죽음 등과 연결시킨다.

하고 속이면서 사람들 몰래 비밀스러운 삶을 살았다는 것은 인정해. 그렇다고 그 일로 인해 이렇게까지 잔인하게 징벌을 받을 수는 없어. 틀림없이 무슨 일인가 일어날 거야. 왜냐하면 무엇이든 영원히 지속되기만 하는 경우는 없으니까. 더구나 꿈자리가 심상치 않았어, 장담할 수 있어.」

마르가리따 니꼴라예브나는 햇빛을 담뿍 받은 분홍색 커튼을 바라보면서 부산하게 옷을 입은 후, 삼면경 앞에서 짧은 고수머리를 빗으면서 이렇게 속삭였다.

그날 밤 마르가리따가 꾼 꿈은 정말 예사롭지 않았다. 문제는 그 끔찍한 고통을 겪은 겨울 내내 그녀가 거장을 꿈에서 본 적이 없었다는 데 있었다. 그는 밤에 그녀를 두고 떠났고, 그녀는 대낮에만 괴로워했다. 그런데 꿈에 그가 나타났던 것이다.

마르가리따는 꿈에서 모르는 장소를 보았다. 그곳은 이른 봄의 음울한 하늘 아래 희망이라고는 없는 우울한 장소였다. 하늘에는 꾸물꾸물한 회색 구름이 달리고, 그 아래로 갈까마귀 떼가 소리 없이 날고 있었다. 꾸불꾸불한 다리가 보이고, 그 밑으로는 개울이 봄을 맞아 몽롱하게 흐르고 있었다. 반쯤 옷을 벗어 초췌하고 쓸쓸한 나무들, 외로운 사시나무 한 그루, 그리고 나무들 사이 채소밭 너머에 있는 통나무집. 그런데 그 집은 독립된 부엌도, 목욕탕도 아닌 것이 도대체 무엇인지 악마나 알 일이었다. 주변은 온통 생기가 없고 너무 음침해서 다리 옆의 사시나무에 목을 매달아 죽고 싶을 지경이었다. 바람 한 점 불지 않고, 구름 한 점 움직이지 않으며, 누구 하나 살아 있는 자는 보이지 않았다. 산 사람에게는 그야말로 지옥과도 같은 장소였다!

그런데 상상해 보시라, 그 통나무집의 문이 활짝 열리더니 그가 나타나는 것이 아닌가. 상당히 멀었지만 분명히 보였다. 옷은 너무 해져서 무엇을 입고 있는지조차 도무지 알 수 없었다. 머리카락은 헝클어져 있고, 면도도 하지 않았다. 눈은 병적으로 불안해 보였다. 그가 손을 흔들며 그녀를 불렀다. 마르가리따는 생기 없는 공기 속에서 헐떡이며 그를 향해 작은 언덕을 달려가다가 잠에서 깨어났다.

〈이 꿈의 의미는 둘 중 하나야.〉마르가리따 니꼴라예브나는 자기 자신에게 논증했다. 〈만일 그가 죽어서 내게 손을 흔들었다면 그건 나를 데리러 올 거란 뜻이니까, 내가 곧 죽는다는 거야. 아주 좋은 일이야, 왜냐하면 고통이 끝나는 거니까. 만일 그가 살아 있다면, 이 꿈은 그가 내게 자기를 상기시키려고 한다는 것 외에 다른 뜻은 있을 수 없어! 그는 우리가 다시 만나게 되리라는 것을 말하고 싶은 거야. 그래, 우리는 곧 만나게 될 거야!……〉

마르가리따는 계속 이런 흥분 상태에서 옷을 입고는, 다음과 같은 생각을 자신에게 불어넣기 시작했다. 즉 기본적으로 모든 것이 운 좋게 맞아떨어지는 중이고, 이렇게 운 좋은 순간들은 잡아서 이용할 필요가 있다는 생각이었다. 남편은 사흘 예정으로 출장을 떠났다. 사흘 동안 그녀는 마음대로 행동할 수 있었다. 어느 누구도 그녀가 무슨 생각을 하든 방해하지 않을 테니, 무엇이든 마음 내키는 대로 상상할 수 있었다. 독립 주택의 2층에 있는 다섯 개의 방, 모스끄바에 사는 수만 명의 사람들이 부러워할 만한 이 아파트가 그녀의 수중에 온전히 놓여 있는 것이다.

그런데 사흘간의 자유를 송두리째 얻은 마르가리따가 이 화려한 아파트에서 선택한 곳은 가장 훌륭한 장소와는 거리가 멀었다. 차를 마신 그녀는 창이 없는 어두운 방으로 들어갔다. 그곳은 두 개의 거대한 수납장에 가방들과 여러 가지 낡은 물건들을 보관하는 방이었다. 그녀는 웅크리고 앉아 두 수납장 중 첫 번째 수납장의 맨 아래 칸 서랍을 열어, 비단 천 조각 뭉치들 밑에서 그녀의 생에 있어 가장 소중하고 유일한 것을 꺼냈다. 마르가리따의 손에는 밤색 가죽으로 만든 낡은 앨범이 놓여 있었다. 그 속에는 거장의 사진과 그의 명의로 된 1만 루블짜리 통장, 궐련 종이들 속에 세로로 말린 장미꽃잎, 아랫부분이 그슬린, 빼곡히 타이핑된 노트의 일부가 들어 있었다.

그 보물들을 들고 침실로 돌아온 마르가리따 니꼴라예브나는 삼면경 앞에 사진을 놓은 후, 불에 그슬린 노트를 무릎 위에 놓고, 한 시간이나 앉아 그것을 뒤적거렸다. 노트는 불 탄 이후로 첫 부분도, 마지막 부분도 없어져 버렸다. 〈지중해로부터 다가온 암흑은 총독이 증오하는 도시를 뒤덮어, 성전과 낡은 안토니우스 탑[5]을 잇는 구름다리들을[6] 감추었다. 하늘에서 내려온 심연은 경마장 위의 날개 달린 신상들과 포문이 달린 하스몬 궁전,[7] 시장들, 대상의 헛간들, 골목들과 연못들을 뒤덮었다…… 위대한 도시 예르샬라임은 마치 세상에 존재하지 않았던 것처럼 시야에서 사라져 버렸다……〉

마르가리따는 더 읽고 싶었지만, 그 후로는 술 장식처럼 변한 타다 만 재의 흔적 외에는 아무것도 없었다.

마르가리따 니꼴라예브나는 눈물을 닦으며 종이를 내려놓

---

5 성전의 광장 뒤 북서쪽 구석에 있는 예루살렘의 요새. 로마 제국의 집정관 안토니우스를 기념하여 헤롯 대왕이 이름을 붙였다. 성전의 전 구역을 통제할 수 있도록 지어졌기 때문에 로마의 군대가 이곳에 주둔했고, 예루살렘에 온 로마의 총독도 보통 이곳에 머물렀다.

6 예루살렘은 언덕들 위에 세워졌으므로 도시의 구역들이 구름다리들로 연결되어 있는 경우가 많다.

7 하스몬 혹은 마카비는 기원전 142년에서 기원전 37년 사이에 유대를 다스린 왕조이다. 하스몬 궁전에는 두 개의 탑과 커다란 뜰, 목욕탕, 하인을 위한 처소가 있었다. 궁전은 중앙에 있는 오솔길들로 성전과 연결되었다.

았다. 그녀는 거울 아래의 탁자 위에 팔꿈치를 고이고, 자신의 모습을 거울에 투영한 채 오랫동안 사진에서 눈을 떼지 않고 앉아 있었다.[8] 얼마 후 눈물이 말랐다. 마르가리따는 조심스럽게 소유물을 차곡차곡 챙기고, 몇 분 후 그것들을 다시 비단 조각들 밑에 넣은 후, 쟁그랑 소리를 내며 열쇠로 어두운 방을 잠갔다.

마르가리따 니꼴라예브나는 산책하러 나가기 위해 현관에서 외투를 입었다. 그녀의 가사 도우미인 미녀 나따샤는 주요리로 무엇을 준비해야 되느냐고 물었다. 아무거나 상관없다는 대답을 듣자, 그녀는 기분 전환 삼아 여주인과 수다를 떨기 시작했다. 그녀의 이야기는 기상천외한 것이었다. 말인즉슨, 어제 극장에서 한 마술사가 엄청난 마술을 부려 모두의 탄성을 자아내고, 관객들 모두에게 외국산 향수 두 병과 스타킹을 무료로 나누어 주었는데, 나중에 공연이 끝나 사람들이 거리로 흩어지자, 관객들 전부가 순식간에 벌거숭이가 되었다는 것이다! 마르가리따 니꼴라예브나는 현관에 있는 거울 아래의 의자에 주저앉아 웃음보를 터뜨리기 시작했다.

「나따샤! 부끄럽지도 않아?」 마르가리따 니꼴라예브나가 말했다. 「글도 배우고 똑똑한 아가씨가 말이야. 줄에 서서 사람들이 무슨 거짓말을 하는지는 악마나 알 일인데, 그 말을 그대로 전하다니!」

나따샤는 낯빛을 붉히며, 사람들이 거짓말을 하는 게 아니

8 마르가리따가 거장의 소식을 알기 위해 점을 치는 행동이다. 거울과 사방이 닫힌 방, 사진, 운명을 알고 싶은 사람의 물건 등이 뭔가 초월적 힘에 의지하기 위한 장치들이다. 그리고 거장의 소설의 일부를 읽는 행위는 주문과도 같다. 그래서 뒤에 마르가리따의 주문에 대한 답변으로 아자젤로가 나타났음을 후자가 다시 거장의 소설을 읽는 것으로 확인해 주는 것이다. 불가꼬프 동시대인들의 말에 따르면 불가꼬프의 집에는 점을 치고 꿈을 해석하는 책들이 여러 권 소장되어 있었다고 한다.

라, 자기도 오늘 아르바뜨에 있는 식료품 가게에 갔다가 구두를 신은 한 여자가 가게에 와서 돈을 계산대에 지불하려는 순간 감쪽같이 발에서 구두가 사라지고 스타킹만 신은 모습이 되는 것을 봤다고 열변을 토하며 반박했다. 여자가 놀란 눈을 동그랗게 떴는데, 스타킹 뒤꿈치에는 구멍이 나 있었다고! 그 구두는 바로 그 공연에서 갖고 온 마법의 구두였다나.

「그 차림으로 돌아갔다고?」

「그 차림으로 돌아갔어요!」 나따샤는 자기 말을 믿지 않는 것에 더욱 얼굴을 붉히며 소리를 질렀다. 「마르가리따 니꼴라예브나, 어제, 경찰이 사람들을 1백 명이나 잡아갔대요. 공연에서 나온 여자들이 속바지 차림으로 뜨베르스까야 거리를 뛰어다녔대요.」

「그건 분명 다리야가 한 말일 거야.」 마르가리따 니꼴라예브나가 말했다. 「나는 그 여자가 끔찍한 거짓말쟁이라는 것을 벌써 오래전부터 알고 있었어.」

이 우스운 대화는 나따샤로서는 뜻밖의 기분 좋은 일로 끝을 맺었다. 마르가리따 니꼴라예브나는 침실로 가서 스타킹 한 켤레와 향수 한 병을 들고 나왔다. 마르가리따 니꼴라예브나는 자신도 나따샤에게 마법을 보여 주고 싶다면서 스타킹과 향수병을 둘 다 선물한 다음, 한 가지만 부탁한다고 말했다. 그것은 스타킹만 신은 채 뜨베르스까야 거리를 뛰어다니지 말 것과 다리야의 말은 듣지 말라는 것이었다. 여주인과 가사 도우미는 서로에게 키스한 후 헤어졌다.

마르가리따 니꼴라예브나는 무게도 전차 의자의 편안하고 부드러운 등받이에 몸을 기댄 채 아르바뜨 거리를 지나면서 자신에 대해 생각하기도 하고, 앞에 앉은 두 사람이 속삭이는 소리를 듣기도 했다.

두 사람은 누가 듣고 있는 사람은 없는지 경계를 하듯 가

끔씩 뒤를 돌아보면서 어떤 허황된 이야기를 속삭이고 있었
다. 창 옆에 앉은 건장하고 살집이 좋은 사람이 날카로운 돼
지 같은 눈동자를 굴리며 키 작은 자기 이웃에게 검은 천으
로 관을 덮어야만 했다는 이야기를 조용하게 속삭였다…….

「있을 수 없는 일이에요!」 키 작은 사람이 놀라면서 속삭
였다. 「난생처음 들어 보는 소리인데……. 그래, 젤디빈이 무
슨 조치를 취했답니까?」

무궤도 전차의 규칙적인 울림 사이로 이런 말들이 들려
왔다.

「수사…… 스캔들…… 뭐, 그야말로 알 수 없는 일이죠!」

툭툭 끊어져서 들리는 소리의 파편들을 통해 마르가리따
니꼴라예브나는 뭔가 이어지는 이야기를 만들어 낼 수 있었
다. 두 시민은 오늘 아침 관에서 ─ 그런데 그들은 그가 누구
인지 말하지 않았다 ─ 머리를 도난당했다는 얘기를 속삭이
고 있었다! 이로 인해 그 젤디빈이라는 사람이 지금 아주 불
안해하고 있다는 것이다. 무궤도 전차에서 속삭이는 두 사람
역시 머리를 도난당한 고인과 어떤 관련이 있는 것 같았다.

「꽃을 사러 갈 시간이 있을까요?」 키 작은 사람이 걱정을
했다. 「화장(火葬)⁹을 두시에 한답니까?」

마침내 마르가리따 니꼴라예브나는 관에 있던 머리를 도
난당했다는 비밀스럽고 어리석은 말을 듣는 게 지겨워졌다.
그녀는 내릴 때가 된 것이 기뻤다.

몇 분 후 마르가리따 니꼴라예브나는 끄레믈린 벽 아래에
있는 벤치 중 하나에 앉아 있었다. 거기서는 승마 학교가 잘
보였다.¹⁰

9 러시아 정교회에서는 화장을 신의 뜻에 반하는 신성 모독이라고 생각
했다. 화장은 유럽에 19세기 말에 도입되기 시작했는데, 러시아에서는 혁명
이후 장례 절차에 교회의 개입이 금지되면서 본격적으로 도입되었다.

마르가리따는 눈을 가늘게 뜨고 선명한 태양을 쳐다보면서 오늘 꾼 꿈을 생각했다. 그리고 바로 이 벤치에서 그와 나란히 앉았던 때가 정확히 1년 전의 어느 날, 어느 시각이었는지를 회상했다. 그날과 마찬가지로 벤치 위에는 검은 가방이 그녀 옆에 놓여 있었다. 이날 그는 옆에 없었지만, 여전히 마르가리따 니꼴라예브나는 마음속으로 그와 이야기를 나누었다. 〈만일 유형을 당했다면, 왜 나한테 알리지 않는 거지? 다른 사람들은 다 알려 주는데. 이제 나를 사랑하지 않는 거야? 아니, 그건 믿을 수 없어. 그러니 당신은 유형을 가서 죽은 거야……. 그렇다면 부탁이야, 나를 놓아줘. 살 수 있는 자유를, 숨 쉴 수 있는 자유를 내게 줘!〉 마르가리따 니꼴라예브나는 그를 대신하여 자기가 대답했다. 〈당신은 자유로워……. 내가 당신을 붙잡고 있는 거야?〉 곧 그녀는 그에게 반박했다. 〈아니, 대답이 그게 뭐야? 아냐, 내 기억에서 나가 줘. 그러면 자유로워질 수 있어.〉

많은 사람들이 마르가리따 니꼴라예브나의 곁을 지나갔다. 한 남자는 옷을 잘 차려입은 여자의 아름다움과 고독한 자태에 매료되어 그녀를 곁눈질해 보았다. 그는 헛기침을 하고, 마르가리따 니꼴라예브나가 앉은 그 벤치의 끝에 앉았다. 그가 용기를 내어 말문을 열었다.

「오늘은 명백하게도 날씨가 좋군요.」

그러나 마르가리따가 아주 음울한 표정으로 그를 쳐다보자, 그는 자리에서 일어나 갈 길을 계속해서 갔다.

10 마르가리따는 끄레믈린 궁전 옆에 있는 알렉산드로프 공원에서 승마 학교 맞은편에 앉아 있다. 공원도 승마 학교도 원래는 1812년 나폴레옹 전쟁을 기념하여 세워졌다. 그런데 이 건물은 훗날 주로 콘서트홀로 사용되었다. 혁명 이후 불가꼬프의 시대에는 끄레믈린을 위한 주차장 내지 창고로 이용되었고, 지금은 복원되어서 예술 전시회장으로 쓰이고 있다.

〈이걸 보면 알잖아.〉 마르가리따는 마음속으로 그녀의 마음을 사로잡고 있는 사람에게 말했다. 〈난 왜 저 남자를 내쫓았을까? 난 심심한데, 《명백하게도》라는 어리석은 말만 빼면 저 바람둥이한테 나쁜 점이라고는 없었잖아? 나는 왜 부엉이처럼 벽 아래 혼자 앉아 있는 걸까? 왜 나는 인생에서 배제되었을까?〉

그녀는 완전히 슬픔에 빠져 고개를 떨어트렸다. 그러나 바로 그때 오늘 아침에 느꼈던 그 기대와 흥분의 파도가 갑자기 그녀의 가슴을 내리쳤다. 〈그래, 무슨 일인가가 있을 거야!〉 그 파도가 그녀의 가슴을 두 번째로 내리쳤을 때, 그녀는 그것이 소리의 파도라는 것을 깨달았다. 도시의 소음 사이로 북소리와 약간은 곡조가 맞지 않는 나팔 소리가 더욱 선명하게 점점 더 가까이에서 들려왔다.

말을 탄 경찰이 정원의 철제 울타리 옆에 제일 먼저 나타났고, 그 뒤를 이어 세 명의 경찰이 걸어왔다. 그 뒤로 악대들을 실은 화물차가 천천히 달리고 있었다. 그 뒤로 신형의 무개 영구차가 천천히 움직이고 있었다. 차 위에는 화환에 둘러싸인 관이 놓여 있었고, 그 네 귀퉁이에 네 명의 사람이 서 있었다. 세 사람의 남자와 한 명의 여자였다.

멀리 있었지만, 마르가리따는 영구차 위에 서서 고인의 마지막 길을 전송하는 사람이 어쩐지 이상할 정도로 당황해하고 있음을 알아볼 수 있었다. 특히 영구차의 왼쪽 구석에 서 있는 여자는 그런 빛이 역력했다. 그 여자의 토실토실한 뺨은 마치 어떤 자극적인 비밀로 가득 찬 것 같았다. 부어오른 작은 눈에서는 모호한 불꽃이 어른거리고 있었다. 마치 조금만 더 있다가는 여자가 견디지 못해 고인에게 눈짓을 하며 말을 걸 것만 같았다. 〈이런 걸 본 적이 있어요? 그야말로 불가사의한 일이에요!〉 영구차의 뒤를 천천히 걸어가며 고인을 애도하고 있는 대략 3백 명가량의 사람들도 그에 못지않게 당황한 낯빛이었다.

마르가리따는 음울한 터키 북이 〈둥, 둥, 둥〉 단조롭게 울리면서 멀리서 잦아드는 소리에 귀를 기울이며 행렬을 눈으로 배웅했다. 그리고 생각했다. 〈참 이상한 장례식이네…….저《둥》하는 소리는 얼마나 애처로운지! 아, 정말 그가 살아 있는지 아닌지만 알 수 있다면, 영혼을 악마에게라도 내놓겠어……. 정말 궁금하네, 저렇게 놀란 얼굴을 하고 대체 누구의 장례를 치르는 걸까?〉

「베를리오즈 미하일 알렉산드로비치입니다.」 옆에서 약간은 코맹맹이 소리를 내는 남자의 목소리가 들렸다. 「마솔리뜨의 의장이지요.」

놀란 마르가리따 니꼴라예브나가 몸을 돌리자, 벤치에 한 남자가 앉아 있는 게 보였다. 그 남자는 마르가리따가 행렬을 바라보는 사이 벤치에 살며시 앉은 게 분명했다. 그녀는 자신도 모르게 마지막 질문을 소리 내어 말했다고 생각하지 않을 수 없었다.

그사이 행렬이 멈추었는데, 앞에 있는 신호등 때문인지 제지를 당한 모양이었다.

「예.」 미지의 신사는 계속해서 말했다. 「저 사람들의 기분은 놀랍기만 하군요. 고인을 보내면서 오직 그의 머리가 어디로 갔는지에 대해서만 생각하다니!」

「무슨 머리요?」 마르가리따가 예기치 않게 나타난 옆 사람을 자세히 들여다보면서 물었다. 키가 작고, 타는 듯이 붉은 머리카락과 송곳니를 지닌 그 남자는 풀을 먹인 셔츠와 품질 좋은 줄무늬 양복 차림에 에나멜 구두를 신고 머리에는 중산모를 쓰고 있었다. 넥타이는 화려한 색이었다. 놀라운 사실은 보통 남자들이 수건이나 만년필을 꽂고 다니는 주머니에

뜯어먹고 남은 닭 뼈다귀가 툭 튀어나와 있다는 것이었다.

「예, 아실지 모르겠지만,」 붉은 머리의 사나이가 설명했다. 「오늘 아침에 그리보예도프의 홀에서 관에 있던 고인의 머리가 사라졌습니다.」

「그게 어떻게 가능하죠?」 그 말을 듣는 동시에 마르가리따는 무궤도 전차에서 속삭이던 소리를 떠올리며, 자기도 모르게 물었다.

「어떻게 된 일인지는 악마나 알겠지요!」 붉은 머리의 사나이는 허물없이 대답했다. 「하지만 나는 그걸 베게모뜨에게 물어봐도 나쁘지는 않을 것 같다는 생각이 듭니다. 끔찍할 정도로 교묘하게 잡아 뺐어요. 엄청난 스캔들이지요! 그리고 중요한 것은 그 머리가 누구에게, 무엇 때문에 필요했는지 이해가 가지 않는다는 겁니다!」

마르가리따 니꼴라예브나는 아무리 자기 일에만 골똘했었다 해도 미지의 시민이 하는 황당한 말에 놀라지 않을 수 없었다.

「잠깐만요!」 그녀가 곧 외쳤다. 「어떤 베를리오즈요? 오늘 신문에 난 그…….」

「그럼, 그렇다마다요…….」

「그렇다면, 그러니까 저건, 문인들이 관을 따라가는 거로군요?」 마르가리따는 이렇게 묻고는 갑자기 이를 드러내며 웃었다.

「그럼요, 당연히 그들이지요!」

「저 사람들의 면면을 아세요?」

「한 사람도 남김없이 모조리 알고 있지요.」 붉은 머리의 사나이가 대답했다.

「말해 주세요.」 마르가리따의 목소리가 낮게 울렸다. 「저 사람들 중에 비평가 라뚠스끼는 없나요?」

「어떻게 없을 수 있겠습니까?」붉은 머리의 사나이가 대답했다.「저쪽 네 번째 줄의 끝에 있는 사람입니다.」

「저 금발 머리요?」마르가리따가 눈을 가늘게 뜨고 물었다.

「잿빛 머리칼요……. 보세요, 눈을 들어 하늘을 보네요.」

「신부(神父)를 닮은 사람 말인가요?」

「맞습니다, 맞아요!」

마르가리따는 더 이상 묻지 않고 라뚠스끼를 뚫어져라 쳐다보았다.

「제가 보니,」붉은 머리의 사나이가 미소를 지으며 말문을 열었다.「저 라뚠스끼라는 사람을 미워하시는군요.」

「저 사람 말고도 미워하는 사람이 몇 명 더 있죠.」마르가리따는 이를 악물고 대답했다.「하지만 이런 이야기는 재미없어요.」

그때 행렬은 다시 앞으로 나아갔고, 걸어가는 사람들의 뒤로는 대부분 텅 빈 버스들이 죽 늘어서서 따라갔다.

「그렇죠, 물론이죠, 재미있을 게 뭡니까. 마르가리따 니꼴라예브나!」

마르가리따는 놀랐다.

「저를 아세요?」

대답 대신 붉은 머리의 사나이는 중산모자를 벗고, 그대로 손을 뻗은 채 모자를 쥐었다.

〈완전히 도둑놈 얼굴이네!〉마르가리따는 거리에서 만난 대화 상대를 자세히 응시하며 생각했다.

「나는 댁을 모르는데요.」마르가리따가 무뚝뚝하게 말했다.

「어떻게 저를 아시겠습니까? 하지만 저는 일 때문에 부인께 보내졌습니다.」

마르가리따는 창백해져서 뒤로 물러났다.

「그 일부터 곧바로 시작하셨어야지요.」그녀는 말했다.

「악귀나 잘린 머리에 대해 지껄일 게 아니라! 나를 체포하려는 거죠?」

「절대 그런 일이 아닙니다.」붉은 머리의 사나이가 외쳤다. 「그게 뭡니까. 말을 시켰다고 해서 체포하려는 거라고 생각하다니! 그냥 부인에게 볼일이 있는 겁니다.」

「아무것도 이해할 수 없군요, 무슨 일이시죠?」

붉은 머리의 사나이는 주위를 둘러보고 비밀스럽게 말했다. 「오늘 저녁 부인을 초대하라고 어떤 분이 저를 보냈습니다.」

「무슨 헛소리를 하시는 거예요? 초대라뇨?」

「아주 명망 높으신 어떤 외국인의 초대입니다.」붉은 머리털의 사나이는 눈을 깜박이면서 의미심장하게 말했다.

마르가리따는 화를 벌컥 냈다.

「새로운 종자들이로군. 거리의 뚜쟁이들이야!」그녀는 가려고 자리에서 일어나며 말했다.

「이런 일을 맡기다니 참 고맙기도 하군!」붉은 머리털의 사나이는 화가 나서 외치고는, 자리를 뜨는 마르가리따의 등에 대고 투덜거렸다. 「바보!」

「파렴치한 놈!」그녀는 돌아보며 이렇게 대꾸했다. 그러자 곧바로 등 뒤에서 붉은 머리털의 목소리가 들렸다.

「지중해로부터 다가온 암흑은 총독이 증오하는 도시를 뒤덮어, 성전과 낡은 안토니우스 탑을 잇는 구름다리들을 감추었다. 하늘에서 내려온 심연은 경마장 위의 날개 달린 신상들과 포문이 달린 하스몬 궁전, 시장들, 대상의 헛간들, 골목들과 연못들을 뒤덮었다……. 위대한 도시 예르샬라임은 마치 세상에 존재하지 않았던 것처럼 시야에서 사라져 버렸다……. 아줌마의 불에 그슬린 노트와 말린 장미를 갖고 꺼져 버리쇼! 여기 혼자 벤치에 앉아 자유롭게 보내 달라고, 숨 쉴 수 있게 해달라고, 기억에서 나가 달라고 그에게 애원이나 하슈!」

 얼굴이 하얗게 질린 마르가리따는 벤치로 돌아왔다. 붉은 머리털의 사나이는 눈을 깜박이면서 그녀를 처다보았다.

 「난 아무것도 이해할 수 없어요.」마르가리따 니꼴라예브나는 조용히 말하기 시작했다. 「종이들에 대해서는 알 수 있겠죠……. 잠입해 들어와서 엿볼 수 있으니까……. 나따샤를 돈으로 샀나요, 그렇죠? 하지만 내 생각을 어떻게 알 수 있죠?」그녀는 고통에 차서 얼굴을 찌푸리며 덧붙여 말했다. 「댁이 누구인지 말해 주시겠어요? 어떤 기관에서 나왔죠?」

 「참말로 지겹군.」붉은 머리털의 사나이가 이렇게 투덜거리고는, 더 크게 말하기 시작했다. 「이봐요, 나는 아무 기관에서도 나오지 않았다고 벌써 말씀드리지 않았습니까! 앉으세요.」

 마르가리따는 항변하지 않고 그의 말에 순종하였지만, 앉고 나서도 다시 한 번 물었다.

 「댁은 도대체 누구시죠?」

 「좋아요, 나는 아자젤로라고 합니다. 하지만 말해도 부인께서는 어차피 모르실 겁니다.」

 「말씀해 주시지 않겠어요? 종이들에 대해서나 내 생각에 대해 어떻게 아셨죠?」

 「말하지 않을 겁니다.」아자젤로가 매정하게 대답했다.

 「하지만 댁은 그에 대해 뭐든 알고 있는 거죠?」마르가리따가 애원하듯이 속삭였다.

 「알고 있다고 해두죠.」

 「제발 한 가지만 말해 주세요. 그는 살아 있나요? 괴롭히지 말고요!」

 「그럼요, 살아 있어요, 살아 있고말고요.」아자젤로가 내키지 않은 투로 대꾸했다.

「오, 하느님!」

「제발 흥분하지 말고, 소리도 좀 지르지 마요.」아자젤로는 얼굴을 찌푸리며 말했다.

「미안해요, 미안해요.」이제 고분고분해진 마르가리따가 중얼거렸다.「물론 내가 화를 낸 건 맞아요. 하지만 아시잖아요, 거리에서 여자들을 어디론가 초대할 때는…… 단언컨대 나는 편견을 가진 사람은 아니에요.」마르가리따는 울적한 표정으로 미소를 지었다.「하지만 난 외국인을 한 번도 본 적이 없고, 그들과 교제할 마음도 전혀 없어요……. 더구나 나의 남편은……. 내 인생의 드라마는 내가 사랑하지 않는 사람과 산다는 데 있어요. 하지만 난 그의 삶을 망치는 건 온당치 않다고 생각해요. 그는 나를 선하게만 대해 주었어요…….」

아자젤로는 눈에 띄게 따분해하며 이 두서없는 말을 다 듣고 나서 엄중하게 말했다.

「부탁인데 잠시만 입을 다물어 주십시오.」

마르가리따는 고분고분하게 입을 다물었다.

「저는 부인을 전혀 위험하지 않은 외국인에게 안내하는 겁니다. 단 한 사람도 이 방문에 대해 아는 사람은 없을 겁니다. 그건 내가 보증하죠.」

「그 사람에게 내가 왜 필요한 거죠?」마르가리따가 아첨하듯이 물었다.

「나중에 알게 될 겁니다.」

「이해해요……. 그에게 나를 바쳐야 하는군요.」마르가리따가 생각에 잠겨 말했다.

그 말에 아자젤로는 왠지 거만하게 〈흠〉 소리를 내더니 이렇게 대답했다.

「단언컨대, 이 세상의 모든 여자들이 그걸 꿈꿀 겁니다.」아자젤로의 상판이 조소로 일그러졌다.「그러나 실망스럽게도 그런 일은 없을 겁니다.」

「도대체 그 외국인은 어떤 사람이죠?!」마르가리따는 당황하여 크게 소리쳤고, 이로 인해 벤치 옆을 지나가던 사람들이 그녀를 돌아보았다.「그에게 가면 내게 무슨 이득이 있을까요?」

아자젤로가 그녀에게 몸을 굽혀 의미심장하게 속삭였다.

「암, 아주 큰 이득이 있고말고요……. 부인은 기회를 얻게 될 겁니다…….」

「뭐라고요?」마르가리따의 두 눈이 휘둥그레졌다.「만일 내가 제대로 이해한 거라면, 내가 그곳에서 그이에 대해 알 수 있게 되리라는 걸 암시하는 건가요?」

아자젤로는 말없이 고개를 끄덕였다.

「가겠어요!」마르가리따는 힘 있게 외치고는, 아자젤로의 손을 잡았다.「어디든 가겠어요!」

아자젤로는 홀가분하게 숨을 내쉬고, 벤치의 등받이에 몸을 젖혀 그곳에 거대하게 새겨진 단어 〈뉴라〉[11]를 등으로 가리고는 비꼬듯이 말하기 시작했다.

「여자들이란 어려운 족속들이야!」그는 주머니에 손을 집어넣고 발을 앞으로 쭉 뻗었다.「왜 이런 일을 하라고 나를 보냈을까? 베게모뜨더러 하라고 할 것이지, 매력적인 녀석인데…….」

마르가리따는 삐뚜름한 얼굴로 씁쓸한 미소를 지으면서 말하기 시작했다.

「그런 수수께끼 같은 말로 나를 속이고 괴롭히지 마세요……. 내가 불행한 사람이라는 걸 이용하는군요. 나는 이상한 일에 휘말렸지만, 이건 맹세컨대, 댁이 그이에 대한 말로

11 러시아 여성의 이름 안나Anna의 애칭.

나를 유혹했기 때문이에요! 이해하기 힘든 일들 때문에 머리가 혼란스러워요…….」

「드라마 찍지 말고, 드라마 찍지 말고,」 아자젤로가 얼굴을 찌푸리며 대꾸했다. 「내 입장에도 한번 서보세요. 행정 감독의 상판을 때리거나, 고모부를 집 밖으로 내쫓거나, 누군가를 총으로 쏘거나, 뭐 그런 종류의 하찮은 일이 내 주 전공입니다. 하지만 사랑에 빠진 여자들과 이야기를 나누는 건 절대 사절입니다! 벌써 30분 동안이나 애걸복걸하고 있으니. 그러면 가겠다는 거죠?」

「갈게요.」 마르가리따 니꼴라예브나가 간단하게 대답했다.

「그럼, 이걸 받으세요.」 아자젤로는 주머니에서 금으로 만든 동그란 통을 꺼내 마르가리따에게 내밀었다. 「숨기세요, 그렇지 않으면 지나가는 사람들이 볼 테니. 이건 부인에게 필요한 겁니다, 마르가리따 니꼴라예브나. 부인은 최근 반년 사이에 슬픔 때문에 폭삭 늙었어요.」 마르가리따는 얼굴을 붉혔지만 아무 대답도 하지 않았다. 아자젤로는 계속해서 말했다. 「오늘 저녁 정확히 아홉시 반에 옷을 다 벗은 다음 이 크림을 얼굴과 몸 전체에 바르세요. 그다음에는 하고 싶은 대로 하세요. 하지만 전화기에서는 떨어지지 마세요. 열시에 전화해서 필요한 것을 다 말해 주겠습니다. 부인이 신경 쓸 것이라고는 조금도 없어요. 부인을 필요한 곳으로 데려갈 것이고, 아무 걱정도 끼치지 않을 테니. 알겠죠?」

마르가리따는 침묵했다가 대답했다.

「알았어요, 이 물건은 순금으로 만들었군요. 무게로 알 수 있어요. 할 수 없군요. 나를 매수해서 뭔가 어두운 일에 끌어들이려 한다는 걸 알고 있어요. 그 일의 대가를 치르게 되겠죠.」

「또 무슨 소리를.」 아자젤로가 거의 씩씩거리면서 말했다.

「당신 또?……」

「아니요, 잠깐만요!」

「크림을 다시 내놔요!」

마르가리따는 통을 꽉 움켜쥐고 계속해서 말했다.

「아니요, 잠깐만요……. 나는 내가 무슨 짓을 하는지 알아요. 하지만 내게는 이 세상에 더 이상 아무 희망이 없으니까, 그이를 위해 모든 것을 감수할 거예요. 하지만 만일 당신이 나를 파멸시킨다면, 당신은 수치심을 느끼게 될 거예요! 그래요, 수치심을 느끼게 될 거예요! 내가 파멸하는 것은 사랑 때문이니까!」 마르가리따는 가슴을 두드리며 태양을 쳐다보았다.

「다시 돌려줘요.」 아자젤로가 독기를 품고 외치기 시작했다. 「돌려줘, 다 마귀에게나 가라고 해! 베게모뜨더러 오라고 해!」

「오, 아니요!」 마르가리따는 행인들이 놀랄 정도로 크게 소리를 질렀다. 「모든 것에 동의해요. 크림을 바르는 코미디를 하는 것에도 동의해요. 세상 끝, 악마에게 가는 것도 동의해요! 주지 않을 거야!」

「저런!」 아자젤로가 돌연 울부짖더니, 정원의 철제 울타리에 눈을 들이밀고는, 어딘가를 손가락으로 가리키기 시작했다.

마르가리따는 아자젤로가 가리키는 곳으로 몸을 돌렸지만, 아무것도 특별한 것이라고는 발견할 수 없었다. 그때 그녀는 그 어리석은 〈저런!〉이란 말에 대한 설명을 들으려고 아자젤로를 돌아보았다. 그러나 이미 설명을 해줄 사람은 없었다. 마르가리따 니꼴라예브나의 신비스러운 대화 상대자는 사라진 뒤였다.

마르가리따는 아자젤로가 울부짖기 전에 통을 숨겨 두었

던 가방에 재빨리 손을 집어넣었다. 그리고 통이 거기 있는 것을 확인했다. 마르가리따는 아무 생각도 하지 않고 서둘러 알렉산드로프 공원 밖으로 달려 나갔다.

제20장
아자젤로의 크림[1]

깨끗한 저녁 하늘에 걸린 보름달이 단풍나무 가지 사이로 보였다. 보리수와 아카시아나무들은 뜰의 땅바닥에 복잡한 당초무늬를 그리고 있었다. 열려 있지만 커튼이 쳐진 퇴창에는 전깃불이 미친 듯이 밝게 켜져 있었다. 마르가리따 니꼴라예브나의 침실에는 모든 불이 켜져 방 안의 어수선하고 무질서한 광경이 그대로 드러나고 있었다.

침대 시트 위에는 잠옷과 양말들과 속옷이 널려 있었고, 뭉친 속옷은 흥분한 상태에서 밟아 버린 담배 상자와 함께 바닥에 나뒹굴고 있었다. 침대 옆 탁자에는 구두와 다 마시지 않은 커피 잔, 그리고 아직도 연기를 내뿜는 꽁초가 들어 있는 재떨이가 나란히 놓여 있었다. 의자의 등받이에는 검은 야회복이 걸려 있었고, 방 안에는 향수 냄새가 진동했다. 그밖에도 방 안 어디에서인가는 달구어진 다리미 냄새가 났다.

1 바르면 투명 인간이 되고, 하늘을 날고, 젊어지고, 치료의 능력을 획득하는 등의 초월적인 능력을 부여하는 마법의 연고에 관한 모티브는 아주 오래된 것이다. 이것은 마법사나 마녀에 대한 미신과 연관되어 있는데, 이 연고를 만들기 위해서는 사람의 피가 필요했다고 전해진다.

마르가리따 니꼴라예브나는 벗은 몸에 목욕 가운만 걸치고, 검은 색 영양 가죽 구두를 신은 채 큰 거울 앞에 앉아 있었다. 마르가리따 니꼴라예브나의 앞에는 아자젤로가 준 통이 황금 시계와 나란히 놓여 있었다. 그녀는 시계의 문자판에서 한시도 눈을 떼지 못했다. 때로는 시계가 망가져서 바늘이 전혀 움직이지 않는 듯 느껴졌다. 그러나 시계 침은 들러붙어 있기라도 한 듯이 아주 천천히 움직여, 마침내 바늘이 9시 29분을 가리켰다. 마르가리따의 심장은 무서울 정도로 두근거렸고, 그 때문에 그녀는 곧바로 통을 잡을 수 없었다. 마음을 가라앉힌 후 마르가리따는 통을 열어 그 속에 있는 기름기 많은 누런 크림을 보았다. 크림은 늪지의 진흙 냄새를 풍기는 것 같았다. 마르가리따는 손가락 끝으로 크림 한 덩이를 떠서 손바닥에 조금 올려놓았다. 그랬더니 늪지의 풀과 숲 냄새가 더욱 강하게 풍겼다. 그녀는 손바닥을 이용해 이마와 뺨에 크림을 문지르기 시작했다.

크림은 쉽게 문질러졌고, 마르가리따의 느낌에 금세 스며드는 것 같았다. 조금 문지르다가 거울을 들여다본 마르가리따는 통을 곧바로 시계의 유리에 떨어트렸고, 그 바람에 유리는 사방으로 금이 갔다. 마르가리따는 눈을 감았다가 다시한 번 거울을 들여다보고는, 미친 듯이 웃음을 터뜨렸다.

핀셋으로 끝부분을 실처럼 가느다랗게 다듬어 놓았던 눈썹이 짙게 자라나, 검고 가지런한 활 모양을 이루며 더 짙어진 녹색의 눈동자 위에 자리하고 있었다. 거장이 사라진 10월부터 나타나 양미간을 세로로 갈라놓았던 가느다란 주름도 흔적 없이 사라지고 없었다. 관자놀이에 있던 누런 기미도 사라지고, 눈초리 부분에 보일 듯 말 듯하던 두 개의 주름도 사라졌다. 뺨의 피부는 고른 홍조를 띠고, 이마도 하얗고 맑게 변하고, 미장원에서 말아 올린 고수머리도 풀려 있었다.

거울 속에서 서른 살의 마르가리따를 바라보는 사람은 이를 드러낸 채 억제할 수 없이 웃고 있는, 자연스럽게 곱슬거리는 검은 머리카락을 지닌 스무 살가량의 여인이었다.

실컷 웃고 난 마르가리따는 가운을 벗어던지고, 가볍고 기름진 크림을 온몸에 힘차게 펴 바르기 시작했다. 이제 몸은 홍조를 띠며 타오르기 시작했다. 조금 후에는 알렉산드로프 정원에서의 만남 이후 저녁 내내 쑤시던 관자놀이가 뇌에서 바늘이 빠져나간 것같이 순식간에 편안해졌고, 팔과 다리의 근육이 탄탄해졌으며, 잠시 후에는 마르가리따의 몸도 가벼워졌다.

그녀가 살짝 발을 구르자 양탄자 위의 허공으로 조금 떠올랐고, 얼마 후 몸이 아래로 당겨지는 느낌과 함께 천천히 내려왔다.

「세상에 이런 크림이 다 있다니! 이런 크림이!」 마르가리따는 안락의자에 몸을 던지면서 외치기 시작했다. 크림은 그녀의 외모만 변모시킨 것이 아니었다. 이제 그녀의 온몸 구석구석마다 기쁨이 거품처럼 용솟음쳐 올랐다. 마르가리따는 자유로운 자신, 모든 것으로부터 자유로워진 자신을 느꼈다. 그 밖에도 그녀는 아침에 예감한 바로 그 뭔가가 일어났다는 사실을, 집과 지금까지의 삶을 자신이 영원히 버리게 되리라는 것을 아주 분명하게 깨달았다. 그런 중에도 하나의 생각이 예전의 삶으로부터 불거져 나왔다. 그것은 공중으로 그녀를 끌어당기는 뭔가 새롭고 범상하지 않은 것을 시작하기에 앞서 마지막 의무 하나만큼은 수행해야 한다는 생각이었다. 그래서 그녀는 벌거벗은 채로 침실에서 나와, 계속 공중에 뜬 채 남편의 서재로 들어가 불을 켜고 책상 앞으로 향했다. 서류철에서 찢어 낸 종이 위에 그녀는 재빨리 고치고 말고 할 것도 없이 연필로 크게 메모를 써 내려갔다.

　나를 용서하고, 가능한 한 빨리 잊으세요. 나는 당신을 영원히 버립니다. 나를 찾지 마세요. 소용없는 짓이니까. 나를 사로잡은 슬픔과 불행 때문에 나는 마녀가 되었어요. 가야 할 시간이에요. 안녕.

마르가리따

　마음이 홀가분해진 마르가리따는 침실로 날아 돌아왔다. 그때 나따샤가 그녀의 물건들을 잔뜩 집어 들고 들어왔다. 그러고는 즉시 모든 물건들, 옷들이 걸린 나무 옷걸이, 레이스 스카프, 구두 틀에 넣은 푸른색 비단 구두들과 허리띠를 한꺼번에 바닥에 떨어트렸다. 나따샤는 자유로워진 두 손을 부딪쳤다.

　「어때, 괜찮아?」 마르가리따 니꼴라예브나가 쉰 목소리로 크게 외쳤다.

　「이게 어떻게 된 일이에요?」 나따샤가 뒷걸음치며 속삭였다. 「어떻게 하신 거예요, 마르가리따 니꼴라예브나?」

　「크림이야! 크림, 크림!」 마르가리따는 반짝이는 황금빛 통을 가리키며 거울 앞에서 몸을 돌리면서 대답했다.

　나따샤는 바닥에 흐트러져 있는 부드러운 옷들에 대해서는 까맣게 잊고, 거울 쪽으로 달려가 탐욕스럽게 불타는 눈빛으로 남은 크림을 뚫어져라 쳐다보았다. 그녀의 입술은 뭐라고 속삭이고 있었다. 그녀는 다시 마르가리따에게 몸을 돌려 경외심이 가득한 표정으로 말했다.

　「피부 좀 봐요, 피부가! 마르가리따 니꼴라예브나, 피부가 반짝반짝 빛나요!」 하지만 그 순간 그녀는 정신을 차리고 옷가지가 있는 쪽으로 달려가 그것을 들어 올렸다가는 다시 떨어트렸다.

　「내버려 둬! 내버려 둬!」 마르가리따가 그녀에게 외쳤다.

「악마나 가져가라고 해. 다 던져 버려! 아냐, 그 옷을 기념으로 가져. 그래, 기념으로 가져. 방 안에 있는 걸 다 가져!」

마치 정신이 나간 것처럼 나따샤는 꼼짝도 하지 않고 마르가리따를 쳐다보고는, 그녀의 목에 매달려 키스하면서 외쳤다.

「비단결이야! 반짝이네! 비단결 같아요! 이 눈썹 좀 봐요, 눈썹!」

「저 넝마들을 다 가져가. 향수도 가져가서 궤짝 안에 넣어 숨겨 둬.」마르가리따는 외쳤다.「하지만 보석들은 가져가지 마. 그러면 도둑으로 몰릴지 모르니까!」

나따샤는 손에 잡히는 대로, 원피스, 구두, 스타킹, 속옷 등을 그러모아 꾸러미를 만든 후 침실 밖 멀리까지 달려 나갔다.

그때 어디선가 골목 맞은편의 열린 창을 통해 기기묘묘한 왈츠가 천둥처럼 울리며 날아들었다. 그리고 자동차 엔진의 소음이 문 쪽으로 다가오는 소리가 들렸다.

「이제 아자젤로가 전화할 거야!」마르가리따가 골목에 흩어지는 왈츠를 들으며 외쳤다.「그가 전화할 거야! 외국인은 위험하지 않아. 그래, 이제 알겠어. 그는 위험하지 않아!」

자동차가 문에서 멀어지면서 소음을 내기 시작했다. 쪽문이 쿵 닫히는 소리가 나고, 보도를 따라 걸어오는 발자국 소리가 들렸다.

〈니꼴라이 이바노비치로구나. 발자국 소리를 들으니 알겠어.〉마르가리따는 생각했다.〈작별 인사로 뭔가 아주 놀랍고 재미있는 걸 선사해야 할 텐데.〉

마르가리따는 커튼을 한쪽으로 젖히고, 창턱에 옆모습을 보이며 앉은 채로 무릎을 팔로 감싸 안았다. 달빛이 그녀의 오른쪽 몸에 입을 맞추었다. 마르가리따는 달을 향해 고개를 들고, 생각에 잠긴 시적인 표정을 지었다. 발자국 소리가 두 번 더 울리더니 곧 잠잠해졌다. 마르가리따는 잠시 달에 취해 있다가 예의상 한숨을 내쉬고는, 고개를 정원 쪽으로 돌렸다. 그리고 그곳에서 이 독립 주택의 아래층에 사는 니꼴라이 이바노비치를 보았다. 선명한 달빛이 니꼴라이 이바노비치에게 쏟아졌다. 그는 벤치에 앉아 있었는데, 모든 것으로 미루어 보아 갑작스레 그 자리에 주저앉은 것 같았다. 그의 얼굴 위에 있는 코안경이 일그러진 게 보였다. 그는 가방을 손에 꼭 거머쥐고 있었다.

「아, 안녕하세요, 니꼴라이 이바노비치,」 마르가리따는 슬픈 목소리로 말했다. 「상쾌한 저녁이에요! 회의에 다녀오세요?」

니꼴라이 이바노비치는 아무 대답도 하지 못했다.

「저는,」 마르가리따는 몸을 정원 쪽으로 더 내밀고 말을 이었다. 「보시다시피 홀로 앉아서 따분하게 달을 쳐다보며 왈츠를 듣고 있어요.」

마르가리따는 왼손을 관자놀이로 가져가 머리채를 매만지고는 화가 난 듯이 말했다.

「예의가 없으시군요, 니꼴라이 이바노비치! 아무리 그래도 난 여성인데! 말을 붙이는 사람에게 대답을 하지 않다니 정말 무례해요!」

달빛을 받아 회색 조끼에 달린 단추 하나, 옅은 삼각 수염의 마지막 터럭까지 속속들이 드러낸 니꼴라이 이바노비치는 돌연 야만스레 빈정거리는 웃음을 터뜨리며 벤치에서 일어나더니, 분명 당황하여 자신이 무슨 짓을 하는지도 모른 채 모자를 벗는 대신 가방을 옆으로 휘두르고는 몸을 웅크리려는 듯이 다리를 굽혔다.

「아, 정말 당신은 따분한 타입이에요, 니꼴라이 이바노비치!」마르가리따가 계속해서 말했다. 「당신들 모두가 얼마나 따분한지, 말로 표현할 수 없을 정도예요. 당신들과 헤어진다니 얼마나 행복한지 몰라요! 모두들 마귀할멈에게나 가세요!」

그때 마르가리따의 등 뒤에 있는 침실에서 전화벨이 울렸다. 마르가리따는 니꼴라이 이바노비치에 대해서는 까맣게 잊고, 창턱에서 쏜살같이 달려가 수화기를 들었다.

「아자젤로입니다.」수화기에서 말했다.

「사랑스런, 사랑스런 아자젤로!」마르가리따가 소리쳤다.

「때가 되었어요! 밖으로 날아가세요.」수화기에서 아자젤로가 말했다. 그 목소리로 미루어 보아, 마르가리따의 진심 어린 기쁨의 폭발이 그에게도 유쾌한 일인 것 같았다. 「날아서 정문 위를 지난 뒤, 이렇게 외치세요.〈보이지 않게!〉그런 다음 좀 익숙해지도록 도시 위를 좀 더 날다가, 도시를 벗어나 남쪽으로 훨씬 멀리 날아 강으로 곧장 오세요. 당신을 기다리는 사람들이 있을 겁니다!」

마르가리따는 수화기를 내려놓았다. 그때 옆방에서 뭔가 나무 같은 것이 부딪치는 소리가 들리더니, 문을 두드리기 시작했다. 마르가리따가 문을 열자, 마루를 쓰는 빗자루가 솔 부분을 위로 하고 침실 안으로 춤을 추며 날아 들어왔다. 빗자루는 자루 끝으로 바닥을 춤추듯이 두드리더니, 창을 걷어차고 창밖으로 돌진했다. 마르가리따는 환호성을 지르며 빗자루에 올라탔다. 그러자 순간 빗자루를 탄 여인의 머릿속에 난리법석을 떠느라 옷을 입지 않았다는 생각이 떠올랐다. 그녀는 침대로 달음박질쳐서 손에 잡히는 대로 아무 옷이나 집어 들었다. 그것은 푸른색 속치마 같은 것이었다. 그녀는 그것을 깃발처럼 휘두르며 창밖으로 날아갔다. 정원 위로 왈츠가 더욱 세차게 울려 퍼졌다.

마르가리따는 창에서 아래로 미끄러져 내려와 벤치에 앉은 니꼴라이 이바노비치를 보았다. 그는 벤치에 얼어붙은 듯이 앉아서 완전히 넋을 잃은 채 위층에 사는 주민의 불 켜진 침실에서 나는 비명 소리와 소음에 귀를 기울였다.

「안녕히 계세요, 니꼴라이 이바노비치!」 마르가리따가 니꼴라이 이바노비치 앞에서 춤을 추면서 외쳤다.

그는 가방을 땅에 떨어트리고, 벤치를 손으로 더듬으면서 신음 소리를 냈다.

「영원히 안녕! 나는 날아가요!」 마르가리따는 왈츠보다 더 큰 소리로 외쳤다. 그때 그녀는 옷이 더 이상 필요하지 않다는 생각에 불길한 웃음을 터뜨리면서 니꼴라이 이바노비치의 머리에 속치마를 뒤집어씌웠다. 눈이 보이지 않게 된 니꼴라이 이바노비치는 벤치에서 벽돌로 된 보도로 나동그라졌다.

「안녕, 나따샤!」 마르가리따는 이렇게 외치고, 빗자루를 위로 당겼다. 「보이지 않게! 보이지 않게!」 그녀는 더욱 큰 소리로 외친 후, 그녀의 얼굴을 때리는 단풍나무 가지 사이를 지나 문을 벗어나 골목으로 날아갔다. 그녀의 꽁무니를 미친 듯한 왈츠가 뒤쫓아 날아갔다.

제21장
비행

보이지 않고 자유롭다! 보이지 않고 자유롭다! 골목을 날아서, 마르가리따는 직각으로 첫 번째 골목을 가로지르는 두 번째 골목에 도착했다. 여기저기 아스팔트가 누덕누덕 때워진 그 골목은 길고 구불구불했다. 그곳에는 문짝이 일그러진 연료 판매소[1]가 있었다. 그녀는 순식간에 그 골목을 가로지르면서 아무리 자유롭고 보이지 않으며 쾌감이 크다 해도, 조금이나마 분별력 있게 굴어야 할 필요가 있다고 생각했다. 그녀가 길모퉁이에 있는 낡고 찌그러진 가로등과의 치명적인 충돌을 피한 건 그야말로 기적이었다. 가로등에서 몸을 돌린 마르가리따는 빗자루를 더 굳게 잡은 후, 인도를 가로지르며 걸린 전선들과 간판들을 조심스럽게 바라보면서 더욱 천천히 날기 시작했다.

세 번째 골목은 곧바로 아르바뜨 거리와 연결되었다. 여기서 마르가리따는 빗자루를 조종하는 법을 완전히 터득하여,

---

1 등유, 벤진, 알코올 등 보온 기구에 필요한 연료를 파는 상점이다. 이곳에서 때로는 비누나 성냥 등을 판매하기도 했다. 모스끄바에 가스나 전기 레인지 등이 확산되면서 사라졌다.

빗자루가 손 또는 발로 살짝만 건드려도 반응한다는 것과 도시 위를 날 때는 더 주의해야 하며 난폭하게 움직여서는 안 된다는 것을 알았다. 또한 그녀는 골목에 있을 때, 행인들이 날아가는 그녀를 보지 못한다는 사실을 확실하게 알게 되었다. 머리를 쳐들어 〈저기 좀 봐, 저기!〉라고 외치는 사람도 없었고, 몸을 옆으로 급히 돌려 소리를 지르거나, 기절하거나, 거친 웃음을 터뜨리는 사람도 없었다.

마르가리따는 소리 없이 아주 천천히, 너무 높지 않게 대략 2층 정도의 높이로 날아갔다. 아주 천천히 날았음에도, 눈이 부실 정도로 불이 밝혀진 아르바뜨 거리의 입구 바로 옆에서 그녀는 약간 실수하여 화살이 그려진, 원반 모양의 번쩍거리는 간판에 어깨를 부딪쳤다. 이로 인해 마르가리따는 화가 났다. 그녀는 말을 잘 듣는 빗자루의 고삐를 조여서 옆으로 날아가 급작스럽게 둥근 간판으로 달려들었고, 빗자루 끝으로 그것을 산산조각 내고 말았다. 굉음을 내며 파편들이 쏟아져 내리자 행인들은 뒤로 물러섰고, 어디선가 호각 소리가 들렸다. 마르가리따는 쓸데없이 이렇게 행동한 후, 큰 소리로 웃음을 터뜨렸다. 〈아르바뜨에서는 좀 더 조심해야겠어.〉 마르가리따는 생각했다. 〈얼마나 복잡한지 구분이 안 가네.〉 그녀는 전선들 사이로 솟구쳐 올랐다. 마르가리따의 아래로 무궤도 전차, 버스, 경자동차의 지붕들이 흘러갔고, 위에 있는 마르가리따의 눈에 모자들은 보도를 따라 강처럼 흘러가는 것 같았다. 모자들은 그 강에서 작은 샛강들로 분리되어, 불야성을 이룬 상점들의 입 속으로 흘러 들어갔다.

〈에이, 정말 온갖 무리들의 잡탕이로군!〉 마르가리따는 화가 나서 생각했다. 〈여기서는 방향을 바꿀 수 없겠다.〉 그녀는 아르바뜨 거리를 가로질러 더 위로 올라가 4층 높이로 날았다. 그리고 모퉁이의 극장 건물에 붙은, 눈이 부실 정도로 빛나는 원통형 간판을 지나 높은 건물들이 있는 좁은 골목으로 날아갔다. 그 건물의 모든 창들은 열려 있었고, 창 여기저기에서 라디오 음악 소리가 들렸다. 마르가리따는 호기심 때문에 그 창 중 한 곳을 들여다보았다. 부엌이 보였다. 두 개의 휘발유 풍로가 아우성을 치고 있었고, 그 옆에서 두 여자가 손에 수저를 들고 서로 욕을 하며 싸우고 있었다.

「화장실을 쓰고 나면 불을 꺼야죠. 내가 그 말을 하는 거잖아요, 뻴라게야 뻬뜨로브나.」 김이 모락모락 나는 냄비 앞에 서 있던 한 여자가 말했다.「그렇지 않으면 당신을 퇴거 조치 하도록 손을 쓰겠어요.」

「웃기고 있네.」 다른 여자가 말했다.

「두 사람 다 웃기고 있네.」 마르가리따는 부엌의 창턱을 타고 넘어가면서 소리가 쩌렁쩌렁 울리도록 말했다. 싸우던 두 사람은 목소리가 나는 쪽으로 몸을 돌리자마자, 더러운 수저를 손에 든 채 얼어붙었다. 마르가리따는 조심스럽게 그들 사이로 손을 내밀어 두 휘발유 풍로에 있는 조절기를 돌려 불을 껐다. 여자들은 탄식하며 입을 벌렸다. 그러나 마르가리따는 어느새 부엌에 따분함을 느끼고 골목으로 날아갔다.

그 골목의 끝에 있는, 겉보기에는 이제 막 세워진 듯한 화려한 8층짜리 건축 구조물이 그녀의 관심을 끌었다. 마르가리따는 아래로 내려가 착지한 후, 검은 대리석으로 만든 건물의 전면 벽과 넓은 정문, 유리문 뒤로 어른거리는 검은 레이스가 달린 군모와 수위의 단추를 보았다. 문 위에는 〈드람리뜨의 집〉이라는 글씨가 금박으로 새겨져 있었다.

마르가리따는 〈드람리뜨〉라는 단어가 무슨 뜻일까 궁금해하면서 눈을 가늘게 뜨고 현판(懸板)을 바라보았다. 그녀는 겨드랑이에 빗자루를 낀 채 문을 두드려 수위를 놀라게 하고는 현관 안으로 들어갔다. 그리고 엘리베이터 옆 벽에서 거대한 검은색 석판과 그 위에 하얀 글자로 정성스럽게 새겨진 아파트 호수와 거주자들의 이름을 보았다. 그 목록들 위에 적힌 〈극작가와 문학가의 집〉이라는 문구를 보자 마르가리따는 숨이 막힌 것처럼 야만적인 탄식을 토했다. 허공중에 높이 오른 그녀는 탐욕스럽게 이름을 읽기 시작했다. 후스또프, 드부브라쯔끼, 끄반뜨, 베스꾸드니꼬프, 라뚠스끼……

「라뚠스끼!」 마르가리따는 비명을 질렀다. 「라뚠스끼! 바로 이자야……. 이자가 거장을 파멸시켰어!」

문 옆에 있던 수위는 놀라서 눈을 부릅뜨고 펄쩍 뛰면서 검은 석판을 바라보았다. 그는 주민들의 목록이 급작스레 비명을 지르는 이 불가사의한 일을 이해하려고 애를 썼다.

그러나 이때 벌써 마르가리따는 일종의 환희에 빠져 같은 말을 되뇌며 계단을 쏜살같이 올라가고 있었다.

「라뚠스끼 84호…… 라뚠스끼 84호……」

여기 왼쪽이 82호, 오른쪽이 83호니까, 더 올라가면 왼쪽에 84호. 여기다! 여기 문패가 있군. 〈O. 라뚠스끼.〉

마르가리따는 빗자루에서 뛰어내렸다. 돌로 된 바닥이 그녀의 달구어진 발바닥을 상쾌하게 식혀 주었다. 마르가리따는 한 차례, 그리고 또 한 차례 벨을 눌렀다. 하지만 아무도 문을 열어 주지 않았다. 그녀는 초인종을 더 세게 누르기 시작했다. 라뚠스끼의 아파트 전체에 연속적으로 울리는 초인종 소리가 그녀의 귀에도 들릴 정도였다. 그렇다. 8층에 사는 84호의 주민은 죽는 날까지 고 베를리오즈에게, 마솔리뜨의 의장이 전차에 깔린 것에 대해, 장례 의식이 때마침 그날 밤에 거행된 것에 대해 감사해야만 할 것이다. 비평가 라뚠스끼는 행운의 별자리를 타고났던 것이다. 그 별자리 덕분에 그는 금요일에 마녀가 된 마르가리따와의 만남을 피할 수 있었다.

아무도 문을 열어 주지 않았다. 그러자 마르가리따는 층수를 세면서 쏜살같이 아래로 내려갔다. 제일 아래층까지 날아 내려온 그녀는 거리로 뛰쳐나왔다. 그녀는 위를 쳐다보고 라뚠스끼의 아파트 창문이 어떤 것인지 생각하며 일일이 창을 세고 바깥쪽에서 층수를 확인했다. 의심할 여지 없이 그것은 건물의 8층 구석에 있는 다섯 개의 캄캄한 창문들이었다. 확인을 마친 마르가리따는 공중으로 날아올라 몇 초 후에는 열린 창을 통해 달이 낸 은색의 좁은 길만이 빛나는 불 꺼진 방으로 들어갔다. 마르가리따는 그 길을 타고 내려가 손으로 스위치를 더듬어 찾았다. 1분 후 아파트 전체에 불이 켜졌다. 빗자루는 구석에 서 있었다. 집에 아무도 없다는 것을 확인한 마르가리따는 계단으로 난 문을 열고 거기에 문패가 있는지를 확인했다. 문패는 제자리에 있었고, 마르가리따는 자신이 원하는 곳에 들어와 있었다.

그렇다. 지금까지도 비평가 라뚠스끼는 그 무서운 밤을 회상하면 창백해지고, 여전히 베를리오즈의 이름을 언급할 때면 경의를 표한다고 한다. 라뚠스끼가 있었다면, 이날 저녁 어떤 어둡고 추악한 형사 사건으로 이름을 날렸을지 정말 알 수 없는 일이었다. 하여간 마르가리따가 부엌에서 돌아왔을 때 그녀의 손에는 무거운 망치가 들려 있었다.

발가벗고 보이지 않게 날아다니는 여인은 자신을 자제시키고 달래려 애썼지만, 그녀의 손은 초조함 때문에 부들부들 떨렸다. 마르가리따는 주의를 집중하여 피아노의 건반을 조준한 후 망치로 후려쳤다. 아파트 전체에 애원하는 듯한 최초의 울부짖음이 퍼져 나갔다. 아무 잘못도 없는 베커제의 응접실용 악기가 경악하며 비명을 질렀다. 피아노의 건반들이 이리저리 흩어지고, 뼈로 만든 걸쇠가 사방으로 튀었다. 악기는 윙윙 소리를 내면서 울부짖고 쉰 소리를 내면서 울렸다. 매끈한 공명판이 망치의 타격을 받고 연발 권총 소리를 내면서 부서졌다. 힘겹게 숨을 몰아쉬며 마르가리따는 현을 당겨 망치로 짓이겼다. 마침내 지친 그녀는 숨을 돌리기 위해 피아노 옆을 떠나 안락의자에 털썩 주저앉았다.

목욕탕에서는 무서운 기세로 물이 콸콸 쏟아지는 소리가 들렸고, 부엌에서도 역시 그랬다. 〈벌써 바닥에 쏟아지기 시작하는 것 같은데…….〉 마르가리따는 이렇게 생각하고 소리 내어 말했다.

「여기 앉아 있을 이유가 없지.」

물줄기는 이미 부엌에서 복도를 향해 달리고 있었다. 물속에서 맨발로 철벅거리며 마르가리따는 양동이로 부엌의 물을 퍼서 비평가의 서재로 갖다 나른 뒤, 책상 서랍에 물을 들이부었다. 그런 다음 그녀는 서재에 있는 수납장의 문을 망치로 부수고 침실로 달려갔다. 거울이 붙은 장롱을 박살낸 그녀는 그곳에서 비평가의 양복을 꺼내 욕조에 빠뜨렸다. 서재에서 잉크가 가득 채워진 병을 가져와 그녀는 침실에 있는 폭신한 2인용 침대에 부어 버렸다. 그녀가 저지른 파괴 행위는 그녀에게 강렬한 쾌감을 선사했다. 그래도 그녀는 여전히 결과들이 아직 만족스럽지 못하다는 생각이 들었다. 그래서 그녀는 닥치는 대로 행동하기 시작했다. 그녀는 피아노가 있던 방에서 무화과나무가 꽂힌 꽃병을 부수었다. 그 일을 채 마치기도 전에 그녀는 침실로 돌아가 부엌칼로 시트를 찢고, 유리 액자에 든 사진을 깨트렸다. 그녀는 온몸에 땀이 비 오듯 쏟아질 뿐 피로를 느끼지 못했다.

그 시간 라뚠스끼의 아파트 아래층에 있는 82호 아파트에서는 극작가 끄반뜨의 가사 도우미가 위에서 왜 굉음과 달리는 소리, 깨지는 소리가 나는지 이상하게 생각하면서 부엌에서 차를 마시고 있었다. 문득 천장을 올려다본 그녀는 눈앞에서 천장이 하얀 빛에서 푸르죽죽한 색으로 변하는 것을 보았다. 그 반점은 눈앞에서 더 커지더니 돌연 물방울이 되어 부풀어 올랐다. 가사 도우미는 그 현상을 보고 의아하게 생각하면서도, 결국 천장에서 물이 소낙비처럼 떨어져 바닥을 치기 시작할 때까지 2분 동안 그렇게 앉아만 있었다. 그녀는 자리에서 벌떡 일어나 물이 떨어지는 곳 아래에 대야를 갖다 놓았지만 아무 도움도 되지 못했다. 물이 떨어지는 범위가 넓어지면서 가스레인지에도, 그릇이 있는 식탁에도 물이 떨어지기 시작했다. 그러자 끄반뜨의 가사 도우미는 비명을 지르며 계단으로 뛰어 올라와, 그 즉시 라뚠스끼의 아파트에 초인종을 울리기 시작했다.

「자, 초인종이 울리기 시작하는군……. 이제 가야 할 때가 되었어.」 마르가리따는 말했다. 그녀는 문틈 사이로 소리를 지르는 여자의 목소리에 귀를 기울이다가 빗자루에 앉았다.

「문 열어요, 문 열어요! 두샤, 문 열어! 집에 물이 넘치는 거예요? 우리 집으로 물이 떨어진다니까요.」

마르가리따는 1미터 정도 위로 올라가서 샹들리에를 깼다. 두 개의 램프가 떨어지면서 사방으로 장식물들이 떨어져 나갔다. 문틈으로 들리던 비명 소리가 멈추더니, 계단으로 발을 구르면서 내려가는 소리가 들렸다. 마르가리따는 창밖을 빠져나가 바깥에 멈춰 서서 살짝 팔을 휘둘러 망치로 유리를 깼다. 유리가 흐느끼는 소리를 내자, 그 파편들이 대리석 벽을 타고 무더기로 쏟아져 내렸다. 마르가리따는 다음 창으로 갔다. 저 멀리 아래의 보도에서는 사람들이 달리기 시작했고, 현관 앞에 서 있던 두 대의 차 중 한 대는 경적을 울리며 그 자리를 떠났다.

라뚠스끼의 창을 부순 마르가리따는 그 옆의 아파트로 날아갔다. 타격의 횟수가 더 잦아지면서 골목은 유리가 깨지면서 나는 굉음으로 가득 찼다. 첫 번째 현관에서 수위가 뛰쳐나와 위를 쳐다보고는, 어떤 조치를 취해야 할지 알 수 없다는 듯이 약간 머뭇거리더니, 입에 호각을 물고 미친 듯이 불어 대기 시작했다. 이 호각 소리에 맞추어 마르가리따는 더 맹렬히 8층의 마지막 유리를 부수고, 7층으로 내려가 그곳의 유리도 깨기 시작했다.

현관의 거울 문 뒤에서 오랫동안 할 일이 없어 괴로워하던 수위는 온 힘을 다해 호각을 불었는데, 그것은 마치 마르가리따에게 반주를 해주듯 그녀의 꽁무니를 뒤쫓는 것 같았다. 그녀가 창에서 창으로 날아가는 휴지기에 그는 숨을 들이마셨고, 마르가리따가 타격을 가할 때마다 볼을 탱탱하게 하여 하늘 끝까지 밤공기를 가르며 호각을 불어 댔다.

분기탱천한 마르가리따의 수고에 더하여 그의 노력은 큰 결과를 가져왔다. 건물 전체가 공황 상태에 빠졌던 것이다. 아직 온전한 유리 창문들이 활짝 열리면서 사람들의 머리가 나타났다가 즉시 모습을 감추었고, 열린 창들은 반대로 문이 닫혔다. 반대편 건물들의 불이 켜진 창가에는 사람들의 검은 실루엣이 나타나, 왜 이유 없이 새로 지은 드람리뜨 집에서 유리가 깨지는지를 이해하려고 애썼다.

사람들이 골목에서 드람리뜨의 건물 쪽으로 달려왔고, 건물 안에는 아무 이유도, 의미도 모른 채 무조건 달리는 사람들의 발자국 소리가 진동했다. 끄반뜨의 가사 도우미는 계단을 타고 달리는 사람들에게 물이 새기 시작했다고 소리쳤고, 곧 끄반뜨의 아파트 아래층에 있는 80호 아파트에서 일하는 후스또프의 가사 도우미도 그녀의 말에 합세했다. 마침내 끄반뜨의 아파트 부엌 천장에서 거대한 회반죽 덩이가 무너져 내려 더러워진 그릇을 모조리 깨부수었고, 그 이후에는 진짜 소나기가 내리기 시작했다. 그때 1라인 계단에서 비명 소리가 울리기 시작했다. 마르가리따는 4층 끝에서 두 번째 창 옆을 지나다가, 그 안을 들여다보았다. 공포에 질려 얼굴에 방독면을 팽팽하게 뒤집어쓴 사람이 보였다. 그녀가 그의 집 창을 망치로 때려 그를 놀라게 하자, 그는 방에서 사라졌다.

이 야만적인 파괴는 예기치 않게 멈추어졌다. 3층으로 미끄러져 날아가던 마르가리따는 어두운 색의 얇은 커튼이 쳐진 마지막 창문 안을 들여다보았다. 방 안에서는 갓을 씌운 램프에서 불빛이 약하게 새어 나오고 있었다. 그 옆의 그물을 친 작은 침대에는 네 살가량의 소년이 앉아서 놀란 얼굴로 바깥에 귀를 기울이고 있었다. 방 안에 어른이라고는 아무도 없었다. 분명 모두들 아파트에서 나간 것 같았다.

「유리가 깨져요.」 소년이 이렇게 말하며 불렀다. 「엄마!」

아무도 응답하는 사람이 없었다. 그러자 소년이 말했다.

「엄마, 나 무서워.」

마르가리따는 커튼을 열고 방으로 들어갔다.

「나 무서워.」 소년은 같은 말을 되풀이하면서 몸을 떨었다.

「무서워하지 마, 무서워하지 마, 아가야.」 마르가리따는 바람을 맞아 범죄자같이 쉬어 버린 목소리를 부드럽게 내려고 애쓰면서 말했다. 「저건 아이들이 유리를 깨는 소리야.」

「새총으로요?」 소년이 떠는 것을 멈추고 물었다.

「맞아, 새총으로.」 마르가리따가 맞장구를 쳤다. 「그러니 너는 자렴!」

「저건 시뜨니끄가 그러는 거예요.」 소년이 말했다. 「개한테 새총이 있거든요.」

「그럼, 물론이지. 그 애란다!」

소년은 옆의 어딘가를 흘끔거리며 물었다.

「그런데 아줌마는 어디 있어요?」

「나는 없어.」 마르가리따가 대답했다. 「네 꿈에 나타난 거지.」

「나도 그렇게 생각했어요.」 소년이 말했다.

「누우렴.」 마르가리따가 지시했다. 「뺨 아래 손을 대고 누우면 보일 거야.」

「그래요, 꼭 나타나야 해요.」 소년은 그녀의 말에 동의하고 즉시 자리에 누워 손을 뺨 아래 갖다 댔다.

「내가 이야기 하나 해줄게.」 마르가리따가 말하면서 소년의 짧게 자른 머리에 뜨거운 손을 얹었다. 「세상에 한 아줌마가 있었단다. 그 아줌마에게는 아이가 없어서 행복이라는 것을 전혀 몰랐단다. 그래서 그 아줌마는 처음엔 오랫동안 눈물을 흘리다가, 나중에는 악독해졌단다……」 마르가리따는 입을 다물고 손을 뗐다. 소년은 잠이 들었다.

마르가리따는 조용히 망치를 창턱에 두고 창밖으로 날아갔다. 건물 주변은 난장판이었다. 깨진 유리가 아스팔트 여기저기에 흩어져 있었고, 그 위로 뭐라고 소리치며 사람들이 뛰어다니고 있었다. 그들 사이로 경찰들이 언뜻언뜻 보였다. 급작스레 종소리가 울리더니, 아르바뜨 거리에서 골목으로 붉은색의 소방차가 사다리를 달고 달려왔다……

하지만 그 이후에 일이 어찌 되었는지는 이미 마르가리따의 관심을 끌지 않았다. 그녀는 전선을 건드리지 않으려고 조심하면서, 빗자루를 더욱 꽉 붙잡고 순식간에 불운한 건물보다 훨씬 더 높이 올라갔다. 골목은 그녀의 아래쪽에서 비스듬히 경사를 짓더니 밑으로 꺼져 버렸다. 그 골목 대신 마르가리따의 다리 아래로 지붕들의 무더기가 나타났고, 그 사이로 보도들이 빛을 발하며 지붕을 가로질렀다. 그러고는 이 모든 것들이 갑작스럽게 옆으로 사라지더니 불빛의 사슬들이 흐려지면서 하나로 섞여 버렸다.

마르가리따는 또 한 번 도약했다. 그러자 모든 지붕의 무더기들이 땅 사이로 꺼져 버렸고, 그 대신 떨리는 전깃불의 호수가 나타났다. 그러더니 그 호수가 갑자기 수직으로 일어나 마르가리따의 머리 위에 나타나고, 그녀의 발아래 달이 빛났다. 마르가리따는 몸이 뒤집힌 것을 깨닫고, 다시 몸을 똑바로 돌렸다. 그녀는 이미 호수가 사라지고, 그녀의 뒤편 저쪽 수평선에 분홍빛의 노을만이 남아 있는 것을 보았다. 그 노을도 1초 후에는 사라졌고, 마르가리따는 왼쪽 위에 떠 있는 달과 자신, 단둘만이 남은 것을 알았다. 마르가리따의 머리카락은 이미 오래전에 산발이 되어 하늘로 치솟아 올랐고, 달빛은 휘파람 소리를 내며 그녀의 몸을 감싸고 있었다. 아래에서 드문드문하게 두 줄로 선 가로등이 두 개의 끊이지 않는 선으로 이어지며 빠르게 뒤로 지나가는 것을 보면서, 마르가리따는 자신이 엄청나게 빠른 속도로 날고 있다는 것을 알아차렸다. 그녀는 자신이 숨차하지 않는 것에 놀랐다.

　몇 초 후 저 멀리 아래쪽에 있는 지상의 어둠 속에서 전깃불의 새로운 호수가 확 타오르더니 발아래에서 나뒹굴었다. 그러나 그 호수는 그 즉시 나선 모양으로 빙글빙글 돌다가 땅으로 꺼져 버렸다. 또다시 몇 초가 흐르자 똑같은 현상이 또 일어났다.

　「도시들이구나! 도시들!」 마르가리따가 외쳤다.

　두세 번에 걸쳐 이런 현상을 본 그녀는 열린 검은 상자 안에서 장검이 희미하게 빛을 발하는 듯한 풍경을 아래쪽에서 보았고, 그것이 강일 거라고 추측했다.

　머리를 오른쪽 위로 돌리고 날아가던 여인은, 그녀의 위에서 미친 듯이 다시 모스끄바로 내달리는 달이 그와 동시에 이상하게도 한자리에 서 있는 것을 보았다. 그 때문에 달에 있는, 용도 아니고 곱사등이 말도 아닌, 수수께끼의 검은 물체가 날카로운 얼굴을 뒤에 두고 온 도시 쪽으로 향하고 있는 것이 또렷이 보였다.

순간 마르가리따는 이렇게 미친 듯이 빗자루를 모는 것은 참으로 쓸데없는 짓이라는 생각에 사로잡혔다. 그녀는 주위를 충분히 둘러보며 비행을 즐길 수 있는 가능성을 스스로에게서 빼앗고 있었던 것이다. 무언가가 그녀에게 지금 날아가고 있는 목적지에서는 그녀를 기다려 줄 것이며, 이 미친 듯한 속도와 높이로 인해 괴로워해야 할 이유가 전혀 없다고 귀띔해 주었다.

마르가리따는 빗자루의 솔 부분을 아래쪽으로 향하게 하고 자루 부분을 위로 올린 다음 속력을 확 줄여 땅 바로 위로 날았다. 하늘을 나는 작은 썰매를 탄 것같이 아래로 미끄러지는 것은 그녀에게 가장 큰 쾌감을 주었다. 땅이 그녀를 향해 올라오자, 그녀는 그 새까맣고 형태 없는 덩어리에서 달밤의 신비와 아름다움을 느꼈다. 땅이 그녀 쪽으로 다가옴에 따라 벌써 녹음이 푸르른 숲의 향기가 사방에서 마르가리따를 감쌌다. 마르가리따는 이슬을 머금은 초원의 안개 바로 위를 날다가 연못 위를 날았다. 마르가리따의 아래로 개구리들이 합창을 하며 울었고, 어딘가 멀리에서 어쩐지 마음을 아주 흥분시키는 기차의 기적 소리가 들려왔다. 마르가리따는 곧 기차를 볼 수 있었다. 기차는 공기 중에 불꽃을 뿌리며 천천히 기어가고 있었다. 기차를 따라잡고서, 마르가리따는 거울같이 투명한 물 위를 지나갔다. 발밑의 그 거울 속에 또 하나의 달이 흐르고 있었다. 그녀는 거대한 소나무 꼭대기에 발이 거의 닿을 듯 말 듯하게 더 아래쪽으로 내려갔다.

그런데 뒤쪽에서 공기를 가르는 둔탁한 소음이 들리더니, 그것이 곧 마르가리따를 따라잡았다. 뭔가가 연발총처럼 날아가는 소음에 차츰 수십 킬로미터 떨어진 곳에서도 들릴 만한 여자의 웃음소리가 합쳐졌다. 마르가리따가 뒤를 돌아보자 뭔가 복잡하고 어두운 물체가 쫓아오고 있는 것이 보였다. 마르가리따를 따라잡은 물체의 모양이 보다 뚜렷해지자, 그것이 누군가가 뭔가를 타고 날아오는 모습이라는 것을 알 수 있었다. 마침내 그 물체가 정체를 확실히 드러냈다. 그 물체는 속력을 줄이면서 마르가리따를 따라오고 있는 나따샤였다.

옷을 홀딱 벗은 나따샤는 흐트러진 머리카락을 공중에 휘날리며, 앞발굽에 서류 가방을 움켜쥔 뚱뚱한 돼지를 타고 날아오고 있었다. 돼지는 뒷발로 온 힘을 다해 도리깨질을 하고 있었다. 달빛을 받아 가끔씩 반짝이다가 곧 빛을 잃곤 하는 코안경은 코에서 떨어져 끈에 매달린 채 거세한 돼지와 나란히 날고 있었고, 모자는 끊임없이 돼지의 눈을 때리고 있었다. 자세히 들여다본 마르가리따는 거세한 돼지의 모습에서 니꼴라이 이바노비치를 알아볼 수 있었다. 마르가리따는 숲 전체가 떠나가라 웃어 댔고, 그 소리에 나따샤의 웃음소리가 뒤섞였다.

「나따샤!」 마르가리따가 찢어질 듯한 목소리로 외치기 시작했다.「크림을 바른 거야?」

「맞아요!」 울부짖음으로 소나무 숲을 깨우며 나따샤가 대답했다.「사랑하는 나의 프랑스 여왕님, 제가 이 대머리에게도 발라 줬어요, 이 대머리에게도요!」

「공주님!」 돼지는 등에 탄 여자를 전속력으로 나르면서 눈물에 젖어 울부짖었다.

「사랑하는 마르가리따 니꼴라예브나!」 나따샤가 마르가리따와 나란히 질주하면서 외쳤다.「맞아요, 크림을 발랐어요! 우리도 살아 있는 동안 날고 싶었어요! 용서하세요, 마님. 하지만 나는 돌아가지 않을 거예요, 무슨 일이 있어도 돌아가지 않을 거예요! 아, 좋아요, 마르가리따 니꼴라예브나!……

이이가 나한테 청혼했어요.」나따샤가 당황해서 헐떡이는 돼지의 어깨를 손가락으로 찌르기 시작했다.「청혼을요! 나를 어떻게 불렀죠?」그녀는 돼지의 귀에 대고 소리를 질렀다.

「여신이라고요!」그가 윙윙거리기 시작했다.「나는 그렇게 빨리 날 수 없어요! 중요한 서류를 잃어버릴 수 있단 말이에요. 나딸리야 쁘로꼬피예브나, 난 이의를 제기합니다.」

「당신 서류는 악마나 가져가라고 해요!」나따샤는 대담하게 웃으면서 외쳤다.

「무슨 소리예요, 나딸리야 쁘로꼬피예브나! 누군가가 우리 소리를 들을 수도 있어요!」거세한 돼지가 애원하듯이 울부짖었다.

마르가리따와 나란히 전속력으로 날면서 나따샤는 웃음을 터뜨리며 마르가리따 니꼴라예브나가 대문 밖으로 나간 후에 독립 주택에서 벌어진 일을 말해 주었다.

나따샤는 선물로 받은 물건들에 더 이상 손을 대지 않고 옷을 벗어던진 후 크림에 달려들어 그것을 즉시 온몸에 발랐다고 고백했다. 여주인에게 일어났던 일이 그녀에게도 똑같이 일어났다. 나따샤는 거울 앞에서 기쁨의 홍소를 터뜨리며 자신의 신비한 아름다움에 흠뻑 취해 있었다. 그때 문이 열리더니, 니꼴라이 이바노비치가 그녀 앞에 나타났다. 그는 흥분한 채 손에 마르가리따 니꼴라예브나의 속치마와 자신의 모자, 그리고 가방을 들고 있었다. 나따샤를 보고 니꼴라이 이바노비치는 대경실색했다. 곧 정신을 차린 그는 새우처럼 얼굴을 붉게 물들이며, 옷을 집어 직접 돌려주는 것이 마땅하다는 생각이 들었다고 밝혔다.

「또 무슨 말을 했더라, 이 파렴치한 인간!」나따샤는 비명을 꽥 지르고는 웃음보를 터뜨렸다.「뭐라고 하면서 뭐로 유혹했더라! 돈을 얼마만큼 약속했더라! 끌라브지야 뻬뜨로브나는 아무 눈치도 채지 못할 거라고 했어요. 말해 봐, 내가 거짓말을 하는 거야?」 나따샤가 돼지에게 외치자, 당황한 그는 면상을 돌리기만 할 뿐이었다.

침실에서 불장난을 한참 한 후 나따샤는 니꼴라이 이바노비치에게 크림을 발라 주고는, 자신도 놀란 나머지 어안이 벙벙해졌다. 근엄한 아래층 주민의 얼굴이 돼지로 변해서 손과 발에 발굽이 생겼던 것이다. 거울을 들여다본 니꼴라이 이바노비치는 절망에 빠져 야만스럽게 울부짖었지만, 때는 이미 늦었다. 몇 초 후 그는 안장을 얹고, 슬픔에 흐느끼며 모스끄바를 빠져나와 어딘가로 날아갔다.

「본래의 모습대로 되돌려 주세요!」 느닷없이 돼지가 발광하는 것도, 애원하는 것도 아닌 말투로 꿀꿀거리며 쉰 소리를 내기 시작했다. 「불법적인 모임에는 가지 않을 겁니다! 마르가리따 니꼴라예브나, 당신은 당신의 도우미를 진정시킬 의무가 있어요!」

「아, 그러니까 지금 당신한테는 도우미로 보인단 말이지? 도우미?」 나따샤가 돼지의 귀를 잡아 뽑으며 소리를 질렀다. 「아까는 여신이었고? 아까는 나를 어떻게 불렀지?」

「비너스라고!」 돼지가 울먹울먹 대답했다. 그는 바위 사이로 졸졸 흐르는 개울 위를 날면서 발굽으로 개암나무 관목을 사각사각 건드렸다.

「비너스! 비너스!」 나따샤가 한 손을 허리에 대고, 달을 향해 다른 손을 뻗으면서 승리감에 도취해 외쳤다. 「마르가리따! 여왕님! 저를 마녀로 남게 해달라고 저를 위해 탄원해 주세요! 당신에게는 뭐든지 다 허락해 줄 거예요. 당신에게는 권세가 있으니까요!」

마르가리따가 대답했다.

「좋아, 약속할게.」

「고마워요!」 나따샤는 이렇게 외치고는, 갑자기 침울한 기색을 띠고 날카롭게 외치기 시작했다. 「헤이! 헤이! 더 빨리! 더 빨리! 자, 속도를 높여!」 그녀는 미친 듯한 질주 때문에 약간은 살이 빠진 돼지의 허리를 발뒤꿈치로 바짝 조였고, 돼지는 급격히 돌진하며 공기를 갈랐다. 순식간에 나따샤는 어느새 저 앞쪽에서 검은 점으로 변했다가, 얼마 안 있어 완전히 사라졌다. 그녀가 비행하며 내는 소리도 사라졌다.

마르가리따는 아까처럼 황량하고 알 수 없는 장소를 천천히 날고 있었다. 그곳은 따로 떨어진 거대한 소나무들 사이에 솟은 언덕으로 둥근 자갈이 드문드문 흩어져 있었다. 날면서 마르가리따는 자신이 아마도 모스끄바에서 아주 멀리 떨어진 곳에 있을 것이라고 생각했다. 빗자루는 소나무 위가 아니라, 이미 그 가지들 사이를 날고 있었다. 그녀의 옆으로 은빛 달이 떠 있었다. 날아가는 여인의 가벼운 그림자가 저 앞 땅 위에서 미끄러졌다. 이제 달은 마르가리따의 등 뒤에서 빛나고 있었다.

마르가리따는 물이 가까이에 있으며, 목적지에 다가왔다는 것을 추측할 수 있었다. 소나무들이 갈라지자, 마르가리따는 공기를 따라 백악의 절벽으로 조용히 다가갔다. 그 절벽 뒤에 생긴 그림자 안에 강이 숨어 있었다. 수직으로 빼곡하게 서 있는 절벽의 숲들 뒤쪽으로 안개가 운집해 있었다. 건너편 강가는 평평하고 낮았다. 강가에 가지를 뻗은 고독한 나무들 아래에 모닥불이 몸부림을 치며 불꽃을 튀겼고, 어떤 물체들이 움직이는 모습이 보였다. 마르가리따는 그곳에서 금속성의 명랑한 음악 소리가 단조롭게 들리는 듯한 느낌이 들었다. 시야에 들어오는 은빛 평지의 공간에는 마을이나 사람들 그림자도 보이지 않았다.

마르가리따는 절벽에서 아래로 몸을 날려 빠른 속도로 물을 향해 내려갔다. 하늘을 날고 나니, 이제 그녀는 물에 마음이 끌렸다. 그녀는 빗자루를 던져 버리고 내달려 머리를 아래로 하여 물속으로 곤두박질쳤다. 그녀의 가벼운 몸이 화살처럼 물속에 꽂히면서 물기둥이 거의 달까지 솟아올랐다. 물은 목욕탕처럼 따뜻했다. 마르가리따는 심연에서 솟구쳐 올라, 강을 따라 한밤의 완전한 고독 속에서 실컷 수영을 했다.

마르가리따와 함께 있는 사람은 아무도 없었다. 그런데 얼마 떨어지지 않은 관목 뒤에서 철벅거리는 물소리와 누군가가 푸푸대는 소리가 들렸다. 저쪽에서 누군가가 수영을 하고 있는 모양이었다.

마르가리따는 강가로 뛰어나왔다. 그녀의 몸은 수영을 한 뒤 발갛게 달아올랐다. 그녀는 조금도 피곤함을 느끼지 않았고, 습기 찬 풀 위에서 기쁜 마음으로 춤을 추었다. 그녀는 갑자기 춤추던 것을 멈추고, 촉각을 곤두세웠다. 푸푸대는 소리가 가까워지더니, 버드나무 숲에서 어떤 벌거벗은 뚱보가 검은 비단 실크해트를 뒤통수에 눌러쓰고 나왔다. 수영을 한 사람의 발바닥은 진흙투성이여서 마치 검은 구두를 신은 것 같았다. 숨을 헐떡이고 딸꾹질을 하는 것으로 미루어 보아, 그는 술에 취한 것 같았다. 그 사실은 갑자기 강에서 코냑 냄새가 풍기기 시작한 것으로도 확인할 수 있었다.

마르가리따를 발견한 뚱보는 그녀를 자세히 쳐다보더니, 기쁨에 떨며 울부짖기 시작했다.

「이게 뭐야? 내가 그녀를 보는 건가? 끌로지나, 당신이로군, 좌절할 줄 모르는 과부! 당신이 여기 있는 거요?」 그는 인사를 하려고 귀찮게 따라붙었다.

마르가리따는 뒤로 물러나 근엄하게 대답했다.

「악마의 엄마한테나 가요. 내가 무슨 끌로지나예요? 잘 봐요, 누구와 이야기하고 있는지.」 잠시 생각한 후에 그녀는 옮

길 수 없는 욕설을 길게 늘어놓았다. 이 모든 것이 경박한 뚱보로 하여금 정신을 바짝 차리게 만들었다.

「맙소사!」 그는 조용히 탄식하며 몸을 부르르 떨었다. 「관대하게 용서하소서, 밝디밝은 여왕 마르고여! 제가 잘못 보았습니다. 코냑의 잘못이니, 그에게 저주 있으라!」 뚱보는 한쪽 무릎을 꿇고 실크해트를 옆으로 뻗치고는, 프랑스어와 러시아어를 섞어 가며 두서없이 더듬거리기 시작했다. 그는 파리에 있는 친구 게사르의 피로 얼룩진 결혼식[2]과 코냑, 그리고 방금 전에 저지른 실수 때문에 얼마나 자신이 의기소침한지 등등의 헛소리를 중얼거렸다.

「바지나 입을 것이지, 개새끼.」 마르가리따는 조금 누그러져서 말했다.

뚱보는 마르가리따가 화내지 않는 것을 보자 기쁜 듯이 히죽 웃고는 흥분해서 지금 이 순간 자신이 바지를 입고 있지 않은 까닭은 이곳에 오기 전에 헤엄을 치다가 덤벙대는 바람에 예니세이 강에 바지를 두고 왔기 때문이라며, 마침 그곳은 엎어지면 코 닿을 곳이니 당장 갔다 오겠노라고 말했다. 그리고 그는 그녀의 호의와 후원을 바라는 몸짓으로 뒷걸음질을 치다가, 결국은 미끄러져서 고개를 뒤로 젖힌 채 물속으로 풍덩 빠져 버리고 말았다. 그러나 그는 빠지면서도 작은 구레나룻에 뒤덮인 얼굴에 환희와 충성의 미소를 잃지 않았다.

2 뚱보 사내는 1582년 8월 18일에 파리에서 있었던 마르가리타 발루아와 나바르의 앙리 간의 결혼식에 대해 말하고 있다. 성대한 결혼식의 마지막 날인 성 바르톨로메오 축일의 밤인 8월 24일에 프랑스의 신교도들인 위그노들이 대학살을 당했다. 뚱보가 그 결혼식을 친구 게사르의 결혼식이라고 말하는 것으로 미루어 보아 그는 취한 것이 확실하다. 게사르라는 인물은 이 결혼과 간접적인 관련이 있는데, 1842년에 그는 마르가리타 발루아의 편지를 출간했다.

마르가리따는 찢어질 듯이 휘파람을 분 후, 날아온 빗자루에 올라타 건너편 강가로 갔다. 백악의 절벽의 그림자는 그곳까지 미치지 않았고, 달빛이 강변을 가득 채우고 있었다.

습기를 머금은 마르가리따의 몸이 풀에 닿자, 곧 갯버들 아래에서 들려오던 노랫소리도 더욱 커졌고, 모닥불의 불꽃도 더욱 활기차게 날아올랐다. 달빛을 받아 부드럽고 풍성한 버들강아지가 여기저기에 도드라져 보이는 버들가지 밑에는 볼이 통통한 개구리들이 두 줄로 앉아 고무풍선처럼 몸을 부풀리고 나무 피리를 악기 삼아 활기찬 행진곡을 연주하고 있었다. 썩은 나무가 음악가들 앞의 버들가지에 걸려 빛을 발하며 악보를 비추고, 개구리들의 얼굴에는 모닥불의 불빛이 아른대며 춤추고 있었다.

행진곡은 마르가리따의 영광을 위한 것이었다. 그녀는 가장 성대한 영접을 받았다.[3] 투명한 루살까[4]들이 강 위에서 추던 윤무를 멈추고 마르가리따에게 수초를 흔들자, 황량하고 푸른 강변 위로 그들의 환영 인사가 멀리까지 메아리쳤다. 옷을 벗은 마녀들이 버들가지에서 튀어나와 일렬로 늘어서서, 무릎을 굽히며 궁중 예법으로 절을 올렸다. 그때 염소 다리를 한 어떤 사나이[5]가 날아와 팔을 굽히고 고개를 숙이며 절을 했다. 그는 비단을 풀 위에 깐 뒤 여왕님께서 즐겁게 수

3 마르가리따의 비행과 목욕, 강에서 그녀를 위해 마련된 연회 등은 전통적인 마녀의 비행(飛行)과 마녀들의 모임을 연상시킨다. 그러나 중세 때 형성된 마녀들의 모임에 대한 관념에서 중요한 요소로 간주되던 주신제적인 특징과 신성 모독적인 측면이 이 작품에서는 배제되어 있다. 불가꼬프는 민간전승과 교회의 전설들에 있는 환상주의적인 요소들을 이용하되 순전히 장식주의적인 측면에서만 사용하고 있다.

4 러시아의 물의 요정.

5 마녀들의 모임에 사람의 얼굴을 지닌 검은 염소 형상의 사탄이 나타나는 것은 민간전승에서 전통적으로 나타나는 요소이다.

영하셨는지 묻고는, 잠시 누워 쉴 것을 권했다.

마르가리따는 그 말을 따랐다. 염소 다리의 사나이가 그녀에게 샴페인을 한 잔 가져다주었다. 잔을 죽 들이켜자, 심장이 곧 따뜻해지는 느낌이 들었다. 나따샤가 어디 있느냐는 그녀의 질문에 그는 나따샤는 벌써 수영을 마치고 거세한 돼지의 등에 탄 채, 마르가리따가 곧 올 것임을 미리 알리고 그녀를 위한 성장을 준비하기 위해 모스끄바로 날아갔다고 답했다.

마르가리따가 버들가지 밑에 잠시 머무는 사이 한 가지 소소한 사건이 벌어졌다. 공중에서 휘파람 소리가 나더니, 어떤 검은 육체가 분명 실수를 한 듯 물속으로 첨벙 넘어졌다. 몇 분 후, 저쪽 강변에서 자신을 소개하려다가 실패한 바로 그 구레나룻의 뚱뚱보가 마르가리따의 앞에 서 있었다. 그는 아마도 예니세이 강에 급히 다녀온 모양으로 머리끝부터 발끝까지 젖은 연미복을 차려입고 있었다. 술기운으로 그는 재차 이곳에 온 것이었다. 그는 강변으로 나오면서도 계속 물에 빠졌다. 하지만 그가 그 슬픈 순간에도 미소를 잃지 않는 바람에 마르가리따는 웃음보를 터뜨리며 그로 하여금 손에 키스하도록 허락해 주지 않을 수 없었다.

잠시 후 모두들 갈 채비를 차렸다. 루살까들은 달빛 아래에서 춤을 마저 춘 후 그 속에서 용해되었다. 염소 다리의 사나이는 무엇을 타고 강까지 오셨냐고 마르가리따에게 정중하게 물었다. 그녀가 빗자루를 타고 온 것을 알게 된 그는 말했다.

「오, 어째서요, 불편하셨을 텐데요.」 그는 순식간에 나뭇가지 두 개로 어딘지 수상쩍은 전화를 만들어 지금 당장 차를 대령하라고 누군가에게 지시했고, 그 지시는 즉시 실행되었다. 짙은 갈색의 오픈카가 갑자기 섬에 나타났던 것이다. 다만 운전석에 앉아 있는 것은 일반적인 운전사가 아니었다. 운전사는 바둑판무늬의 챙 없는 모자를 쓰고 손가락 부분에 구멍이 난 장갑을 낀, 코가 긴 검은 갈까마귀였다. 섬은 곧 텅 비었다. 떠나는 마녀들은 눈부신 달빛 속에 녹아 사라졌고, 모닥불도 다 타서 목탄이 회색 재에 뒤덮였다.

구레나룻의 사나이와 염소 다리의 사나이는 마르가리따를 차에 태웠고, 그녀는 넓은 뒷좌석에 몸을 실었다. 자동차는 부릉부릉 소리를 내며 위로 도약하여, 거의 달까지 솟아올랐다. 섬은 밑으로 꺼졌고, 강도 사라졌다. 마르가리따는 모스 끄바를 향해 돌진했다.

제22장
촛불 아래에서

땅 위를 높이 날고 있는 자동차의 규칙적인 진동음은 마르가리따에게 자장가를 불러 주는 것 같았고, 달빛은 기분 좋게 그녀를 덥혀 주었다. 그녀는 눈을 감고, 얼굴을 바람에 맡긴 채 슬픔에 젖어 자신이 두고 온 알 수 없는 강변에 대해 생각했다. 다시는 그곳을 볼 수 없을 것 같은 느낌이 들었다. 오늘 저녁에 갖가지 마법과 기적을 겪은 그녀는 자신이 누구에게 가고 있는지를 추측할 수 있었다. 그녀는 놀라지 않았다. 그곳에서 행복을 돌려받을 수 있으리라는 희망이 그녀를 두려움이 없는 여자로 만들었던 것이다. 하지만 그녀는 자동차에서 그 행복에 대해 오랫동안 꿈꿀 수는 없었다. 갈까마귀가 자신의 직업에 대해 잘 알았는지, 아니면 자동차가 좋은 것이라서 그랬는지는 알 수 없지만, 눈을 뜬 마르가리따는 곧 아래에서 어두운 숲이 아니라, 가물거리는 모스끄바의 전깃불 호수를 볼 수 있었다. 검은 새 운전사가 날면서 오른쪽 앞바퀴의 나사를 돌린 뒤, 얼마 있다가 도로고밀로프 지역의 인적 없는 묘지[1] 위에 자동차를 정차시켰다.

아무것도 묻지 않는 마르가리따와 빗자루를 뇨비들 중 하나에 내려 준 뒤, 갈까마귀는 무덤 뒤에 있는 골짜기를 향해 곧바로 자동차를 몰았다. 그 골짜기에서 자동차는 굉음을 내며 떨어진 뒤 파괴되었다. 갈까마귀는 거수경례를 붙이고, 바퀴 위에 앉아 날아갔다.

그러자 곧 묘비 중 하나에서 검은 망토가 튀어나왔다. 그는 마르가리따에게 빗자루에 타라고 권했고, 그 자신도 긴 장검에 펄쩍 뛰어 올라탔다. 두 사람은 비상하여 몇 초 후에는 누구의 눈에도 띄지 않은 채 사도바야 거리에 있는 302-비스 동 건물 옆에 착륙했다.

빗자루와 장검을 겨드랑이에 낀 두 동행인이 건물의 통로를 지날 때, 마르가리따는 그곳에서 챙 없는 모자를 쓰고 긴 장화를 신고 누군가를 기다리느라 애를 태우고 있는 듯한 어떤 사람을 보았다. 아자젤로와 마르가리따의 발걸음이 너무나 가벼웠는데도 불구하고, 혼자 있던 그 사람은 그들의 발자국 소리를 들었고, 누가 그 소리를 내는지 이해할 수 없어 불안하게 몸을 비틀었다.

그들은 첫 번째 사람과 놀라울 정도로 똑같은 차림의 두 번째 사람을 6라인 입구에서 보았다. 그리고 또다시 같은 일이 반복되었다. 발자국 소리가 났고…… 그 사람은 불안하게 몸을 돌리며 얼굴을 찌푸렸다. 문이 열리고 닫히자, 그는 보이지 않게 안으로 들어가는 사람들의 뒤를 쫓아 달려와 현관 입구를 들여다보았다. 하지만 물론 거기서 그는 아무도 볼 수 없었다.

두 번째 사람의 똑같은 복사판이기에 첫 번째 사람의 복사판이기도 한 세 번째 사람이 3층의 계단참에서 경계를 서고 있었다.[2] 그가 독한 궐련을 피우는 바람에 마르가리따는 그

<hr>

1 오래된 유대인 전용 공동묘지이다.

의 옆을 지나다가 기침을 했다. 궐련을 피우던 사람은 마치 바늘에 찔리기라도 한 듯이 앉아 있던 벤치에서 벌떡 일어나 불안하게 주위를 두리번거리고는, 난간에 다가가 아래를 내려다보았다. 마르가리따는 그 시간 자신의 안내자와 함께 이미 50호 아파트의 문 앞에 와 있었다. 벨을 울릴 필요는 없었다. 아자젤로는 소리 없이 자신의 열쇠로 문을 열었다.

마르가리따를 첫째로 놀라게 한 것은 그녀가 들어선 곳의 칠흑 같은 암흑이었다. 마치 지하실에 있는 것처럼 어두웠다. 그래서 그녀는 넘어질까 봐 두려운 마음에 하는 수 없이 아자젤로의 망토를 꼭 붙잡았다. 그런데 저쪽 멀리 위에서 작은 램프의 불빛이 깜박이더니 가까이 다가오기 시작했다. 아자젤로가 걷다가 마르가리따의 겨드랑이에서 빗자루를 빼자, 빗자루는 아무 소리 없이 어둠 속에서 사라졌다. 두 사람은 넓은 계단을 따라 위로 올라가기 시작했다. 마르가리따는 그 계단이 끝이 없는 것처럼 느껴졌다. 그녀는 평범한 모스끄바의 아파트 현관에 이렇게 평범치 않은, 보이지는 않지만 잘 느낄 수 있는 계단이 끊임없이 이어져 있다는 데 놀랐다. 하지만 계단의 오르막이 끝나자, 마르가리따는 자신이 계단 참에 있다는 것을 알 수 있었다. 작은 램프가 바짝 다가오자, 마르가리따는 빛을 받은 남자의 검고 길쭉한 얼굴을 볼 수 있었다. 그는 작은 램프를 손에 들고 있었다. 최근에 재수 없는 일을 당한 사람들은 아무리 약한 불빛 아래에서라도 단번에 그를 알아볼 수 있었을 것이다. 그는 꼬로비요프이자, 파고뜨였다.

사실 꼬로비요프의 외모는 상당히 변해 있었다. 깜박이는 불빛은 이미 오래전에 쓰레기통에 들어갔어야 할 깨진 코안

2 아파트를 감시하기 위해 파견된 비밀 기관의 요원들이다.

416

경이 아니라, 외알 안경에 반사되고 있었다. 사실 그것도 깨진 것이기는 했다. 뻔뻔스런 얼굴에 난 콧수염은 포마드를 발라 말아 올린 모습이었다. 꼬로비요프가 검게 보이는 이유는 간단하게 설명할 수 있었다. 그는 연미복을 쫙 빼입고 있었던 것이다. 그러나 그의 가슴만큼은 하얗게 빛나고 있었다.

마법사인지, 지휘자인지, 마술사인지, 아니면 통역관인지, 과연 그가 누구인지는 악마나 알 일이었다. 한마디로 말해 꼬로비요프는, 넙죽 절을 하더니 작은 램프를 허공에서 휘휘 돌리며 마르가리따에게 자기를 따르라고 청했다. 아자젤로는 사라졌다.

〈놀라울 정도로 이상한 저녁이야.〉 마르가리따는 생각했다. 〈온갖 것을 다 예상했지만, 이것만은 아니었어! 집에 전기가 나간 걸까? 하지만 가장 놀라운 건 이 장소의 크기야. 어떻게 이 모든 것이 모스끄바의 아파트에 다 들어갈 수 있지? 이건 간단히 말해 불가능한 일이야!〉

꼬로비요프의 램프가 아무리 빛을 약하게 비추어도, 마르가리따는 자신이 아주 거대한 홀에, 더구나 어두운 색의 열주가 서 있는 홀에 있다는 것을 알 수 있었다. 첫눈에 그 열주는 끝이 없어 보였다. 꼬로비요프는 작은 소파 옆에 멈추어 선 뒤, 램프를 작은 받침대에 올려놓았다. 그러고는 몸짓으로 마르가리따에게 앉으라고 권하고, 자신은 그림 같은 포즈로 받침대에 팔꿈치를 괴고 그녀 옆에 자리를 잡았다.

「저를 소개할 수 있도록 해주십시오.」 꼬로비요프가 괄괄한 목소리로 말하기 시작했다. 「꼬로비요프입니다. 빛이 없어서 놀라셨죠? 물론, 아끼기 위해서라고 생각하셨겠지요? 결단코, 절대로 아닙니다! 만일 그렇다면, 누구든 처음 마주친 사형 집행인더러, 아니 오늘 조금 더 늦은 시간에 당신의 무릎에 키스할 영광을 누릴 사람들 중 누구에게건 이 받침대에서 내 머리를 베라고 하세요! 그냥 나리께서 전깃불 빛을 좋아하지 않으셔서, 오늘 제일 마지막 순간이 되어서야 불을 켤 예정입니다. 그때가 되면, 믿으셔도 좋습니다, 전깃불이 부족하다고는 느끼지 못할 겁니다. 아니 오히려 빛이 좀 약했으면 좋겠다고 생각하게 될 정도일 겁니다.」

꼬로비요프는 마르가리따의 마음에 들었고, 갈라진 목소리로 떠드는 그의 잡담은 그녀를 안심시키는 효과를 가져왔다. 「아니요.」 마르가리따는 대답했다. 「다른 무엇보다 저를 놀라게 하는 것은 이 모든 것이 어디에 있느냐는 거예요.」 그녀는 손을 흔들어 홀의 어마어마한 크기를 강조했다.

꼬로비요프는 달콤하게 웃었고, 그로 인해 그의 코에 드리운 주름의 그림자가 흔들렸다.

「5차원(五次元)을 잘 아는 사람들에겐 장소를 원하는 만큼 넓히는 것쯤은 아무 문제도 아닙니다. 더 말씀드리자면, 존경하옵는 부인, 악마가 무슨 한계를 알겠습니까! 그러나,」 꼬로비요프는 계속해서 입을 놀렸다. 「저는 5차원에 대해서뿐 아니라, 그 어떤 개념도 가지고 있지 않은데도 장소의 확장이라는 측면에서 가장 완벽한 기적을 행하는 사람들을 잘 알고 있습니다. 그 예로 제가 들은 애기에 따르자면, 제믈랴 제 방에 있는 세 칸짜리 아파트를 받은 한 도시민이, 머리가 돌아 버릴 만한 5차원이나 여타의 도움 없이도 방 한 칸을 칸막이로 딱 절반씩 나누어 순식간에 아파트를 방 네 칸짜리로 변모시켰다고 하더군요.

차후 그는 그 아파트를 모스끄바의 다른 지역에 있는 별개의 아파트 두 채와 바꾸었다고 합니다. 한 아파트는 방이 세 칸이고, 다른 아파트는 방이 두 칸이라고 하더라고요. 이렇게 해서 방이 다섯 칸이 되었습니다. 그는 방 세 칸짜리 아파트를 각기 방이 두 칸짜리인 별개의 아파트 두 채와 바꾸어서, 이미 아셨겠지만, 모스끄바의 여러 지역에 어지럽게 흩어진 방 여섯 개의 소유자가 되었습니다. 그는 어느새 마지막으로 가장 화려한 속임수를 쓰려고 하는 중입니다. 그는 모스끄바의 여러 지역에 있는 여섯 개의 방을 제믈랴 제방에 있는 방 다섯 칸짜리 아파트 하나와 맞바꾸겠다는 광고를 냈습니다. 그런데 그의 이 활동은 그와는 상관이 없는 어떤 일 때문에 끝이 났습니다. 자, 얼마나 교활한 사람입니까. 그런데 부인은 5차원에 대해서 말씀하시는군요!」

마르가리따는 5차원에 대해 언급한 적이 없었고, 그것에 대해 언급한 사람은 꼬로비요프였지만, 교활한 아파트 투기꾼의 모험에 대한 이야기를 듣고 웃음을 터뜨리지 않을 수 없었다. 꼬로비요프는 계속해서 말했다.

「하지만 이제 일에 착수하도록 하지요, 일에요, 마르가리따 니꼴라예브나. 당신은 아주 똑똑한 분이시니까, 물론 우리의 주인님이 누구신지 알아채셨겠지요.」

마르가리따는 심장이 철렁 내려앉는 것을 느끼며 고개를 끄덕였다.

「자, 그렇군요, 그렇군요.」 꼬로비요프가 말했다. 「우리는 모든 종류의 침묵과 신비의 적들입니다. 나리는 1년에 한 번씩 무도회를 여십니다. 그분은 이 무도회를 보름달 밤의 봄맞이 무도회 혹은 1백 명의 왕들의 무도회라고 부르십니다.[3] 사람들이 얼마나 많은지!……」 꼬로비요프는 마치 이가 아프기라도 한 듯이 뺨을 잡았다. 「하지만 저는 부인께서 그 점을 직접 확인하게 되시리라고 생각합니다. 자, 그건 그렇고, 나

3 이 무도회는 죽어서 지옥에 간 죄인들이 지옥의 고통에서 1년에 한 번 벗어나는 무도회인 듯하다. 불가꼬프는 여러 출처에서 이런 무도회에 대한 영감을 얻었지만, 궁극적으로 이 무도회는 불가꼬프 자신의 독창적인 아이디어의 산물이다.

리께서는 당신께서도 물론 아시겠지만, 아직 홀몸이십니다. 그렇기는 해도 무도회의 안주인은 필요하겠지요.」꼬로비요프는 양팔을 벌렸다.「동의하시겠지만, 안주인 없이는…….」

마르가리따는 단 한 마디의 말도 놓치지 않으려고 애쓰면서 꼬로비요프의 말을 들었다. 그녀는 심장 아래가 서늘해지는 것을 느꼈고, 행복에 대한 희망으로 머리가 핑핑 돌았다.

「전통이 세워졌습니다.」꼬로비요프는 말을 이었다.「첫째, 여주인은 반드시 마르가리따라는 이름을 가져야 하고, 둘째, 무도회가 열리는 지역 출신이어야 합니다. 당신도 아시다시피 우리는 이리저리 여행을 하는데,[4] 지금 이 순간은 모스끄바에 있습니다. 모스끄바에서 121명의 마르가리따를 발견했습니다. 믿으실지 모르겠지만,」이때 꼬로비요프는 절망의 몸짓으로 자신의 넓적다리를 때렸다.「단 한 명도 적합한 사람이 없었어요! 그런데 마침내 행운이 터진 거죠…….」

꼬로비요프는 몸을 굽혀 풍부한 표정으로 웃음을 지었다. 또다시 마르가리따의 심장이 차가워졌다.

「짧게 말하도록 하죠!」꼬로비요프가 외쳤다.「아주 짧게 말해서, 이 의무를 거절하지 않으시겠죠?」

「거절하지 않겠어요.」마르가리따는 확고하게 대답했다.

「그럼 그렇죠!」꼬로비요프는 램프를 든 후 덧붙여 말했다.「제 뒤를 따라오십시오.」

그들은 열주들 사이를 걸어 마침내 다른 홀로 나갔다. 그곳에서는 어쩐지 레몬 냄새가 강하게 풍겼고, 어디선가 사각거리는 소리가 들리더니, 뭔가가 마르가리따의 머리를 스쳤다. 그녀는 몸을 부르르 떨었다.

4 성경에 따르면 사탄은 영원한 방랑자이다. 구약의 「욥기」를 보면 〈여호와께서 사단에게 이르시되 네가 어디서 왔느냐 사단이 여호와께 대답하여 가로되 땅에 두루 돌아 여기저기 다녀왔나이다〉(「욥기」 1 : 7)라고 나와 있다.

「놀라지 마십시오.」꼬로비요프가 마르가리따의 손을 잡으며 달콤하게 안심시켰다.「베게모뜨가 무도회 준비차 장난을 치는 것일 뿐 아무것도 아닙니다. 마르가리따 니꼴라예브나, 감히 당신께 한 가지 충고를 드리자면, 결단코 아무것도 두려워하지 마십시오. 그건 어리석은 짓이에요. 성대한 무도회가 될 겁니다. 그걸 감추지는 않겠습니다. 우리는 당대에 권세가 하늘을 찌를 듯했던 인물들을 보게 될 것입니다. 하지만 사실 제가 영광스럽게 수행원의 자격으로 모시게 된 그분의 가능성과 비교해 그들의 가능성이 얼마나 미미한지를 생각해 보면 우습기도 하고, 심지어는 이렇게 말할 수 있죠, 아주 슬퍼진다고요……. 더구나 당신으로 말할 것 같으면, 왕족의 혈통이시니까요.」[5]

「왜 왕족의 혈통이라는 거죠?」마르가리따가 꼬로비요프에게 매달리면서 놀란 듯이 속삭였다.

「아, 여왕님,」꼬로비요프가 장난치듯이 갈라진 목소리를 냈다.「혈통 문제로 말할 것 같으면 그것은 세상에서 가장 복잡한 문제입니다! 만일 몇몇의 할머니들을 심문해 보면, 특히 정숙한 여자라는 명성이 자자했던 분들을 심문해 보면, 아주 놀라운 비밀이 밝혀질지도 모릅니다, 존경하옵는 마르가리따 니꼴라예브나. 그런 일을 기묘하게 뒤섞인 한 벌의 카드에 빗댄다 해도 큰 실수는 아닐 겁니다. 신분의 장벽이

5 불가꼬프는 끊임없이 여주인공 마르가리따의 혈통을 16세기에 앙리 2세의 딸이자 나바르의 앙리(훗날 앙리 4세)의 첫 번째 부인이었던 마르가리타 발루아(1553~1615)와 연관시킨다. 앙리 4세에게 후사가 없었으므로 마르가리따가 마르가리타 발루아의 후손이라고 말할 근거가 전혀 없음에도 불구하고, 뒤마의 소설 『여왕 마르고』와 메리메의 소설 『연대기』 덕분에 강하고 미친 듯한 사랑과 정열을 상징하는 〈여왕 마르고〉의 이미지가 만들어졌고, 그 이미지 덕분에 그려는 이 작품의 여주인공 마르가리따와 연결될 수 있었다.

나, 심지어는 국경선도 전혀 효력이 없는 그런 일들도 있으니까요. 16세기에 살았던 프랑스 왕비 중 한 분이, 수백 년이 지난 뒤 자신의 매력적인 증손녀의 증손녀가 제 손에 이끌려 모스끄바의 무도회장으로 안내될 것이라는 말을 들으셨다면 무척 놀라셨을 겁니다. 자, 이제 도착했군요!」

꼬로비요프는 램프의 불을 껐다. 그러자 램프가 그의 손에서 사라지고, 마르가리따는 바닥에서 어두운색의 문 밑으로 흘러나오는 빛줄기를 보았다. 꼬로비요프는 그 문을 조용히 두드렸다. 그 순간 마르가리따는 어찌나 긴장했던지 이가 덜덜 떨리고 등에서 오한이 났다.

문이 열렸다. 방은 그다지 크지 않았다. 마르가리따는 주름이 잡혀 꼬깃꼬깃하고 더러운 시트와 베개가 깔린 넓은 참나무 침대를 보았다. 침대 앞에는 다리에 부조가 새겨진 참나무 탁자가 있었고, 그 위에는 둥지와 날카로운 새 발톱 모양의 가지들이 달린 촛대가 있었다. 그 일곱 개의 황금 새 발톱 위에는 두툼한 양초가 타고 있었다. 그 밖에도 탁자 위에는 큰 장기판 위에 예사롭지 않은 기술로 제작된 장기 말들이 죽 늘어서 있었다. 닳아 빠진 작은 양탄자 위에는 낮은 의자가 놓여 있었다. 또 다른 탁자가 있었는데, 그 위에는 황금 잔 하나[6]와 뱀 모양의 가지가 일곱 개인 촛대가 또 하나 놓여 있었다.[7] 방에서는 타르와 유황 냄새가 났다.[8] 촛불에서 만들

6 정교회 의식과 관련된 도구이다. 이렇게 악마와 관련된 공간에서 교회에 관련된 도구들이 역으로 악마를 위한 의식을 위한 용구들로 변형되어 이용되는 것을 볼 수 있다.

7 볼란드의 이 두 개의 촛대는 유대인들이 광야 생활을 하면서 여호와의 지시에 따라 만든 가지 일곱 개의 촛대(「출애굽기」 25 : 31~9, 37 : 17~24)에 대한 악마적인 패러디이다. 뱀과 새 발톱 모양의 가지가 그곳이 사탄의 공간임을 암시한다.

어진 그림자들이 바닥에 얼기설기 겹쳐 있었다.

그 자리에 있는 사람들 중에서 마르가리따는 아자젤로를 금방 알아볼 수 있었다. 그는 벌써부터 연미복을 입고 침대 머리맡에 서 있었다. 성장을 한 아자젤로는 알렉산드로프 정원에서 마르가리따 앞에 나타났던 그 도둑과 전혀 비슷해 보이지 않았다. 그는 마르가리따에게 극도로 정중하게 인사했다.

벌거벗은 마녀이자, 바리예쩨의 존경받을 만한 매점 지배인을 놀라게 한 바로 그 겔라는, 유명한 공연이 있던 밤에 천만다행으로 수탉 울음소리에 놀라 도망간 바로 그 겔라는 침대 옆의 바닥에 깔린 양탄자 위에 앉아 회색 김이 모락모락 피어오르는 냄비에서 뭔가를 젓고 있었다.

그 밖에도 방 안에는 거대하기 짝이 없는 고양이가 장기 책상 앞에 놓인 높은 세 발 의자에 앉아 있었다. 고양이는 오른쪽 앞발에 장기 말을 들고 있었다.

겔라는 몸을 일으켜 마르가리따에게 인사했다. 고양이도 세 발 의자에서 뛰어 올라 똑같이 행동했다. 그는 오른쪽 뒷발을 비벼 대다가 말을 떨어트리고는, 곧바로 그 말을 주우려고 침대 밑으로 기어 들어갔다.

공포로 인해 실신할 지경인 마르가리따는 촛불의 교활한 그림자들 속에서 이 모든 것을 겨우 분간할 수 있었다. 그녀의 시선을 끌어당긴 것은 침대였다. 그 침대 위에는 얼마 전에 가련한 이반이 악마는 존재하지 않는다고 빠뜨리아르흐에서 설득하려 했던 바로 그 사나이가 앉아 있었다. 그 존재

8 지옥 불을 연상시키는 장면이다. 토요일 밤에 일어나는 여러 마술적인 의식에 유황과 타르가 이용되었다. 교회 의식에서 사용되는 향로와 대립쌍을 이루면서 볼란드의 공간이 교회 공간에 대해 지니는 패러디적 속성을 강조한다.

하지 않는 자가 침대에 앉아 있었던 것이다.

두 개의 눈동자가 마르가리따의 얼굴을 응시했다. 오른쪽 눈의 심연에는 어떠한 영혼이든 그 밑바닥까지도 쑤시고 들어갈 것 같은 금빛의 불꽃이 박혀 있었고, 왼쪽 눈은 좁은 바늘귀처럼 바닥이 보이지 않는 어둡고 그늘진 우물 입구처럼 공허하고 새까맸다. 볼란드의 얼굴은 옆으로 기울어져 있었고, 오른쪽 입가는 밑으로 처져 있었으며, 훤하게 벗어진 윗이마에는 날카로운 눈썹과 나란하게 주름이 깊이 패어 있었다. 볼란드의 얼굴은 마치 햇볕에 영원히 타버린 것 같았다.[9]

볼란드는 밤에 입는 긴 잠옷 하나만 걸친 채 침대 위에 온몸을 쭉 펴고 누워 있었다. 가운은 더러웠고, 왼쪽 어깨는 기워져 있었다.[10] 그는 벗은 한쪽 다리를 안쪽으로 접고 다른 다리를 낮은 의자에 뻗고 있었다. 이 검은 다리의 무릎을 겔라가 김을 내는 크림으로 문지르고 있었다.

또 마르가리따는 볼란드의 털 없는 가슴에서 딱정벌레를 교묘하게 부조한, 어두운 빛깔의 보석이 달린 금목걸이를 보았다. 그 딱정벌레의 등에는 어떤 문자가 새겨져 있었다. 침대 위 볼란드의 옆에 있는 무거운 받침대 위에는 이상하게 마치 살아 있는 듯하고 햇빛을 옆에서 받고 있는 듯한 지구의(地球儀)가 놓여 있었다.

몇 초간 침묵이 이어졌다. 〈나를 찬찬히 뜯어보고 있구나.〉 마르가리따는 이렇게 생각하고, 의지를 총동원하여 부들부

---

9 지하의 불타는 지옥의 지배자로서 지옥 불에 그슬렸다는 것을 암시한다.
10 16세기에 마법사가 마녀들의 모임을 이끌 때 이런 복장이었다는 기록이 있다. 불가꼬프는 볼란드의 복장을 훨씬 아름답지 않게 묘사한다. 더구나 아주 일상적인 가구들과 더럽고 구겨진 시트들을 강조함으로써 〈집〉과 〈가정〉이라는 지나치게 일상적인, 그렇기 때문에 비전통적인 배경 속에서 사탄의 이미지를 창출해 낸다. 그럼에도 불구하고 다음 장 「사탄의 위대한 무도회」에서 사탄은 악의 강력한 지배자로서의 면모를 잃지 않는다.

들 떨리는 다리를 진정시켜 보려고 애썼다.

마침내 볼란드가 미소를 짓고 말문을 열었는데, 그러자 그의 휘황찬란한 눈동자가 불꽃을 튀기는 것 같았다.

「환영하오, 여왕이여, 평상복을 입은 내 꼴을 용서해 주시오.」

볼란드의 목소리는 아주 저음이었고, 어떤 음절에서는 목쉰 소리가 길게 끌리기도 했다.

「거기서 나와라! 게임은 끝났다. 손님이 오셨다.」

「무슨 일이 있어도,」 꼬로비요프는 프롬프터가 하듯이 마르가리따의 귀에 손을 대고 불안하게 바람 소리를 내며 말했다.

「무슨 일이 있어도……」 마르가리따가 말하기 시작했다.

「나리……」 꼬로비요프가 귀에 대고 숨을 불었다.

「무슨 일이 있어도, 나리.」 마르가리따는 마음을 진정시키고 조용히, 하지만 분명하게 대답했다. 그리고 미소를 지으며 덧붙여 말했다. 「청컨대 게임을 그만두지 말아 주세요. 제 생각에, 장기 관련 잡지가 이 게임을 보도할 판권을 얻는다면, 꽤 괜찮은 액수의 돈을 지불할 것 같습니다.」

아자젤로가 조용히, 그리고 동의한다는 듯이 목을 울려 헛기침을 했다. 볼란드는 마르가리따를 주의 깊게 쳐다보고는, 마치 혼잣말을 하는 것처럼 말했다.

「그래, 꼬로비요프의 말이 맞아. 참으로 기묘하게 뒤섞인 카드야! 피는 못 속이지!」

그는 팔을 뻗어 마르가리따를 자신에게 가까이 오도록 손짓했다. 마르가리따는 맨발 밑으로 바닥을 느끼지도 못하고 다가갔다. 볼란드는 마치 돌처럼 무겁지만 동시에 불꽃처럼 뜨거운 손을 마르가리따의 어깨에 얹고, 그녀를 자기 쪽으로 당겨 침대 위에 자신과 나란히 앉혔다.

「자, 그대가 매혹적일 정도로 친절하고,」 그는 말했다. 「나도 다른 걸 기대하지 않으니, 체면은 차리지 말도록 합시다.」 그는 또다시 침대 끝으로 몸을 구부려 소리쳤다. 「이 광대가 침대 밑에 계속 있을 작정인가? 기어 나오너라, 저주받을 한스야!」[11]

「말을 찾을 수 없어요.」 침대 밑에서 고양이가 숨이 막힌 것 같은 꾸며 낸 목소리로 대꾸했다. 「어디론가 튀어 버렸어요. 그것 대신 웬 개구리가 손에 잡히네.」

「네가 시장판에 있는 줄 아나?」 화가 난 척하면서 볼란드는 물었다. 「침대 밑에는 그 어떤 개구리도 없어. 바리예쩨에나 어울릴 싸구려 마술은 집어치워. 만일 지금 당장 나오지 않으면 네가 항복했다고 생각할 테다, 이 저주스런 탈영병아.」

「절대로 안 돼요, 나리!」 고양이는 이렇게 울부짖고는, 그 즉시 앞발에 말을 들고 침대 밑에서 나왔다.

「소개하지요…….」 볼란드는 말문을 열었다가, 이내 말을 끊었다. 「아냐, 도저히 이 완두콩 같은 광대를 봐줄 수가 없군. 보시오, 이 녀석이 침대 밑에서 어떤 변신을 했는지.」

먼지를 뒤집어쓰고 뒷발로 선 고양이는 마르가리따에게 큰절을 올렸다. 고양이의 목에는 하얀 연미복용 나비넥타이가 매여 있었고, 가슴에는 가죽 끈이 달린 부인용 오페라글라스가 걸려 있었다. 게다가 콧수염에는 금가루가 뿌려져 있었다.

「이게 도대체 뭐란 말이냐!」 볼란드가 외쳤다. 「어째서 콧수염에는 금가루를 뿌렸느냐? 도대체 바지도 안 입은 녀석이

11 독일어로 *die Gans*를 번역한 것이다. 〈바보〉라는 뜻이다. 독일의 우스꽝스러운 광대 한스를 염두에 둔 것이다. 〈시장판에 있는 줄 아나〉 혹은 〈바리예쩨에나 어울릴 싸구려 마술은 집어치워〉 등의 말을 통해 사탄의 광대로서의 고양이 이미지와 광대 한스의 이미지는 겹친다.

무슨 이유로 나비넥타이는 맸느냐?」

「고양이는 바지를 입게 되어 있지 않습니다, 나리.」 고양이가 대단한 자부심을 가지고 대답했다. 「이제 저더러 장화를 신으라고는 명하지 않으시렵니까? 고양이는 동화 속에서만 장화를 신습죠, 나리. 하지만 무도회에서 넥타이를 매지 않는 사람을 본 적이 있으십니까? 저는 우스꽝스러워 보이거나 사람들한테 떼밀려 쫓겨나는 수모를 겪고 싶지는 않습니다! 저마다 할 수 있는 것으로 자신을 치장하는 겁니다. 그것에는 오페라글라스도 포함되어 있다는 것을 염두에 두어 주십시오, 나리!」

「하지만 콧수염은?」

「이해할 수 없군요.」 고양이는 매몰차게 반박했다. 「어째서 아자젤로와 꼬로비요프는 오늘 면도를 하면서 하얀 분을 뿌렸을까요? 그리고 그게 어째서 금가루보다 낫다는 거죠? 저는 콧수염을 금가루로 분칠했을 뿐인데요! 제가 면도를 했다면, 그건 다른 문제지요! 면도한 고양이라, 그건 정말 추악한 일이에요. 그 말에는 백 번이라도 동의할 수 있습니다. 그런데 정말이지,」 이때 고양이의 목소리는 모욕을 당한 듯이 떨렸다. 「모두들 뭔가 저에게 생트집을 잡으려 하시는데요. 제 목전에는 그보다 더 심각한 문제가 놓여 있습니다. 저는 도대체 무도회에 참여할 수 있는 겁니까? 이 점에 관해 제게 뭐라고 말씀하실 겁니까, 나리?」

그리고 고양이는 모욕감에 어찌나 몸을 부풀렸던지 몇 초만 더 있으면 몸이 터질 것만 같았다.

「에이, 협잡꾼이야, 협잡꾼!」 볼란드는 머리를 흔들며 말했다. 「게임이 불리해질 때마다 다리 위의 제일 밑바닥 사기꾼처럼 이리저리 말을 꾸며 대기 시작한단 말이야. 냉큼 앉지 못해! 그 조잡한 말장난 좀 그만두고.」

「앉죠.」고양이는 앉으면서 대답했다.「하지만 뒤에 하신 말씀에 대해서는 반대합니다. 제가 하는 말은 나리가 귀부인 앞에서 표현하신 것처럼 그렇게 조잡한 말장난이 절대 아닙니다. 제 말은 이단(異端) 엠피리쿠스,[12] 마르티아누스 카펠라[13]와 같은 전문가들이, 더 나아가서 아리스토텔레스[14]마저도 그 가치를 높이 평가할 만큼 탄탄하게 무장된 삼단 논법의 행렬입니다.」

「장군!」볼란드가 말했다.

「제발, 제발요.」고양이는 이렇게 대꾸하고, 오페라글라스로 장기판을 들여다보기 시작했다.

「자,」볼란드는 마르가리따에게 말했다.「제 수행원들을 소개해 드리죠, 돈나.[15] 이 빈둥거리는 바보는 고양이 베게모뜨요. 아자젤로와 꼬로비요프와는 이미 구면이지요. 제 하녀인 겔라를 소개합니다. 몸이 재고, 눈치도 빠르고, 해주지 못할 서비스라고는 전혀 없는 아이지요.」

미녀 겔라는 마르가리따에게 촉촉한 녹색 눈을 돌려 미소를 지었다. 그러나 그녀는 크림을 한 무더기 덜어 내어, 그것을 무릎에 문지르는 일을 멈추지 않았다.

「자, 이들이 전부요.」말을 마친 볼란드는 겔라가 세게 무릎을 문지르자 얼굴을 찡그렸다.「보시다시피 모임은 크지 않고, 혼성이고, 소박하오.」그는 말을 멈추고 자신의 앞에 있는 너무나 기기묘묘하게 만들어진 지구의를 돌리기 시작

---

12 그리스의 철학자. 회의주의의 대표자이다. 2세기 말에서 3세기 초에 활동한 최초의 논리 역사학자 중 한 사람.

13 5세기 로마의 작가. 소설 형식으로 백과사전을 썼다.

14 위대한 그리스의 철학자(B.C. 384~B.C. 322). 논리학에서 삼단 논법의 형식을 확립하여 형식 논리학을 완성했다.

15 *donna.* 스페인어로 귀부인을 부를 때 쓰는 말이다.

했다. 지구의 위에서 푸른 대양은 출렁이고 있었고, 극 지대
는 진짜인 것처럼 얼음과 눈으로 덮여 있었다.

이때 장기판 위에서 혼란이 일어났다. 하얀 망토를 입은
왕은 완전히 낙담하고 절망에 빠져 두 손을 위로 치켜들고
바둑판 위에서 발을 굴렀다. 도끼 모양의 무기를 든 세 명의
하얀 병졸들은 장검을 휘두르며 앞을 가리키고 있는 장교를
당황한 얼굴로 바라보았다. 앞에서는 인접한 하얀 칸과 검은
칸 위에서 볼란드의 검은 기사 두 명이 앞발로 바닥을 차대
는 두 마리의 사나운 말 위에 앉아 있는 모습이 보였다.

마르가리따의 관심을 극도로 끌며 그녀를 놀라게 한 것은
장기판의 인물들이 살아 있다는 점이었다.

고양이는 눈에서 망원경을 떼고 조용히 자기 왕의 등을 쿡
찔렀다. 왕은 절망에 빠져 손으로 얼굴을 가렸다.

「사정이 나쁘군, 베게모뜨.」 꼬로비요프는 비아냥거리는
목소리로 조용히 말했다.

「상황은 심각하지만, 결단코 희망이 없는 건 아니야.」 베게
모뜨가 응수했다. 「더구나 난 결국엔 승리하리라고 장담해.
상황을 잘 분석해 볼 필요가 있어.」.

그는 그 분석을 다분히 이상한 방법으로 하기 시작했다.
그것은 바로 얼굴을 찌푸리면서 자기 왕에게 눈을 깜박이는
것이었다.

「아무 도움도 되지 않는군.」 꼬로비요프가 지적했다.

「에이!」 베게모뜨가 소리쳤다. 「앵무새들이 날아갔어, 내
가 예견했었지!」

정말로 어딘가 멀리서 수많은 날갯짓 소리가 들렸다. 꼬로
비요프와 아자젤로는 황급히 달려 나갔다.

「에이, 무도회용 장난질은 집어치워라!」 볼란드가 지구의
에서 눈을 떼지 않고 투덜댔다.

　꼬로비요프와 아자젤로가 사라지자마자, 베게모뜨의 눈 깜빡임은 그 강도가 훨씬 세졌다. 하얀 왕은 마침내 자신에게 원하는 것이 무엇인지를 깨달았다. 그는 갑자기 망토를 벗어 장기판 위에 던지고는, 거기서 달아났다. 한 장교가 벗어던진 왕의 옷을 걸치고 왕의 자리를 차지했다.

　꼬로비요프와 아자젤로가 돌아왔다.

　「언제나처럼 거짓말이었어.」아자젤로가 베게모뜨를 흘겨보며 투덜댔다.

　「나한테는 그렇게 들렸어.」고양이가 대답했다.

　「그런데 이렇게 계속 하자는 건가?」볼란드가 물었다.「장군일세.」

　「아마도 제가 잘못 들었겠죠, 주인님.」고양이가 답했다.「장군이 아니고, 또 그게 가능하지도 않습니다.」

　「반복하지만, 장군이야.」

　「나리,」고양이가 불안한 체하는 목소리로 대꾸했다.「많이 지치셨군요. 장군이 아닙니다!」

　「왕이 G-2에 있잖은가.」볼란드는 장기판을 보지 않고 말했다.

　「나리, 공포스럽군요!」고양이는 면상에 공포의 표정을 지으며 울부짖기 시작했다.「그 칸에는 왕이 없습니다!」

　「어떻게 된 거야?」볼란드가 의아해하면서 묻고는, 왕의 칸에 서 있던 장교가 몸을 돌려 얼굴을 손으로 가리고 있는 모습을 보았다.

　「이 비열한 녀석.」볼란드가 생각에 잠겨 말했다.

　「나리! 다시 논리로 풀어 드리지요.」고양이는 가슴에 앞발을 대고 말하기 시작했다.「만일 도박꾼이 장군을 선언했는데, 왕이 어느새 장기판에서 흔적도 보이지 않는다면, 장군은 효력이 없는 것으로 인정됩니다.」

「항복할 테냐, 말 테냐?」볼란드가 무서운 목소리로 외쳤다.

「생각 좀 하게 해주세요.」고양이가 책상에 팔꿈치를 괴고 공손하게 대답하고는, 앞발로 귀를 잡고서 생각하기 시작했다. 그는 오래도록 생각한 끝에 마침내 말했다.「항복하죠.」

「이 고집불통 짐승을 죽이세요.」아자젤로가 속삭였다.

「예, 항복합니다.」고양이가 말했다.「하지만 항복하는 이유는 단 하나, 시기하는 녀석들이 많은 이런 공격적 분위기에서는 게임을 할 수 없기 때문입니다!」그가 자리에서 일어나자, 장기판의 인물들은 상자 속으로 기어 들어갔다.

「겔라, 때가 되었다.」볼란드가 말하자, 겔라는 방에서 사라졌다.「다리가 아파. 그런데 이제 무도회라니…….」볼란드가 계속해서 말했다.

「제가 도와 드릴게요.」마르가리따가 조용히 청했다.

볼란드는 뚫어지게 그녀를 쳐다보다가 무릎을 내밀었다.

용암처럼 뜨겁고 걸쭉한 액체가 손을 달구었지만, 마르가리따는 눈썹 하나 까닥하지 않고 그를 아프게 하지 않으려고 노력하면서 무릎을 문질렀다.

「측근들이 류머티즘이라고들 하오.」볼란드는 마르가리따에게서 눈을 떼지 않고 말했다.「하지만 나는 강하게 의심하고 있소. 이 무릎 통증은 한 매혹적인 마녀와 가까이 지낸 기념으로 내게 남은 거요. 나는 1517년에 브로켄 산에서 있었던 악마의 회합에서 그녀와 알게 되었소.」[16]

16 사탄이 다리를 절게 된 이유는 천상에서 지옥으로 떨어지다 그렇게 된 것이라는 전설이 있다. 볼란드가 교활하게 속이는 장면이다. 브로켄 산은 독일의 하르츠 산맥의 정상인데, 전설에 의하면 마녀들과 악마들의 회합 장소였다고 한다. 괴테의 『파우스트』에서 5월 1일 전야 발푸르기스의 밤잔치가 열리는 장소도 이곳이다.

「아, 그게 가능한 일일까요!」

「별것 아니오! 3백 년이 지나면 이 통증도 사라지겠지. 수많은 약을 권했지만, 풍습에 따라 할머니들의 약제를 고수하고 있소. 못된 노파인 내 할머니[17]가 놀라운 풀들을 유산으로 남겼소! 참, 무슨 괴로운 점은 없소? 슬픔이라든가, 영혼에 해가 되는 비애 따위는 없소?」

「없습니다, 나리, 그런 것은 전혀 없어요.」 똑똑한 마르가리따는 대답했다. 「지금 당신 집에 있는 것만으로도 아주 기분이 좋습니다.」

「혈통이란 위대한 거로군.」 왜인지는 알 수 없지만, 볼란드는 명랑하게 말하고 덧붙였다. 「내 지구의가 당신의 흥미를 끄는 것 같구려.」

「아, 예. 전 이런 물건을 한 번도 본 적이 없어요.」

「좋은 물건이오. 솔직히 말해 최근 뉴스를 라디오로 듣는 걸 좋아하지 않소. 언제나 지명을 알아들을 수 없게 발음하는 아가씨들이 뉴스를 전하더구려. 더구나 그 아가씨들 셋 중 하나는 꼭 일부러 그렇게 뽑는 것처럼 말이 조금 어눌해요. 내 지구의가 훨씬 편리하오. 더구나 나는 사건을 정확하게 알아야 할 필요가 있소. 자, 예를 들면, 대양이 그 옆구리를 씻고 있는 이 땅덩어리가 보이시오?[18] 보시오, 불이 쏟아지고 있는 곳을. 저곳에서는 전쟁이 시작되었소. 눈을 가까이 대면 자세한 것도 볼 수 있을 거요.」

마르가리따는 지구의에 몸을 굽혀, 장방형의 작은 땅덩이가 넓어지고, 그 위에 다채롭게 지명이 쓰이면서 마치 부조

17 러시아에서 흔히 쓰이고, 이 작품에서도 마르가리따가 두어 번 정도 쓴 마귀할멈에 대한 러시아 속어를 볼란드가 받아 말장난하는 것이다.
18 마르가리따가 목격하는 장면은 1936년에서 1939년 사이에 치러진 스페인 내전일 가능성이 크다.

로 된 지도처럼 변하는 것을 보았다. 그 후 그녀는 리본 같은 강과 그 옆에 있는 어떤 마을도 보았다. 완두콩만 한 크기였던 건물이 자라나 성냥갑만큼 커졌다. 그런데 갑자기 소리 없이 건물의 지붕이 검은 연기를 자욱하게 내뿜으며 날아가고, 벽이 무너져 내렸다. 2층으로 된 상자에는 검은 연기를 내는 파편들 외에는 아무것도 남지 않았다. 눈을 더 가까이 대고 마르가리따는 땅에 누워 있는 작은 여자의 모습과 그 옆의 피 웅덩이에서 팔을 뻗고 쓰러진 작은 아이를 볼 수 있었다.

「자, 이게 다요.」 볼란드는 미소를 지으며 말했다. 「잘못을 저지를 틈도 없이 해치웠군. 아바돈나[19]는 흠잡을 데 없이 일을 처리하지요.」

「나는 그 아바돈나의 적은 되고 싶지 않네요.」 마르가리따가 말했다. 「그는 누구 편이지요?」

「당신과 말을 하면 할수록,」 볼란드가 상냥하게 응답했다. 「당신이 아주 똑똑하다는 걸 더욱 확신하게 되는구려. 안심시켜 주리다. 그는 보기 드물 정도로 공평하고, 전쟁을 하는 양편 모두에게 똑같이 동정심을 느끼오. 그 결과, 양편 모두에게 결과는 언제나 똑같소. 아바돈나!」 볼란드가 크지 않은 소리로 부르자, 벽에서 검은 안경을 쓴 마른 사나이가 모습을 드러냈다. 그 안경이 마르가르따에게 얼마나 강렬한 인상을 불러일으켰는지 그녀는 조용히 비명을 지르고는 볼란드의 다리에 얼굴을 파묻었다. 「그만해요!」 볼란드가 외쳤다. 「요즘 사람들은 참으로 신경이 예민하단 말이야!」 그는 마르가리따의 등을 철썩 때렸고, 그로 인해 그녀의 몸 전체에서

---

19 구약에서 죽음, 죽은 자들의 장소, 지옥의 동의어로 사용된다(「욥기」 26 : 6). 유대어로 아밧돈은 〈존재의 멈춤〉이라는 뜻이다.

소리가 울렸다. 「보시오, 안경을 쓰고 있잖소. 더구나 아바돈나는 누군가의 앞에 예정된 시간보다 일찍 나타나는 경우는 결단코 없었고, 앞으로도 그럴 거요. 그리고 또 내가 여기 있지 않소. 당신은 손님으로 내게 온 거요! 나는 다만 그를 보여 주고 싶었던 거요.」

아바돈나는 움직이지 않고 서 있었다.

「그가 잠시라도 안경을 벗는 것이 가능할까요?」 마르가리따가 볼란드에게 달라붙으며 물었다. 그녀는 몸을 떨었지만, 어느새 호기심에 사로잡혀 있었다.

「그것만은 절대로 안 되오.」 볼란드가 심각하게 대답하고 아바돈나에게 손을 흔들었다. 그는 사라졌다. 「무슨 말을 하고 싶은 건가, 아자젤로?」

「나리.」 아자젤로가 대답했다. 「말씀드릴 수 있게 허락해 주십시오. 이 집에 두 명의 낯선 사람이 나타났습니다. 어떤 미녀가 흐느끼면서 여주인 옆에 있게 해달라고 애원을 하고, 또 함께 온 그녀의 돼지가 사면을 청하고 있습니다.」

「미인들은 정말 별나게 굴지.」 볼란드가 지적했다.

「그건 나따샤예요, 나따샤!」 마르가리따가 외쳤다.

「그렇다면 여주인의 옆에 있게 해줘라. 돼지는 요리사들에게 데려가고.」

「도살할 건가요?」 마르가리따가 놀라서 비명을 질렀다. 「제발, 나리, 그는 니꼴라이 이바노비치라고 아래층에 사는 주민이에요. 아실지 모르겠지만, 오해가 생긴 건데, 그녀가 그에게 크림을 발라 주었어요……」

「그만.」 볼란드가 말했다. 「대관절 무슨 말이며, 누가 그를 도살한단 말이오? 요리사들과 함께 앉아 있으라는 것뿐이오, 그게 다요! 알다시피 그를 무도회의 홀로 들여보낼 수는 없는 일 아니겠소!」

「그럼요…….」 아자젤로가 덧붙여 말하고 알렸다. 「자정이 가깝습니다, 나리.」

「아, 좋아.」 볼란드가 마르가리따에게 말했다. 「그럼, 함께 가십시다……. 미리 감사드리오. 당황하지 말고, 두려워하지도 마시오. 물 이외에는 아무것도 마시지 마시오. 그렇지 않으면 기진맥진해서 몸이 힘들어질 테니. 이제 시간이 되었소!」

마르가리따가 양탄자에서 일어나자, 그때 문에서 꼬로비요프가 나타났다.

제23장
사탄의 위대한 무도회

자정이 다가오자 서둘러야만 했다. 마르가리따는 주변의 모습을 희미하게 볼 수 있었다. 촛불들과 천연석으로 만들어진 욕조가 기억에 남았다. 마르가리따가 그 욕조의 바닥에 섰을 때, 겔라와 그녀를 돕는 나따샤가 마르가리따에게 어떤 뜨겁고 걸쭉하고 붉은 액체를 끼얹었다. 마르가리따는 입술에 소금기를 느꼈고, 자신을 씻기는 액체가 피라는 것을 깨달았다. 망토처럼 흘러내리던 피는 걸쭉하고 투명한 분홍빛의 다른 액체로 교체되었다. 마르가리따는 장미 기름으로 인해 머리가 핑핑 돌았다. 그 후 마르가리따는 크리스털 보좌에 던져졌고, 그들은 그녀가 번쩍번쩍 빛날 때까지 커다란 녹색 잎으로 문지르기 시작했다. 이때 고양이가 뛰어 들어와 도와주기 시작했다. 그는 거리에서 장화를 닦는 자세로 마르가리따의 다리 옆에 몸을 웅크리고 앉아, 그녀의 발바닥을 문질렀다.

마르가리따는 누가 그녀에게 여린 장미 꽃잎으로 구두를 만들어 주었는지, 어떻게 그 구두의 황금 고리가 저절로 채워졌는지 기억하지 못했다. 어떤 힘이 마르가리따를 잡아당겨 거울 앞에 세우자, 어느새 그녀의 머리에는 다이아몬드로 된 왕관이 빛나고 있었다. 어디선가 꼬로비요프가 나타나, 마르가리따의 가슴에 타원형의 틀 속에 검은 푸들이 달린 무거운 목걸이를 걸어 주었다. 그 장식은 여왕에게 극도로 무거운 부담을 지웠다. 목걸이는 이제 그녀의 목을 쓸어서 아프게 했고, 푸들 상 때문에 그녀의 몸은 절로 앞으로 구부러졌다. 그러나 마르가리따는 검은 푸들 목걸이가 준 불편에 대한 보상도 누릴 수 있었는다. 꼬로비요프와 베게모뜨가 그녀를 대할 때 존경심을 보이기 시작한 것이다.

「괜찮아, 괜찮아, 괜찮아!」 꼬로비요프가 욕조가 있는 방의 문앞에서 중얼거렸다.「어쩔 수 없군. 필요해, 필요해, 필요해……. 여왕님, 마지막 충고를 드릴 수 있도록 허락해 주십시오. 손님들은, 어휴, 아주 다양할 겁니다. 그런데 마르고 여왕님, 누군가를 편애하는 티를 내시면 안 됩니다! 만일 누구든 마음에 들지 않으신다 해도…… 제가 아는 한, 물론 얼굴에 그런 티를 전혀 내지 않으시겠지만요……. 아니요, 아니, 그런 생각을 조금이라도 해서는 안 됩니다! 눈치챌 겁니다, 바로 그 순간에 눈치챌 겁니다! 그 사람을 사랑해야 합니다, 사랑해야 합니다, 여왕님! 그로 인해 무도회의 여주인은 백배나 보상을 얻게 될 것입니다. 그리고 또 하나, 아무도 그냥 보내지 마십시오! 만일 말을 던질 시간이 없거든 미소 한 번, 고개를 약간 돌려 주는 것만으로도 충분합니다. 무슨 짓을 해도 상관없지만 무관심만큼은 절대로 안 됩니다. 그로 인해 손님들은 기운을 잃게 될 테니까요…….」

그리고 마르가리따는 꼬로비요프와 베게모뜨와 동행하여 욕조가 있는 방에서 완전한 어둠 속으로 발을 내딛었다.

「내가, 내가,」 고양이가 속삭였다.「내가 사인을 보낼 거야!」

「그렇게 해.」 어둠 속에서 꼬로비요프가 대답했다.

「무도회를 시작해라!」 고양이가 찢어질 듯한 목소리로 외쳤고, 그 소리에 마르가리따는 비명을 지르며 몇 초간 눈을 감았다. 무도회는 빛의 모습으로 그녀 위에 곧바로 떨어졌고, 그와 동시에 소리와 냄새가 났다. 꼬로비요프의 손에 이끌려 가며 마르가리따는 열대림에 있는 자신을 보았다. 가슴이 붉고, 꼬리가 녹색인 앵무새가 덩굴에 매달려 펄쩍펄쩍 뛰면서 귀청이 떨어질 정도로 비명을 질렀다. 〈나는 황홀하다!〉 그러나 숲은 곧 사라졌고, 목욕탕에서나 느낄 수 있을 법한 숲의 후덥지근함은 곧바로 누런 석조 기둥이 서 있는 무도회장의 냉기로 교체되었다. 숲에서와 마찬가지로 그 홀은 텅 비어 있었고, 열주들 옆에는 머리에 은색 띠를 두른 벌거벗은 흑인들이 꼼짝도 않고 서 있었다. 마르가리따와 그 수행원들이 홀 안으로 날아 들어오자 그들의 얼굴은 흥분한 나머지 지저분한 갈색으로 변했다. 마르가리따의 수행원 중에는 어느새 아자젤로도 끼어 있었다. 그때 꼬로비요프가 마르가리따의 손을 놓고 속삭였다.

「튤립 위로 곧장 가십시오!」

하얀 튤립들로 이루어진 나지막한 벽이 마르가리따의 눈앞에서 올라갔다. 그 벽 뒤에서 그녀는 갓이 씌워진 헤아릴 수 없이 많은 불빛을 보았고, 그 불빛 앞에는 연미복을 입은 사람들의 하얀 가슴과 검은 어깨들이 늘어서 있었다. 이때 마르가리따는 무도회의 소리들이 어디서 나는지 깨달았다. 노호와 같은 나팔 소리가 그녀를 덮치자, 거기서 튀어나오는 가냘픈 바이올린 소리가 피처럼 그녀의 몸에 뿌려졌다. 5백 명가량의 오케스트라 단원들이 폴로네즈를 연주하고 있었다.

연미복을 입고 오케스트라 앞에 높이 선 사람이 마르가리따를 보더니, 창백한 얼굴로 미소를 짓고는 돌연 팔을 크게 휘둘러 오케스트라 전체를 일어나게 했다. 단 한 순간도 음악을 끊지 않은 채 오케스트라는 일어나서 마르가리따에게 소리를 쏟아 부었다. 오케스트라 위로 우뚝 선 사람은 그들에게서 몸을 돌려 팔을 넓게 벌리며 그녀에게 넙죽 절을 했고, 마르가리따는 미소를 지으며 그에게 손을 흔들어 주었다.

「아니요, 그것으로 부족합니다, 부족해요.」꼬로비요프가 속삭였다.「그는 밤새도록 잠을 이루지 못할 겁니다. 그에게 소리쳐 주세요. 〈당신을 환영합니다, 왈츠의 왕이시여!〉라고요.」

마르가리따는 그렇게 외쳤고, 종소리처럼 충만한 자신의 목소리가 오케스트라의 우렁찬 소리를 뒤덮는 데 놀랐다. 그 사람은 행복감에 온몸을 부르르 떨고는, 왼손을 가슴에 댔다. 오른손으로는 오케스트라를 향해 하얀 지휘봉을 계속 휘둘렀다.

「그걸로는 부족해요, 부족해.」꼬로비요프가 속삭였다. 「왼쪽의 제1바이올리니스트들을 보세요. 저 사람들 각자가 당신이 자기를 구별해서 알아본다고 생각하도록 그렇게 고개를 끄덕여 주십시오. 여기 있는 사람들은 세계적으로 유명한 사람들뿐입니다. 바로 저기 첫 악보대 뒤에 있는 저 사람은 비외탕[1]입니다. 그렇게요, 아주 좋아요. 이제 다음으로 넘어갑시다!」

「지휘자는 누구지요?」마르가리따가 떠나면서 물었다.

「요한 슈트라우스[2]요!」고양이가 소리쳤다.「만약 언제든 어떤 무도회에서든 이런 오케스트라가 연주한 적이 있다면,

---

1 앙리 비외탕(1820~1881). 벨기에의 바이올린 연주자이자 작곡가, 교육자. 러시아에서 여러 번 연주회를 가졌다.
2 오스트리아의 작곡가 요한 슈트라우스 2세(1825~1899)를 의미하는 듯하다. 1930년대 후반에 러시아에서 대단히 인기가 많았던 음악가로, 수많은 오페레타와 왈츠를 작곡했다.

내 목을 열대림에 있는 덩굴에 매달아도 좋아요! 내가 저 사람을 초청했습니다! 그리고 알아 두셔야 할 것은 병이 난 사람도 하나 없고, 거절한 사람도 없었다는 겁니다.」

다음 홀에는 열주가 없었다. 기둥들 대신 한쪽에는 붉은 장미, 분홍 장미, 우윳빛처럼 하얀 장미의 벽과 다른 쪽에는 일본식 겹꽃 동백나무의 벽이 서 있었다. 그 벽 사이로는 분수가 쉬쉬 소리를 내면서 용솟음치고 있었고, 세 개의 수영장에서는 샴페인이 거품을 내며 부글거리고 있었다. 첫 번째 수영장은 투명한 보라색, 두 번째는 루비 색, 세 번째는 크리스털 색이었다. 그 옆에서는 붉은 띠를 두른 흑인들이 부지런히 움직이며 은 국자로 수영장의 샴페인을 납작한 샴페인 잔에 옮겨 담는 중이었다. 분홍 장미의 벽에는 구멍이 뚫려 있었는데, 그 속에 세워진 연단 위에서는 제비 꼬리를 단 붉은 연미복 차림의 사나이가 요란스럽게 몸을 움직이고 있었다. 그의 앞에서는 재즈 밴드가 참을 수 없을 정도로 큰, 우레와 같은 소리를 내면서 연주하고 있었다. 지휘자는 마르가리따를 보자마자, 팔이 땅에 닿도록 그녀 앞에 몸을 숙였다가 곧게 펴더니 귀청이 터져라 소리쳤다.

「할렐루야!」

그는 자신의 무릎을 한 번 치고, 손을 엇갈리게 하여 또 한 번 친 다음, 끝에 있는 음악가에게서 심벌즈를 빼앗아 그것으로 기둥을 내리쳤다.

날아서 그 자리를 뜰 때, 마르가리따는 그녀의 등 뒤로 휘몰아치는 폴로네즈와 겨루기라도 하듯 재즈 연주의 명인이 심벌즈로 연주자들의 머리를 치고, 연주자들이 우스꽝스러운 공포심에 사로잡혀 몸을 웅크리는 모습을 보았다.

마침내 계단참으로 나왔는데, 마르가리따가 아는 한, 그곳은 꼬로비요프가 작은 램프를 들고 어둠 속에서 그녀를 맞이

하던 곳이었다. 이제 그 계단참은 크리스털 포도송이에서 흘러나오는 빛으로 인해 눈이 멀 정도였다. 마르가리따가 정해진 자리에 서자, 그녀의 왼손 아래에 나지막한 자수정 기둥이 나타났다.

「몹시 힘들면 팔을 거기에 기대셔도 됩니다.」 꼬로비요프가 속삭였다.

어떤 흑인 남자가 마르가리따의 발밑에 금실로 푸들을 수놓은 쿠션을 놓자, 그녀는 누군가의 손에 이끌려 무릎을 구부려 오른발을 그곳에 올려놓았다.

마르가리따는 주변을 한번 둘러보았다. 꼬로비요프와 아자젤로는 근엄한 자세로 그녀 옆에 서 있었다. 아자젤로의 옆에는 어쩐지 마르가리따에게 아바돈나를 희미하게 연상시키는 세 명의 젊은이가 서 있었다. 등골이 오싹했다. 뒤를 돌아본 마르가리따는 그녀의 뒤에 있는 대리석 벽에서 포도주가 쿨렁거리며 솟아 나와 얼음으로 만들어진 수영장으로 쏟아지는 것을 보았다. 그녀는 왼발 옆에서 따뜻하고 털이 보송보송한 뭔가를 느꼈다. 그것은 베게모뜨였다.

마르가리따는 높은 곳에 있었고, 양탄자가 깔린 거대한 계단이 그녀의 발밑에서 아래쪽으로 뻗어 있었다. 마치 쌍안경을 반대쪽에서 들여다보고 있는 것처럼, 저 멀리 아래쪽에는 거대하기 짝이 없는 현관 로비와 그 깜깜하고 차가운 아가리를 통해 5톤짜리 트럭도 자유롭게 드나들 수 있을 것 같아 보이는, 그 크기를 알 수 없는 벽난로가 보였다. 눈이 아플 정도로 빛을 내뿜는 현관 로비와 계단은 텅 비어 있었다. 그때 멀리서 나팔 소리가 들려왔다. 그렇게 그들은 꼼짝도 하지 않고 한 1분 정도 서 있었다.

「손님들은 어디 있죠?」 마르가리따가 꼬로비요프에게 물었다.

「곧 올 겁니다, 여왕님, 곧 올 겁니다. 이제 올 겁니다. 손님은 부족하지 않을 겁니다. 사실 나는 여기 계단참에서 그들을 맞느니, 차라리 장작을 팼으면 좋겠어요.」

「장작을 팬다고?」 수다스러운 고양이가 말을 가로챘다. 「나는 차라리 전차 차장을 하고 싶다. 세상에 이보다 더 힘든 일은 없을걸!」

「모든 것이 미리 갖추어져야만 합니다, 여왕님.」 꼬로비요프는 망가진 한쪽 안경 사이로 눈알을 반짝이면서 설명했다. 「제일 먼저 도착한 손님이 어쩔 줄 몰라 우왕좌왕하는 것보다 더 끔찍한 일은 없을 겁니다. 성질 고약한 합법적 마누라는 속삭이는 목소리로 다른 이들보다 먼저 온 것에 대해 첫 손님에게 잔소리를 해대겠지요. 그런 무도회는 쓰레기통에 던져 버려야 합니다, 여왕님.」

「확실히 쓰레기통에 넣어야지.」 고양이가 맞장구를 쳤다.

「자정까지는 10초도 남지 않았습니다.」 꼬로비요프가 덧붙여 말했다. 「이제 곧 시작할 겁니다.」

그 10초가 마르가리따에게는 너무나 길게 느껴졌다. 10초가 벌써 지난 것 같은데 아무 일도 일어나지 않았다. 그때 갑자기 저 아래의 거대한 벽난로에서 무엇인가가 굉음을 내더니, 반쯤 부서진 해골을 대롱대롱 매단 교수대가 튀어나왔다. 그 해골은 밧줄에서 떨어져 바닥에 나동그라지더니, 연미복을 입고 에나멜 구두를 신은 검은 머리칼의 미남자로 변해 벌떡 일어났다. 또 반쯤 썩은 작은 관이 벽난로에서 튀어나왔는데, 뚜껑이 열리자 그 속에서 다른 유해가 굴러 떨어졌다. 미남자가 우아하게 시체에게 달려가 얼싸안듯이 팔을 벌려 손을 내밀자, 두 번째 해골은 검은 구두를 신고 검은 깃털을 머리에 꽂은, 침착하지 못한 알몸의 여자로 변했다. 이 두 남녀는 서둘러 계단을 오르기 시작했다.

「첫 손님들입니다!」 꼬로비요프가 외쳤다. 「자크 씨[3]와 그 부인이십니다. 소개해 드리지요, 여왕님, 가장 흥미로운 분들 중 한 분이십니다. 확신을 가진 화폐 위조범이자, 국가적 차원의 반역자, 그러나 상당히 괜찮은 연금술사이지요.」 꼬로비요프는 마르가리따의 귀에 대고 속삭였다. 「왕의 정부를 독살한 것으로 유명합니다. 그런 일은 아무나 할 수 있는 게 아닙니다! 보십시오, 얼마나 잘생겼는지!」

창백해진 마르가리따는 입을 벌리고 아래쪽으로 시선을 돌려, 현관 로비의 측면 통로로 교수대와 관이 사라지는 것을 보았다.

「반갑습니다!」 고양이가 계단을 타고 올라오는 자크의 면전에 대고 고함을 질렀다.

그때 아래쪽 벽난로에서 머리가 없고 팔이 떨어져 나간 시체가 튀어나와 땅에 쿵 처박히더니 연미복을 입은 남자로 변했다.

자크의 부인은 이미 마르가리따 앞에 한쪽 무릎을 꿇고, 흥분으로 창백해진 얼굴로 마르가리따의 무릎에 키스했다.

「여왕님……」 자크의 부인이 중얼거렸다.

「여왕님께서 기뻐하십니다!」 꼬로비요프가 외쳤다.

「여왕님……」 미남자 자크가 조용히 말했다.

「우리는 기쁩니다.」 고양이가 으르렁거렸다.

아자젤로의 동반자인 젊은이들이 생기 없지만 반가운 미소를 지으며 어느새 자크와 그 부인을 옆쪽, 즉 손에 샴페인 잔을 들고 있는 흑인들 쪽으로 데리고 갔다. 계단 위로는 연미복을 입은 남자가 혼자서 뛰어 올라오고 있었다.

---

3 자크 쾨르(1400~1456). 프랑스의 금융 자본가이자 무역상. 위조 화폐의 제작과 샤를 7세의 정부 아녜스 소렐을 독살한 혐의로 사형을 당했다.

「로버트 백작[4]입니다.」 꼬로비요프가 마르가리따에게 속삭였다. 「예전처럼 재미있군요. 얼마나 우스운지 한번 생각해 보세요, 여왕님. 반대의 경우입니다. 이 사람은 왕비의 정부로 자기 아내를 독살했습니다.」

「반갑습니다, 백작님.」 베게모뜨가 소리쳤다.

벽난로에서 연달아 세 개의 관이 굴러 나와 여기저기 튀면서 산산조각이 나더니, 뒤이어 검은 망토를 입은 누군가가 나왔다. 그 뒤를 쫓아 벽난로의 검은 아가리에서 한 사람이 달려 나와 그의 등에 칼을 찔렀다. 아래쪽에서 짓눌린 듯한 비명 소리가 들렸다. 이어 벽난로에서는 거의 다 썩은 시체가 뛰어나왔다. 마르가리따가 눈살을 찌푸리자, 누군가의 손이 그녀의 코에 하얀 소금이 담긴 유리병을 갖다 댔다. 그것은 그녀가 보기에 나따샤의 손인 것 같았다. 계단은 사람들로 가득 차기 시작했다. 이제 어느새 계단의 단마다 멀리서 보면 완전히 똑같은 연미복 차림의 남자들과 머리에 꽂힌 깃털과 구두의 색깔만으로 구분될 수 있는 벌거숭이 여자들로 가득 찼다.

왼쪽 발에 이상한 목제 장화[5]를 신은 귀부인이 수녀처럼 눈을 내리깔고 절름거리면서 마르가리따에게 다가왔다. 그녀는 비쩍 마른 몸매에 소박했고, 어떤 이유에서인지 목에 넓은 녹색 끈을 묶고 있었다.

「녹색 끈은 어떤 여자예요?」 마르가리따가 기계적으로 물었다.

「가장 매혹적이고 믿을 만한 귀부인이지요.」 꼬로비요프가 속삭였다. 「소개드립니다, 토파나 부인[6]이십니다. 젊고 매력

4 영국의 여왕 엘리자베스 1세의 정부이다. 로버트 더들리 레스터는 아내를 독살했다는 의심을 받았지만, 자연사했다.
5 스페인 장화와 마찬가지로 고문 도구였다.

적인 나폴리의 여인들과 팔레르모의 여자 주민들 사이에서
극도로 유명했습니다. 특히 남편들에게 싫증을 느낀 사람들
사이에서요. 여왕님, 그런 일들은 흔하지요. 남편들에게 싫
증을 느끼는 경우 말입니다…….」

「예.」 마르가리따는 숨죽여 대답하는 동시에 그녀 앞에 고
개를 숙이고 무릎과 팔에 키스하는 연미복 차림의 두 남자에
게 미소를 지었다.

「자, 이렇습니다.」 꼬로비요프는 교묘하게 마르가리따에게
속삭이는 동시에 누군가에게 외쳤다. 「공작님! 샴페인 잔을
드시지요! 저는 기쁩니다!…… 그래서 그게 어떻게 된 것이
냐 하면, 토파나 부인이 그 가련한 여자들의 입장에 서서, 그
들에게 어떤 물이 담긴 주머니를 판 겁니다. 아내가 그 물을
남편의 수프에 넣었겠지요. 그러면 남편이 그것을 먹습니다.
그리고 아내의 친절에 고마워할 테고 기분이 아주 좋아지겠
지요. 몇 시간 후면 남편은 물을 엄청나게 먹고 싶어집니다.
그러고는 침대에 눕지요. 하루만 지나면, 남편에게 수프를
먹인 아름다운 나폴리 부인은 봄바람처럼 자유로워집니다.」

「그녀의 다리에 있는 것은 뭐죠?」 마르가리따가 절룩거리
는 토파나 부인을 앞지른 손님들에게 지치지도 않고 손을 내
어 주며 물었다. 「목에 있는 저 녹색 끈은 뭐예요? 목이 쭈글
쭈글해서 두른 건가요?」

「대단히 반갑습니다, 공작!」 꼬로비요프는 이렇게 외치는
동시에 마르가리따에게 속삭였다. 「멋진 목이지요. 하지만
감옥에서 그녀에게 불쾌한 사건이 일어났습니다. 그녀의 다

---

6 팔레르모의 여인으로, 독살의 죄명으로 체포되어 감옥에서 1709년에
교사당했다. 나중에 15세기경부터 독살에 흔히 사용되어 교황인 피우스 3세
나 클레멘스 14세와 같은 사람의 죽음의 원인이 되기도 했던 독에 그녀의
이름이 붙여진다. 그 독의 이름은 아쿠아 토파나이다.

리에 있는 건, 여왕님, 스페인 장화입니다. 저 리본은 이런 이유에서 생긴 거지요. 재수 없게 선택된 5백 명가량의 남편들이 나폴리와 팔레르모를 영원히 뜨게 되었다는 사실을 알아낸 간수들이 분개하여 토파나 부인을 감옥에서 목 졸라 죽였습니다.」

「제게 이런 고귀한 영예를 주시다니, 얼마나 행복한지 모릅니다, 어둠의 여왕님.」 토파나가 무릎을 구부리려고 애쓰면서 수녀처럼 속삭였다. 스페인 장화가 그녀를 방해했다. 꼬로비요프와 베게모뜨는 토파나가 일어나는 것을 도와주었다.

「반갑습니다.」 마르가리따가 다른 사람들에게 손을 내밀며 동시에 그녀에게 대답했다.

이제 계단을 따라 아래에서 위로 사람들이 파도처럼 밀려왔다. 마르가리따는 현관 로비에서 벌어지고 있는 일을 계속 주시했다. 그녀는 기계적으로 손을 들었다가 내렸고, 천편일률적으로 이를 드러내며 손님들에게 미소를 지어 주었다. 계단참 위의 공기는 어느새 웅성거리는 소리로 가득 찼고, 마르가리따가 지나온 무도회장으로부터는 바다에서 들려오는 듯한 음악 소리가 물결쳤다.

「바로 저 사람이 따분한 여자입니다.」 꼬로비요프는 왁자지껄한 소리 때문에 이미 자신의 목소리를 알아듣기 힘들다는 것을 알아채고, 속삭이지 않고 큰 소리로 말했다.「저 여자는 무도회를 숭배하죠. 끊임없이 손수건에 대해 호소할 생각만 한답니다.」

마르가리따는 올라오는 사람들 중에서 꼬로비요프가 가리킨 여자를 시선으로 잡아냈다. 그녀는 스무 살가량의 젊은 여자로 범상치 않게 아름다운 몸매를 지녔지만, 어쩐지 불안하고 독기 어린 눈동자를 갖고 있었다.

「손수건이라고요?」 마르가리따가 물었다.

「그녀에게 시녀가 붙어 있습니다.」꼬로비요프가 설명했다. 「30년 동안 밤만 되면 그녀의 탁자에 손수건을 놓아둡니다. 잠에서 깨어나면 손수건이 그 자리에 있게요. 그녀는 그 손수건을 벽난로에서 태우고 강에 버리지만 전혀 도움이 되지 않지요.」

「무슨 손수건인데요?」마르가리따가 손을 들었다가 내리면서 속삭였다.

「가장자리가 푸른색인 손수건이에요. 문제는 그녀가 카페에서 일할 때, 주인이 그녀를 지하 창고로 불러냈고, 그로부터 열 달 후 남자 아이를 낳았다는 데 있습니다. 그녀는 아기를 숲에 데리고 가서, 아기의 입에 손수건을 쑤셔 넣은 다음 땅에 묻었습니다. 재판에서 그녀는 아이에게 먹일 게 없었다고 했죠.」

「그 카페 주인은 어디 있지요?」마르가리따가 물었다.

「여왕님!」고양이가 밑에서 별안간 소리를 빽 질렀다. 「한 가지 여쭙지요. 주인 이야기를 지금 왜 하시는 겁니까? 주인이 아기를 숲에서 질식시킨 게 아니잖아요!」

마르가리따는 미소를 짓고 오른손을 흔드는 걸 멈추지 않은 채, 왼손의 날카로운 손톱으로 베게모뜨의 귀를 잡아당긴 뒤 그에게 속삭였다.

「이 돼지 같은 자식, 만약 다시 한 번 대화에 끼어들었다가는…….」

베게모뜨는 무도회에 어울리지 않는 소리로 빽빽거리며 쉰 목소리를 냈다.

「여왕님…… 귀가 부을 거예요……. 어째서 부은 귀로 무도회를 망치려고 하세요?…… 나는 법률적인 견지에서 말한 겁니다……. 법률적인 견지에서 보자면…… 입을 다물게요, 다물어요……. 제가 고양이가 아니라 생선이라고 생각하세요, 귀만은 놓아 주세요.」

마르가리따는 귀를 놔주었다. 독기가 서린 음울한 눈동자가 그녀 앞에 섰다.

「보름달의 위대한 무도회에 초청해 주시니 행복합니다, 여왕님, 여주인님.」

「나는,」 마르가리따가 그녀의 말에 대꾸했다. 「당신을 뵙게 되어 기뻐요, 아주 기뻐요. 샴페인을 좋아하세요?」

「무슨 짓을 하시는 겁니까, 여왕님?!」 절망적이지만 울리지 않는 소리로 꼬로비요프가 마르가리따의 귀에 대고 외쳤다. 「정체(停滯)가 일어날 겁니다!」

「좋아합니다.」 여자가 애원하듯이 말하고는, 갑자기 기계적으로 같은 말을 뒤풀이하기 시작했다. 「프리다,[7] 프리다, 프리다! 제 이름은 프리다예요, 오, 여왕님!」

「오늘은 취할 때까지 마시세요, 프리다. 아무것도 생각하지 마세요.」 마르가리따가 말했다.

프리다는 두 손을 마르가리따에게 뻗었지만, 꼬로비요프와 베게모뜨가 재빨리 팔을 잡아 그녀를 군중 속에 숨겨 버렸다.

이제는 마르가리따가 서 있는 계단참에 돌격이라도 하듯이 군중들이 벽처럼 밀려왔다. 벌거벗은 여자들의 몸뚱이가 연미복 차림의 남자들 사이사이에서 올라왔다. 그들의 가무잡잡한 몸, 흰 몸, 커피 색깔의 몸, 아주 새까만 몸 들이 마르가리따에게 밀려왔다. 붉은 머리, 검은 머리, 밤색 머리, 아마빛의 밝은 머리에 꽂힌 보석들이 폭우처럼 쏟아지는 빛 속에

---

7 불가꼬프는 프리다의 이야기를 스위스의 심리학자 O. 포렐의 책 『성의 문제』(1905)에 나오는 프리다 켈러라는 여인의 사례를 참조했다고 한다. 그 외에도 프리다의 이야기는 괴테의 『파우스트』에 나오는 그레트헨을 연상시킨다.

서 뛰놀고 춤을 추면서 사방으로 빛을 반사했다. 누군가가 기둥처럼 돌진하는 남자들에게 빛의 방울을 뿌리기라도 한 듯 다이아몬드 단추들이 그들의 가슴에서 빛을 발했다. 이제 마르가리따는 매초마다 입술이 무릎에 닿는 것을 느꼈고, 매초마다 키스를 받기 위해 손을 앞으로 내밀었으며, 그녀의 얼굴은 인사하는 부동의 가면처럼 팽팽하게 당겨졌다.

「감격했습니다.」 꼬로비요프가 단조롭게 노래했다. 「우리는 감격했습니다……. 여왕님께서 감격하십니다…….」

「여왕님께서 감격하셨습니다…….」 아자젤로가 등 뒤에서 콧소리로 말했다.

「나는 감격했습니다…….」 고양이가 고함쳤다.

「후작 부인은……」 꼬로비요프가 중얼거렸다. 「아버지와 두 형제와 두 자매를 재산 때문에 독살했습니다…….[8] 여왕님께서 기뻐하십니다!…… 민끼나 부인……[9] 아, 얼마나 아름답습니까! 약간 신경과민이죠. 어째서 하녀의 얼굴을 고대기로 지졌을까요? 물론 그런 행동이라면 단두대감이지요……. 여왕님께서 기뻐하십니다!…… 여왕님, 잠시 주의를 기울여 주시죠! 루돌프 황제,[10] 마법사이자 연금술사입니다……. 또 한 명의 연금술사는 교수형을 당했습니다……. 아, 바로 저 여자로군요! 아, 스트라스부르에 있는 그녀의 유곽은 얼마나 멋졌는지!…… 대단히 반갑습니다!…… 모스끄바의 재봉사인

---

8 후작 부인 브랑빌리에는 정부인 장-바티스트 드 고든 드 생크루아의 도움을 받아 유산을 독차지하기 위해 아버지와 두 형제와 두 자매를 독살했다.

9 나스따시야 표도로브나는 러시아의 황제 알렉산드르 1세의 군사 관련 조언자였던 아락체예프(1769~1834)의 정부로 방자함과 잔혹함으로 유명했다. 1825년에 농노들에 의해 살해당했다.

10 합스부르크가의 루돌프 2세(1552~1612). 독일의 황제로 막시밀리안 2세의 아들이다. 정치보다는 과학에 관심이 많았다. 천문학과 연금술에 관심이 많았다고 한다.

데, 우리 모두 그녀의 소진되지 않는 상상력으로 인해 그녀를 사랑했습니다……. 아틀리에를 갖추고 끔찍하게 재미있는 일을 생각해 냈지요. 벽에 두 개의 둥근 구멍을 뚫어 놓은 겁니다…….」

「부인들은 몰랐나요?」 마르가리따가 물었다.

「모두들 하나같이 알았죠, 여왕님.」 꼬로비요프가 대답했다. 「반갑습니다!…… 이 스무 살짜리 시동은 어린 시절부터 이상한 상상력을 가졌다는 점에서 좀 특별한 인간이었습니다. 몽상가에 괴짜였죠. 한 아가씨가 그를 사랑하게 되었는데, 그는 그녀를 붙잡아 유곽에 팔았습니다…….」

아래로부터 강물이 흘러나왔다. 그 강물의 끝은 보이지 않았다. 강물의 근원지인 거대한 벽난로는 계속해서 그 강을 채워 나갔다. 그렇게 한 시간이 흐르고, 두 시간이 흘렀다. 그러자 마르가리따는 그녀의 목걸이가 이전보다 더 무겁게 느껴졌다. 뭔가 이상한 일이 손에서 일어났다. 이제 손을 올리려면 마르가리따는 얼굴을 찡그리지 않을 수 없었다. 꼬로비요프의 흥미로운 설명들도 마르가리따의 관심을 끌지 않았다. 사팔뜨기의 몽고인 얼굴도, 하얀 얼굴도, 검은 얼굴들도 아무려나 상관이 없었고, 시간이 흐름에 따라 얼굴들이 하나로 겹쳐졌으며, 그들 사이의 공기도 어째서인지 떨리면서 일렁거리기 시작했다. 바늘로 찌르는 듯한 날카로운 통증이 갑자기 마르가리따의 오른손을 관통했다. 그녀는 이를 악물고 작은 기둥에 팔꿈치를 기댔다. 날개가 벽에 부딪치는 것같이 사각거리는 소리가 이제 뒤쪽 홀에서 들려왔고, 그곳에서 헤아릴 수 없이 많은 손님들이 춤을 추고 있는 것을 느낄 수 있었다. 마르가리따는 육중한 대리석 바닥과 모자이크 바닥, 그리고 크리스털 바닥들이 그 불가사의한 홀에서 리드미컬하게 고동치고 있는 것 같다는 느낌이 들었다.

가이우스 카이사르 칼리굴라[11]도, 메살리나[12]도 여느 왕이나 공작, 기사, 자살자, 독살자, 교수형당한 사람, 뚜쟁이, 죄수, 사기 도박꾼, 사형 집행인, 밀고자, 배신자, 미치광이, 형사, 강간범들이나 매한가지로 어느새 마르가리따의 관심을 끌지 못했다. 그들의 이름은 머릿속에서 온통 뒤섞였으며, 얼굴은 거대한 구운 빵처럼 하나로 뭉쳐졌다. 다만 정말 불꽃 같은 색깔의 구레나룻으로 얼굴을 감싼 얼굴 하나만이 고통스러울 정도로 기억 속에 자리를 잡았다. 그 얼굴은 말류따 스꾸라또프[13]의 얼굴이었다. 마르가리따의 두 다리는 계속 아래로 꺾였고, 그녀는 매 순간마다 울음을 터뜨리게 될까 봐 두려웠다. 그녀에게 가장 극심한 고통을 안긴 것은 키스를 받는 오른쪽 무릎이었다. 무릎은 퉁퉁 부었고, 스펀지를 든 나따샤의 손이 몇 번이나 뭔가 향기로운 것으로 문질러 주었는데도, 무릎에는 파란 멍이 들었다. 거의 세 시간이 지날 무렵 마르가리따는 완전히 희망을 잃은 눈동자로 아래쪽을 쳐다보고 기쁨에 몸을 떨었다. 손님들의 물줄기가 약해졌던 것이다.

「무도회의 법칙은 어디서나 마찬가지입니다, 여왕님.」 꼬로비요프가 속삭였다. 「이제 손님들의 물결이 줄어들기 시작

11 가이우스 카이사르(12~41). 칼리굴라(작은 장화)라는 별명으로 불렸다. 게르마니쿠스의 아들로 티베리우스를 계승했다. 반미치광이로 잔혹함, 방탕, 사치의 대명사였다. 전 황제 티베리우스가 남긴 국고 모두를 탕진했다고 한다. 결국 근위병 장교에 의해 암살당했다.
12 로마의 황제 클라우디우스의 세 번째 부인으로 타락의 대명사였다. 정부를 권좌에 올리려다 실패하고 사형당했다.
13 이반 4세의 측근으로 그리고리 루끼야노비치 스꾸라또프-벨스끼의 별명이다. 이반 4세가 대귀족을 견제하기 위해 특별히 만들어 러시아를 테러로 유린한 친위 부대 오쁘리츠니나의 수장이었다. 그의 손에 모스끄바의 대주교 성 필립이 목 졸려 죽었다.

할 겁니다. 맹세컨대 우리는 마지막 순간을 견디고 있습니다. 저기 브로켄의 방탕한 무리들이 오는군요. 그들은 언제나 마지막으로 옵니다. 자, 맞아요, 그들이에요. 두 명의 취한 흡혈귀들이로군요…… . 저들이 이제 다인가요? 아, 아니군요, 아직 한 명이 더 오는군. 아니, 두 명이네요!」

계단을 타고 두 명의 마지막 손님들[14]이 올라왔다.

「저 사람은 새로운 인물인데…… .」꼬로비요프가 외알 안경 너머로 눈살을 찌푸리며 말했다.「아, 맞아, 맞아. 아자젤로가 한번은 그를 찾아갔었지요. 코냑을 마시며 그에 대해 폭로하겠다고 위협하는 사람에게서 벗어날 방법을 충고해 줬어요. 그는 자기 수하에 있는 한 지인에게 서재의 벽에 독을 뿌리라고 명했습니다.」

「그 사람의 이름이 뭐지요?」마르가리따가 물었다.

「사실 저도 아직 모릅니다.」꼬로비요프가 대답했다.「아자젤로에게 물어봐야 합니다.」

「그와 함께 있는 사람은 누구죠?」

「그는 바로 그의 명령을 수행한 하수인이지요. 반갑습니다!」꼬로비요프가 마지막으로 온 두 사람에게 외쳤다.

계단은 텅 비었다. 조심하자는 의미에서 조금 더 기다려 보았다. 그러나 벽난로에서는 더 이상 아무도 나오지 않았다.

어떻게 된 일인지는 알 수 없지만, 몇 초 후에 마르가리따는 욕조가 있는 그 방에 와 있었다. 그녀는 손과 다리의 통증 때문에 울음을 터뜨리고는, 곧바로 바닥에 주저앉았다. 그러자 겔라와 나따샤가 그녀를 위로하며 다시 한 번 피로 목욕시키고 몸을 주물러 주었다. 마르가리따는 다시 소생했다.

14 마지막 두 사람은 전(前) 내무 인민위원 G. G. 야고다와 그 비서인 P. P. 불라노프이다. 이들은 우익의 뜨로쯔끼 진영에 대한 공판을 조작하였고, 훗날 1938년에 부하린과 같은 죄목으로 체포되어 총살당한다.

「아직, 아직요, 마르고 여왕님.」 옆에 나타난 꼬로비요프가 속삭였다. 「존경하옵는 손님들이 버림받았다는 느낌을 갖지 않도록 홀을 여기저기 날아다니셔야 합니다.」

그래서 마르가리따는 다시 날아서 욕조가 있는 방에서 나왔다. 왈츠의 왕이 오케스트라를 연주하던 튤립 뒤의 무대에서는 이제 원숭이 재즈 밴드가 미친 듯이 연주하고 있었다. 무성하게 볼수염을 기른 거대한 고릴라가 손에 나팔을 들고 둔중하게 춤을 추며 지휘를 하고 있었다. 오랑우탄이 일렬로 앉아서 번쩍거리는 트럼펫을 불었다. 그들의 어깨 위로는 명랑한 침팬지가 아코디언을 들고 앉아 있었다. 사자와 비슷한 갈기를 단 비비원숭이 두 마리가 피아노를 연주했는데, 그 연주는 긴팔원숭이와 개코원숭이, 긴꼬리원숭이의 손에 들린 색소폰의 우레 같은 소리, 빽빽거리는 바이올린 소리, 둥둥 울리는 북소리에 묻혀 전혀 들리지 않았다. 거울로 된 바닥 위로는 헤아릴 수 없이 많은 수의 커플들이 한데 붙은 것처럼 놀랄 정도로 민첩하고 깔끔하게 움직였다. 그들은 모든 것을 닥치는 대로 쓸어버릴 것 같은 기세로 한 방향으로만 돌면서 벽을 이루며 나아가고 있었다. 비단결 같은 나비들이 춤추고 있는 무리들 위에 급강하했다가 솟아올랐고, 천장에서는 꽃들이 떨어졌다. 전기가 나가자, 열주의 기둥머리에서 수많은 개똥벌레 무리들이 불을 밝히기 시작했고, 허공에는 늪에서나 볼 수 있는 도깨비불이 떠다녔다.

그 후 마르가리따는 기괴할 정도로 어마어마하게 큰 열주들로 둘러싸인 수영장 안에 있게 되었다. 거구의 검은 넵투누스[15]의 입에서 분홍빛의 굵은 물줄기가 쏟아져 내리고 있

---

15 로마 신화에 나오는 샘과 강의 신. 그리스 신화의 포세이돈에 상응하는 신이다.

었다. 샴페인 냄새가 얼이 빠질 정도로 올라왔다. 그곳을 지배하는 것은 억제할 수 없는 명랑함이었다. 귀부인들은 웃으며 구두를 벗어던지고, 가방을 기사들이나 행주를 들고 뛰어다니는 흑인들에게 맡긴 채 비명을 지르며 제비처럼 수영장 안으로 뛰어 들어갔다. 거품 기둥이 위로 솟아올랐다. 수영장의 투명한 바닥은 샴페인의 두께를 뚫고 흐릿한 빛으로 빛나며 그 속에서 수영하는 사람들의 은빛 몸뚱이를 드러냈다. 수영장에서 튀어나온 사람들은 흠뻑 취해 있었다. 크게 웃어대는 소리가 열주 아래에서 터지며 목욕탕에서처럼 울려 퍼졌다.

이 혼란 속에서도 단 하나 기억에 남는 것이 있었는데, 그것은 완전히 넋이 나간 눈동자를 지닌 흠뻑 취한 여인의 얼굴이었다. 그러나 그 눈동자는 넋을 잃고도 애원하고 있었다. 단어 하나가 기억에 떠올랐다. 〈프리다!〉

마르가리따의 머리는 샴페인 냄새로 인해 빙글빙글 돌기 시작했다. 그녀는 이제 떠나고 싶은 마음이 간절했는데, 고양이가 수영장에서 장난질을 시작하여 그녀를 제지했다. 베게모뜨는 넵투누스의 입 옆에서 뭔가 마술을 부렸고, 그 즉시 쉬쉬대는 소리가 나며 굉음과 함께 샴페인이 출렁이면서 수영장에서 빠져나가기 시작했다. 넵투누스는 물결치지도 않고 거품을 내지도 않는 짙은 누런색의 물줄기를 분출하기 시작했다. 귀부인들은 비명 소리를 내며 탄성을 질렀다.

〈코냑이다!〉라고 외치며 여인들은 수영장 끝에서 열주 뒤로 달아났다. 몇 초 후 수영장은 코냑으로 가득 찼고, 고양이는 공중제비를 세 바퀴 돈 뒤 출렁이는 코냑 속으로 뛰어들었다. 그는 푸푸거리며 콧수염에 있던 금가루도, 오페라글라스도 잃어버린 채 넥타이를 축 늘어뜨리고 기어 나왔다. 베게모뜨를 따라 하기로 마음먹은 사람은 단 두 사람, 바로 그

기발한 발명가 여재봉사와 그의 기사인 무명의 젊은 혼혈아뿐이었다. 그들 두 사람은 코냑 속으로 뛰어들었지만, 그때 꼬로비요프가 마르가리따의 손을 잡아끄는 바람에 그들은 수영하는 사람들을 남겨 두고 다른 곳으로 날아갔다.

마르가리따는 어딘가로 날아가다가, 그곳에서 거대한 연못 속에 있는 굴 조개 산을 본 것 같았다. 그 후 그녀는 유리 바닥 위를 날았는데, 그 밑에는 지옥의 아궁이들이 이글거리고 있었고, 아궁이들 사이로 악마처럼 새하얀 요리사들이 뛰어다니고 있었다. 이미 뭐가 뭔지 분간하기를 그만둔 그녀는 어디에서인가 캄캄한 지하실을 보았다. 그곳에는 램프가 켜져 있었고, 아가씨들이 달구어진 석탄 위에서 지글거리는 고기를 나누어 주고, 사람들이 큰 컵으로 그녀의 건강을 기원하며 술을 마시고 있었다. 그 후 그녀는 아코디언을 연주하며 무대 위에서 까마린스끼[16] 춤을 추는 백곰을 보았다. 그리고 벽난로 위에서 불에 타지 않는 마법사 도롱뇽[17]을 보았다……. 다시 한 번 그녀의 힘이 소진되기 시작했다.

「마지막 출현입니다.」꼬로비요프가 걱정스러운 듯이 그녀에게 속삭였다. 「이것으로 우리는 자유입니다.」

그녀는 꼬로비요프의 수행을 받으며 다시 무도회장으로 갔다. 하지만 이미 그곳에서는 손님들이 춤을 멈추고, 무수한 군중이 되어 열주들 사이에서 서로를 밀치며 웅성대고 있었다. 마르가리따는 누군가의 도움을 받아 홀의 비어 있는 공간의 중심부에 나타난 단상에 올랐다. 누가 그녀를 도와주

---

16 상스러운 가사가 달린 대중적인 러시아 춤곡.

17 『생생한 대러시아어 해석 사전』에서 도롱뇽은 수륙 양서의 속성을 지녔고, 전설에 따르면 불에 타지 않는다고 한다. 독일과 스칸디나비아 신화에서 도롱뇽은 불의 힘이자 불의 영으로 나온다. 괴테의 『파우스트』에서도 이런 의미로 사용되었다.

었는지는 기억할 수 없었다. 그 위로 올라갔을 때, 그녀는 놀랍게도 어디선가, 그녀의 계산대로라면 이미 오래전에 지났어야 할 자정을 알리는 시계의 종소리를 들었다. 어디서 들리는지 알 수 없는 마지막 타종 소리와 함께 침묵이 손님들의 무리 위로 내려앉았다.

그때 마르가리따는 다시 볼란드를 보았다. 그는 아바돈나와 아자젤로, 그리고 아바돈나를 닮은 몇몇의 사람들, 흑인과 젊은이들에게 둘러싸여 걷고 있었다. 마르가리따는 이제 그녀의 맞은편에서 볼란드를 위해 준비된 다른 단상을 보았다. 그러나 그는 그 단상을 이용하지 않았다. 마르가리따는 볼란드가 무도회에 제일 마지막으로 위대하게 등장하는 그 순간, 침실에서의 차림 그대로인 것에 놀랐다. 그는 어깨에 헝겊을 기운 더러운 잠옷을 여전히 걸치고 있었고, 닳아 빠진 침실용 슬리퍼를 신고 있었다. 볼란드는 장검을 들고 있었지만, 그 위에 몸을 기대어 날선 그 장검을 마치 지팡이처럼 사용하였다.

볼란드는 절룩거리면서 자신의 단상 옆에 멈추어 섰고, 아자젤로는 손에 접시를 들고 그의 앞에 서 있었다. 마르가리따는 그 접시에서 앞니가 깨진 사람의 잘린 머리를 보았다. 완벽한 침묵이 계속 이어졌다. 그 침묵을 깬 것은 단 한 번 멀리서 들린, 이러한 조건하에서는 이해하기 힘든, 흔히 정문 로비에서 들리곤 하는 종소리였다.

「미하일 알렉산드로비치,」 볼란드가 머리에게 크지 않은 소리로 이름을 불렀다. 그러자 죽은 사람의 눈꺼풀이 올라갔다. 마르가리따는 몸서리치면서 죽은 사람의 얼굴에서 생각과 고뇌로 가득한 눈동자를 보았다.「모든 것이 이루어졌소, 그렇지 않소?」 볼란드가 머리의 눈동자를 바라보며 말을 이었다.「머리는 여인에 의해 잘렸고, 회의는 열리지 않았으며,

나는 당신의 아파트에 살고 있소. 이것이 사실이오. 사실이란 세상에서 가장 완고한 물건이라오. 그러나 이제 우리의 관심을 끄는 것은 이미 실현된 사실이 아니라 그다음의 일이오. 당신은 언제나 머리가 잘리면 인간 안의 생명은 끝나게 되고, 사람은 재로 변해 무존재(無存在)[18]로 떨어지게 된다는 이론을 열렬히 설교해 왔소. 나로서는 손님들이 계시는 자리에서, 설사 저들이 전혀 다른 이론의 증거가 된다 할지라도, 당신의 이론이 견실하고 예리하다는 것을 알리게 되어 기쁘오. 하지만 모든 이론의 가치는 균등하다오. 그것들 중에는 각자의 믿음대로 이루어지는 이론도 있는 거요.[19] 그렇게 이루어질지어다! 당신은 무존재를 향해 떠나가고, 나는 당신이 변하게 될 그 잔으로 존재(存在)를 위해 마시게 되어 기쁘오!」

볼란드가 장검을 들었다. 그러자 머리의 피부가 어두운색으로 변해 쭈그러든 후 조각조각 떨어지더니 눈동자들이 사라졌다. 마르가리따는 에메랄드 눈동자와 진주 이빨, 그리고 황금 다리를 지닌 해골을 접시 위에서 보았다. 경첩이 있는 것처럼 해골의 뚜껑이 열렸다.

「이제 곧, 나리,」 꼬로비요프가 볼란드의 의문에 찬 시선을 알아채고 말했다. 「그가 곧 당신 앞에 설 것입니다. 이 무덤 같은 고요 속에서 저는 그의 에나멜 구두가 삐걱거리는 소리와 그가 이승에서 마지막으로 샴페인을 들고 잔을 탁자에 내

---

18 러시아어로 네비찌예 небытие 로 철학적, 종교적인 용어이다. 단순히 죽음으로만 번역하면, 죽음 이후의 세계에 대한 베를리오즈의 관점을 반영하지 않게 되므로, 어색하지만 무존재라는 용어를 사용하였다. 유물론자로서 베를리오즈는 영혼의 존재 자체를 인정하지 않으므로, 죽음 이후 완전한 무(無)를 상정한다. 존재 자체의 실종, 상실을 의미하는 것이다. 이에 반하는 존재(러시아어로 бытие)란 삶과 존재를 의미하게 된다.

19 「마태복음」에 나오는 예수 그리스도의 말 〈너희 믿음대로 되어라〉(「마태복음」 9 : 29)라는 말을 변형한 것이다.

려놓는 소리가 들립니다. 자, 저기 그가 왔군요.」

새로운 손님이 볼란드를 향하여 홀 안으로 외롭게 걸어 들어왔다. 외모로 보자면 한 가지만 빼면 그는 수없이 많은 남자 손님들과 조금도 다를 바가 없었다. 손님은 흥분한 나머지 멀리서도 알아볼 수 있을 정도로 휘청거렸다. 그는 두 뺨에 홍조를 띠고, 눈동자를 아주 불안하게 굴렸다. 손님은 큰 충격에 휩싸여 있었는데, 그것은 아주 자연스러운 일이었다. 모든 것이 그를 놀라게 했지만, 물론 가장 주요했던 것은 볼란드의 차림 때문이었다.

그러나 손님은 아주 상냥하게 맞이되었다.

「아, 사랑스러운 남작 마이겔.」 볼란드가 반갑다는 듯이 미소를 지으며 손님에게 말을 걸었다. 손님은 이마 위로 눈을 치켜떴다. 「여러분에게 마이겔 남작을 소개할 수 있게 되어 행복합니다.」 볼란드가 손님들에게 말했다. 「이분은 관광 위원회에서 외국인에게 수도의 관광 명소를 소개하는 직책에 종사하고 계십니다.」

이때 마르가리따는 문득 그 마이겔을 알아보고 온몸이 얼어붙었다. 모스끄바의 극장과 레스토랑에서 몇 번 본 적이 있었던 것이다. 〈잠깐……〉 마르가리따는 생각했다. 〈그러니까 저 사람 역시 죽었다는 거야, 뭐야?〉 그러나 그때 진상이 밝혀졌다.

「사랑스런 남작께서는,」 볼란드가 기쁘게 미소를 지으며 말을 이었다. 「너무 매혹적인 분이시라서, 내가 모스끄바에 도착했다는 사실을 알게 되자, 곧 내게 전화를 걸어 전문적인 서비스를 제공하겠다고, 그러니까 관광 명소들을 안내해 주시겠노라고 하였습니다. 그러니 당연한 일이지만, 그를 내 집에 초대하게 되어 나는 행복합니다.」 그때 마르가리따는 아자젤로가 해골 모양의 잔이 든 접시를 꼬로비요프에게 넘겨주는 것을 보았다.

「그런데 마침 말이오, 남작.」볼란드가 갑자기 친근하게 목소리를 낮추며 말했다.「당신의 특별한 호기심에 대한 소문이 돌더란 말이오. 그 호기심은 그에 못지않게 발달한 당신의 수다스러움과 결합하여 모든 사람의 관심을 끌었다고 하더군요. 더구나 독살스런 혀들이 벌써 중상모략을 일삼는 자와 스파이라는 말을 흘렸고. 게다가 이 일로 인해 당신이 한 달이 채 넘지 않아 종말을 맞이하게 되리라는 예상도 들더이다. 그래서 그 고통스러운 기다림을 면제해 주기 위해 우리는 가능한 모든 것을 엿듣고 엿보려는 목적으로 당신이 나를 방문하겠다고 조르는 상황을 이용해 당신에게 도움을 주기로 결정했소.」

남작은 타고나기를 극도로 창백하게 타고난 아바돈나보다도 더 창백해졌고, 그 후 무언가 이상한 일이 벌어졌다. 아바돈나가 남작 앞에 서서 잠시 그의 안경을 벗었다. 그 순간 아자젤로의 손에서 무언가가 불을 번쩍이더니 손바닥을 치듯이 〈탁〉 하는 소리를 냈다. 남작이 뒤로 넘어지면서, 진홍색 피가 그의 가슴에서 뿜어져 나와 풀을 먹인 셔츠와 조끼에 흐르기 시작했다. 꼬로비요프는 분출하는 피 아래로 잔을 쳐들었다가 가득 찬 잔을 볼란드에게 전했다. 그때 생명을 잃은 남작의 몸은 이미 바닥에 쓰러져 있었다.

「여러분의 건강을 위해 마시겠소.」볼란드가 크지 않은 소리로 말하고, 잔을 들어 입술에 대었다.

그러자 변신이 일어났다. 헝겊을 기운 잠옷과 닳아 빠진 구두가 사라졌다. 볼란드는 넓적다리에 강철 장검을 차고 검은 외투를 입은 모습으로 변했다. 그는 빠르게 마르가리따에게 다가와 그녀에게 잔을 내밀며 명령조로 말했다.

「마시시오!」

마르가리따는 머리가 빙글빙글 돌면서 비틀거렸지만, 이미 입술에 잔을 대고 누군가의 목소리가 ― 그녀는 그것이 누구의 목소리인지 분간할 수 없었다 ― 양쪽 귀에 대고 속삭이는 소리를 들었다.

「두려워하지 마세요, 여왕님…… 두려워하지 마세요, 여왕님. 피는 이미 오래전에 땅으로 들어갔어요. 피가 흐른 곳에서는 이미 포도 덩굴이 자라요.」

마르가리따는 눈을 뜨지 않고 한 모금을 마셨다. 달콤한 액체가 그녀의 혈관을 타고 달리자, 귀에서 윙윙거리는 소리가 울리기 시작했다. 수탉이 귀청이 떨어져 나갈 듯이 울부짖는 소리가 들리는 것 같기도 하고, 어디에서인가 행진곡을 연주하는 것 같기도 했다. 손님의 무리들은 그 형태를 잃기 시작했다. 연미복의 남자들과 여자들이 유해가 되어 무너져 내렸다. 마르가리따의 눈앞에서 시체가 썩어 갔고 뼈 냄새가 홀 전체에 진동했다. 열주들도 무너지고, 불도 꺼지고, 모든 것이 오그라들어 분수도, 튤립도, 동백나무도 모두 사라졌다. 방은 원래 그대로의 단순한 모습으로 돌아왔다. 방은 보석상의 소박한 거실로 변했고, 열린 거실 문을 통해 빛이 바닥으로 흘러들었다. 그 열린 문으로 마르가리따가 들어왔다.

제24장
거장의 구출

침실의 모든 것은 무도회가 열리기 전의 모습 그대로였다. 볼란드는 잠옷을 입고 침대에 앉아 있었고, 겔라만이 그의 다리를 주무르는 대신 아까 장기를 두었던 탁자에 저녁을 차리고 있었다. 꼬로비요프와 아자젤로는 연미복을 벗고 탁자 옆에 앉아 있었고, 물론 그들과 나란히 고양이가 앉아 있었다. 고양이는 완전히 넝마로 변한 넥타이와 헤어지려 들지 않았다. 마르가리따는 비틀거리며 탁자로 다가가 그 위에 몸을 기댔다. 그때 볼란드가 아까처럼 그녀를 자기 쪽으로 손짓해 옆에 앉으라는 표시를 했다.

「그래, 어떻소. 많이 지치셨소?」 볼란드가 물었다.

「오, 아니에요, 나리.」 마르가리따는 거의 들릴 듯 말 듯한 목소리로 대답했다.

「노블레스 오블리주.」[1] 고양이가 이렇게 말하며 마르가리따의 긴 잔에 투명한 액체를 따라 주었다.

「보드까인가요?」 마르가리따가 약한 목소리로 물었다.

1 *Noblesse oblige*, 프랑스어로 〈사회적 지위가 의무를 지운다〉라는 뜻.

고양이는 모욕감에 떨며 의자에서 펄쩍 일어났다.

「당치 않은 말씀입니다, 여왕님.」그는 쉰 목소리로 말했다.「제가 귀부인께 보드까를 권할 위인으로 보이십니까? 이건 순수 알코올이에요!」

마르가리따는 미소를 짓고 잔을 물리려는 몸짓을 했다.

「쭉 들이켜시오.」볼란드가 이렇게 말하자, 마르가리따는 즉각 잔에 손을 댔다.「겔라, 앉아.」볼란드는 이렇게 명하고, 마르가리따에게 설명했다.「보름달 밤은 축제의 밤이오. 나는 아주 가까운 측근들과 하인들과 함께 저녁 식사를 합니다. 그런데 몸은 어떠시오? 그 지겨운 무도회는 어땠소?」

「감동적이었습니다.」꼬로비요프가 갈라진 목소리로 말하기 시작했다.「모두들 넋을 잃었고, 사랑에 푹 빠져 압도당했습니다! 그 절도하며, 솜씨하며, 그 황홀경과 매혹은 이루 말할 수 없었습니다!」

볼란드는 말없이 잔을 들어 마르가리따의 잔에 부딪쳤다. 마르가리따는 〈이제 알코올 때문에 곧 죽겠구나〉라는 생각을 하면서도 고분고분하게 잔을 끝까지 들이켰다. 그러나 나쁜 일은 조금도 일어나지 않았다. 생생한 온기가 위 전체에 퍼지더니, 뭔가가 가볍게 뒤통수에서 뛰놀기 시작했다. 그리고 몸을 회복시키는 긴 잠에서 깨어나기라도 한 듯이 힘이 되돌아왔다. 더구나 배고픈 늑대처럼 허기를 느꼈다. 어제 아침부터 아무것도 먹지 않았다는 데 생각이 미치자, 허기는 더욱 강렬해졌다. 그녀는 허겁지겁 철갑상어 알을 집어삼키기 시작했다.

베게모뜨는 파인애플 조각을 잘라 소금과 후추를 뿌려 먹었다. 그런 다음 어찌나 호기롭게 두 번째 알코올 잔을 들이켜는지, 모두들 박수를 쳤다.

마르가리따가 두 번째 잔을 마시자, 상들리에에 있는 초들이 더욱 선명하게 타오르고 벽난로에서도 불꽃이 더욱 강렬해지는 것 같았다. 마르가리따는 전혀 취기를 느낄 수 없었다. 하얀 이로 고기를 베어 문 마르가리따는 고기에서 흘러나오는 즙을 빨면서 베게모뜨가 굴에 겨자를 바르는 모습을 보았다.

「그 위에 포도도 놓도록 해.」겔라가 고양이의 옆구리를 찌르며 조용히 말했다.

「제발 나를 가르치려 들지 마.」베게모뜨가 대답했다.「걱정하지 말라고, 나도 식사에 한두 번 참석해 본 게 아니니까!」

「아, 이렇게 작은 벽난로 앞에 앉아 편안히 식사를 하다니 정말 좋군요.」꼬로비요프가 왁자지껄한 소리를 냈다.「가장 가까운 사람들과 함께 말이에요……」

「아니, 파고뜨.」고양이가 반박했다.「무도회에도 나름의 매혹과 감동은 있어.」

「무도회엔 아무 매력도 쥐뿔의 감동도 없더구나. 그 바보 같은 곰들과 바에 있던 호랑이들이 울부짖는 소리 때문에 난 편두통까지 생길 지경이었어.」볼란드가 말했다.

「알겠습니다, 나리.」고양이가 말했다.「만일 감동이 없었다고 하신다면, 즉시 의견을 철회하겠습니다.」

「앞으로 조심해라!」그 말에 볼란드가 대꾸했다.

「농담한 것뿐이에요.」고양이가 온순해져서 말했다.「호랑이에 관한 것이라면, 그것들을 지지라고 명하겠습니다.」

「호랑이를 먹을 수는 없어요.」겔라가 말했다.

「그렇게 생각하셔? 그렇다면 한번 들어 보셔.」고양이는 이렇게 대꾸하고, 만족감에 실눈을 뜬 채 자신이 언젠가 광야에서 19일간 혼자서 방랑한 애기를 했다. 그가 먹은 유일한 음식은 자기가 죽인 호랑이 고기였다는 것이다. 모두들 흥미를 갖고 그의 재미있는 이야기를 들었다. 하지만 베게모뜨가 이야기를 마치자, 모두들 한목소리로 외쳤다.

「거짓말!」

「그 거짓말에서 무엇보다 재미있는 것은,」볼란드가 말했다.「그게 처음부터 끝까지 순전히 거짓말이라는 점이야.」

「아, 그래요? 거짓말이라고요?」고양이가 소리치자, 모두들 그가 항의할 것이라고 생각했다. 그런데 그는 조용히 이렇게 말하고 말았다.「역사가 우리를 심판하겠지요.」

「그런데 말씀 좀 해보세요.」보드까를 마신 뒤, 생기를 되찾은 마르고[2]가 아자젤로에게 물었다.「당신은 그 사람, 그 전(前) 남작을 총으로 쏴 죽였나요?」

「당연하지요.」아자젤로가 대답했다.「어떻게 그를 총으로 쏘지 않을 수 있습니까? 그런 자는 반드시 사살해야만 합니다.」

「얼마나 놀랐는지 몰라요!」마르가리따가 외쳤다.「너무나 급작스럽게 일어난 일이라서.」

「급작스러울 거라곤 조금도 없어요.」아자젤로가 반박했다. 그러자 꼬로비요프가 울부짖으며 푸념하기 시작했다.

「어떻게 놀라지 않을 수 있어? 난 두 다리가 다 후들후들 떨렸는데! 탕! 한 방에 남작이 푹 고꾸라졌는데!」

「난 거의 히스테리를 부릴 뻔했어.」고양이가 철갑상어 알을 담은 수저를 핥으면서 말했다.

「그런데 이해 가지 않는 게 있어요.」마르가리따가 말했다. 크리스털 때문에 황금색 철갑상어 알이 그녀의 눈앞에서 이리저리 뛰놀았다.「정말로 밖에서는 무도회에서 나는 큰 소음이 전혀 들리지 않았을까요?」

「물론 들리지 않았지요, 여왕님.」꼬로비요프가 설명했다.

2 마르가리따를 칭하는 말이다.

「들리지 않게 해야 합니다. 더 조심스럽게 해야 하지요.」

「그래요, 그래……. 그런데 그 계단에 있던 사람 말이에
요……. 그때 아자젤로와 함께 계단을 지날 때요……. 그리고
다른 사람도 현관 옆에 있었어요……. 난 그가 이 아파트를
감시한다는 생각이 드는데요…….」

「맞아요, 맞아요!」 꼬로비요프가 큰 소리로 말했다. 「맞아
요, 마르가리따 니꼴라예브나! 제가 품었던 의심을 그대로
말씀하시는군요! 그래요, 그는 아파트를 감시하고 있었습니
다! 나는 그가 산만한 시간 강사이거나, 계단에서 동동거리
는 애인이라고 생각할 뻔했죠. 그런데 아니에요, 아냐! 뭔가
가 내 심장을 쿡 찌르더라고요! 아, 그는 아파트를 감시하고
있었던 겁니다! 현관에 있던 다른 사람도요! 건물의 통로에
있던 사람도 역시 그랬던 거예요!」

「궁금한 건, 만일 여러분을 체포하러 온다면 어떻게 하
죠?」 마르가리따가 물었다.

「반드시 올 겁니다, 매혹적인 여왕님, 반드시요!」 꼬로비
요프가 대답했다. 「그럴 거라는 예감이 들어요. 물론 지금은
아니지만, 때가 되면 틀림없이 올 겁니다. 하지만 흥미로운
것이라고는 아무것도 없을 거예요.」

「아, 그 남작이 쓰러졌을 때 얼마나 놀랐던지.」 마르가리따
는 분명 난생처음 본 살인으로 인해 아직까지도 마음이 괴로
운지 이렇게 말했다. 「당신은 아마도 총을 잘 쏘시겠죠?」

「대충.」 아자젤로가 대답했다.

「몇 걸음 거리에서요?」 마르가리따는 아자젤로에게 조금
분명치 않은 질문을 던졌다.

「뭐랄까, 상황에 따라 다른 법이죠.」 아자젤로는 이치에 맞
게 대답했다. 「비평가 라뚠스끼의 유리창을 망치로 치는 것
과 그의 심장을 쏘는 것이 다르듯이 말입니다.」

「심장을요!」마르가리따는 어째서인지 자신의 심장에 손을 대고 외쳤다. 「심장을요!」그녀는 잠긴 목소리로 같은 말을 반복했다.

「그 라뚠스끼라는 자는 누구요?」볼란드는 마르가리따를 실눈으로 바라보며 물었다.

아자젤로, 꼬로비요프, 베게모뜨는 왠지 부끄럽다는 듯이 눈을 내리깔았고, 마르가리따는 얼굴을 붉히며 대답했다.

「그런 비평가가 한 사람 있어요. 오늘 저녁에 제가 그 사람 아파트를 완전히 부수어 버렸어요.」

「오호! 어째서 그랬소?」

「그는, 나리,」마르가리따가 설명했다. 「한 거장을 죽였어요.」

「왜 직접 애를 쓰셨소?」볼란드가 물었다.

「허락해 주시면, 제가, 나리!」고양이가 튀어 오르며 외쳤다.

「넌 앉아 있어.」아자젤로가 일어나면서 투덜댔다. 「내가 직접 다녀오지…….」

「아니요!」마르가리따가 소리를 질렀다. 「아니요, 제발! 나리, 그럴 필요 없어요!」

「좋을 대로, 좋을 대로 하시오.」볼란드가 이렇게 대답하자, 아자젤로가 자리에 앉았다.

「그런데 무슨 말을 하다 마셨죠, 귀하디귀하신 마르고 여왕님?」꼬로비요프가 말했다. 「아, 그래요, 심장! 심장에 곧바로 박히죠.」꼬로비요프는 아자젤로를 향해 자신의 긴 손가락을 뻗었다. 「심장의 심이(心耳) 쪽이든, 내장들 중 어느 쪽이든 자유자재지요.」

마르가리따는 금방 알아듣지 못하다가, 곧 이해하고는 놀라서 외쳤다.

「하지만 그것들은 눈에 보이지 않잖아요!」

「귀하신 부인,」 꼬로비요프가 거칠게 소리치며 말했다. 「눈에 보이지 않는다는 게 포인트예요! 거기에 바로 묘미가 있는 겁니다! 훤히 보이는 대상은 누구나 맞힐 수 있으니까요!」

꼬로비요프는 탁자 서랍에서 스페이드 7을 꺼내 마르가리따에게 건네며 손톱으로 카드의 점들 중 하나에 표시를 하라고 청했다. 마르가리따는 오른쪽 위의 구석에 표시를 했고, 겔라는 카드를 베개 아래 감추고 외쳤다.

「준비되었어!」

베개에서 돌아앉았던 아자젤로는 연미복 바지 주머니에서 검은색 자동 권총을 꺼내더니, 총구를 어깨에 얹고 몸을 침대 쪽으로 돌리지 않은 채 마르가리따를 기분 좋게 놀래 주며 총을 쏘았다. 그들은 총에 맞아 뚫린 베개 밑에서 스페이드 7 카드를 꺼냈다. 마르가리따가 표시한 부분이 뚫려 있었다.

「당신 손에 권총이 있을 때, 당신과 만나지 않기만을 바랄 뿐이에요.」 마르가리따는 애교를 부리며 아자젤로를 향해 말했다. 그녀는 어떤 분야에서든 최고인 사람에게 강렬하게 끌리는 성향이 있었다.

「고귀하신 여왕님,」 꼬로비요프가 빽빽거렸다. 「저는 설사 그의 손에 권총이 들려 있지 않을 때라도, 그와 만나는 걸 아무에게도 추천하지 않을 겁니다! 전직 지휘자의 명예를 걸고 말씀드리지만, 아무도 그와 만났다는 사람을 축하하지 않을 겁니다.」

고양이는 사격 시범 시간에 눈살을 찌푸리고 앉았다가 느닷없이 선언했다.

「같은 7점으로 기록을 깨는 데 도전하겠어.」

아자젤로는 이에 대한 응답으로 뭐라고 으르렁거렸다. 그러나 고양이는 고집을 부렸고, 한 자루가 아니라 두 자루의 소총을 요구했다. 아자젤로는 바지의 다른 뒷주머니에서 두 번째 권총을 꺼내어 경멸 어린 표정으로 입술을 찡그리며 첫 번째 권총과 함께 허풍선이에게 내밀었다. 그들은 7점짜리 카드에 두 개의 점을 표시했다. 고양이는 베개에서 몸을 돌려 오랫동안 준비를 했다. 마르가리따는 손가락으로 귀를 막고 앉아 벽난로의 선반에서 졸고 있는 부엉이를 바라보았다. 고양이가 두 개의 권총 중 하나를 쏘자, 곧바로 겔라가 비명을 질렀다. 부엉이가 벽난로에서 죽은 채 떨어지고, 깨진 시계들이 멈추어 섰다. 한 손이 피투성이로 변한 겔라가 비명을 지르며 고양이의 털에 달려들자, 고양이는 그에 대응하여 그녀의 머리칼을 낚아챘다. 그들은 한데 엉겨서 바닥을 뒹굴었다. 여러 개의 잔들 중 하나가 탁자에서 굴러 떨어지며 산산조각 났다.

「이 미친 악마 년을 내게서 떼어 줘!」 고양이는 자신을 타고 앉은 겔라에게서 떨어지려 하면서 악을 썼다. 싸우는 두 사람을 떼어 놓은 후 꼬로비요프가 뚫린 겔라의 손가락에 바람을 불자, 그 손가락은 말끔히 되살아났다.

「옆에서 말참견을 하면 총을 쏠 수 없다고!」 베게모뜨는 이렇게 외치며 등에서 떨어진 커다란 털 뭉치를 제자리에 맞추려고 애썼다.

「내기를 하지.」 볼란드는 마르가리따에게 미소를 지으면서 말했다. 「저 녀석은 일부러 그런 거요. 총을 제법 쏠 줄 아는 녀석이라오.」

겔라는 고양이와 화해하고, 그 표시로 둘은 입을 맞추었다. 그들은 베개에서 카드를 꺼내 확인해 보았다. 아자젤로가 뚫은 지점 말고 다른 곳에는 스친 흔적조차 없었다. 「이건 있을 수 없는 일이야.」 고양이는 뚫린 카드 구멍에 샹들리에의 빛을 비추어 보면서 말했다.

즐거운 저녁 식사가 계속되었다. 샹들리에에서 촛농들이 녹아내리고, 벽난로에서 나오는 건조하면서도 향기로운 온기가 방 전체로 물결처럼 번져 나갔다. 배불리 먹은 마르가리따는 지극히 행복한 기분에 휩싸였다. 그녀는 아자젤로가 시가에서 비둘기 빛의 연기를 고리 모양으로 내뿜어 벽난로 쪽으로 보내고, 고양이가 그것을 장검 끝으로 잡는 모습을 쳐다보았다. 찬찬히 따져 보면 이미 늦은 시간인데도 불구하고 그녀는 아무 데도 가고 싶지 않았다. 모든 것으로 미루어 보아, 시간은 거의 아침 여섯시가 되었을 것 같았다. 잠깐의 휴지기를 이용하여 마르가리따는 볼란드에게 조심스럽게 말을 걸었다.

「저, 이제 갈 시간이 되었어요……. 늦었어요…….」

「어디를 가려고 그렇게 서두시오?」 볼란드가 정중하지만 차갑게 물었다. 다른 이들은 시가로 만든 고리 모양의 연기에 몰두한 척하면서 입을 다물었다.

「예, 이제 갈 시간이에요.」 그들의 반응에 아주 당황한 마르가리따가 되풀이해서 말했다. 그녀는 몸에 걸칠 스카프나 망토를 찾기라도 하듯이 몸을 돌렸다. 벗었다는 것이 갑자기 부끄러워지기 시작했던 것이다. 볼란드는 침대에서 말없이 자신의 더럽고 닳아 빠진 가운을 벗어 그녀의 어깨에 걸쳐 주었다.

「고맙습니다, 나리.」 마르가리따는 들릴 듯 말 듯한 목소리로 말하고, 의문에 가득한 눈빛으로 볼란드를 보았다. 볼란드는 그에 대한 답으로 그녀에게 정중하면서도 무심한 미소를 지었다. 어두운 비애가 곧 마르가리따의 심장에 밀려들었다. 그녀는 속았다는 생각이 들었다. 무도회에서 온갖 봉사를 해주었는데도 아무도 그녀에게 보상을 해주려 하지 않는 것 같았고, 그들은 그녀를 가지 못하게 막지도 않았다. 반면 그녀는 이제 여기서 나가면 더 이상 갈 데가 없다는 생각이 더욱 또렷하게 들었다. 불현듯 독립 주택으로 돌아가야만 한다는 생각이 스치듯이 지나가자, 그녀의 마음은 절망감으로 인해 터질 것만 같았다. 알렉산드로프 정원에서 아자젤로가 유혹하듯이 충고한 것을 과연 그녀 자신이 요청해야 한단 말인가? 〈아니, 절대로 그럴 수는 없어!〉 그녀는 스스로에게 말했다.

「안녕히 계세요, 나리.」 그녀는 소리 내어 말하고 속으로 생각했다. 〈여기서 나가자마자 곧장 강으로 가서 뛰어내릴 거야.〉

「앉으시오.」 볼란드가 돌연 명령조로 말했다.

마르가리따는 얼굴 표정이 변하며 자리에 앉았다.

「작별 인사로 뭔가를 얘기하고 싶은 것은 아니오?」

「아니요, 아무것도 없습니다, 나리.」 마르가리따가 자존심을 내세우며 대답했다.「그뿐 아니라 만일 제가 더 필요하시다면, 당신이 원하시는 모든 것을 기꺼이 해드릴 마음이 되어 있습니다. 저는 결코 지치지 않았고, 무도회에서 아주 즐겁게 보냈습니다. 그래서 만일 무도회가 더 지속된다면, 저는 교수형에 처해진 자들과 살인자들이 입을 맞추도록 제 무릎을 수천 번이라도 기꺼이 내줄 용의가 있습니다.」 마르가리따의 눈에 눈물이 고이는 바람에 볼란드의 모습도 마치 장막을 통해 보듯이 보였다.

「맞소! 당신 말이 전적으로 옳소!」 볼란드가 울려 퍼지는 목소리로 무섭게 소리쳤다.「바로 그렇게 해야 하는 거요!」

「바로 그렇게 해야 하는 겁니다!」 볼란드의 수행원들이 메아리처럼 그의 말을 되풀이했다.

「당신을 시험해 본 거요.」 볼란드가 말했다.「절대로 아무것도 청하지 마시오! 절대로 아무것도, 특히 당신보다 더 강한 사람에게는 말이오! 그들 스스로가 결정하여 그들 스스로 모든 것을 줄 것이오. 앉으시오, 오만한 여인이여.」 볼란드는 마르가리따에게서 무거운 가운을 벗겼다. 그녀는 또다시 그와 나란히 침대 위에 앉게 되었다. 「오늘 이 집의 여주인이 되어 준 것에 대한 대가로 무엇을 원하시오? 벗은 채로 무도회에서 보낸 것에 대한 대가로 무엇을 해주리까? 당신의 무릎에 값을 얼마나 매기시려오? 지금 당신이 교수형에 처해진 자라고 부른 내 손님들로 인해 입은 손실이 얼마나 되오? 말해 보시오! 내가 권하는 것이니, 사양할 것 없이 어서 말해 보시오.」

마르가리따의 가슴이 뛰기 시작했다. 그녀는 무겁게 한숨을 내쉬고 뭔가를 생각하기 시작했다.

「자, 어서, 더 용감하게!」 볼란드가 부추겼다. 「상상력을 발휘해 그것에 박차를 가해 봐요! 속속들이 불한당인 그 남작이 살해당하는 현장에 있었다는 사실만으로도 포상을 받을 만하지. 특히 그 사람이 여자라면 말이오. 어떻게 하겠소?」

마르가리따는 숨을 죽이고, 이미 마음에 준비한 비밀스런 말을 내뱉으려고 했다. 그런데 그 순간 얼굴이 창백해지면서 입이 벌어지고, 눈이 커다랗게 떠졌다. 〈프리다! 프리다! 프리다!〉 누군가의 집요하고 애원하는 듯한 목소리가 그녀의 귓전을 때렸다. 〈제 이름은 프리다예요!〉 마르가리따는 더듬거리며 말하기 시작했다.

「그러니까 저는, 그러니까…… 한 가지만…… 청할 수 있군요?」

「요청하시오, 요청하세요, 나의 부인.」 볼란드는 이해하겠다는 듯이 미소를 지으며 대답했다. 「한 가지만 요구하시오.」

아, 볼란드가 마르가리따가 내뱉은 〈한 가지〉라는 말을 얼마나 교묘하고 또렷하게 강조하던지!

마르가리따는 다시 한 번 한숨을 내쉬고 말했다.

「저는 프리다가 아기를 질식시켜 죽인 그 손수건을 그녀에게 그만 주셨으면 좋겠어요.」

고양이는 하늘을 올려다보며 시끄럽게 한숨을 쉬었지만, 분명 무도회에서 잡혔던 귀가 생각났는지 아무 말도 하지 않았다.

「아무리 봐도,」 볼란드는 미소를 짓고 말했다. 「당신이 그 바보 같은 프리다로부터 뇌물을 받았을 가능성은 없는데, 왕족으로서의 당신의 혈통에 그런 요청은 어울리지 않는군요. 나도 어떻게 해야 할지 모르겠소. 남은 것이라곤 한 가지뿐인데, 걸레 조각을 다 모아서 내 침실에 난 틈마다 막는 것이오!」

「무슨 말씀이세요, 나리?」 마르가리따는 정말로 이해할 수 없는 이 말을 듣고 놀랐다.

「주인님 말씀에 전적으로 동감입니다, 나리.」 고양이가 대화에 끼어들었다. 「걸레들로 그렇게 해야 합니다!」 고양이는 화를 벌컥 내면서 탁자를 앞발로 내리쳤다.

「나는 자비에 대해 말하는 거요.」 볼란드는 마르가리따에게서 불꽃같은 시선을 거두지 않은 채 자기가 한 말을 설명했다. 「자비는 종종 예기치 않게 가장 좁은 틈새로 교활하게 기어 들어온단 말이오. 그래서 걸레에 대해 말하는 거요.」

「제가 하고 싶은 말이 바로 그겁니다!」 고양이가 이렇게 외치고는, 만일에 대비해 분홍색 크림을 바른 앞발로 자신의 뾰족한 귀를 덮고 마르가리따에게서 물러났다.

「저리로 가라.」 볼란드가 그에게 말했다.

「저는 아직 커피를 마시지 않았는데요.」 고양이가 대답했다. 「어떻게 그냥 나가라고 하실 수 있죠? 참말로, 나리, 축제의 밤에 식탁 앞에 앉은 손님들을 둘로 가를 수 있는 건가요? 하나는 1등급이고, 다른 하나는 그 청승맞은 구두쇠 매점 지배인이 말한 것처럼 신선도 2등급 손님이란 말인가요?」

「입을 닥쳐라.」볼란드가 그에게 명하고, 마르가리따를 향해 물었다.「모든 것으로 미루어 보아, 당신은 드물게 선한 사람인가 보오? 인격이 고매한 사람이오?」

「아니요.」마르가리따가 힘을 내어 대답했다.「저는 당신과는 솔직하게만 말해야 한다는 것을 압니다. 그러니 솔직하게 말씀드릴게요. 저는 경박한 사람이에요. 제가 프리다를 위해 당신께 청한 것은 부주의하게도 제가 그녀에게 확실한 희망을 주었기 때문이에요. 그녀는 기다리고 있어요, 나리. 그녀는 내 힘을 믿고 있어요. 만일 그녀가 기만당한 채로 남는다면, 나는 끔찍한 상황에 처하게 될 겁니다. 나는 평생 마음이 편치 않을 거예요. 어쩔 수 없어요! 그렇게 되어 버렸어요.」

「그건,」볼란드가 말했다.「이해가 가는군.」

「그 일을 해주시겠어요?」마르가리따가 조용히 물었다.

「그 어떤 경우에라도 안 되겠소.」볼란드가 대답했다.「문제는, 귀한 여왕이여, 여기 작은 혼선이 있었다는 데 있소. 기관마다 하는 일이 다 정해져 있단 말이오. 논쟁의 여지 없이 우리가 지닌 능력이 크고, 또 그 가능성이라는 것이 몇몇의 그다지 명철하지 않은 사람들이 생각하는 것보다 훨씬 대단한 것은 사실이지만…….」

「예, 훨씬 큽지요.」그 능력에 대해 분명 자부심을 지닌 듯한 고양이가 참지를 못하고 끼어들었다.

「입 닥쳐, 젠장!」볼란드가 그에게 말하고, 마르가리따를 향해 말을 이었다.「다만 기관이라고 칭한 다른 곳에서 하는 일을 내가 해봐야 무슨 의미가 있겠소? 나는 그걸 하지 않을 테니, 당신이 한번 해보시구려.」

「하지만 제 뜻대로 될까요?」

아자젤로는 비꼬듯이 보이지 않는 쪽의 눈을 마르가리따에게 향하고, 눈에 띄지 않게 붉은 머리를 비틀며 거센 콧김을 내뿜었다.

「그렇게 하시오. 거참, 괴롭군.」 아마도 마르가리따와 이야기를 나누는 동안 다른 일에도 몰두해 있었는지, 볼란드는 이렇게 중얼거리고는 지구의를 돌려 그 위의 어떤 지점을 들여다보기 시작했다.

「자, 프리다…….」 꼬로비요프가 귀띔해 주었다.

「프리다!」 마르가리따가 찢어질 듯한 목소리로 외쳤다.

문이 활짝 열리자, 산발에다 벌거벗었지만 이미 취한 기색이라고는 조금도 없는 여자가 놀란 눈을 하고 방 안으로 뛰어 들어와 마르가리따에게 팔을 뻗었다. 마르가리따가 근엄하게 말했다.

「너를 용서한다. 더 이상 수건을 주지 않으리라.」

프리다가 통곡하는 소리가 들렸다. 프리다는 바닥에 넙죽 엎드려 마르가리따의 앞에서 성호를 그었다. 볼란드가 손을 휘젓자, 프리다는 시야에서 사라졌다.

「감사합니다, 안녕히 계세요.」 마르가리따는 이렇게 말하고 자리에서 일어났다.

「자, 그럼, 베게모뜨.」 볼란드가 말문을 열었다. 「축제의 밤에 비실용적인 사람의 행동으로 이득을 보지는 말자꾸나.」 그는 마르가리따에게 몸을 돌렸다. 「이 일은 계산에 들어가지 않소. 난 아무것도 하지 않았소. 당신 자신을 위해서는 무엇을 원하시오?」

침묵이 찾아왔다. 마르가리따의 귀에 대고 속삭이기 시작한 꼬로비요프가 그 침묵을 깼다.

「다이아몬드 같은 귀부인이시여, 이번에는 보다 분별 있게 구시라고 충고하겠습니다! 그렇지 않으면 기회를 놓칠 수도

474

있어요.」

「지금 이 순간 내게 사랑하는 사람, 거장을 당장 돌려주시기를 원합니다.」 마르가리따가 이렇게 말했다. 그녀의 얼굴은 경련으로 일그러졌다.

그 순간 방 안에 바람이 들이닥쳤고, 그로 인해 샹들리에 위의 촛불이 옆으로 누웠다. 창에 걸린 무거운 커튼이 들리더니 창이 활짝 열리고, 저 멀리 높은 곳에 새벽달이 아니라 한밤의 보름달이 모습을 드러냈다. 밤의 빛이 녹색의 머플러처럼 창틀에서 바닥에 펼쳐지자, 자신을 거장이라고 칭한 이 반의 밤 손님이 나타났다. 그는 한 번도 헤어진 적이 없는 자신의 병원 복장, 그러니까 가운과 구두와 검은 모자 차림이었다. 그는 면도하지 않은 얼굴을 찡그려 일그러뜨리고, 미친 듯이 놀란 모습으로 촛불을 비스듬히 쳐다보았다. 달빛이 그의 주변에서 부서졌다.

마르가리따는 곧 그를 알아보고, 신음 소리를 내며 손뼉을 치고는 그에게 달려갔다. 그녀는 그의 이마와 입술에 입을 맞추고, 따끔따끔한 뺨에 얼굴을 비볐다. 오랫동안 참아 왔던 눈물이 강물처럼 그녀의 얼굴을 타고 내렸다. 그녀는 똑같은 말만 의미 없이 되뇌었다.

「당신…… 당신…… 당신…….」

거장은 그녀를 자신에게서 떼어 놓고 울먹이는 목소리로 말했다.

「울지 마, 마르고, 나를 괴롭히지 마. 난 많이 아파.」

그는 창문을 뛰어넘어 달아나려는 듯이 창턱을 한 손으로 붙잡고는, 앉은 사람들을 찬찬히 들여다보며 이를 드러내고 외치기 시작했다. 「난 무서워, 마르고! 다시 환영이 보이기 시작하나 봐…….」

통곡으로 인해 마르가리따는 숨이 막혔다. 말하면서도 목이 메어 그녀는 속삭였다.

「아니, 아니, 아니야……. 아무것도 걱정하지 말아요……. 내가 당신과 함께 있어……. 당신과 함께 있어…….」

꼬로비요프는 재빨리 눈에 띄지 않게 거장 쪽으로 의자를 밀었고, 거장은 그 위에 털썩 주저앉았다. 마르가리따는 무릎을 꿇고 환자의 옆구리에 바짝 붙어 앉아 그대로 입을 다물었다. 흥분한 그녀는 벌거벗은 상태가 돌연 사라지고, 어느새 자신이 검은색 비단 망토를 입고 있다는 것을 알아차리지 못했다. 환자는 고개를 숙이고 음울하고 병적인 눈동자로 땅을 쳐다보기 시작했다.

「그렇군.」 볼란드는 침묵을 깨고 말문을 열었다.「그를 격리시킨 것은 잘한 일이야.」 그는 꼬로비요프에게 지시했다. 「자, 기사, 이 사람에게 뭐든 마실 걸 줘라.」

마르가리따는 떨리는 목소리로 거장에게 애원했다.

「마셔요, 마셔! 두려워요? 아니, 아니야, 나를 믿어요. 이들이 당신을 도와줄 거야!」

환자는 잔을 들고 그 속에 있는 것을 마셨지만, 손을 떠는 바람에 비워진 잔이 그의 발 옆에서 깨졌다.

「길조예요! 길조!」 꼬로비요프가 마르가리따에게 속삭이기 시작했다.「보세요, 그가 벌써 제정신이 들고 있어요.」

정말로 환자의 시선은 이제 그다지 거칠지도 불안하지도 않았다.

「그런데 당신이 맞아, 마르고?」 달밤의 손님이 물었다.

「의심하지 마요, 나예요.」 마르가리따가 대답했다.

「더!」 볼란드가 명했다.

두 번째 잔을 비우자, 거장의 눈에 생기가 돌고 정신이 돌아왔다.

「자, 이제 상태가 좋아졌군.」 볼란드가 실눈을 뜨고 말했다.「말해 보게. 그대는 누구인가?」

「저는 이제 아무도 아닙니다.」거장이 쓴웃음을 지으며 대답했다.

「자네는 지금 어디서 오는 겐가?」

「정신 병동에서요. 나는 정신병자입니다.」타지에서 온 사람이 말했다.

마르가리따는 그 말을 견디지 못해 또다시 울음을 터뜨렸다. 조금 뒤 그녀는 눈물을 닦고 외쳤다.

「끔찍한 말이에요! 끔찍한 말! 그는 거장이에요, 거장. 내가 분명히 알려 드릴게요! 그를 고쳐 주세요. 그는 그럴 만한 가치가 있어요.」

「당신은 지금 얘기하는 사람이 누구인지 알겠소?」볼란드가 새로 온 사람에게 물었다.「당신은 지금 누구의 집에 있는 거요?」

「압니다.」거장이 대답했다.「정신 병원에서 내 옆방에 있던 그 젊은이, 이반 베즈돔니죠. 그가 당신에 대한 이야기를 해주었습니다.」

「물론이지, 물론이야.」볼란드가 대꾸했다.「빠뜨리아르흐 연못에서 그 젊은이와 만나서 기뻤소. 내가 존재하지 않는다는 것을 그가 내게 증명하려고 하는 바람에 나는 거의 돌 뻔했지! 그런데 당신은 그게 정말 나라는 것을 믿는 거요?」

「믿지 않을 수 없군요.」손님이 말했다.「하지만 당신을 환영의 열매라고 생각할 수 있다면 마음이 훨씬 편할 겁니다. 미안합니다.」거장은 갑자기 생각이 떠올랐는지 이렇게 덧붙였다.

「어쩌겠소. 만일 마음이 더 편할 것 같다면 그렇게 생각하시오.」볼란드가 정중하게 대답했다.

「아니요, 아니에요!」마르가리따는 놀라서 말하며 거장의 어깨를 흔들었다. 「정신 차려! 당신 앞에 있는 건 정말 그야!」

고양이가 이때도 끼어들었다.

「하지만 난 정말 환영을 닮았어요. 달빛에 비친 내 옆모습에 주의를 기울여 주세요.」 고양이는 달빛으로 인해 생겨난 기둥에 기어 들어가 뭔가를 말하려고 했지만, 모두들 그에게 입을 다물라고 부탁했다. 그러자 그는 〈좋아, 좋아, 입을 다물 테야. 난 침묵하는 환영이 될 테야〉라고 대답하고는 입을 다물었다.

「그런데 마르가리따는 왜 당신을 거장이라고 부르는 거요?」 볼란드가 물었다.

그가 피식 웃으며 말했다.

「저 사람 성격의 약점 때문이지만, 용서해 줄 만은 합니다. 저이는 내가 쓴 소설을 지나치게 높이 평가하거든요.」

「어떤 소설이오?」

「본디오 빌라도에 관한 소설입니다.」

이때 또다시 초의 심지들이 흔들리며 들썩이고, 탁자 위의 그릇들이 덜거덕 소리를 내기 시작했다. 볼란드는 천둥 같은 소리로 웃음을 터뜨렸지만, 그 웃음으로 인해 놀란 사람은 아무도 없었다. 베게모뜨는 어째서인지 박수를 치기 시작했다.

「뭐라고? 뭐라고? 누구에 대해서라고?」 볼란드는 웃음을 멈추고 물었다. 「그러니까 지금 시대에 말인가? 이거 정말 놀랄 일이군! 당신은 다른 테마를 발견할 수는 없었소? 한번 읽게 줘보시오.」 볼란드는 손바닥을 위로 향하게 해서 뻗었다.

「안타깝게도 그렇게 할 수 없습니다.」 거장이 대답했다. 「왜냐하면 그걸 난로에 태웠거든요.」

「미안하지만, 믿을 수 없군.」 볼란드가 대답했다. 「그건 있을 수 없는 일이오. 원고는 불타지 않소.」 그는 베게모뜨에게 몸을 돌려 말했다. 「자, 베게모뜨, 소설을 이리로 가져오

너라.」

　고양이는 순간적으로 의자에서 튀어 일어났다. 그러자 모두들 그가 이제까지 두꺼운 원고 다발 위에 앉아 있었다는 것을 알았다. 맨 위에 있는 원고 한 부를 고양이가 정중하게 볼란드에게 건넸다. 마르가리따는 몸을 떨며 또다시 눈물을 흘릴 정도로 흥분하여 외치기 시작했다.

　「바로 여기 있어. 원고야! 바로 그 원고야!」

　그녀는 볼란드에게 몸을 던져 환희에 차서 말했다.

　「전능하세요! 전능하세요!」

　볼란드는 그에게 주어진 원고를 뒤집어서 한쪽 옆에 두고는, 미소도 짓지 않고 말없이 거장을 뚫어지게 바라보았다. 그러나 거장은 어째서인지 알 수 없지만, 비탄에 젖은 불안한 모습으로 의자에서 일어나 손을 꺾고 몸을 떨며 멀리 있는 달을 향해 중얼거리기 시작했다.

　「밤이고, 달이 떴는데도 내겐 안식이 없어요……. 왜 나를 괴롭히는 거요? 오, 신들이시여, 신들이시여…….」

　마르가리따는 환자복에 매달려 그에게 기대고는, 그녀 자신이 비탄에 젖어 눈물지으며 중얼거리기 시작했다.

　「맙소사, 어째서 약이 아무 도움도 안 되는 거죠?」

　「괜찮아요, 괜찮아요, 괜찮아요.」 꼬로비요프가 거장 옆에서 굽실거리며 속삭였다. 「괜찮아요, 괜찮습니다……. 한 잔 더 드세요, 내가 당신과 함께 마셔 드리지요…….」

　잔이 윙크를 하며 달빛 속에서 반짝였다. 그 한 잔은 도움이 되었다. 자리에 앉자, 환자의 얼굴에 평온한 표정이 떠올랐다.

　「자, 이제 모든 것이 분명하군.」 볼란드는 이렇게 말하고 원고를 긴 손가락으로 두드리기 시작했다.

　「아주 분명합니다.」 고양이가 침묵하는 환영이 되겠다던 자신의 약속을 깨고 맞장구를 쳤다.「이제 이 작품의 주선율이 처음부터 끝까지 내게 분명해졌어. 무슨 말을 하려나, 아자젤로?」그는 침묵하는 아자젤로에게 말을 걸었다.

「내가 말했지.」아자젤로는 콧소리를 냈다.「너는 물에 빠져 죽는 게 더 나아.」

「자비심을 가져, 아자젤로.」고양이가 그에게 말했다.「내 명령자에게 그런 생각을 불어넣지 마. 내가 가련한 거장처럼 달빛을 입은 모습으로 나타나서, 밤새도록 너한테 고개를 끄덕이며 나를 따라오라고 손짓을 하면 어쩔래? 나를 믿어 봐. 어떻겠어, 아자젤로?」

「자, 마르가리따.」볼란드가 또다시 대화에 끼어들었다.「무엇이 필요한지 뭐든 말해 보시오.」

마르가리따의 눈동자에 불길이 일더니, 그녀는 애원하듯이 볼란드에게 말했다.

「그와 속삭일 수 있도록 허락해 주세요.」

볼란드가 고개를 끄덕이자, 마르가리따는 고개를 숙여 거장의 귀에 대고 뭐라고 속삭였다. 거장이 그녀에게 대답하는 소리만이 들렸다.

「아니, 늦었어. 더 이상 아무것도 삶에서 바라는 것이 없어. 당신을 보는 것 말고는. 하지만 다시 한 번 충고할게, 나를 내버려 둬. 나와 함께 있으면 당신도 망가져.」

「아니, 버려두지 않을 거야.」마르가리따가 대답하고, 볼란드에게 말했다.「다시 아르바뜨에 있는 골목의 지하실로 돌려보내 주세요. 램프가 타고, 이전처럼 모든 것이 되돌아오도록 해주세요.」

그러자 거장이 웃음을 터뜨리고는, 이미 오래전에 풀린 마르가리따의 곱슬머리를 끌어안고 말했다.

「아, 이 가련한 여인의 말을 듣지 마세요, 나리. 그 지하실에는 이미 오래전부터 다른 사람이 살고 있어요, 그리고 모든 것이 예전처럼 되는 경우는 없습니다.」 그는 여자 친구의 머리에 뺨을 대고, 그녀를 품에 안고서 중얼거리기 시작했다.「불쌍한 사람, 불쌍한 사람…….」

「그런 경우는 없다, 그렇게 말하는 거요?」 볼란드가 말했다.「그건 맞는 말이오. 하지만 우리 한번 해봅시다.」 그리고 그는 말했다.「아자젤로!」

그 즉시 당황해서 거의 미쳐 버린 것 같은 시민 한 명이 속옷 차림에 어째서인지 손에는 여행 가방을 들고 챙 없는 모자를 쓴 모습으로 천장에서 바닥으로 떨어졌다. 그는 공포로 인해 몸을 떨며 쪼그리고 앉았다.

「모가리치?」 아자젤로는 하늘에서 떨어진 사람에게 물었다.

「알로이지 모가리치입니다.」 그는 몸을 떨며 대답했다.

「이 사람의 소설에 대한 라뚠스끼의 논평을 읽은 후, 거장이 불법 서적을 집에 보관하고 있다는 내용의 밀고장을 쓴 사람이 당신이지?」 아자젤로가 물었다.

새롭게 등장한 시민은 파랗게 질려서 회개의 눈물을 줄줄 흘리기 시작했다.

「당신은 그의 방으로 이사하고 싶었던 거지?」 아자젤로는 가능한 한 더 정겹게 콧소리를 냈다.

분노한 고양이가 씩씩대는 소리가 방 안에 울렸고, 마르가리따는 〈마녀 맛을 좀 봐라, 봐!〉라고 울부짖으며 손톱을 세우고, 알로이지의 얼굴에 달려들었다.

소동이 일어났다.

「무슨 짓을 하는 거요?」 거장이 고통에 찬 목소리로 외쳤다.「마르고, 스스로를 수치스럽게 만들지 마!」

「반대합니다, 이건 수치가 아니에요!」 고양이가 발악을 했다.

꼬로비요프가 마르가리따를 떼어 냈다.

「나는 목욕탕을 지었어요.」 피투성이가 된 모가리치가 이빨을 덜덜 떨면서 외쳤다. 그리고 공포에 질려 말도 안 되는 이야기를 하기 시작했다. 「하얗게 칠하고…… 유산염을…….」

「목욕탕을 지었다니 그거 참 잘했군.」 아자젤로가 잘했다는 듯이 말했다. 「저 사람은 목욕을 해야 하거든.」 그러고는 외쳤다. 「꺼져 버려!」

그러자 모가리치는 발이 위로 들린 채, 열린 창을 통해 볼란드의 침실 밖으로 휙 날아갔다.

거장이 중얼거리며 눈을 휘둥그렇게 떴다.

「이건 이반이 말한 것보다 훨씬 적나라하군!」 완전히 충격을 받은 그는 주위를 두리번거리다가 마침내 고양이에게 말했다. 「죄송합니다만…… 네가…… 당신이…….」 그는 고양이를 어떻게 불러야 할지 몰라 망설였다. 「바로 전차에 탔다던 바로 그 고양이인가요?」

「접니다.」 기분이 좋아진 고양이가 그렇다고 확인해 주고는 덧붙여 말했다. 「당신이 고양이를 그처럼 정중하게 대해 주는 소리를 들으니 기분이 좋군요. 고양이들한테는 어째서인지 〈너〉라고 하지요. 함께 술을 마시고 키스로 인사를 나눈 후, 고양이와 절친한 친구가 되었다는 사람 얘기는 들어 본 적이 없는데도 말이에요.」

「당신은 어째서인지 썩 고양이 같지는 않군요…….」 거장은 주저하면서 대꾸했다. 「이러나저러나 병원에서 나를 찾을 텐데요.」 그는 볼란드에게 수줍게 말했다.

「찾기는 누가 찾는다고 그러쇼!」 꼬로비요프가 안심을 시켰다. 그러고는 곧 그의 손에 어떤 종이와 책들이 나타났다. 「당신의 진료 기록이지요?」

「예.」

꼬로비요프는 진료 기록을 난로에 던졌다.

「서류가 없으면 사람도 없는 겁니다.」 꼬로비요프가 만족스럽게 말했다. 「이것이 당신이 사는 가옥 건축자의 주민 대장이지요?」

「예…….」

「누가 당신 집에 등록되어 있나요? 알로이지 모가리치요?」 꼬로비요프가 주민 대장의 한 페이지에 입김을 불었다. 「이렇게 하면 그도 없습니다. 확인해 보세요. 그는 이전에도 존재하지 않았습니다. 만일 가옥 건축자가 놀라서 물으면, 알로이지라는 사람은 꿈에 봤던 거라고 말씀하십시오. 모가리치요? 그 모가리치라는 자가 누구입니까? 모가리치라는 사람은 전혀 존재하지 않습니다.」 그러자 끈에 묶인 장부가 꼬로비요프의 손에서 증발해 버렸다. 「자, 이제 장부는 가옥 건축자의 책상 속에 있습니다.」

「옳은 말씀이십니다.」 거장은 꼬로비요프의 깔끔한 일솜씨에 놀라며 말했다. 「만일 서류가 없다면 사람도 없는 거지요.[3] 바로 그런 이유로 나도 존재하지 않습니다. 제게도 서류가 없거든요.」

「실례합니다만,」 꼬로비요프가 외쳤다. 「그것이야말로 환영이라는 겁니다. 자, 바로 여기, 당신의 서류가 있습니다.」 꼬로비요프는 거장에게 서류를 내주었다. 그런 뒤 그는 눈을 내리뜨고 달콤하게 마르가리따에게 속삭였다. 「그리고 여기 당신의 재산이 있습니다, 마르가리따 니꼴라예브나.」 그는 마르가리따에게 끝이 그슬린 노트와 말린 장미, 사진을 내주었고, 특별히 조심스러운 태도로 은행 통장을 건네주었다. 「당신이 가져오신 1만 루블입니다, 마르가리따 니꼴라예브

---

3 불가꼬프 시대의 러시아 문학에서 자주 사용하던 경구이다.

나. 우리에겐 남의 돈이 전혀 필요 없어요.」

「다른 사람의 주머니에 손을 대기도 전에 앞발이 먼저 마비될 거예요.」 고양이가 잰 체하면서 외쳤다. 고양이는 여행 가방 안에 불운한 소설의 복사본들을 억지로 쑤셔 넣느라 가방 앞에서 춤을 추고 있었다.

「이것도 받으시지요.」 꼬로비요프는 마르가리따에게 서류를 내주면서 말을 이었고, 그 뒤를 이어 볼란드에게 정중하게 알렸다. 「다 끝났습니다, 나리.」

「아니, 다 끝나지 않았어.」 볼란드는 지구의에서 눈을 떼고 대답했다. 「나의 귀하신 부인, 당신의 수행원들을 어떻게 하겠소? 개인적으로 그들은 내게 필요하지 않소.」

그때 열린 문으로 나따샤가 벌거벗은 채 뛰어 들어와, 두 손을 맞잡고 마르가리따에게 외치기 시작했다.

「행복하세요, 마르가리따 니꼴라예브나!」 그녀는 거장에게 꾸벅 절을 하더니, 또다시 마르가리따를 향해 말했다.

「당신이 어디로 가는지 다 알아요.」

「하녀들은 모든 것을 알지.」 고양이가 의미심장하게 앞발을 들면서 말했다. 「그들의 눈이 멀었다고 생각하는 건 실수야.」

「원하는 게 뭐야, 나따샤?」 마르가리따가 물었다. 「독립 주택으로 돌아가.」

「사랑스런 마님, 마르가리따 니꼴라예브나.」 나따샤가 애원하듯이 무릎을 꿇고 말하기 시작했다. 「설득해 주세요.」 그녀는 볼란드를 곁눈질했다. 「저를 마녀로 남게 해달라고요. 더 이상 독립 주택은 싫어요! 기사하고도, 기술자하고도 결혼하지 않을 거예요! 어제 무도회에서 자크 씨가 청혼했어요.」 나따샤가 손을 벌려 금화를 보여 주었다.

마르가리따는 질문을 담은 시선을 볼란드에게 던졌다. 그는 고개를 끄덕였다. 그러자 나따샤는 마르가리따의 어깨에 몸을 날려 큰 소리가 나도록 그녀에게 뽀뽀를 하고 승리에 찬 비명을 지르고는 창밖으로 날아갔다.

나따샤가 있던 자리에 니꼴라이 이바노비치가 나타났다. 그는 예전대로 사람의 모습을 되찾았지만, 극도로 음울하고 심지어는 화가 난 것처럼 보였다.

「이런 사람을 내보내게 되다니 정말 특별히 만족스럽군.」 볼란드가 혐오감에 가득한 눈초리로 니꼴라이 이바노비치를 바라보며 말했다. 「얼마나 이곳에 불필요한 사람인지, 정말 보기 드물게 만족스러운 일이야.」

「간절히 바라옵건대 제게 증명서를 써주십시오.」 니꼴라이 이바노비치가 아주 고집스럽게 말문을 열고 주위를 거칠게 둘러보았다. 「제가 어젯밤에 어디서 보냈는지를 알려 주는 증명서를 말입니다.」

「누구에게 보여 주려고 그러나?」 고양이가 엄중하게 물었다.

「경찰과 아내에게 제출할 겁니다.」 니꼴라이 이바노비치는 확고하게 말했다.

「우리는 보통 증명서를 내주지 않는데.」 고양이가 눈살을 찌푸리며 말했다. 「하지만 당신을 위해서 예외를 두도록 하지.」

그러자 니꼴라이 이바노비치가 정신을 차릴 새도 없이 겔라가 어느새 타자기 앞에 앉아 있었고, 고양이가 그녀에게 말을 받아쓰게 했다.

「이 증명서의 제출자 니꼴라이 이바노비치는 상기 밤에 수송 수단 자격으로 이곳에 끌려와 사탄의 무도회에 있었음을 증명함……. 겔라, 괄호 치고! 괄호 안에 〈거세된 돼지〉라고 써. 서명 베게모뜨.」

「날짜는요?」 니꼴라이 이바노비치가 핏대를 올렸다.

「날짜는 쓰지 않아. 날짜를 쓰면 서류에 효력이 없어지거든.」 고양이는 대꾸하고 서류에 아무렇게나 서명한 후 어디에서인가 도장을 낚아채 언제나 하던 대로 그 위에 숨을 불어넣었다. 서류에 〈발급되었음〉이라는 글자를 압인한 다음, 고양이는 니꼴라이 이바노비치에게 서류를 내주었다. 그러자 니꼴라이 이바노비치는 흔적도 없이 사라졌다. 그런데 그의 자리에 예기치 못한 새로운 사람이 또 한 명 나타났다.

「이건 또 누군가?」 볼란드가 초에서 나오는 빛을 손으로 가리며 까다롭게 물었다.

바레누하는 고개를 푹 수그리며 한숨을 내쉬고는, 조용히 말했다.

「돌려보내 주세요. 흡혈귀가 될 수는 없어요. 저는 겔라와 함께 림스끼를 거의 죽을 정도로 괴롭혔지요! 나는 피에 굶주린 사람이 아니에요. 풀어 주세요.」

「이건 또 무슨 헛소리인가?」 볼란드가 얼굴을 찌푸리며 물었다. 「림스끼는 또 누구야? 이게 무슨 실없는 소리야?」

「신경 쓰지 마십시오, 나리.」 아자젤로가 이렇게 대답하고 바레누하에게 말했다. 「전화로 야비한 행동은 하지 마라. 전화로 거짓말을 할 필요는 없어. 알겠나? 더 이상 그런 일은 하지 않을 테지?」

기쁨으로 인해 바레누하는 머릿속이 멍해지는 것을 느끼며 얼굴에 희색을 띠었다. 그는 자기가 무슨 말을 하는지도 모르고 중얼거리기 시작했다.

「진실로…… 그러니까 제가 하고 싶은 말은…… 각하…… 이제 점심 식사 후에…….」 바레누하는 가슴에 두 손을 모으고 애원하듯이 아자젤로를 바라보았다.

「됐다, 이제 집으로 가라.」 아자젤로가 이렇게 답하자, 바레누하는 스르르 없어졌다.

「이제 나와 저들만을 남겨 두고 모두들 나가거라.」 볼란드가 거장과 마르가리따를 가리키며 명했다.

볼란드의 명령은 즉각적으로 이행되었다. 잠시 침묵이 흐른 후, 볼란드가 거장을 향해 말했다.

「그러니까 아르바뜨의 지하실로 데려다 달라 그 말이오? 글을 쓰는 건? 몽상과 영감은?」

「제게 더 이상 몽상은 없습니다. 영감도 없습니다.」 거장이 대답했다. 「이 여인 말고는 아무것도 제 흥미를 끌지 않습니다.」 그는 또다시 마르가리따의 머리에 손을 올렸다. 「사람들이 나를 부수었고, 난 이제 지겨워요. 지하실로 가고 싶습니다.」

「그대의 소설은? 빌라도는?」

「증오스러워요, 그 소설은.」 거장이 대답했다. 「그로 인해 너무 많은 일을 겪었습니다.」

「제발 부탁이야.」 마르가리따가 애원하듯이 부탁했다. 「그렇게 말하지 마. 왜 나를 이렇게 괴롭혀? 내가 당신 작업에 평생을 걸었다는 걸 잘 알잖아?」 마르가리따는 볼란드를 향해 덧붙여 말했다. 「그의 말을 듣지 마세요, 나리. 그는 너무 지쳤어요.」

「하지만 그래도 뭔가를 묘사해야 하지 않겠소?」 볼란드가 말했다. 「만일 그대가 그 총독에 대해 더 이상 쓸 말이 없다면, 그 알로이지라는 사람부터라도 한번 시작해 보시오.」

거장은 미소 지었다.

「라쁘쇼니꼬바가 출판해 주지도 않을 겁니다. 더구나 그건 재미있지도 않아요.」

「그럼 뭐를 해서 먹고살 거요? 거지로 살아갈 수는 없지 않소.」

「기꺼이 그렇게 할 겁니다, 기꺼이.」 거장은 이렇게 대답하고 마르가리따를 자기 쪽으로 끌어당겨 그녀의 어깨를 감싸

안았다. 「이 여자도 정신을 차리고 나를 떠날 겁니다…….」

「나는 그렇게 생각하지 않소.」 볼란드는 이를 악물고 대답하고는 말을 이었다. 「이렇게 본디오 빌라도에 관한 이야기를 쓴 사람이 램프 옆에 우두커니 앉아 거지꼴로 살겠다고 지하로 가겠다?」

마르가리따는 거장에게서 떨어져 열변을 토하기 시작했다.

「저는 할 수 있는 모든 것을 다 했어요. 그에게 가장 유혹적인 말도 했고요. 그런데 그는 그걸 거절했어요.」

「당신이 그에게 뭐라고 속삭였는지는 나도 아오.」 볼란드가 반박했다. 「하지만 그것이 가장 유혹적인 것은 아니었소. 그대에게 말하지.」 그는 미소를 짓고 거장에게 말했다. 「당신의 소설은 당신에게 또 다른 놀라운 일을 가져다줄 거요.」

「그것 참 슬픈 일이군요.」 거장이 대꾸했다.

「아니, 아니, 그건 슬픈 일이 아니오.」 볼란드가 말했다. 「무서울 것이라곤 이제 아무것도 없소. 자, 마르가리따 니꼴라예브나, 모든 것이 이루어졌소. 내게 무슨 불만이라도 있소?」

「그게 무슨 말씀이세요, 나리!」

「그럼, 이걸 기념으로 가져가시오.」 볼란드는 베개 아래에서 다이아몬드가 박힌 작은 황금 편자[4]를 꺼냈다. 「아니요, 아니에요, 아니에요, 무슨 이유로 이런 걸!」

「나와 논쟁을 벌이고 싶은 거요?」 볼란드가 미소를 짓고 물었다.

입고 있던 망토에 주머니가 없어서, 마르가리따는 편자를 냅킨으로 싼 뒤 묶었다. 이때 무엇인가가 그녀를 놀라게 했

---

4 작품을 구상할 초기에는 거장과 마르가리따의 결혼을 의미하는 반지를 선물하는 것으로 하려다가, 볼란드의 악마성을 강조하는 말편자로 바꾸었다고 한다. 중세의 전설에 따르면 악마는 한쪽 발이 염소 굽처럼 생겼다고 한다.

다. 그녀는 달이 빛나는 창을 바라보며 말했다.

「정말 이해할 수 없어요……. 어찌 된 일인지 계속해서 밤이 지속되다니, 이미 오래전에 아침이 되었어야 하는 게 아닌가요?」

「축제의 밤을 조금 더 늘이는 건 유쾌한 일이지요.」볼란드가 대답했다. 「행복하기를!」

마르가리따는 기도하듯이 볼란드에게 양팔을 뻗었지만, 그에게 감히 가까이 가지는 못하고 조용히 탄성을 질렀다.

「안녕히 계세요! 안녕히!」

「잘 가시오.」볼란드가 말했다.

검은 망토의 마르가리따와 환자복 차림의 거장은 초가 타고 볼란드의 수행원들이 기다리고 있는 보석상의 아파트 복도로 나왔다. 그들이 복도에서 나왔을 때, 겔라는 소설을 비롯해 마르가리따 니꼴라예브나 소유의 많은 물건이 든 가방을 들었고, 고양이가 겔라를 도와주었다. 아파트 문에서 꼬로비요프가 절을 하고 사라지자, 수행원들은 계단을 따라 그들을 배웅해 주었다. 계단은 텅 비어 있었다. 3층의 계단참으로 나왔을 때, 뭔가가 가볍게 툭 떨어지는 소리를 냈지만, 그것에 관심을 기울이는 사람은 아무도 없었다. 6라인의 출입구 바로 옆에서 아자젤로가 위로 숨을 내뱉은 뒤 달빛 하나 들지 않는 마당으로 나오자, 그들은 장화와 챙 없는 모자 차림으로 현관 계단에 죽은 듯이 깊은 잠에 빠져 있는 사람과 현관 바로 옆에 헤드라이트를 끈 채 세워져 있는 커다란 검은 자동차를 보았다. 자동차의 앞 유리창에는 갈까마귀의 실루엣이 희미하게 비치고 있었다.

차에 막 타려는 순간, 마르가리따가 절망에 젖어 작은 목소리로 외쳤다.

「맙소사, 편자를 잃어버렸어요!」

「차에 타세요.」 아자젤로가 말했다. 「저를 기다리세요. 어찌 된 일인지 알아보고 곧 돌아오겠습니다.」 그는 현관 안으로 들어갔다.

일은 바로 이렇게 된 것이었다. 마르가리따와 거장이 안내자들과 함께 나오기 바로 전에 보석상의 아파트 바로 밑에 자리한 48호에서 어떤 마른 여자가 손에 함석 통과 가방을 들고 계단으로 나왔다. 그녀는 수요일에 베를리오즈에게 큰 슬픔을 안긴 해바라기 기름을 회전식 개찰구 옆에 흘렸던 바로 그 안누쉬까였다.

이 여자가 모스끄바에서 무슨 일을 하는지, 그리고 어떤 방법으로 살아가는지를 아는 사람은 아무도 없었고, 또 아마 결코 알 수도 없을 것이다. 그녀에 대해서 알려진 것이라고는 그녀가 때로는 함석 통을, 때로는 가방을, 때로는 둘 다를 들고 연료 판매소나 시장, 혹은 건물의 정문이나 계단 같은 데를 돌아다니는 모습을 볼 수 있다는 것뿐이었다. 그러나 그 어디서보다 더 자주 그녀를 볼 수 있는 곳은 그녀가 살고 있는 48호 아파트의 부엌이었다. 그것 말고도 훨씬 더 잘 알려진 사실은 그녀가 어디에 있든, 어디에 나타나든, 그 장소에서는 즉시 추문이 시작된다는 것이고, 그래서 그녀는 〈역병〉이라는 별명을 달고 다닌다는 것이었다.

역병 안누쉬까는 어째서인지 무척이나 일찍 일어났다. 열두시가 조금 지난 무렵이었으므로 오늘 그녀가 일어난 것은 빛이 들어서도, 새벽이 되어서도 아니었다. 문의 열쇠가 돌아가자, 안누쉬까의 코가 문밖으로 빠져나왔고, 조금 있다가 그녀의 몸 전체가 밖으로 나왔다. 그녀는 문을 닫고 어딘가를 향해 움직이려고 했다. 그런데 그 순간 위층 계단참에서 문이 쾅 닫히는 소리가 들렸다. 누군가가 계단을 타고 아래로 뛰어 내려오다가 그녀와 충돌하는 바람에 안누쉬까는 옆으로 넘어지면서 뒤통수를 벽에 부딪쳤다.

「악마가 바람을 넣었나, 속옷만 입고 어디를 그렇게 가는 거야?」 안누쉬까가 뒤통수를 잡고 꽥 소리를 질렀다. 속옷만 입은 채 손에 여행용 가방을 들고 챙 없는 모자를 쓴 사나이는 눈을 감고 안누쉬까에게 꿈꾸는 듯한 거친 목소리로 대답했다.

「가스보일러! 황산! 도색 하나에 이런 값을 치르다니.」 그러고는 울음을 터뜨리고 소리를 질렀다. 「저리 꺼져!」

그리고 그는 몸을 날렸는데, 계단 아래로 더 내려간 것이 아니라 그와는 반대로, 경제학자가 발로 차 유리를 깨놓은 창 쪽으로 올라가더니, 그 창을 통해 발을 위로 쳐들고 마당으로 날아갔다.[5] 안누쉬까는 뒤통수에 대해서는 까맣게 잊고서, 탄식을 하며 가로등 빛을 받은 창으로 달려갔다. 그녀는 계단참에 배를 대고 엎드려 마당으로 고개를 쑥 내밀고, 가로등 빛을 받은 뜰의 아스팔트 위에 여행 가방을 든 사나이가 으스러져 죽어 있는 광경을 보게 되리라고 생각했다. 그런데 마당의 아스팔트 위에는 그야말로 아무도 없었다.

몽유병 환자 같던 이상한 사람이 아무 흔적 없이 새처럼 집에서 날아갔다고 생각할 수밖에 없었다. 안누쉬까는 성호를 긋고 생각했다.

〈그래, 정말로 저 50호 아파트는 걸작이군! 사람들이 하는 말들이 괜한 소리는 아니었어!…… 정말 대단한 아파트

5 조금 전까지만 해도 알로이지 모가리치와 니꼴라이 이바노비치는 볼란드가 머문 베를리오즈의 집 창문을 통해 밖으로 나간 것으로 되어 있다. 그런데 이 부분에서 이들은 일단 50호 아파트의 문 밖으로 나왔다가 깨진 창문을 통해 밖으로 날아가는 것으로 되어 있다. 이는 안누쉬까를 모든 기적의 목격자로 만들기 위해 변형된 것이라고 볼 수 있다. 이러한 변형과 앞뒤의 불일치는 이 작품이 미완성작이라는 것을 알려 주는 예들이다.

야!······〉

그녀가 이런 생각을 채 마치기도 전에 위층의 문이 또다시 쿵 소리를 내더니, 누군가가 두 번째로 뛰어 내려왔다. 안누쉬 까는 벽에 몸을 바짝 기대고, 상당히 근엄하지만, 안누쉬 까가 보기엔 어쩐지 조금 돼지같이 생긴 얼굴에 구레나룻을 기른 신사가 그녀 옆을 급히 지나가 첫 번째 사나이와 마찬 가지로 아스팔트에 몸이 깨질 것은 생각지도 않고 창을 통해 건물을 떠나는 것을 보았다. 안누쉬까는 이미 자신이 밖으로 나온 목적에 대해서는 까맣게 잊은 채 성호를 긋고 탄식을 하고 혼잣말을 하며 계단에 서 있었다.

잠시 후 구레나룻 없이 깔끔하게 면도한 둥근 얼굴에 똘스 또이식 셔츠를 입은 세 번째 사나이가 위에서 뛰쳐나와 정확 하게 창밖으로 날아가 버렸다.

안누쉬까가 그곳에 남은 이유는 그녀가 호기심이 많은 사 람이라서 또 무슨 새로운 기적이 일어나려는지 기다려 보기 로 마음먹었기 때문이라는 점을 안누쉬까의 명예를 위해 꼭 짚고 넘어가야겠다. 위에서 문이 다시 열리자, 이번에는 한 패거리의 사람들이 아래로 내려오기 시작했다. 하지만 뛰어 서가 아니라, 보통 사람들이 걷듯이, 그렇게 그들은 평범하 게 걸어 내려왔다. 안누쉬까는 창에서 떨어져 자기 집을 향 해 아래층으로 내려가 재빨리 문을 열고 그 뒤로 숨었다. 열 어 놓은 틈 사이로 호기심에 극도로 흥분한 그녀의 눈동자가 반짝거렸다.

아픈 것 같기도 하고, 아닌 것 같기도 한, 이상할 정도로 창백한 사나이가 구레나룻을 길게 기르고, 검은 모자와 가운 비슷한 옷을 입은 채 힘없는 걸음걸이로 아래로 내려왔다. 반쯤 어두운 가운데 안누쉬까가 보기에 검은 법의를 입은 것 같은 어떤 귀부인이 그의 손을 잡고 그를 조심스럽게 인도했다. 귀부인은 맨발은 아닌 것 같았지만, 그렇다고 또 발가락을 끼우는 외제 투명 구두를 신은 것 같지도 않았다. 내 참, 퉤퉤! 저게 무슨 구두람! 더구나 저 부인은 벌거벗었잖아! 그러고 보니 그러네, 벌거벗은 몸뚱이 바로 위에 법의를 걸치고 있잖아! 〈세상에, 정말 대단한 아파트일세!〉 안누쉬까의 머릿속은 내일 이웃들에게 할 이야기들로 벌써부터 들끓었다.

이상하게 옷을 차려입은 귀부인 뒤로 실오라기 하나 걸치지 않은 여자가 손에 자그만 여행 가방을 들고 뒤따랐고, 가방 옆에는 검고 거대한 고양이가 비척거리며 걷고 있었다. 안누쉬까는 눈을 비비면서 거의 들릴 듯 말 듯 비명을 질렀다.

재킷도 없이 하얀 연미복 조끼만 입고 넥타이를 맨 키 작은 외국인이 절룩거리며 걸어 나오는 것으로 행렬은 마감되었다. 일행은 안누쉬까의 옆을 지나 아래로 내려갔다. 그때 뭔가가 계단참에 툭 떨어지는 소리가 났다.

발자국 소리가 잦아들자, 안누쉬까는 뱀처럼 문에서 빠져나와 함석 통을 벽에 세워 두고, 배를 계단참에 깔고 엎드린 채 손으로 바닥을 더듬기 시작했다. 그녀의 손에 무언가 무거운 것이 든 냅킨이 잡혔다. 안누쉬까가 냅킨을 펼쳤을 때, 그녀의 눈은 이마에 걸릴 만큼 휘둥그레졌다. 안누쉬까는 늑대와 같은 안광을 발하며 그 보물을 눈 쪽으로 들어 올렸다. 안누쉬까의 머리에 회오리바람이 불었다.

〈정말 알다가도 모르겠고, 아무것도 알 수 없네!…… 조카에게 가져갈까? 아니면 이걸 조각조각 낼까?…… 보석만 잡아 뺄 수도 있겠다……. 보석을 하나씩, 하나는 뻬뜨로프에, 다른 하나는 스몰렌스끄에 가져가야지……. 정말 알다가도 모르겠고, 아무것도 알 수 없네!〉

안누쉬까는 발견한 것을 품속에 집어넣고서 함석 통을 들고, 도시로의 여행을 뒤로 미룬 채 아파트로 되돌아가려고 살그머니 몸을 움직였다. 그런데 그 순간 그녀의 앞에 어디서 나타났는지, 재킷 없는 하얀 조끼 차림의 바로 그 사나이가 불쑥 나타나 조용히 속삭였다.

「편자와 냅킨을 내놔.」

「무슨 냅킨에, 무슨 편자요?」 안누쉬까는 상당히 교묘하게 위장을 하고 물었다. 「난 냅킨에 대해서는 전혀 몰라요. 무슨 일이세요, 시민 양반, 취했소?」

하얀 가슴의 사나이는 더 이상 아무 말도 하지 않고 버스 손잡이처럼 딱딱하고 몹시도 차가운 손가락으로 안누쉬까의 목을 꾹 눌러 그녀의 가슴에 공기가 들어가는 것을 완전히 틀어막았다. 함석 통이 안누쉬까의 손에서 바닥으로 굴러떨어졌다. 숨을 못 쉬게 안누쉬까를 잠시 짓누른 후, 재킷을 입지 않은 외국인은 그녀의 목에서 손가락을 풀었다. 공기를 허겁지겁 들이마신 안누쉬까는 미소를 지었다.

「아, 편자요?」 그녀가 말하기 시작했다. 「잠깐만요! 이게 당신의 편자인가요? 보니까, 냅킨에 싸여 있길래……. 누가 집어 갈까 봐 일부러 챙겼어요. 그렇지 않으면 없어지잖아요!」

편자와 냅킨을 받아 든 외국인은 한 발을 뒤에 놓으며 안누쉬까에게 인사를 하고는, 그녀의 손을 꼭 쥐고 외국식 억양을 쓰면서 열렬하게 감사를 표하기 시작했다.

「대단히 감사드립니다, 마담. 제게 이 편자는 추억처럼 소중합니다. 당신이 이것을 간직해 주신 것에 대해 2백 루블을 드릴 수 있도록 해주십시오.」 그는 즉각 조끼의 주머니에서 돈을 꺼내 안누쉬까에게 주었다.

그녀는 절망적으로 미소를 지으면서 이렇게 소리칠 뿐이었다.

「아, 정말로 감사드립니다! 메르시! 메르시!」

아낌없이 주기도 잘하는 외국인은 이어지는 계단 전체를 단박에 미끄러지듯 내려갔다. 그러나 그는 최종적으로 행방을 감추기 전에 아래에서 외국식 억양이 전혀 없는 말투로 외쳤다.

「너, 이 늙은 마녀야, 언제든 또 남의 물건을 주우면 품에 감추지 말고 경찰에 넘겨!」

안누쉬까는 계단에서 일어난 사건들로 인해 머릿속이 뒤죽박죽이 되어 쿵쿵 울리는 것을 느끼며 한동안 멍하니 계속해서 이렇게 외칠 따름이었다.

「메르시! 메르시! 메르시!」 그러나 외국인은 이미 오래전에 사라지고 없었다.

마당에 있는 자동차도 마찬가지였다. 마르가리따에게 볼란드의 선물을 돌려주고 그녀와 헤어지면서 아자젤로는 앉은 자리가 편하냐고 물었다. 겔라는 마르가리따에게 촉촉하게 입 맞추어 인사하고, 고양이는 그녀의 손에 입을 맞추었다. 배웅을 나온 이들은 생기 없이 꼼짝 않고 구석에 처박혀 있는 거장에게 손을 흔들어 주고 갈까마귀에게 손짓을 보낸 후, 계단을 올라가는 일로 스스로를 고단하게 할 필요가 없다고 생각한 듯 곧 공기 중에 용해되었다. 갈까마귀는 헤드라이트를 켜고, 건물의 통로에서 죽은 듯이 잠자고 있는 사람을 지나 정문 밖으로 빠져나갔다. 거대한 검은 승용차의 불빛이 잠들지 않고 소란한 사도바야 거리 위의 다른 불빛들 사이로 사라졌다.

한 시간 후 마르가리따는 아르바뜨 거리의 어느 골목에 지어진 작은 건물의 지하실 첫 번째 방에서 충격과 행복으로 인해 조용히 눈물짓고 있었다. 방은 작년의 무서운 가을밤의 모습 그대로였다. 식탁에는 벨벳 식탁보가 깔려 있었고, 그 위에는 갓 달린 램프와 은방울꽃이 담긴 꽃병이 놓여 있었다. 그녀의 앞에는 불에 그슬린 노트가 놓여 있고, 그 옆에는 손을 대지 않은 멀쩡한 노트 더미가 쌓여 있었다. 작은 건물은 침묵에 잠긴 채였다. 작은 옆방에 있는 소파에서는 환자복으로 몸을 덮은 거장이 깊은 잠에 빠져 있었다. 그는 소리 없이 고른 숨을 내쉬고 있었다.

실컷 울고 난 마르가리따는 건드리지 않은 노트들을 손에 들고, 끄레믈린 벽 아래서 아자젤로와 만나기 전에 읽었던 부분을 찾았다. 마르가리따는 자고 싶지 않았다. 그녀는 사랑하는 고양이를 쓰다듬듯이 원고를 애틋하게 쓰다듬고, 손에 노트를 쥐고 이리저리 뒤적이면서 들여다보고, 제목이 적힌 장에 멈추었다가는, 끝을 펼치기도 했다. 이 모든 것이 마법의 결과라서, 이제라도 노트가 눈앞에서 사라지는 것은 아닐까, 자신이 독립 주택의 침실에 있게 되는 것은 아닐까, 꿈에서 깨어나면 물에 빠져 죽으러 가야만 하는 것은 아닐까, 하는 끔찍한 생각들이 문득문득 그녀를 덮쳤다. 하지만 그것은 최후의 무서운 생각으로, 오랫동안 겪은 고통의 여운일 뿐이었다. 사라진 것은 아무것도 없었고, 전능한 볼란드는 정말로 전능했다. 비록 새벽까지뿐이라 할지라도, 마르가리따는 원하는 만큼 노트를 이리저리 뒤적이며 들여다보고, 그것에 키스하며 글들을 읽고 또 읽을 수 있었다.

「지중해로부터 다가온 암흑은 총독이 증오하는 도시를 뒤덮어……. 그래, 암흑이…….」

제25장
총독은 기리앗의 유다를
어떻게 구하려 했는가

지중해로부터 다가온 암흑은 총독이 증오하는 도시를 뒤덮어, 성전과 낡은 안토니우스 탑을 잇는 구름다리들을 감추었다. 하늘에서 내려온 심연은 경마장 위의 날개 달린 신상들과 포문이 달린 하스몬 궁전, 시장들, 대상의 헛간들, 골목들과 연못들을 뒤덮었다……. 위대한 도시 예르샬라임은 마치 세상에 존재하지 않았던 것처럼 시야에서 사라져 버렸다……. 흑암이 예르샬라임 근교에 살아 있는 모든 생명을 놀라게 하며, 모든 것을 삼켜 버렸다. 니산의 봄 14일째가 되는 날의 해 질 무렵, 바다에서 심상치 않은 먹구름이 몰려들었다.

먹구름은 사형 집행인들이 처형자들을 단번에 찌르는 대머리 해골산을 배로 짓누르며 예르샬라임의 성전을 습격하고, 성전의 언덕으로부터 아래쪽으로 연기를 피우며 니주니 고로드[1] 쪽으로 스멀스멀 흘러들기 시작했다. 먹구름은 창

---

[1] 예루살렘 남쪽에 있는 지역을 이렇게 부른다. 러시아어로 〈니주니 고로드〉는 〈도시의 낮은 쪽〉이라는 뜻이다. 니주니 고로드에 상반되는 쪽이 〈베르흐니 고로드〉인데, 이는 〈도시의 높은 쪽〉이라는 뜻이다. 예루살렘의 이 두 지역은 담으로 서로 막혀 있었다고 한다.

안으로 스며들었고, 사람들은 구불구불한 거리에서 집 안으로 쫓겨 들어갔다. 먹구름은 비를 쉽게 뿌리지 않고 광선만을 내뿜었다. 뜨거운 수프같이 뿌연 검은색의 먹구름이 불꽃을 일으키며 양 갈래로 갈라지자, 반들거리는 비늘 모양의 지붕을 인 거대한 성전의 덩어리가 칠흑 같은 흑암 위로 번쩍 솟아올랐다가, 순식간에 불꽃이 수그러들자 또다시 어두운 심연 속으로 가라앉았다. 몇 번씩이나 성전은 그 심연 속에서 일어났다가는 다시 스러졌고, 매번 스러질 때마다 천지를 진동시키는 굉음을 동반했다.

또 다른 불안한 번쩍임에 성전 반대편의 서쪽 언덕에 위치한 헤롯 대왕의 궁전이 심연에서 일어나자, 눈이 없어 무시무시해 보이는 황금의 조상들이 팔을 위로 뻗은 채 검은 하늘로 비상했다. 그러나 또다시 하늘에서 불꽃이 자취를 감추자, 둔중한 천둥소리와 함께 황금 우상들은 암흑 속으로 쫓겨나고 말았다.

별안간 폭우가 쏟아지더니 뇌우는 폭풍으로 변했다. 정오에 총독과 대제사장이 대화를 나누던 정원의 대리석 벤치 근처에서는 대포 같은 벼락이 떨어지면서 삼나무가 지팡이처럼 부러졌다. 떨어진 장미꽃과 목련 이파리들, 작은 가지들과 모래들이 물안개와 거대한 물방울들에 휩쓸려 열주 아래의 발코니로 날아들었다. 폭풍이 정원을 쑥대밭으로 만들어 놓았다.

그 시각 열주 아래에는 단 한 사람, 총독만이 남아 있었다.

이제 그는 안락의자가 아니라, 음식과 포도주 병이 차려진 작고 낮은 탁자 옆의 와상에 누워 있었다. 탁자 맞은편에는 비어 있는 다른 와상 하나가 놓여 있었다. 총독의 발 옆에는 핏빛처럼 붉은 웅덩이가 치워지지 않은 채 괴어 있었고, 깨진 주전자의 파편들이 여기저기 흩어져 있었다. 뇌우가 치기 전에 총독을 위해 식탁을 차리던 하인은 총독의 시선을 보고 어쩐지 당황하여, 자신이 뭔가 총독의 심기를 상하게 한 것은 아닌지 몹시 불안해했다. 그 모습을 본 총독은 그에게 벌컥 화를 내며, 모자이크로 장식된 바닥에 주전자를 던져 깨트려 버렸다.

「음식을 낼 때 왜 내 얼굴을 똑바로 쳐다보지 못하나? 뭔가를 훔치기라도 했느냐?」

아프리카인의 검은 얼굴이 흙빛으로 변하고, 그의 눈에 죽음과도 같은 공포가 서렸다. 그는 부들부들 떨다가 두 번째 주전자도 깨트릴 뻔했다. 그러나 총독의 노여움은 어째서인지 찾아왔던 것처럼 그렇게 빨리 사라져 버렸다. 아프리카인은 파편들을 줍고 웅덩이를 걸레로 닦으려고 했지만, 총독이 그에게 나가라는 손짓을 하는 바람에 노예는 밖으로 달려 나갔다. 그리하여 웅덩이는 그대로 남았던 것이다.

이제 아프리카인은 총독이 자신을 부르는 순간을 놓칠까 봐, 그래서 제때에 총독의 눈앞에 나서지 못하게 될까 두려워, 폭풍이 치는 동안 고개를 숙인 채 하얀 여자 나신상이 서 있는 우묵한 벽 옆에 숨어 있었다.

뇌우가 몰아치는 어스름 속에서 와상에 누운 총독은 손수 잔에 포도주를 따라 오랫동안 여러 모금으로 나누어 마셨고, 간혹 빵에 손을 뻗어 그것을 조각내어 조금씩 떼어 먹었다. 때로 그는 굴을 빨아 먹고, 레몬을 씹다가는, 또다시 포도주를 마셨다.

만일 궁궐의 지붕마저 부술 것같이 위협적인 천둥소리와 노호와 같은 빗소리만 아니라면, 그리고 발코니의 계단을 도리깨질하는 우박 소리만 아니라면, 뭐라고 혼잣말로 중얼거리는 총독의 말소리를 알아들을 수 있었을지도 모른다. 만일 하늘에서 번쩍이는 번갯불이 계속 켜져 있는 빛으로 변했다면, 관찰하는 이는 최근 며칠 동안의 불면과 포도주로 인해 눈이 벌게진 총독이 성마른 표정으로 붉은 웅덩이에 떠 있는 두 송이의 하얀 장미꽃을 바라보고 있을 뿐 아니라, 물안개와 물보라가 피는 정원 쪽으로 끊임없이 얼굴을 돌리며 누군가를, 그것도 초조히 기다리고 있다는 사실을 알아챌 수 있었을 것이다.

얼마쯤 시간이 흐르자, 장대비처럼 내리던 폭우가 총독의 눈앞에서 약해지기 시작했다. 아무리 불같은 폭우였다 해도 결국에는 약해졌다. 나뭇가지들은 더 이상 부러지는 소리를 내지도, 꺾이지도 않았다. 천둥과 번개도 점점 드물어졌다. 예르샬라임 위에는 이미 흰 테두리를 두른 보라색 장막이 아니라, 끄트머리에 남은 평범한 회색 먹구름이 꾸물대며 기어가고 있었다. 뇌우는 사해 쪽으로 쫓겨 나갔다.

어느새 광장에서 판결을 공포하기 위해 낮에 총독이 걸었던 계단과 홈통을 따라 떨어지는 물소리와 빗소리가 따로따로 들릴 정도였다. 이제까지 들리지 않던 분수 소리도 마침내 다시 들리기 시작했다. 주위도 밝아졌다. 동쪽으로 달아나는 회색 장막 사이로 푸른 창이 나타났다.

그때 이제 완연히 약해진 빗소리를 뚫고 멀리서 나팔 부는 소리와 수백 개의 방패들이 짧게 부딪치는 소리가 총독의 귓전에 들렸다. 그 소리를 듣고 총독은 몸을 움찔했지만, 그의 얼굴에는 이내 화색이 돌았다. 기병대의 날개부가 대머리 산에서 돌아온 것이다. 소리로 미루어 보아, 날개부는 판결을 공포한 바로 그 광장을 지나는 모양이었다.

마침내 총독은 오랫동안 기다려 마지않던 발자국 소리와 발코니 바로 앞에 있는 상층 정원과 연결된 계단에서 무언가가 펄럭이는 소리를 들었다. 고개를 쭉 뺀 총독의 눈은 기쁜 기색이 어리며 빛을 발했다.

두 마리의 사자들 사이로 처음에는 두건을 쓴 사나이의 머리가, 뒤이어 흠뻑 젖어 온몸에 휘감긴 사나이의 망토가 나타났다. 그는 판결이 있기 전 햇빛을 가린 궁궐의 방에서 총독과 속삭이던 그 사나이였고, 처형이 있던 시각 세 발 의자에 앉아 막대기를 갖고 놀던 바로 그 사나이였다.

두건 쓴 사나이는 웅덩이를 피하지 않고 정원의 광장을 가로질러 발코니의 모자이크 바닥으로 올라와 팔을 뻗고는 높고 유쾌한 목소리로 말했다.

「총독께 건강과 기쁨을!」 걸어온 사람이 라틴어로 말했다.

「신들이시여!」 빌라도가 외쳤다. 「실오라기 하나 남김없이 젖었군! 대단한 폭풍이지? 그렇지 않나? 어서 내 쪽으로 오게. 부탁이니 옷을 갈아입게나.」

걸어온 사람은 두건을 벗어 흠뻑 젖어 이마에 착 달라붙은 머리를 드러냈다. 그는 면도한 얼굴에 정중한 미소를 짓고는, 이 정도 비는 아무것도 아니라고 말하며 옷을 갈아입지 않겠다고 거절했다.

「듣고 싶지 않네.」 빌라도가 대답하며 손뼉을 쳤다. 그것으로 그는 숨어 있던 하인을 불러내어 도착한 사람의 시중을 들고, 뜨거운 음식을 즉시 내오라고 지시했다. 총독에게 온 사람이 머리를 말리고, 옷을 갈아입고, 신발을 갈아 신는 등 의복을 정제하는 데는 많은 시간이 걸리지 않았다. 그는 곧 마른 샌들을 신고, 마른 검붉은 군복 망토를 입고, 머리를 잘 다듬은 뒤 발코니로 나왔다.

그 시각 예르샬라임으로 되돌아온 태양은 도시를 떠나 지중해로 떨어지기 전에 총독이 증오하는 도시에 작별의 빛을 보내며 발코니의 계단을 금빛으로 물들였다. 분수는 완전히 생기를 되찾아 온 힘을 다해 조잘조잘 노래를 불렀고, 비둘기들은 모래 위로 나와 꾸르륵거리며 꺾인 가지들을 뛰어넘고 젖은 모래 속에서 무언가를 쪼아 먹었다. 붉은 웅덩이는 닦여서 없어졌고, 도자기의 깨진 파편들도 치워졌으며, 탁자 위에는 뜨거운 김이 모락모락 나는 고기가 놓였다.

「총독님, 명령을 내려 주십시오.」 도착한 사람이 탁자로 다가서며 말했다.

「앉아서 포도주를 마시기 전까지는 아무것도 들을 수 없을 걸세.」 빌라도가 상냥하게 대답하고는 건너편의 와상을 가리켰다.

도착한 사람이 와상에 기대자, 하인이 그의 잔에 짙은 색 적포도주를 따랐다. 다른 하인이 빌라도의 어깨 위로 조심스럽게 몸을 숙여 총독의 잔을 가득 채웠다. 그러자 총독은 손짓으로 두 하인을 물렸다.

도착한 사람이 먹고 마실 동안, 빌라도는 포도주를 홀짝거리면서 실눈을 뜨고 손님을 쳐다보곤 했다. 빌라도 앞에 나타난 사람은 중년으로, 아주 상쾌하고 말끔하게 생긴 둥근 얼굴에 입술은 두툼했다. 그의 머리카락은 뭐라고 딱히 표현할 수 없는 색깔이었는데, 물기가 말라 이제 밝게 빛나고 있었다. 도착한 사람이 어느 민족 출신인지를 분간하기란 힘들었다. 그의 얼굴을 지배하는 기본적인 표정은 어쩌면 선량함인 것 같았다. 그런데 그 선량한 표정을 깨는 것이 있었는데, 그것은 그의 눈초리였다. 아니, 더 정확히 말하자면, 눈초리가 아니라 상대방을 쳐다보는 태도였다. 도착한 사람은 자신의 작은 눈을 언제나 축 처져 있는, 마치 조금 부은 것 같은 약간 이상한 눈꺼풀 밑에 감추고 있었다. 그리고 그 눈의 작은 틈 사이로 악의 없는 교활한 빛이 번쩍이곤 했다. 짐작건대 총독의 손님은 유머 감각도 있는 것 같았다. 하지만 지금 손님은 그 작은 틈새로 희미하게 반짝이던 그 유머를 때로 완전히 거두고 눈꺼풀을 크게 연 채 상대방을 갑자기 뚫어지게 쳐다보곤 했다. 그 모습은 마치 상대방의 코에 있는, 눈에 잘 띄지 않는 점을 재빨리 찾아내려는 것 같았다. 그러나 그 것은 한순간이었고, 곧 눈꺼풀은 또다시 아래로 처졌으며 틈 새도 좁아졌다. 그리고 그 틈새로 다시 선량함과 교활한 지 성이 반짝이기 시작했다.

도착한 사람은 두 번째 포도주 잔을 거절하지 않고, 눈에 띄게 만족감을 느끼며 굴 몇 점을 삼키고, 삶은 채소를 맛보 고, 고기 한 점을 먹었다.

배불리 먹은 그는 포도주를 칭송했다.

「최상의 포도주입니다, 총독님. 이건 〈팔레르노〉[2]가 아닌 가요?」

「〈체쿠바〉[3]일세, 30년 된 것이지,」 총독이 상냥하게 대꾸 했다.

또 들라고 총독이 권하자 손님은 손을 가슴에 얹고서, 배 가 부르다며 거절의 의사를 표했다. 그러자 빌라도는 자신의 잔을 채웠고, 손님도 똑같이 그렇게 했다. 점심 식사를 함께 던 두 사람은 자신의 잔에 있던 포도주를 고기가 든 접시에 약간 부었다. 총독은 잔을 들며 큰 소리로 말했다.

「우리를 위해, 로마인들의 아버지이시며 인간들 중 가장 선하고 가장 훌륭하신 분, 카이사르를 위하여!」[4]

2 고대에 로마 캄파니아 평원에서 생산된 백포도주.
3 로마의 남부에서 생산된 짙은 핏빛의 적포도주. 30장에서 아자젤로가 〈팔레르노〉를 거장과 마르가리따에게 대접하는데, 이때 포도주가 담긴 잔을 통해 〈모든 것이 핏빛으로 채색되는 것을 보았다〉라는 표현이 등장하는 것 에서 짐작할 수 있듯이 불가꼬프는 적포도주의 핏빛을 강조하기 위해 백포 도주인 〈팔레르노〉를 의도적으로 적포도주로 바꾸어 버린다. 두건 쓴 사나 이가 〈팔레르노〉와 〈체꾸바〉를 혼동하는 것은 그 때문이다.
4 1914년에 출판된 G. 부아시예의 『아우구스티누스 시대부터 안토니우 스 시대까지의 로마의 종교: 3부작』이라는 책에 이 맹세의 문구가 나온다고 한다. 이 책을 불가꼬프가 서재에 가지고 있었다고 전해진다. 『거장과 마르

이 말을 한 뒤 두 사람이 잔을 바닥까지 비우자, 아프리카
인들이 식탁에 과일과 술 항아리들만 남기고 푸짐한 상을 치
웠다. 또다시 총독은 손짓으로 하인들을 물리고, 열주 아래
에 손님과 단둘이 남았다.

「그래서,」빌라도가 나직이 말문을 열었다.「이 도시의 분
위기에 대해 할 말은 없나?」

그는 무의식적으로 정원의 테라스 너머에 있는, 마지막 번
갯불을 받아 금빛으로 타오르는 열주들과 가파르지 않은 지
붕 아래로 시선을 돌렸다.

「제 짐작으로는, 총독님,」손님이 대답했다.「예르샬라임
의 분위기는 지금 만족할 만합니다.」

「더 이상 반란이 일어나지 않으리라는 것을 무엇으로 보장
하겠나?」

「보장할 수 있는 것은,」손님은 총독을 교활하게 쳐다보며
대답했다.「세상에 단 하나뿐인 위대한 카이사르의 힘뿐입
니다.」

「신들이 그에게 장수를,」빌라도는 즉각 그 말을 낚아챘다.
「그리고 완전한 평화를 내려 주시기를.」그는 입을 다물고 계
속해서 말했다.「그래서 자네는 군대를 지금 물려도 된다고
생각하나?」

「제 생각으로는 번개 군단의 보병대는 물러가게 해도 될
것 같습니다.」손님은 이렇게 대답하고 덧붙여 말했다.「작별
인사조로 보병대를 도시의 이곳저곳에 나누어 행진시키면
좋겠습니다.」

「아주 좋은 생각이군.」총독이 찬성했다.「내일모레 난 보

가리따』가 집필되던 1930년대에는 스딸린을 두고 하는 이와 유사한 건배들
이 실제로 가능했고, 또 행해졌다고 한다.

병대를 철수시키고, 나 자신도 떠날 것이네. 그리고 자네에게 열두 신[5]의 주연과 라레스[6]를 두고 맹세컨대, 오늘 그 일을 할 수 있다면 많은 것을 감수할 마음도 있네!」

「총독님께서는 예르샬라임을 좋아하지 않으십니까?」손님이 선량하게 물었다.

「자비를 베풀어 주게.」총독은 미소를 지으며 탄식했다. 「지구상에 이보다 더 희망이 없는 장소는 또 없을 걸세. 난 자연에 대해서 말하는 것이 아니야! 난 이곳으로 오게 될 때면 언제나 병이 든다네. 하지만 그것도 불행의 절반에 불과하지. 하지만 이 명절들, 요술쟁이들, 마법사들, 주술사들, 성지를 순례한다는 무리들하며…… 광신도들이야, 광신도들! 올해 그들이 별안간 기다리기 시작한 그 메시아[7]만 하더라도 어떤 대가를 치렀나! 매 순간마다 불쾌하기 짝이 없는 유혈 사태의 증인이 될 태세를 갖추어야 한단 말일세. 계속해서 군대를 이리저리 옮겨야 하고, 고발장과 무고장들을 읽어야 하고, 더구나 그것들 중 반 정도는 나 자신에 대해 쓰인 것들이니! 얼마나 지겨운지, 동의해 주시게. 오, 만일 황제께서 내린 직무만 아니라면!……」

「예, 이곳 명절의 풍속은 견디기 힘들지요.」손님은 동의했다.

---

5 로마 신화에 나오는 열두 신, 유피테르, 유노, 넵투누스, 케레스, 아폴로, 디아나, 마르스, 불카누스, 비너스, 메르쿠리우스, 바쿠스, 야누스를 말한다. 열두 신과 라레스를 두고 맹세하는 것은 로마인들의 전통이었다.

6 로마 신화에서 처음에는 대지의 선한 영이었다가 나중에는 선조들의 영이자, 사람들이 사는 장소의 수호신이 된다. 집과 건강을 수호하는 신이다.

7 처음에는 〈기름 부음을 받은 자〉라는 의미로 대제사장이나 황제를 뜻했다. 나중에는 유대인들을 구원해 줄 신의 사자라는 의미를 지니게 된다. 1세기경부터 유대인들은 이 메시아를 기다렸고, 기독교에서는 예수 그리스도가 세계를 구원한 메시아로서의 사역을 실현했다고 믿는다.

「이 명절 기간이 어서 끝나기만을 진심으로 바랄 뿐이야.」
총독이 힘을 주어서 덧붙여 말했다.「나는 반드시 카이사르
에게 돌아갈 기회를 얻을 것이야. 믿을지 모르지만, 헤롯의
이 얼빠진 건축물은,」총독은 한 팔을 열주를 향해 뻗어 흔듦
으로써 궁전에 대해 말하고 있다는 것을 분명히 보여 주었다.
「정말로 나를 괴롭게 만드네. 나는 이곳에서 잠들 수 없어. 세
상에 이보다 더 이상한 건축물은 없을 걸세!…… 그래, 하지
만 이제 본론으로 들어가지. 무엇보다 그 저주스런 바르-라
반이 그대를 불안하게 하지는 않나?」

이때 손님은 이상한 시선을 총독의 뺨에 던졌다. 하지만
총독은 혐오스럽다는 듯이 얼굴을 찌푸리고, 그의 발치에서
어스름 속에 스러져 가는 도시의 일부를 지겹다는 듯한 눈초
리로 바라보았다. 손님의 눈빛도 스러지고, 그의 눈꺼풀도
내려앉았다.

「바르-라반은 이제 양만큼이나 위험하지 않다고 볼 수 있
습니다.」손님이 말문을 열자, 그의 둥근 얼굴에 주름이 잡혔
다.「이제 그는 폭동을 일으키기가 불편해졌으니까요.」

「지나치게 유명해졌다는 말인가?」빌라도가 미소 지으며
물었다.

「총독께서는 언제나 그렇듯이 문제를 예리하게 파악하시
는군요!」

「하지만 모든 경우에 대비해서,」총독은 걱정스럽다는 듯
이 말하며 검은 보석 반지를 낀 가늘고 긴 손가락을 위로 치
켜들었다.「필요한 것은…….」

「오, 제가 유대에 있는 한, 총독께서는 안심하셔도 됩니다.
바르-라반은 한 발자국도 자기 마음대로 움직일 수 없습니
다. 언제나 그의 뒤를 밟고 있으니까요.」

「이제야 안심이 되는군. 사실 난 그대가 여기 있으면 언제

나 마음이 놓인다네.」

「총독께서는 참으로 친절하십니다!」

「이제 처형에 대해 알려 주게나.」 총독이 말했다.

「어떤 점에 특히 관심이 쏠리십니까?」

「군중들 측에서 분노를 표출하려는 시도는 없었나? 물론, 그게 중요한 점이네.」

「전혀 없었습니다.」 손님이 말했다.

「아주 좋아. 죽음이 온 것을 그대 눈으로 확인하였나?」

「그 점만은 믿으셔도 됩니다.」

「그런데 말해 보게나⋯⋯. 기둥에 묶이기 전에 마실 것을 그들에게 주었는가?」[8]

「예. 하지만 그는,」 손님은 이때 눈을 감았다. 「마시는 것을 거절했습니다.」

「누가 말인가?」 빌라도가 물었다.

「용서하십시오, 헤게몬!」 손님이 외쳤다. 「제가 이름을 말하지 않았던가요? 가-노쯔리 말입니다.」

「미친 자식!」 빌라도가 어째서인지 인상을 찌푸리며 말했다. 그의 왼쪽 눈 밑에 있는 혈관이 실룩거렸다. 「햇볕에 데어 죽으려고! 법률에 정해진 것을 왜 거절해? 무슨 말을 하면서 거절하던가?」

「말하기를,」 손님이 또다시 눈을 감고 말했다. 「고맙다고, 생명을 앗아 가는 것에 대해 비난하지 않는다고 했습니다.」

「누구를 말인가?」 빌라도가 잠긴 목소리로 물었다.

「그는, 헤게몬, 이름을 말하지 않았습니다.」

8 유대의 풍습에 따르면 처형당하는 이들에게 여러 첨가물을 넣은 포도주를 마시도록 주었다고 한다. 이 음료는 도시 유지들의 부인들이 준비했다. 이 음료는 고통을 경감시키기 위해 사형 직전에 주는 음료로 금방 취하게 하거나 최면의 효과를 냈다고 한다.

「병사들이 있는 앞에서 그가 뭔가를 설교하려고 하지는 않았나?」

「아닙니다, 헤게몬, 이번만큼은 말이 많지 않았습니다. 인간의 악덕들 중 가장 나쁜 것 중 하나가 비겁함이라는 말만을 했을 뿐입니다.」

「무슨 계기로 그런 말을 하던가?」 손님에게 돌연 갈라진 목소리가 들렸다.

「그걸 전혀 이해할 수 없습니다. 그의 행동은 아주 이상했습니다. 하긴 그는 언제나 그렇기는 했지요.」

「어떤 점이 이상했단 말인가?」

「그는 계속해서 둘러선 사람들의 눈을 이리저리 뚫어지게 쳐다보려고 했습니다. 그러고는 시종일관 왠지 넋 나간 미소를 지었습니다.」

「그것 말고 다른 점은 없었나?」 쉰 목소리가 물었다.

「더 이상은 없었습니다.」

총독은 자기 잔에 포도주를 붓고 잔을 부딪쳤다. 잔을 바닥까지 비운 후 그는 말문을 열었다.

「문제는 여기에 있네. 설령 이 순간 최소한 그의 숭배자들 혹은 추종자들을 발견할 수 없다 해도, 그들이 전혀 없다고 보증할 수는 없는 일이네.」

손님은 고개를 숙이고 주의 깊게 그의 말을 들었다.

「그러니 어떤 놀라운 사건들을 피하기 위해,」 총독은 말을 이었다. 「자네에게 부탁하는 건데, 처형당한 세 사람을 아무 잡음이 없게끔 즉각 땅에서 치우고 그들을 비밀리에 묻어 주게. 그들에 대해서 더 이상 아무 소리 소문이 없도록 말일세.」

「알겠습니다, 헤게몬.」 손님은 대답한 후 다음과 같이 말하며 일어났다. 「사안이 복잡하고 중대한 만큼 지금 즉시 떠날 수 있도록 허락해 주십시오.」

「아니, 좀 더 앉아 있게.」빌라도가 손짓으로 손님을 제지하고 말했다. 「아직 두 가지 문제가 더 있네. 첫 번째 문제는 유대 총독 산하 비밀 부서의 책임자라는 어렵기 짝이 없는 직무에 있어 그대가 이룬 지대한 업적을 나는 기꺼이 로마에 보고할 용의가 있다는 것이네.」

이때 손님의 얼굴에 홍조가 떠올랐다. 그는 자리에서 일어나 총독에게 이렇게 말하며 절을 했다.

「저는 다만 황제께서 주신 직분에 의무를 다할 따름입니다.」

「그런데 내게 한 가지 청이 있네.」헤게몬이 말을 이었다. 「만일 자네가 승진이 되어 다른 지역으로 가라는 제안을 받는다 해도, 그걸 거절하고 여기 남아 달라는 것일세. 난 절대로 그대와 헤어지고 싶지 않네. 내가 다른 방법으로 그대에게 포상을 하겠네.」

「총독님 밑에서 직무를 수행하는 것은 저로서도 행복입니다. 헤게몬.」

「그 말 한번 반갑군. 그럼, 두 번째 문제로 넘어가지. 그건 바로 그자…… 그를 어떻게 부르더라…… 기리앗에서 온 유다라는 자에 관한 것일세.」

이 말에 손님은 총독에게 예의 그 시선을 던졌다가, 당연한 일이지만 그 시선을 곧 누그러트렸다.

「사람들 말로는 그가,」총독이 목소리를 낮추고 계속해서 말했다. 「그 미친 철학자를 자신의 집에 반갑게 맞아들이는 대가로 돈을 받았다고 하던데.」

「받을 겁니다.」빌라도의 비밀 업무 책임자가 조용히 말을 정정했다.

「금액이 큰가?」

「아무도 그걸 알 수 없습니다, 헤게몬.」

「자네까지도?」헤게몬은 놀라움으로 칭송을 표하면서 말

했다.

「심지어 저까지도 그렇습니다.」 손님은 조용히 대답했다. 「하지만 그가 오늘 저녁에 그 돈을 받으리라는 것은 알고 있습니다. 오늘 그를 까이파의 궁전으로 부른다고 합니다.」

「아, 기리앗에서 온 탐욕스런 노인 같으니.」 총독이 미소를 지으며 지적했다. 「그가 노인이 맞는가?」

「총독께서는 절대 실수하시는 법이 없지만, 이번만큼은 실수하셨습니다.」 손님이 상냥하게 대답했다. 「기리앗에서 온 사람은 청년입니다.」

「말해 보게! 그의 사람됨에 대해 내게 말해 줄 수 있겠나?」

「오, 아닙니다, 총독님.」

「그렇군. 또 다른 점은 없나?」

「아주 잘생겼습니다.」

「그리고 또? 무슨 종류이든 열정은 있나?」

「이 거대한 도시에서 모든 사람들에 대해 정확히 안다는 건 어려운 일입니다, 총독님…….」

「오, 아니, 아니, 아프라니! 자신의 능력을 과소평가하지 말게.」

「그에게 한 가지 열정이 있습니다, 총독님.」 손님은 극히 짧은 휴지기를 두었다. 「돈에 대한 열정입니다.」

「그는 무슨 일을 하나?」

아프라니는 눈을 위로 들어 잠시 생각한 뒤 대답했다.

「그는 친척들 중 하나가 하는 환전 가게에서 일하고 있습니다.」

「아, 그렇군, 그렇군, 그렇군, 그래.」 총독은 입을 다물었다가, 발코니에 누가 없는지 돌아보고는 조용히 말했다. 「그런데 이게 문제야. 나는 오늘, 누군가가 오늘 밤 그를 벨 거라는 정보를 얻었네.」

　여기서 손님은 날카로운 시선을 총독에게 던지고, 심지어 그 시선을 오래도록 거두지 않다가 마침내 대답했다.

「총독님, 총독님께서는 저에 대해 지나치게 좋은 말씀만 하셨습니다. 제 생각에 저는 총독님께서 하시겠다던 그 보고에 합당한 사람이 아닌 듯합니다. 제게는 그런 정보가 없었습니다.」

「자네는 최상의 포상을 받을 만한 자격이 있네.」 총독이 대답했다.「하지만 그런 정보가 있네.」

「감히 여쭈어 보겠습니다만, 누구로부터 그런 정보를 입수하셨습니까?」

「그것에 대해서는 잠시 말하지 말도록 하지. 더구나 그 정보는 우연히 들은 것이고, 확실하지도 않고, 믿을 만한 것도 아니니. 하지만 나는 모든 것을 미리 예견해야 할 의무가 있어. 그것이 내 임무이고, 무엇보다도 나는 예감을 믿어야 할 의무가 있네. 왜냐하면 그 예감은 나를 한 번도 속인 적이 없으니까. 정보는 가-노쯔리의 비밀스런 친구들 중 누군가가 그 환전상의 천인공노할 배신행위에 분개해서 공모자와 상의해 오늘 밤 그를 처치할 계획이라는 것이네. 배신의 대가로 받은 돈은 다음과 같은 글귀와 함께 대제사장에게 던질 거라더군.〈저주스러운 돈을 돌려준다.〉」

　비밀 업무의 책임자는 자신의 급작스러운 시선을 더 이상 헤게몬에게 던지지 않고, 눈살을 찌푸린 채 총독의 말을 계속해서 들었다. 빌라도는 말을 이었다.

「상상해 보게, 대제사장이 명절날 밤에 그런 선물을 받는 것이 기분 좋겠나?」

「기분이 나쁠 뿐 아니라,」 손님이 미소를 짓고 대답했다.「제 생각에, 그건 굉장히 큰 추문을 일으킬 것 같습니다.」

「나도 같은 의견이라네. 그렇기 때문에 내가 그대에게 이 일을 맡아 달라고, 그러니까 기리앗의 유다를 보호하기 위한 모든 조치를 취해 달라고 부탁하는 거야.」

「헤게몬의 지시는 모두 수행될 것입니다.」 아프라니가 말했다. 「하지만 헤게몬을 반드시 안심시켜 드려야겠습니다. 악한들이 마음먹은 것을 실행하기란 극도로 어려운 일입니다. 생각해 보십시오.」 손님은 주위를 둘러본 후 말을 이었다. 「사람의 거처를 알아내서 칼로 베고, 또 거기다가 얼마나 받았는지를 알아내고, 그 돈을 까이파에게 교묘히 돌려주는 일을 하루 저녁에 다 한다고요? 오늘요?」

「게다가 오늘 그를 벨 거라네.」 빌라도가 고집스럽게 반복해서 말했다. 「자네에게 하는 말이지만, 그런 예감이 들고, 이제껏 이런 예감이 빗나간 적은 한 번도 없었어.」 그때 총독의 얼굴에 경련이 지나갔다. 그는 잠시 손을 비볐다.

「알겠습니다.」 손님이 공손히 대꾸하고 자리에서 일어나 몸을 쭉 펴고는 갑자기 엄중하게 물었다. 「그러니까 칼로 벤다는 말씀이시죠, 헤게몬?」

「그렇네.」 빌라도가 대답했다. 「모든 희망은 모든 이를 놀라게 하는 자네의 실행 능력에 달렸네.」

손님은 망토 아래에 있는 무거운 허리띠를 바로 하고 말했다.

「영광이었습니다. 건강하시고, 기쁜 일만 있으시기를.」

「오, 그렇지.」 빌라도가 작은 소리로 외쳤다. 「내가 완전히 잊고 있었군! 자네에게 내가 빚진 것이 있는데!」

손님은 화들짝 놀라며 말했다.

「총독님, 총독님께서는 제게 빚지신 것이 전혀 없습니다.」

「없다니 그게 무슨 말인가! 예르샬라임에 내가 입성했을 때를 기억하나, 거지 떼들이…… 나는 그들에게 돈을 던져 주려고 했는데, 그때 마침 내게 돈이 없었잖나. 그래서 그대

512

에게 빌렸었지.」

「오, 총독님, 그런 하찮은 일을 기억하고 계시다니!」

「그런 하찮은 일도 기억하고 있어야 하는 거라네.」

그리고 빌라도는 몸을 돌려, 뒤쪽 안락의자에 있는 망토를 들어 그 밑에 있는 가죽 자루를 꺼내더니 손님에게 내밀었다. 손님은 자루를 받으며 절을 하고 그것을 망토 밑에 숨겼다.

「기다리겠네.」 빌라도가 말했다. 「매장에 대한 보고와 오늘 밤 기리앗의 유다와 관련된 보고를 말이야. 아프라니, 들었나? 오늘일세. 자네가 오는 대로 나를 깨우라고 호위대에 지시를 내리겠네. 자네를 기다리겠네.」

「영광입니다.」 비밀 업무의 책임자는 이렇게 말하고, 몸을 돌려 발코니에서 나갔다. 그가 계단참에 깔린 젖은 모래를 밟으며 내는 바스락 소리가 들리고, 그 후 그의 장화가 사자 상 사이에 있는 대리석을 밟는 소리가 들렸다. 그의 다리가, 다음에는 몸통이, 마침내 두건도 사라졌다. 그제야 총독은 해가 벌써 졌고, 어스름이 내린 것을 알았다.

제26장
매장

어쩌면 그 어스름이 총독의 외모를 급격히 변화시킨 원인이 되었는지도 모른다. 그는 마치 순식간에 나이가 들고 등도 구부정해진 것처럼 보였다. 그뿐 아니라 그는 불안해하기 시작했다. 그는 주위를 한 번 둘러보고, 어째서인지 등받이에 망토가 걸쳐진 텅 빈 안락의자를 보고는 몸을 부르르 떨었다. 명절의 밤이 다가왔고, 저녁 그림자가 이리저리 어른거리는 것이 아마도 지친 총독의 눈에 누군가가 그 빈 의자에 앉아 있는 것 같은 생각이 들게 한 모양이었다. 총독은 자신이 소심한 탓이라고 생각하며 망토를 흔들어 본 후 그것을 버려두고 발코니를 이리저리 서성이기 시작했다. 손을 문지르는가 하면, 탁자로 달려가서 잔을 들어 보기도 하고, 때로는 멈추어 서서 모자이크 바닥을 생각 없이 쳐다보는 모습이 마치 그 위에서 무슨 글자라도 읽으려고 애를 쓰는 것 같았다.

그는 오늘 들어 벌써 두 번째로 울적한 마음이 들었다. 총독은 아침에 느낀 지옥과 같은 통증 뒤에 둔탁하고 약간은 쑤시는 듯한 기억만이 남은 관자놀이를 문지르며 끊임없이 정신적인 고통의 원인이 무엇인지를 알아내려고 애썼다. 그는 곧 그 원인을 알아냈지만, 자기 자신을 속이려고 했다. 명백한 것은 오늘 낮 그는 무엇인가를 돌이킬 수 없이 놓쳤으며, 이제 자신이 놓쳐 버린 그것을 사소하고 하찮은 행동으로, 무엇보다 중요한 것은, 뒤늦은 행동으로 만회하고 싶어한다는 것이었다. 총독은 지금의 행동, 그러니까 저녁이 다되어서 하는 이 행동이 아침의 판결 못지않게 중요하다는 생각을 스스로에게 불어넣으려고 애썼다. 그러나 그 노력은 총독의 자기기만에 불과했다. 그리고 총독은 그 자기기만마저 제대로 성공하지 못했다.

앞뒤로 서성거리던 그는 몸을 돌리다 말고 급히 멈추어 서서 휘파람을 불었다. 어스름 속에서 그 휘파람 소리에 답하여 개가 나직이 짖는 소리가 들리더니, 도금한 금속판이 달린 목걸이를 걸고 있는, 귀가 뾰족한 회색 털의 거대한 수캐가 정원에서부터 발코니로 달려왔다.

「반가, 반가.」 총독이 약한 목소리로 소리쳤다.

수캐가 뒷발로 서서 앞발을 자기 주인의 어깨에 올려놓는 바람에 주인은 하마터면 바닥에 넘어질 뻔했다. 수캐는 주인의 뺨에 입을 맞추었다. 총독이 안락의자에 앉자, 반가는 혀를 내밀고 가쁜 숨을 몰아쉬며 주인의 발 옆에 누웠다. 두려움을 모르는 수캐가 세상에서 유일하게 무서워하는 뇌우가 그치자, 수캐는 눈동자 가득 기쁨을 품고, 또다시 이곳에 자신이 사랑하고 존경하는 사람, 세상에서 가장 막강한 인물이자, 모든 사람의 지배자라고 생각하는 사람과 나란히 있다는 사실을 한껏 뽐내었다. 수캐는 그 인물 덕분에 자신이 특권을 부여받은 높고 특별한 존재라고 생각했던 것이다. 그러나 수캐는 주인을 보지 않고 주인의 발 옆에 누워 어둠이 들어서는 정원만 보고도 주인에게 재앙이 들이닥쳤다는 것을 금방 눈치챌 수 있었다. 그래서 수캐는 자세를 바꾸어 몸을 일으킨 뒤, 옆으로 돌아 망토의 앞깃을 젖은 모래로 더럽히며 총독의 무릎에 앞발과 머리를 올려놓았다. 아마도 반가의 이런 행동은 그가 주인을 위로하고 있으며, 불행을 함께 맞을 준비가 되어 있음을 뜻하는 것이었으리라. 그는 주인을 곁눈질하는 눈동자로도, 쫑긋 세워 듣고 있는 귀로도 그것을 표현하려고 했다. 이렇게 그들 둘, 서로를 사랑하는 수캐와 사람은 발코니에서 명절의 밤을 맞이했다.

그 시각 총독의 손님은 아주 분주한 작업에 들어갔다. 발코니 앞에 있는 상층 정원을 떠난 그는 계단을 타고 정원의 다음 테라스로 내려가 오른쪽으로 몸을 돌린 뒤 궁전 영내에 배치된 병영으로 나왔다. 그 병영에는 축일을 맞아 총독과 함께 예르샬라임으로 들어온 두 개의 백인대와, 바로 이 손님이 지휘하는 총독의 비밀 호위대가 함께 숙영 중이었다. 손님은 병영에 오래 머무르지 않았다. 그가 머문 시간은 길어 봐야 10분 남짓이었지만, 그 10분이 지나자 세 대의 짐마차가 참호를 파는 도구들과 물통을 싣고 병영의 뜰에서 빠져나갔다. 그 짐마차를 호송하는 이들은 회색 망토를 입은 열다섯 명의 기마병들이었다. 그들의 호위를 받으며 짐마차들은 후문을 통해 궁궐 영지를 벗어났고, 서쪽으로 가는 길을 따라 도시의 성벽에 난 대문으로 빠져나갔다. 이들은 우선 오솔길을 따라 베들레헴 길로 들어선 후 그 길을 따라 북쪽 방향으로 가다가, 곧 헤브론 대문 옆에 있는 십자로에 도착했다. 거기서 그들은 낮에 사형 선고를 받은 자들의 행렬이 지나갔던 야파 길을 따라 움직였다. 이미 날은 어두워져 지평선 위로 달이 떠올랐다.

짐마차와 호송대가 떠난 후 총독의 손님도 낡고 어두운 색깔의 키톤[1]으로 옷을 갈아입고, 말에 올라타 궁궐 영지를 벗어났다. 손님은 교외가 아니라 도시 쪽으로 방향을 잡았다.

516

얼마 후 대성전에 바로 맞닿아 있는 북쪽 안토니우스 요새 쪽으로 그가 다가오는 모습이 보였다. 손님은 요새에서도 아주 잠깐 머물렀으며, 잠시 후 그의 흔적은 니주니 고로드의 구불구불하고 혼란스런 거리에서 찾을 수 있었다. 손님은 이미 노새로 갈아타고서 그곳에 도착했다.

도시를 잘 알았기 때문에 손님은 필요한 거리를 쉽게 찾을 수 있었다. 몇 개의 그리스 상점 때문에 거리는 〈그리스 거리〉라는 이름으로 불렸고, 그중 한 곳에서는 양탄자를 팔고 있었다. 손님은 바로 그 상점 옆에 노새를 세워 문 옆에 있는 고리에 묶어 놓았다. 상점은 이미 문이 닫혀 있었다. 손님은 상점 입구에 나란히 나 있는 쪽문으로 들어가, 삼면으로 둘러싼 창고들로 인해 생긴 정방형의 작은 뜰에 들어섰다. 뜰의 구석에서 뒤쪽으로 돌자, 손님은 담쟁이덩굴로 휘감긴 살림집의 석조 테라스 옆으로 나가게 되었다. 거기서 그는 주위를 둘러보았다. 집도, 저장 창고도 아직 불이 밝혀져 있지 않아 어두웠다. 나직한 목소리로 손님이 누군가를 불렀다.

「니자!」

이 소리에 문이 삐걱거리더니, 저녁의 어스름 속으로 숄을 두르지 않은 어떤 젊은 여인이 나타났다. 그녀는 테라스의 난간 위로 몸을 굽혀, 누가 왔는지 알려는 마음에 불안한 자세로 뚫어지게 쳐다보았다. 누군지 알아낸 그녀는 반갑다는 듯이 그에게 미소를 짓고 고개를 끄덕이고는 손을 흔들었다.

「혼자인가?」 아프라니가 그리스어로 조용히 물었다.

「혼자예요.」 테라스에서 여자가 속삭였다. 「남편은 아침에 카에사리아로 갔어요.」 이때 여자는 문 쪽을 돌아본 뒤 속삭이는 목소리로 덧붙였다. 「하지만 하녀는 집에 있어요.」 그리

---

1 천 두 장을 모아서 꿰매어 위에서부터 입고 허리에 벨트를 한 옷이다.

고 여자는 〈들어오라〉는 뜻의 몸짓을 했다. 아프라니는 주위를 둘러본 후 석조 계단 위로 올라갔다. 그 후 여자도, 그도 집 안으로 몸을 숨겼다.

아프라니가 그 여인의 집에 머문 것은 5분도 채 되지 않는 시간이었다. 그 후 그는 집과 테라스를 떠나 두건을 눈가까지 푹 내려쓰고 거리로 나갔다. 그 시간에는 이미 집집마다 램프들이 불을 밝히고 있었고, 축제 전야의 혼잡함은 여전히 극심한 상태였다. 노새를 탄 아프라니는 걸어 다니는 사람들과 뭔가를 타고 다니는 사람들의 흐름 속에 파묻혀 버렸다. 그 후 그가 어디로 갔는지는 아무도 모른다.

아프라니가 니자라고 부른 여인은 혼자 남자, 아주 서둘러 옷을 갈아입기 시작했다. 어두운 방에서 필요한 물건을 찾기가 아무리 힘들어도 그녀는 램프를 켜지도, 하녀를 부르지도 않았다. 모든 준비를 끝내고 머리에 어두운색의 숄을 두른 후에야 그녀의 목소리가 집에서 들렸다.

「만일 누가 나를 찾거든 에난타 집에 놀러 갔다고 말해 줘.」

어둠 속에서 늙은 하녀의 잔소리가 들렸다.

「에난타라고요? 아휴, 그 에난타 말이군요! 서방님이 그 여자에게는 가지 말라고 하셨잖아요! 에난타라는 여자는 뚜쟁이라고요! 서방님께 말씀드릴 거예요…….」

「그래서, 그게 뭐 어떻다고. 입이나 다물어.」 니자는 이렇게 대꾸하고는, 그림자처럼 건물 밖으로 빠져나왔다. 니자의 샌들이 뜰의 석조 바닥을 때렸다. 하녀는 투덜대면서 테라스로 난 문을 닫았다. 니자는 집을 나섰다.

바로 그 시각 니주니 고로드의 다른 골목, 그러니까 도시의 연못들 중 하나로 계단을 통해 내려갈 수 있는 구불구불한 골목에서 어떤 청년이 나타났다. 그는 골목 쪽은 벽으로 막혀 있고, 뜰 쪽으로 창이 난 보기 흉한 집의 쪽문을 통해 골목으로 나왔다. 그는 깔끔하게 구레나룻을 정돈하고, 어깨로 떨어지는 흰색의 깨끗한 카피에와 붉은 술을 아래로 내려뜨린 새 명절용 탈리스 차림에 찍찍 소리를 내는 새 샌들을 신고 있었다. 위대한 명절에 어울리게 성장을 한 매부리코의 미남자는 명절의 식탁을 향해 집으로 발걸음을 재촉하는 행인들을 앞질러 당당하게 걸으며, 창들에 불이 차례로 밝혀지는 것을 바라보았다. 청년은 시장 옆을 지나 성전 언덕의 기슭 옆에 있는 대제사장 까이파의 궁전[2]으로 난 길을 걸었다.

얼마 후 까이파의 정원과 연결된 대문 안으로 들어가는 그의 모습을 볼 수 있었다. 또 얼마간 시간이 흐르자 그가 정원에서 나오는 모습이 보였다.

미리부터 램프와 횃불을 밝힌 채 명절로 인해서 분주하고 번잡한 궁전을 방문한 청년은 더 씩씩하고 기분 좋아 보이는 걸음걸이로 걸으며 바삐 니주니 고로드로 다시 돌아왔다. 시장터로 난 거리의 골목에서 춤추는 듯한 걸음걸이의 한 여인이 눈에까지 검은 숄을 푹 눌러쓰고 번잡한 사람들의 무리들 사이에서 그를 앞질렀다. 젊은 미남자를 앞지르며 여인은 한순간 숄을 조금 위로 올려 젊은이 쪽으로 시선을 던졌다. 그러나 그녀는 걸음을 늦추지 않았을 뿐 아니라, 자신이 제치고 있는 사람에게서 마치 숨으려는 듯이 더욱 발걸음을 재촉했다.

젊은이는 그 여인을 보았을 뿐 아니라, 그렇다, 그녀가 누구인지도 알아보았다. 그녀를 알아본 그는 몸을 부르르 떨고 멈추어 서서 의아스럽다는 듯이 그녀의 등 뒤를 바라보다가, 곧장 그녀의 뒤를 쫓아가기 시작했다. 그는 손에 항아리를 든 어떤 행인에게 부딪쳐 상대방을 거의 넘어뜨릴 뻔했지만,

2 베르흐니 고로드의 남서쪽에 위치했다. 소시네드리온이 여기서 열렸고, 체포된 예수 그리스도가 이리로 끌려왔다.

그래도 그녀를 따라잡을 수 있었다. 그는 흥분한 탓에 무겁게 숨을 몰아쉬며 그녀를 불렀다.

「니자!」

여인은 몸을 돌려 눈살을 찌푸리고는, 얼굴에 차가운 불만의 표정을 지었다. 그녀는 그리스어로 매정하게 대답했다.

「아, 당신이군요, 유다? 금방 알아보지 못했어요. 하지만 괜찮아요. 사람들이 알아보지 못하면 부자가 될 징조라고들 하니까…….」

검은 덮개에 뒤덮인 새처럼 흥분해서 심장이 두근거리는 것을 느끼며 유다는 행인들이 들을까 두려워 끊어지듯 속삭이는 목소리로 물었다.

「어딜 가는 거야, 니자?」

「왜 그걸 알려고 해요?」 니자가 발걸음을 늦추고 오만하게 유다를 바라보며 대답했다.

그때 유다의 목소리에서 뭔가 어린애 같은 억양이 들렸다. 그는 당황하여 속삭이기 시작했다.

「어떻게 된 일이야?…… 서로 약속했잖아. 너한테 들르려고 했어. 넌 저녁 내내 집에 있겠다고 했잖아…….」

「아이, 안 돼, 안 돼.」 니자는 이렇게 대답하고는 변덕스럽게 아랫입술을 내밀었다. 이로 인해 유다는 평생 보아 온 얼굴 중에서 가장 아름다운 그녀의 얼굴이 더 아름답게 느껴졌다. 「따분해졌어. 당신네들은 명절인데, 나더러 어쩌라는 거예요? 앉아서 당신이 테라스에서 한숨 쉬는 소리나 들으라고? 더구나 하녀가 남편에게 그 얘기를 할까 봐 두려워하고 나 있으라고? 아니, 아니, 난 꾀꼬리 소리를 들으러 교외로 가기로 마음먹었어요.」

「교외로 간다고?」 당황한 유다가 물었다. 「혼자서?」

「물론, 혼자서죠.」 니자가 대답했다.

「내가 동행할 수 있도록 해줘.」 유다가 헐떡이면서 애원했다. 머릿속이 희미해지면서 그는 세상의 모든 일을 잊고, 애원하는 눈초리로 지금은 검어 보이지만 사실은 하늘색인 니자의 눈을 바라보았다.

니자는 아무 대답 없이 발걸음을 재촉했다.

「왜 아무 말도 하지 않는 거야, 니자?」 유다가 그녀와 발을 맞추어 나란히 걸으면서 애타게 물었다.

「당신과 있으면 지루하지 않을까?」 니자가 갑자기 이렇게 물으며 멈춰 섰다. 그때 유다는 깊은 혼란을 느꼈다.

「그래요, 좋아.」 니자가 마침내 마음을 누그러뜨렸다. 「같이 가요.」

「그런데 어디로, 어디로 가지?」

「잠깐…… 이 마당에 들어가서 약속해요. 아는 사람들 중 누군가가 나를 보고서, 나중에 내가 정부와 거리에 있었다는 말을 퍼뜨릴까 두려우니까.」

곧이어 시장에는 니자도, 유다도 보이지 않았다. 그들은 어느 집 마당으로 통하는 통로에서 속삭이고 있었다.

「올리브 밭으로 와요.」 니자는 숄을 눈까지 끌어당기고, 양동이를 들고 통로 안으로 들어오는 사람을 피하며 속삭였다. 「케드론 너머 겟세마네[3]로 와요, 알았죠?」

「알았어, 그래, 그래.」

「먼저 갈게요.」 니자가 말을 이었다. 「내 뒤를 바싹 따르지 말고, 좀 떨어져서 와요. 내가 먼저 나갈게……. 지류(支流)를 건너서…… 동굴이 어디 있는지는 알죠?」

3 〈올리브 압착기〉라는 뜻이다. 고대 예루살렘의 외곽 지역에 위치했다. 복음서에 따르면 예수 그리스도가 여기서 제자들을 울타리 밖에 두고 십자가 처형이라는 〈잔〉을 거둘 수 있다면 거두어 달라는 내용의 마지막 기도를 드렸다고 한다.

「알아, 알아…….」

「올리브 압착기 옆을 지나 위로 올라가서 동굴 가는 방향으로 돌아요. 거기 있을게. 하지만 지금 당장 내 뒤를 따라올 생각은 하지 마요. 참을성 있게 여기서 잠시만 기다려요.」 니자는 이 말을 하며 마치 유다와 이야기한 적이 없었던 것처럼 통로에서 나갔다.

유다는 흩어지는 생각들을 모으려고 애쓰며 잠시 동안 혼자 서 있었다. 그 생각들 중에는 명절의 식탁에 오지 않은 이유를 친척들에게 어떻게 설명할지에 관한 것도 있었다. 유다는 서서 뭐든 거짓말을 꾸며 보려 했지만, 흥분한 상태라 마땅히 떠오르는 핑계도 없어서, 도저히 변명거리를 준비할 수 없었다. 그의 발은 그의 의지와는 상관없이 그를 통로 밖 먼 곳으로 데리고 나갔다.

이제 그는 방향을 바꾸어 니주니 고로드가 아니라, 다시 까이파의 궁전 방향으로 몸을 돌렸다. 도시는 명절 분위기로 들떠 있었다. 유다 주위의 창에서는 불빛이 반짝일 뿐 아니라, 벌써부터 찬송 소리도 들렸다. 명절 식탁에 늦은 사람들이 채찍을 휘둘러 소리를 지르며 당나귀들을 재촉했다. 유다의 발은 저절로 그를 데리고 갔다. 그는 안토니우스의 이끼 긴 무서운 탑이 옆으로 지나가는 것도 몰랐고, 요새에서 나는 나팔 소리도 듣지 못했고, 모라의 기마 순시병이 그의 길에 불안한 빛을 던지며 횃불을 들고 가는 것에도 아무런 주의를 기울이지 않았다.

유다가 탑을 지나면서 모퉁이를 돌자, 성전의 까마득히 높은 곳에 가지가 다섯 개 달린 거대한 촛대 두 개가 점화되는 것이 보였다. 그러나 유다는 그것도 흐리멍덩하게 쳐다보았다. 그는 크기에 있어 이제껏 본 적이 없는 커다란 열 개의 램프가 예루살라임 위로 가장 높이 뜬 유일한 램프인 달과 겨루며 타오르기 시작했다는 정도의 느낌만 받았다.

이제 아무것도 생각할 수 없게 된 유다는 겟세마네 대문을 향해 나아갔다. 그는 어서 도시를 벗어나고 싶었다. 시간이 지남에 따라 그는 자신의 앞을 지나는 행인들의 등과 얼굴 사이로 춤을 추는 여인의 모습이 어른거리며 자기를 이끌고 있는 듯한 느낌을 받았다. 그러나 그것은 착각이었다. 유다는 니자가 자신보다 상당히 앞서 있다는 것을 알았다. 유다는 환전상 옆을 지나, 마침내 겟세마네 대문에 도착했다. 그는 초조해서 어쩔 줄 몰랐지만, 그래도 그곳에서 잠시 지체해야만 했다. 낙타들이 도시로 들어왔고, 그 뒤를 이어 시리아의 정찰대가 들어왔기 때문이다. 유다는 그들을 마음속으로 저주했다…….

그러나 모든 것이 끝나 가고 있었다. 참을성이 부족한 유다는 이미 도시의 성벽 바깥에 있었다. 유다는 자신의 왼편에서 작은 묘지[4]와 그 옆에 있는 순례자들의 줄무늬 천막 몇 개를 보았다. 달빛을 받아 희뿌옇게 먼지를 피우는 길을 가로질러 유다는 케드론 지류[5]를 건너기 위해 달렸다. 강물은 유다의 발아래에서 조용히 흐르고 있었다. 징검다리를 뛰어넘어 그는 마침내 반대편의 겟세마네 강변에 닿았다. 그는 정원 아래의 길이 텅 비어 있는 것을 보고 크게 기뻤다. 멀지 않은 곳에 반쯤 허물어진 올리브 밭의 문이 보였다.

후텁지근한 도시를 빠져나온 유다는 봄을 맞은 밤이 내뿜는 취할 듯이 강렬한 향기에 놀랐다. 도금양나무와 아카시아의 향기가 겟세마네 들판으로부터 정원의 울타리를 지나 파

---

4 케드론 강가의 서쪽 강변에는 아랍인들을 위한 무덤이, 동쪽 강변에는 유대인들을 위한 무덤이 있었다. 그러나 이 무덤들은 예수 그리스도의 시대보다 나중에 생겼다는 것을 불가꼬프가 몰랐던 듯하다.

5 예루살렘 동쪽 외곽에 있는 작은 지류이다.

도처럼 흘러나왔다.

대문을 지키는 사람은 아무도 없었다. 대문 위에도 마찬가지였다. 몇 분 후 유다는 어느새 가지를 사방으로 뻗은 거대한 올리브나무의 신비스런 그림자 밑을 달리고 있었다. 길은 산으로 이어졌고, 유다는 숨을 힘겹게 몰아쉬며 때로는 어둠 속에서 달이 얼기설기 만들어 낸 양탄자 길에 접어들기도 하면서 산을 올라갔다. 달이 만들어 낸 양탄자는 니자의 질투심 많은 남편의 상점에서 본 양탄자를 생각나게 했다. 시간이 얼마쯤 지나자, 유다의 왼편 들판에서 무거운 석조 바퀴가 달린 올리브 압착기와 무더기로 쌓여 있는 통들이 힐끗힐끗 보였다. 정원에는 아무도 없었다. 작업은 해 질 녘에 끝났고, 이제 유다의 머리 위로는 꾀꼬리의 합창 소리만이 요동치며 쏟아지고 있었다.

유다의 목적지는 가까이에 있었는데, 어둠 속에서 그는 이제 곧 오른쪽 동굴에서 조용히 속삭이듯 떨어지는 물소리가 들리리라는 것을 알고 있었다. 바로 그랬다. 그 소리가 들려왔다. 한결 시원해졌다.

여기에서 그는 발걸음을 늦추고 크지 않은 목소리로 소리쳤다.

「니자!」

그러나 올리브의 두꺼운 줄기에서 떨어져 나와 길에 나선 것은 니자가 아니라, 땅딸막한 남자의 모습이었다. 뭔가가 그의 손에서 번쩍이더니 순식간에 꺼져 버렸다. 유다는 가느다랗게 비명을 지르고 뒷걸음질을 쳐 도망쳤지만, 다른 사람이 그의 길을 가로막았다.

앞에 있는 첫 번째 사람이 유다에게 물었다.

「방금 얼마를 받았지? 살고 싶으면 말해!」

희망이 유다의 가슴에서 피어올랐다. 그는 절망적으로 외쳤다.

「30테트라드라흠이요!」[6] 30테트라드라흠이요! 받은 돈 전부를 가지고 있어요. 여기 돈이 있어요! 가져가세요, 살려만 주세요!」

앞에 있던 사람이 순식간에 유다의 손에서 지갑을 낚아챘다. 바로 그 순간 유다의 등 뒤로 칼이 날아와, 번개처럼 사랑에 빠진 자의 어깨뼈 아래에 박혔다. 유다는 앞으로 고꾸라지며 갈고리 모양으로 구부린 손가락들을 허공에 뻗었다. 앞에 있던 사람이 유다를 자기 칼로 받아, 자루까지 닿을 정도로 심장 깊숙이 찔러 넣었다.

「니…… 자…….」 유다는 본래의 높고 순수한 젊은이의 목소리가 아니라 낮고 비난하는 듯한 목소리로 말하고는, 더 이상 아무 소리도 내지 못했다. 그의 몸이 강하게 땅에 부딪치며 낮고 둔탁한 소리를 냈다.

그때 세 번째 사람이 길 위에 나타났다. 그는 두건 달린 망토를 입고 있었다.

「지체하지 마라.」 그는 명령을 내렸다. 살인자들은 지갑을 세 번째 사람이 준 쪽지와 함께 가죽으로 얼른 싸서 끈으로 묶었다. 두 번째 사람이 꾸러미를 품속에 집어넣었다. 그런 다음 두 살인자는 길을 벗어나 밖으로 달려갔고, 어둠이 올리브나무 사이로 그들을 삼켜 버렸다. 세 번째 사람은 살해당한 사람 옆에 쭈그리고 앉아 그의 얼굴을 들여다보았다. 그늘 아래에서 시신의 얼굴은 보는 이에게 백묵처럼 하얗고 어쩐지 감동적일 정도로 아름다워 보였다.

몇 초 후 살아 있는 사람이라고는 길에 한 명도 남아 있지

6 「마태복음」에 따르면 가롯 유다가 예수를 판 대가로 받은 돈이 은화 30전이었다고 한다(「마태복음」 26 : 15). 테트라드라흠은 은전이었다. 30테트라드라흠은 4드라흐마에 해당하고, 유대의 1세겔과 맞먹는 돈이다.

않았다. 숨이 끊어진 시신만이 두 팔을 벌리고 누워 있었다. 왼쪽 발의 샌들은 달빛을 받아 가죽 끈 하나하나마저 또렷하게 보일 정도였다. 이때 꾀꼬리 소리가 겟세마네 정원에 요란스럽게 울려 퍼졌다. 유다를 벤 두 사람이 어디로 갔는지는 아무도 모르지만, 두건을 쓴 세 번째 사람의 행적은 알 수 있었다. 길을 벗어난 그는 남쪽으로 방향을 잡아 올리브나무 숲으로 향했다. 그는 겟세마네 정원의 정문에서 멀지 않은 남쪽 구석에서 상층 토대가 무너진 돌담을 뛰어넘었다. 그는 곧 케드론 강가로 나왔다. 그는 물속으로 들어가 멀리에서 두 마리의 말과 그 옆에 선 사람의 모습이 보일 때까지 얼마 동안 그 속에 서 있었다. 말들 역시 지류에 서 있었고, 강물이 그들의 말발굽을 씻으며 흐르고 있었다. 마필 당번병이 말들 중 하나에 앉고 두건을 쓴 사람이 다른 말에 뛰어오르자, 두 사람은 지류 속에서 걷기 시작했다. 말발굽 아래에서 돌들이 부서지는 소리가 들렸다. 얼마 후 말을 탄 사람들은 물에서 나와 예르샬라임 강변으로 빠져나왔다. 그들은 도시의 성벽을 따라 걷기 시작했다. 그때 마필 당번병이 떨어져 나와, 앞으로 말을 몰아 시야에서 완전히 사라졌다. 두건 쓴 사나이는 말을 멈추고, 황량한 길에서 내려 망토를 벗고는 그것을 완전히 뒤집었다. 그러고 나서 망토에서 깃털이 달리지 않은 평평한 투구를 꺼내어 썼다. 이제 군인의 네모난 외투를 입고 넓적다리에 짤막한 검을 찬 사나이가 말 위에 올랐다. 고삐를 당기자, 성급한 경기병 말은 기수를 흔들며 빠르게 달리기 시작했다. 갈 길은 멀지 않았다. 기수는 예르샬라임의 남쪽 대문으로 다가갔다.

대문의 아치 아래에서는 불안한 횃불이 춤을 추며 뛰놀고 있었다. 번개 군단의 두 번째 백인대에서 나온 보초병들은 석조 의자에 앉아 도박을 하고 있었다. 말을 타고 들어오는

군인을 보고 병사들이 자리에서 벌떡 일어나자, 군인은 그들에게 손을 흔들어 주고 도시로 들어갔다.

도시에는 축제의 불빛이 넘쳐흘렀다. 창문마다 램프의 불빛이 흔들렸고, 여기저기에서 울리는 찬송 소리는 조화롭지 않은 합창으로 뒤섞였다. 말을 탄 사나이는 거리로 난 창들을 가끔씩 들여다보며, 염소 고기가 놓여 있고, 쓴 풀이 담긴 접시들 사이로 포도주 잔이 늘어서 있는 명절 식탁 앞에 사람들이 앉아 있는 모습을 보았다. 말을 탄 사나이는 조용한 노래를 휘파람으로 불면서 천천히 니주니 고로드의 황량한 거리를 지나, 안토니우스 탑 쪽으로 방향을 돌렸다. 그곳을 지나면서 그는 세상의 그 어느 곳에서도 본 적이 없는 가지가 다섯 개 달린 촛대가 성전 위에서 타오르는 것을 몇 번 바라보기도 하고, 가끔은 그 촛대보다 훨씬 더 높이 뜬 달을 쳐다보기도 했다.

헤롯 대왕의 궁전은 유월절 전야의 축전에 전혀 참여하지 않았다. 로마 보병대의 장교들과 로마 군단의 지방 장관이 머무르는 남쪽 궁전의 보조 숙소에만 불이 밝혀졌고, 거기에서만 어떤 움직임과 생명의 기운이 느껴졌다. 궁전의 유일하고 부득이한 거주자인 총독만이 사는 궁전의 전면, 그러니까 열주들과 황금 조상들이 있는 전면부는 선명한 달빛을 받아 눈이 부실 정도였다. 그러나 그곳 궁전의 내부에는 암흑과 고요가 지배했다. 총독은 아프라니에게 말했듯이 안으로 들어가려고 하지 않았다. 그는 조금 전 식사를 마친 후, 아침에 심문을 벌였던 그 발코니에 잠자리를 꾸미라고 명령했다. 총독은 준비한 와상에 누웠지만, 잠은 그를 찾아와 주지 않았다. 청명한 하늘에 벌거벗은 달이 높이 걸리자, 총독은 몇 시간이 흐르도록 그 달에서 눈을 떼지 못했다.

대략 자정경에 마침내 헤게몬이 불쌍했는지 잠이 찾아들

었다. 전율하듯이 하품을 한 총독은 단추를 풀어 망토를 벗고, 넓은 강철 검의 칼집이 걸린 가죽 혁대를 셔츠의 허리 부분에서 풀어 와상 옆의 의자 위에 놓고, 샌들을 벗은 뒤, 몸을 쭉 펴고 누웠다. 반가는 그 즉시 그의 침대로 올라와 나란히 머리를 맞대고 누웠다. 총독은 팔을 개의 목에 감고 마침내 눈을 감았다. 그제야 수캐도 잠이 들었다.

와상은 열주로 인해 생긴 달그림자 속에 숨어 있었다. 그러나 달빛이 만든 기다란 길은 현관 계단에서 침대로 이어졌다. 주위의 현실과의 연결 고리를 잃자마자, 총독은 즉시 그 빛나는 길을 따라 걸어, 그 길을 타고 곧바로 달을 향해 위로 올라갔다. 그가 잠결에 행복에 겨워 웃음을 터뜨릴 정도로, 그 투명한 하늘색 길은 모든 것이 비할 데 없이 아름다웠다. 그는 반가를 데리고 갔고, 그와 나란히 부랑인 철학자가 걷고 있었다. 그들은 뭔가 복잡하고 중요한 것에 대해 토론을 벌이고 있었지만, 두 사람 중 그 어느 누구도 상대방을 이길 수 없었다. 그들은 그 어떤 점에서도 서로 간에 타협점을 찾을 수 없었고, 바로 그런 이유로 인해 그들의 토론은 특별히 재미있고 끝이 나지 않았다. 오늘의 처형이 순전한 오해였음은 말할 나위 없었다. 모든 사람이 선하다는 따위의 믿을 수 없이 허황된 것들을 생각해 낸 그 철학자가 나란히 걷고 있으니, 그 철학자가 살아 있는 것은 자명한 일이었다. 물론 그런 사람을 처형할 수 있다고 생각하는 것조차 아주 끔찍한 일이었다. 처형은 없었다! 없었다! 바로 여기에 달의 계단을 타고 위로 올라가는 여행의 매력이 존재했던 것이다.

자유로운 시간은 필요한 만큼 충분했고, 뇌우는 저녁 무렵에나 올 것이며, 비겁함은 의심할 여지 없이 가장 무서운 악덕 중 하나이다. 예슈아 가-노쯔리는 그렇게 말했다. 아니. 철학자여, 난 그대에게 반대한다. 그건 가장 무서운 악덕이다!

그 예로, 유대의 현 총독이자 군단의 전 호민관인 나는 성난 게르만인들이 제프 계곡에서 거인 쥐잡이를 거의 갈가리 찢어 죽일 뻔했던 그 순간 비굴하게 굴지 않았다. 그러나 나를 용서하게, 철학자여! 참말로 자네는 카이사르에 반대하는 범죄를 저지른 사람 때문에 유대의 총독이 자신의 경력을 망치리라고 생각하는가?

「그래, 그래.」 빌라도는 꿈결에 신음하면서 흐느껴 울었다.

기꺼이 망칠 것이다. 아침에는 망칠 수 없었을지 모르지만, 이제 모든 것을 숙고해 본 밤에는 기꺼이 망치는 데 동의하겠다. 그는 그 어떤 잘못도 저지르지 않은 미친 몽상가이자 의사인 자를 처형에서 건져 내기 위해서라면 무슨 짓이든 다 할 것이다!

「이제 우리는 언제나 함께 있을 것이다.」 꿈속에서 누더기를 걸친 부랑인 철학자가, 어찌 된 일인지 알 수 없지만, 가는 도중에 황금 창을 든 기마병이 되어 말했다. 「한 사람에 대한 이야기가 나오면, 곧바로 다른 사람에 대한 이야기가 나오게 될 것이다! 나를 기억하면, 곧바로 그대도 기억하게 될 것이다![7] 유명하지 않은 부모의 아들이자 고아인 나를 기억하면, 점성술사 왕과 방앗간 집 딸 미녀 필라의 아들인 그대를 기억하게 될 것이다!」

「그래, 나를 잊지 말고 기억해 줘, 점성술사의 아들을.」 꿈속에서 빌라도는 부탁했다. 꿈에 그와 나란히 걷던 엔-사리드[8]의 거지가 고개를 끄덕이자, 안심한 유대의 잔인한 총독

---

7 「사도신경」에 나오는 글귀를 암시하는 문장이다. 〈전능하사 천지를 만드신 하나님 아버지를 내가 믿사오며, 그 외아들 주 예수 그리스도를 믿사오니, 이는 동정녀 마리아에게 나시고, 본디오 빌라도에게 고난을 받으사, 십자가에 못 박혀 죽으시고……〉

8 나사렛을 아람어로 엔-사리드En-Sarid라고 한다.

은 기쁨에 겨워 웃기도 하고 울기도 했다.

모든 것이 좋았다. 그러나 그렇기 때문에 잠에서 깨는 것은 헤게몬에게 더더욱 끔찍한 일이었다. 반가가 달을 향해 으르렁거리기 시작하자, 반들반들하게 기름칠이 된 미끄러운 푸른 길이 총독 앞에서 사라졌다. 그가 눈을 뜨자마자 기억해 낸 첫 번째 일은 사형이 있었다는 사실이었다. 총독이 한 첫 번째 일은 일상적인 몸짓으로 반가의 목걸이를 붙잡은 후, 아픈 눈으로 달을 찾은 것이었다. 달은 이전보다 약간 옆으로 움직여 은빛을 발하기 시작했다. 그 달빛은 눈앞의 발코니 위에서 흔들리는 불쾌하고 불안한 빛에 가로막혀 있었다. 백부장 쥐잡이의 손에서 횃불이 타오르며 그을음을 내고 있었다. 횃불을 든 사나이는 뛰어오를 기세인 위험한 짐승을 두려움과 악의를 품고 흘겨보았다.

「움직이지 마, 반가.」 총독이 병적인 목소리로 말하고 기침을 했다. 그는 손으로 불빛을 가리고 말을 이었다. 「밤이고, 달이 떴는데도 내겐 안식이 없군. 오, 신들이시여! 자네 역시 좋지 않은 직무를 맡고 있군, 마르끄. 병사들을 병신으로 만들지를 않나……」 마르끄가 놀라움을 금치 못하는 얼굴로 총독을 보자, 총독은 그제야 정신을 차렸다. 꿈결에 내뱉은 쓸데없는 말을 숨기기 위해 총독은 말했다.

「기분 나빠 하지 말게, 백부장. 반복해서 말하지만, 내 상황은 훨씬 더 나쁘다네. 무슨 일인가?」

「비밀 경호대의 책임자가 왔습니다.」 마르끄가 평온하게 알렸다.

「부르게, 부르게.」 총독은 헛기침을 해 목을 가다듬고, 벗은 발로 샌들을 더듬어 찾기 시작했다. 불꽃이 열주들 위에서 흔들리기 시작하면서 백부장의 장화가 모자이크를 두드렸다. 백부장은 정원으로 나갔다.

「달이 떴는데도 내게는 안식이 없군.」 총독은 이를 갈고 혼 잣말을 했다.

두건을 쓴 사나이가 백부장 대신 발코니에 나타났다.

「반가, 움직이지 마라.」 총독이 조용히 말하고 수캐의 뒤통 수를 눌렀다.

말문을 열기 전에 아프라니는 평소의 습관대로 주위를 둘 러보고 그늘로 들어가 발코니에 반가 외에 불필요한 사람은 없는지 확인한 뒤, 조용히 말했다.

「저를 재판에 회부해 주십시오, 총독님. 총독님 말씀이 옳 았습니다. 저는 기리앗에서 온 유다를 보호하지 못했습니다. 그가 살해당했습니다. 재판과 은퇴를 청원하겠습니다.」

아프라니는 네 개의 눈, 그러니까 개와 늑대의 눈이 자신 을 보고 있다는 생각이 들었다.

아프라니는 그리스식 외투에서 피에 젖어 딱딱해진, 두 개 의 인장이 찍힌 돈 자루를 꺼냈다.

「바로 이 돈 자루를 살인자들이 제사장의 집에 던져 놓았 습니다. 이 자루에 묻은 피는 기리앗 사람 유다의 피입니다.」

「흥미롭구먼. 그 안에 얼마나 들었나? 」 빌라도가 자루에 몸을 굽히며 물었다.

「30테트라드라흠입니다.」

총독은 가볍게 웃으며 말했다.

「적군.」

아프라니는 침묵했다.

「피살당한 자는 어디 있나?」

「그건 모르겠습니다.」 한 번도 자신의 두건과 떨어져 본 적 이 없는 사람이 조용한 자부심을 드러내며 대답했다. 「아침 이 되면 수색을 시작할 것입니다.」

총독은 몸을 떨며, 아무리 해도 맬 수 없는 샌들 끈에서 손을 뗐다.

「하지만 그가 살해당했다는 것을 그대는 알고 있는 거겠지?」

총독은 이 말에 대한 냉정한 답변을 들었다.

「총독님, 저는 15년 동안 유대에서 일했습니다. 저는 발레리우스 그라투스[9] 시절부터 업무를 보기 시작했습니다. 사람이 살해당했다고 말하기 위해 반드시 시신을 먼저 봐야 하는 것은 아닙니다. 그래서 저는 도시 기리앗에서 온 유다라는 사람이 몇 시간 전 칼에 찔렸다는 보고를 드리는 것입니다.」

「나를 용서하게, 아프라니.」 빌라도가 대답했다. 「내가 아직 잠에서 제대로 깨어나지 못해서 이런 말을 하는 거라네. 나는 잠을 잘 못 잔다네.」 총독은 조용히 웃었다. 「계속해서 꿈에 달빛을 본다네. 생각해 보게, 참 우습군. 마치 내가 그 달빛을 타고 산책하는 기분이 드니 말이야. 그런데 이 일에 관한 자네의 가정을 알고 싶군. 그를 어디서 찾아보려고 하나? 앉으시게, 비밀 경호 대장.」

아프라니는 절을 하고, 안락의자를 침대 쪽으로 더 가까이 당겨 칼을 철걱거리며 앉았다.

「그를 겟세마네 정원에 있는 올리브 압착기에서 멀지 않은 곳에서 찾으려고 합니다.」

「그렇군, 그렇군. 그런데 왜 거기서 찾으려고 하나?」

「헤게몬, 제 생각으로 유다는 예르샬라임이 아니라, 거기서 먼 어떤 곳에서 살해당한 것 같습니다. 그는 예르샬라임 근처에서 죽었습니다.」

「나는 자네를 이 분야에서 가장 뛰어난 전문가 중 하나라고 생각하네. 로마에서는 어떤지 모르겠지만, 식민지에서는 자네에게 필적할 만한 사람이 없다고 생각한다네. 설명해 보게, 왜

9 본디오 빌라도 바로 전의 유대 총독이다.

그렇다고 생각하나?」

「어떤 경우에도,」 아프라니가 크지 않은 목소리로 말했다. 「도시의 경계 내에서 유다가 어떤 의심스러운 사람들의 손에 떨어졌다는 생각을 허용할 수 없습니다. 거리에서 비밀스럽게 사람을 벨 수는 없으니까요. 이건 그를 어디든 지하실로 유인해야 한다는 것을 의미합니다. 이미 부서에서 니주니 고로드를 수색했기 때문에, 만일 그랬다면 의심의 여지 없이 시신을 발견했을 것입니다. 그러나 그는 도시에 없고, 그건 확실히 보증할 수 있습니다. 만일 도시에서 먼 장소에서 죽었다면, 돈이 든 꾸러미를 그렇게 빨리 버릴 수는 없었을 겁니다. 그러니 그는 도시 근교에서 살해당한 것입니다. 그를 유인해 낼 수 있었던 거지요.」

「어떻게 그 일이 가능했는지 모르겠군.」

「예, 총독님. 그것이야말로 이번 사건에서 가장 어려운 질문입니다. 심지어 저도 그 문제를 해결할 수 있을지 모르겠습니다.」

「참으로 신기한 일이로군! 축제일 저녁에 신자가 어떤 이유에서인지는 알 수 없지만, 유월절의 식탁을 버리고 근교로 나가 거기서 죽는다. 누가 무엇으로 그를 유인할 수 있었을까? 여자가 그 일을 한 건 아닌가?」 총독이 갑자기 영감을 받은 듯이 물었다.

아프라니는 평온하고 무게 있는 목소리로 대답했다.

「결단코 그런 일은 없습니다, 총독님. 그 가능성은 완전히 배제되어 있습니다. 논리적으로 판단해 볼 필요가 있습니다. 누가 유다의 죽음에 관심을 가졌을까요? 무엇보다도 부랑인 몽상가들, 여자는 낄 수 없는 어떤 그룹이겠지요. 결혼하려면, 총독님, 즉 세상에 사람을 하나 낳으려면 돈이 필요하지요. 돈이 필요합니다. 그러나 여자의 도움을 받아 사람을 베려면 더 큰 돈이 필요합니다. 그런데 그런 부랑인에게는 그럴 만한 돈이 없습니다. 이 일에 여자는 없었습니다, 총독님. 더구나 살인에 대한 이런 해석은 증거만 흩뜨려 놓고, 수사만 방해하고, 저에게 혼란만 줄 뿐입니다.」

「듣고 보니 그대의 말이 전적으로 옳군, 아프라니.」 빌라도가 말했다. 「다만 내 가정을 얘기해 본 것뿐이네.」

「안타깝지만, 그 가정은 잘못된 것입니다, 총독님.」

「하지만 그렇다면 무엇이, 무엇이 그렇게 했을까?」 총독이 탐욕스러운 호기심을 가지고 아프라니의 얼굴을 뚫어지게 쳐다보며 큰 소리로 말했다.

「제가 보기에 모든 것이 돈 때문인 것 같습니다.」

「훌륭한 생각이군! 그러나 누가 무엇으로, 더구나 밤에 근교에서 그에게 돈을 제안했단 말인가?」

「오, 아니요, 총독님, 그렇지 않습니다. 제겐 유일한 가정이 있습니다. 만일 이 가정마저 올바르지 않다면, 다른 설명은 찾을 수 없을 겁니다.」 아프라니는 총독에게 더 가까이 몸을 숙여 속삭이듯이 말했다. 「유다는 자기 혼자만 알고 있는 한적한 장소에 돈을 숨기려 한 것입니다.」

「아주 섬세한 설명이로군. 일이 그렇게 된 것 같군. 이제 자네를 이해하겠네. 그를 유인한 것은 사람이 아니라, 그 자신의 생각이었군. 그래, 그래. 그게 그랬군.」

「그렇습니다. 유다는 의심이 많은 사람이었습니다. 그는 돈을 사람들에게 숨겨 왔습니다.」

「그렇군, 자네는 겟세마네라고 했지. 그런데 왜 그곳에서 그를 찾으려고 하는지, 인정하건대, 그걸 이해하지 못하겠네.」

「오, 총독님, 그것은 무엇보다도 간단합니다. 아무도 길거리에, 사방으로 트인 텅 빈 장소에는 돈을 숨기지 않을 겁니다. 유다는 헤브론으로 가는 길에도, 베들레헴으로 가는 길에도 없었습니다. 그는 나무들로 둘러싸인 한적한 장소에 있어야만 합니다. 아주 간단한 일입니다. 그러자면 예르샬라임 근처에 겟세마네 말고 다른 장소는 없습니다. 그는 멀리 갈 수 없었습니다.」

「자네는 나를 완전히 확신시켰네. 그렇다면 이제 무엇을 해야만 하나?」

「지체할 것 없이 유다를 따라간 살인자를 근교에서 찾기 시작할 겁니다. 그리고 저 자신은 이미 말씀드린 대로 때가 되면 재판을 받겠습니다.」

「무슨 연유로 말인가?」

「그가 저녁에 까이파의 궁전을 떠난 직후 제 경기병이 시장에서 그를 놓쳤습니다. 어쩌다가 그런 일이 일어났는지는 모르겠습니다. 제 평생 이런 일은 여태 한 번도 없었습니다. 총독님과 이야기를 나눈 직후 곧바로 그를 관찰하기 시작했습니다. 그러나 시장 안에서 그는 어디론가 방향을 바꾸어, 교묘히 함정을 판 뒤 흔적도 없이 사라졌습니다.」

「그렇군. 난 자네를 재판에 회부할 필요가 없다고 선언하네. 자네는 할 수 있는 조치를 모두 취했고, 세상의 어느 누구도,」 이때 총독은 미소를 지었다. 「자네보다 더 잘 해내지는 못했을 걸세! 유다를 잃어버린 추적자들에서부터 시작해 보게. 다만 경고하고 싶은 것은, 나는 그 심문이 조금이라도 엄격하지 않기를 바란다는 것이네. 궁극적으로 우리는 그 불한당을 보살피기 위해 할 수 있는 일을 다 했으니까 말일세! 그렇군, 내가 한 가지 묻는 걸 잊었네,」 총독은 이마를 문질렀다. 「어떻게 그들이 돈을 까이파에게 교묘히 던져 놓은 건가?」

「아실지 모르겠지만, 총독님…… 특별히 복잡할 거라고는 없습니다. 복수한 자들은 까이파 궁전의 후방, 즉 뒤뜰과 연결된 골목에 들어갔습니다. 그들은 그 골목의 담을 통해 꾸러미를 던져 놓았죠.」

「메모와 함께?」

「예, 총독께서 가정하신 대로 정확히 그렇습니다, 총독님. 하지만,」 이때 아프라니는 꾸러미에서 인장을 떼어 내어 그 내부를 빌라도에게 보여 주었다.

「잠깐, 무슨 짓을 하는 건가, 아프라니! 아마도 성전의 인장이 찍힌 것 같은데!」

「총독께서는 이 문제로 근심하실 이유가 없습니다.」 아프라니가 꾸러미를 닫으며 대답했다.

「정말로 모든 종류의 인장이 그대에게 있는 건가?」 빌라도가 웃음을 터트리고 물었다.

「그렇지 않고서는 가능하지 않지요, 총독님.」 아프라니가 아무 미소도 짓지 않고 아주 엄중하게 대답했다.

「까이파의 집에서 무슨 일이 있었을지 상상이 가네!」

「예, 총독님, 아주 대단한 흥분을 불러일으켰습니다. 그들은 저를 즉각 초청했지요.」

어스름 속에서도 빌라도의 눈동자가 반짝이는 것이 보였다.

「그것 참 흥미롭군, 흥미로워……..」

「감히 반박하지만, 총독님, 흥미롭지 않았습니다. 가장 지겹고 피곤한 작업입니다. 까이파의 궁전에서 누군가에게 돈을 지불하지 않았냐는 제 질문에 그런 일은 없었다고 단호하게 말하더군요.」

「아, 그런가? 그렇다면 어쩌겠나. 지불하지 않았다고 하면 그런 거겠지. 살인자들을 찾기가 더욱 어려워지겠군.」

「지당한 말씀이십니다, 총독님.」

「그래, 아프라니, 이런 생각이 문득 머릿속에 떠오르는군. 그가 혹 자살한 것은 아닐까?」[10]

「오, 아닙니다, 총독님.」 아프라니는 놀라서 안락의자에 몸을 젖히기까지 하며 대답했다. 「저를 용서하십시오, 하지만 그것은 도저히 불가능한 일입니다!」

「아, 이 도시에서는 모든 일이 가능하지! 난 최단 시간 내에 이 소문이 도시 전체로 퍼지리라는 것을 장담할 자신이 있네.」

이때 아프라니는 총독에게 시선을 꽂고 잠시 생각하더니 입을 열었다.

「그건 가능한 일입니다, 총독님.」

모든 것이 자명한데도, 총독은 여전히 기리앗에서 온 사람의 피살과 관련된 문제와 헤어질 수 없는 모양이었다. 그는 약간은 몽상적으로 말했다.

「그들이 그를 어떻게 죽였는지 내가 보았으면 좋았을 것을.」

「최고의 기술로 살해되었습니다, 총독님.」 아프라니는 약간 비꼬는 표정으로 총독을 바라보며 대답했다.

「그걸 어떻게 다 아는가?」

「돈 자루를 주의 깊게 봐주십시오, 총독님.」 아프라니가 대답했다. 「유다의 피가 파도처럼 흘렀다는 것을 보증할 수 있습니다. 저는 평생토록 피살당한 사람들을 수없이 보아 왔습니다, 총독님.」

「그렇다면 물론 그는 다시 일어나지 못하겠군?」

「아닙니다, 총독님. 그는 일어날 것입니다.」 아프라니는 철학적으로 미소를 지으며 대답했다. 「이곳에서 기다리는 메시아의 나팔이 그들 위에서 울리면 말입니다. 하지만 그 이전에는 일어나지 못할 것입니다.」

「충분하네, 아프라니! 이 문제는 분명해졌어. 매장으로 넘

10 「마태복음」 27장 5절에서 유다는 자살한 것으로 기록되어 있다. 이 작품에서는 그러한 기록이 남게 된 원인을 본디오 빌라도의 교묘한 술책으로 해석한다.

어가지.」

「처형당한 자들은 매장되었습니다, 총독님.」

「오, 아프라니, 자네를 재판에 회부한다는 것은 범죄가 될 것일세. 그대는 최상의 상을 받아 마땅하네. 그 일은 어땠나?」

아프라니는 얘기를 시작했다. 그 자신이 유다와 관련된 일을 처리하는 동안, 비밀 경호 부대는 그의 조수의 지휘 아래 저녁이 되었을 무렵 언덕에 도착했다. 그런데 그들은 시체 한 구를 언덕 정상에서 발견할 수 없었다. 빌라도는 몸을 떨고 쉰 목소리로 말했다.

「아, 왜 내가 그걸 예견하지 못했을까!」

「걱정하실 필요 없습니다, 총독님.」 아프라니가 계속해서 말을 이었다.

그들은 야생의 새들에 의해 눈이 파먹힌 디스마스와 게스타스의 시신을 거둔 뒤, 곧바로 세 번째 시신의 수색에 나섰다. 시신은 아주 빨리 찾을 수 있었다. 어떤 사람이……

「레위 마태겠지.」 빌라도가 질문의 투가 아니라, 오히려 단정하듯 말했다.

「예, 총독님…….」

레위 마태는 어두워지기를 기다리기 위해 대머리 해골산의 북쪽 경사면에 있는 동굴에 숨어 있었다. 예슈아 가-노쯔리의 벌거벗은 시신은 그와 함께 있었다. 경호대가 횃불을 들고 동굴에 들어서자, 레위는 절망과 분노에 휩싸였다. 그는 자신이 범죄를 저지른 것은 아니라고, 법률에 따르자면 원하는 사람이라면 누구나 처형당한 범죄자를 매장할 권리를 지닌다고 외쳤다. 레위 마태는 시신과 떨어지기 싫다고 말했다. 그는 흥분해서 뭔가 말도 되지 않는 소리를 외치면서 애원하기도 하고, 위협하기도 하고, 저주하기도 했다…….

「그를 붙들어야 했나?」 빌라도가 음울하게 물었다.

「아닙니다, 총독님. 아닙니다.」아프라니는 아주 안심시키는 말투로 대답했다.「시신을 매장할 것이라고 설명하여 대담한 미치광이를 안심시킬 수 있었습니다.」

레위는 그 말을 듣고 심사숙고하더니 잠잠해졌다. 그러나 그는 아무 데도 떠나지 않고 매장에 참여하겠노라고 선언했다. 자기를 죽인다 해도 떠나지 않을 것이라고 떼를 쓰며 심지어는 자기를 죽일 테면 죽이라고, 지니고 있던 빵 자르는 칼까지 들이대었다는 것이다.

「그를 쫓아 버렸나?」빌라도가 억눌린 목소리로 물었다.

「아닙니다, 총독님, 아닙니다. 제 부관이 그로 하여금 매장에 참여할 수 있도록 허락했습니다.」

「자네의 부관들 중 누가 그 일을 지휘했나?」빌라도가 물었다.

「톨마이입니다.」아프라니가 대답하고 불안하게 덧붙여 말했다.「아마 그가 실수를 했나 보군요?」

「계속하게.」빌라도가 대답했다.「실수는 없었네. 나는 조금 당황스럽기까지 하네, 아프라니. 아마도 나는 실수라곤 전혀 저지르지 않는 사람과 일을 하는가 보군. 그 사람이란 바로 자네를 일컫는 말일세.」

레위 마태를 처형당한 자들의 시신과 함께 수레에 태웠고, 그들은 두 시간쯤 후에 예르샬라임 북쪽에 있는 황량한 협곡에 도착했다. 거기서 경호 부대는 교대로 일하며 한 시간 동안 깊은 구덩이를 파고, 그 속에 처형당한 자, 세 명을 모두 묻었다.

「벌거벗은 채로?」

「아닙니다, 총독님. 경호대가 수의로 키톤을 가져왔습니다. 매장당한 이들의 손가락에는 반지를 끼워 주었습니다. 예슈아는 나선 하나가 있는 반지를, 디스마스는 두 개, 게스타스는 세 개가 있는 반지를 주었습니다. 구덩이를 덮고 그 위에 돌을 덮었습니다. 표식은 톨마이가 압니다.」

「아, 만일 내가 미리 알 수만 있었다면!」 빌라도가 얼굴을 찌푸리고 말문을 열었다. 「나는 그 레위 마태를 봤어야 하는데……..」

「그는 여기에 있습니다, 총독님.」

빌라도는 눈을 크게 뜨고 잠시 동안 아프라니를 바라보았다. 그러고는 이렇게 말했다.

「이 일과 관련하여 해준 모든 일에 감사하네. 내일 내게 톨마이를 보내 주고, 내가 그를 아주 만족스럽게 생각한다는 사실을 그에게 미리 알려 주기 바라네. 그리고,」 이때 총독은 상에 있던 허리띠의 주머니에서 반지를 꺼내 비밀 업무의 책임자에게 내주었다. 「이것을 기념으로 받아 주기 바라네.」

아프라니는 고개를 숙이고 말했다.

「대단한 영광입니다, 총독님.」

「매장을 담당한 부대에게도 상을 내려 주게. 유다를 놓친 추적자들은 질책하게. 레위 마태는 지금 당장 내게 데려오게나. 예슈아의 일에 관해 더 자세한 것을 묻고 싶네.」

「알겠습니다, 총독님.」 아프라니는 이렇게 대꾸하고 뒤로 물러나며 절을 했다. 총독은 손뼉을 치며 외쳤다.

「이리로 오라! 주랑에 등불을 가져오라!」

아프라니는 이미 정원으로 나갔고, 빌라도의 등 뒤에 있는 하인의 손에는 어느새 불이 어른거렸다. 세 개의 등불이 총독 앞에 있는 탁자에 나타났고, 달밤은 마치 아프라니가 가져가기라도 한 듯이 정원 밖으로 물러났다. 아프라니 대신 무명의 작고 여윈 사나이가 거인 백부장과 나란히 발코니로 걸어 들어왔다. 백부장은 총독의 시선을 알아채고, 그 즉시 정원으로 물러나 사라졌다.

총독은 들어오는 사람을 탐욕스럽고 약간은 놀란 시선으로 찬찬히 뜯어보았다. 사람들은 이야기를 많이 듣고, 생각도 많이 하다가 마침내 직접 만나게 된 사람을 이런 식으로 쳐다보곤 한다.

들어온 사람은 가무잡잡하고 남루한 마흔 살가량의 사나이였는데, 바싹 마른 진흙을 뒤집어쓴 채 늑대처럼 위아래를 흘끔거렸다. 한마디로 말해 그는 매우 보기 흉하다 못해, 성전의 테라스 혹은 시끄럽고 더러운 니주니 고로드의 장터에 수없이 돌아다니는 도시의 걸인을 닮은 모습이었다.

침묵이 오랫동안 지속되었다. 그 침묵은 빌라도에게 끌려 온 사람의 이상한 행동으로 깨지고 말았다. 그는 얼굴 표정을 바꾸고 비틀거렸다. 더러운 손으로 탁자 끝을 잡지 않았더라면, 그는 넘어졌을 것이다.

「무슨 일인가?」 빌라도가 그에게 물었다.

「아무것도 아닙니다.」 레위 마태가 대답하고는, 마치 뭔가를 삼키는 것 같은 행동을 했다. 밖으로 드러난 그의 여위고 더러운 목이 부풀어 올랐다가 다시 꺼졌다.

「무슨 일인지 대답하라.」 빌라도가 반복해서 말했다.

「지쳐서 그럽니다.」 레위가 이렇게 대답하고 음울하게 바닥을 바라보았다.

「앉아라.」 빌라도가 의자를 가리키며 내뱉었다.

레위는 믿을 수 없다는 듯이 총독을 쳐다보고는, 의자 쪽으로 몸을 움직여 황금으로 된 손잡이를 놀란 듯이 곁눈질한 뒤, 의자가 아니라 바닥에 의자와 나란히 앉았다.

「말하거라, 왜 의자에 앉지 않았느냐?」 빌라도가 물었다.

「저는 지저분합니다, 의자를 더럽힐 겁니다.」 레위가 땅을 쳐다보며 말했다.

「지금 먹을 것을 가져올 것이다.」

「먹고 싶지 않습니다.」레위가 대답했다.

「왜 거짓말을 하느냐?」빌라도가 조용히 물었다.「하루 종일 먹지도 않았을 테고, 어쩌면 그보다 더 오랫동안 먹지 못했을 텐데. 그렇다면 좋다, 먹지 말아라. 내가 너를 부른 것은 네게 있는 칼을 보여 달라고 하기 위해서이다.」

「병사들이 이곳으로 끌고 올 때 제게서 가져갔습니다.」레위가 이렇게 대답하고 음울하게 덧붙였다.「칼을 돌려주십시오. 저는 그걸 주인에게 돌려주어야 합니다. 그건 훔친 겁니다.」

「어째서?」

「밧줄을 끊으려고 했습니다.」레위가 대답했다.

「마르끄!」총독이 소리치자, 백부장이 주랑으로 들어왔다.「그의 칼을 내게 주게.」

백부장은 허리띠에 있는 두 개의 주머니 중 하나에서 빵 칼을 꺼내어 총독에게 주고는 물러갔다.

「이 칼을 어디에서 훔쳤느냐?」

「헤브론 대문에 있는 빵 가게입니다. 도시로 들어서자마자 왼쪽으로 돌면 있지요.」

빌라도는 넓적한 날을 쳐다보고, 어째서인지 손가락으로 날이 섰는지를 살펴본 후 말했다.

「칼에 관해서는 염려하지 마라. 칼을 상점에 돌려줄 것이다. 이제 두 번째로 필요한 게 있다. 네가 가지고 다니는, 예수아의 말을 기록한 양피지를 보여 다오.」

레위는 증오스럽다는 표정으로 빌라도를 보고, 지독하게 선량하지 않은 미소를 띠며 아주 흉측한 표정을 지었다.

「모든 걸 빼앗고 싶으신 겁니까? 제가 가진 마지막 것까지도요?」그가 물었다.

「네게 달라고 한 것이 아니라,」빌라도가 대답했다.「보여 달라고 했다.」

레위는 품속을 파헤쳐 양피지 두루마리를 꺼냈다. 빌라도는 그것을 받아 풀고는, 불빛 사이에 펼쳤다. 그러고는 눈을 가늘게 뜨고, 잉크로 쓰인 알아보기 힘든 기호들을 연구하기 시작했다. 비뚜름하게 쓴 글귀들을 이해하기 힘들어서, 빌라도는 얼굴을 찡그리고 양피지에 몸을 굽혀 줄마다 손가락으로 짚어 가며 읽었다. 그는 어쨌든 기록된 것들이 발언들과 날짜들, 경제에 관한 지적들, 시적인 발췌문들의 연결되지 않은 묶음이라는 것을 알아낼 수 있었다. 어떤 것은 빌라도도 읽을 수 있었다. 〈죽음은 없다……. 어제 우리는 봄에 열리는 달콤한 무화과나무 열매를 먹었다…….〉

긴장해서 얼굴을 찌푸린 빌라도는 눈을 가늘게 뜨고 읽었다.

〈우리는 깨끗한 생명수의 강을 보게 될 것이다……. 인류는 투명한 크리스털을 통해 태양을 보게 될 것이다…….〉[11]

이 말에 빌라도는 몸을 떨었다. 양피지의 마지막 줄들에서 그는 다음의 단어들을 알아볼 수 있었다. 〈……큰 악덕 중 …… 비겁함이다.〉

빌라도는 양피지를 말아 격한 동작으로 그것을 레위에게 주었다.

「가져가라.」 그는 이렇게 말하고는, 잠시 침묵한 뒤 덧붙였다. 「내가 보니 너는 공부를 많이 한 사람이구나. 너 홀로 거지 같은 옷을 입고 살 곳도 없이 돌아다닐 이유가 없다. 카에사리아에는 나의 커다란 도서관이 있다. 나는 아주 부자이니, 네게 일자리를 주고 싶구나. 너는 양피지를 검토하고 보관하

---

11 성경의 「요한계시록」 22장 1절에 나오는 문구의 변형인 듯하다. 〈또 저가 수정같이 맑은 생명수의 강을 내게 보이니 하나님과 어린 양의 보좌로부터 나와서.〉

는 일을 하면 될 테고, 배불리 먹고 잘 입을 수 있을 것이다.」

레위는 일어나서 대답했다.

「아니요, 전 원하지 않습니다.」

「왜냐?」 총독의 낯빛이 어두워졌다. 「나한테 기분이 나쁜 것이냐, 나를 두려워하느냐?」

다시 그 선량하지 않은 미소가 레위의 얼굴을 일그러뜨렸다. 그는 말했다.

「아닙니다, 총독께서 저를 두려워하실 것이기 때문입니다. 그를 죽인 후 제 얼굴을 보는 것이 그다지 쉽지만은 않으실 겁니다.」

「입을 다물어라.」 빌라도가 대답했다. 「돈을 받거라.」

레위는 거절의 뜻으로 고개를 저었지만, 총독은 계속해서 말했다.

「내가 알기로, 너는 너 자신을 예슈아의 제자로 생각하고 있을 것이다. 그러나 나는 그의 가르침 중에서 네가 습득한 것이라고는 아무것도 없다고 말하고 싶구나. 왜냐하면 배운 것이 있다면, 내게서 뭔가를 반드시 받았을 것이기 때문이다. 생각해 보아라, 예슈아는 죽기 전에 아무도 비난하지 않는다고 말했단 말이다.」 의미심장하게 손가락을 든 빌라도의 얼굴은 경련을 일으켰다. 「그 자신은 뭔가를 반드시 받았을 것이다. 너는 잔인하지만, 그는 잔인하지 않았다. 너는 어디로 갈 것이냐?」

레위는 갑자기 탁자로 다가와 양팔을 탁자에 올리더니, 불타는 눈동자로 총독을 바라보면서 속삭이기 시작했다.

「헤게몬, 알아 두십시오. 나는 예르샬라임에서 한 사람을 베어 죽일 것입니다. 당신이 또다시 피 흘림이 있으리라는 걸 알게끔 이 말을 하는 것입니다.」

「나 역시 그러리라는 것을 안다.」 빌라도가 대답했다. 「그

말로는 나를 조금도 놀라게 하지 못한다. 물론 너는 나를 베고 싶겠지?」

「당신을 베는 건 성공할 수 없지요.」 레위가 이를 드러내고 미소를 지으며 대답했다. 「난 그런 생각을 할 만큼 어리석은 사람이 아닙니다. 하지만 기리앗에서 온 유다만큼은 벨 것입니다. 그 일에 나는 남은 인생을 바칠 겁니다.」

이때 총독의 눈에 희열의 빛이 떠올랐다. 그는 손가락으로 레위 마태를 곁으로 가까이 불러 말했다.

「넌 그 일에 성공하지 못할 것이다. 공연히 그 일로 자신을 괴롭히지 마라. 유다를 오늘 밤 이미 베어 버렸으니까.」

레위는 펄쩍 뛰어, 탁자에서 물러서더니 거칠게 좌우를 바라보며 비명을 질렀다.

「누가 그런 짓을 했습니까?」

「질투하지 마라.」 빌라도가 이를 드러내고 대답하고는 양손을 문질렀다. 「너 말고도 그에게 다른 추종자가 있을까 봐 두렵구나.」

빌라도가 그에게 대답했다.

「누가 그 일을 했습니까?」 레위가 반복해서 속삭였다.

「바로 나다.」

레위는 입을 벌리고 총독을 뚫어져라 쳐다보았다. 총독은 조용히 말했다.

「물론 대단한 일은 아니다만, 어쨌든 그 일은 한 사람은 나다.」 그리고 그는 덧붙여 말했다. 「자, 이제 뭐든 받겠느냐?」

레위는 잠시 생각하고는, 마음을 누그러뜨리고 마침내 말했다.

「제게 깨끗한 양피지를 조금 주라고 해주십시오.」

한 시간이 흘렀다. 레위는 궁전에 없었다. 이제 정원을 오가는 경비병들의 조용한 발자국 소리만이 새벽의 고요를 깨고 있었다. 달은 빠르게 빛을 잃었고, 하늘의 다른 끝에서는 새벽별의 하얀 반점[12]만이 보였다. 등불들은 이미 오래전에 꺼졌고, 총독은 와상에 누워 있었다. 그는 뺨 아래 손을 대고 잠들어 소리 없이 숨을 쉬고 있었다. 그와 나란히 반가가 잠들어 있었다.

그렇게 유다의 다섯 번째 총독 본디오 빌라도는 니산 달 15일의 새벽을 맞이했다.

12 새벽별인 금성.

제27장
아파트 50호의 결말

마르가리따가 〈그렇게 유다의 다섯 번째 총독 본디오 빌라도는 니산 달 15일의 새벽을 맞이했다〉라는, 장의 말미에 나오는 구절까지 읽었을 때 아침이 밝았다.

작은 뜰에 있는 반짝버들과 보리수나무 가지 위에서 명랑한 참새들이 아침결에 기분 좋게 재잘대는 소리가 들려왔다.

마르가리따는 의자에서 일어나 몸을 쭉 폈고, 그제야 몸이 지칠 대로 지친 나머지 무척 졸린 것을 느낄 수 있었다. 흥미로운 것은 마르가리따의 정신이 지극히 정상이라는 점이었다. 그녀의 생각은 혼란스럽지 않았고, 초자연적인 밤을 보냈다는 것이 조금도 그녀의 마음을 흔들어 놓지 않았다. 그녀가 사탄의 무도회에 갔었고, 거장이 기적적으로 그녀에게 돌아왔으며, 소설이 잿더미에서 되살아나고 골목 지하실의 모든 것이 제자리로 돌아왔으며, 참소자인 알로이지 모가리치가 지하실에서 쫓겨난 것들에 대한 기억이 그녀를 조금도 흥분시키지 않았다. 한마디로 말해 볼란드와의 만남으로 인해 그녀는 심리적인 손상을 조금도 입지 않았다. 마치 모든 것이 으레 그랬어야만 하는 것처럼 그렇게 회복되었다.

그녀는 옆방으로 가서 거장이 깊고 평온하게 잠들어 있는 것을 확인하고 쓸데없이 켜져 있는 탁상 램프를 끈 뒤, 자신은 반대편 벽 아래에 있는, 낡고 너덜너덜한 시트가 깔린 소파에 몸을 펴고 누웠다. 1분 후 그녀는 잠이 들었다. 그날 아침 그녀는 아무런 꿈도 꾸지 않았다. 지하실의 방들은 침묵에 잠겼다. 자비 가옥 건축자의 작은 집 전체가 아무 소리도 내지 않았고, 인적 없는 골목 또한 조용했다.

그러나 그 시각, 그러니까 토요일 새벽 모스끄바 기관[1]의 한 층 전체는 잠을 이루지 못했다. 아스팔트가 깔린 거대한 광장에 면한 그 건물의 창문들은 떠오르는 태양을 헤치며 환한 빛을 발하고 있었다. 그 시각 특수차들은 윙윙거리는 소리를 내면서 거대한 광장을 솔로 닦으며 천천히 왔다 갔다 하고 있었다.

층 전체는 볼란드 사건에 대한 수사에 몰입해 밤새도록 열 개의 사무실에 불을 밝히고 있었다.

사실상 사건은 바리예쩨 행정부의 실종과 전날의 유명한 흑마술 공연에서 일어난 온갖 추태로 인해 바리예쩨를 폐쇄하기로 한 금요일 낮부터 이미 분명해졌다. 그러나 문제는 잠 못 이룬 그 층에 자꾸만 새로운 자료들이 계속해서 들어온다는 데 있었다.

일종의 최면 마술과 명백한 범죄 행위가 뒤섞인, 이 도깨비장난 냄새가 역력한 이상한 사건을 수사함에 있어 이제 모스끄바의 여러 장소에서 일어난 다채롭고 갈피를 잡을 수 없는 사건들을 한 덩이로 뭉쳐 함께 숙고하지 않으면 안 될 상황에 처한 것이다.

---

1 이 작품에서 이 기관에 대한 이야기는 끊임없이 심심치 않게 나옴에도 불구하고, 불가꼬프는 이 기관명을 마치 터부처럼 분명히 명시하지 않고 있다.

불을 켠 채 잠들지 못한 그곳에 온 첫 번째 사람은 음향 위원회의 의장인 아르까지 아뽈로노비치 셈쁠레야로프였다.

금요일 점심 식사 후 까멘니 모스뜨의 건물[2]에 있는 그의 아파트에 전화벨이 울리더니, 한 남자의 목소리가 아르까지 아뽈로노비치를 청했다. 전화기에 다가간 아르까지 아뽈로노비치의 부인이, 그는 몸이 좋지 않아서 자려고 누웠기 때문에 전화를 받을 수 없다고 음울하게 답변했다. 그러나 아무리 그래도 아르까지 아뽈로노비치는 전화를 받지 않을 수 없었다. 아르까지 아뽈로노비치를 찾으시는 분이 누구냐는 질문에 전화기 속의 목소리는 아주 간단하게 어디인지 답변했다.

「지금 당장…… 곧…… 이제 곧…….」 평상시에는 아주 오만하던 음향 위원회 의장의 부인이 아르까지 아뽈로노비치를 깨우기 위해 쏜살같이 침실로 달려갔다. 아르까지 아뽈로노비치는 어제의 공연과 밤의 스캔들에 대한 기억 때문에 지옥 같은 괴로움을 느끼며 침대에 누워 있었다. 그 스캔들로 사라또프 출신인 그의 조카는 아파트에서 쫓겨나고 말았다.

사실 1분, 아니 심지어는 채 25초도 지나지 않아, 아르까지 아뽈로노비치는 왼발에 간신히 실내화만 걸친 채 내복 차림으로 전화기를 붙들고서 어느새 더듬더듬 말을 하고 있었다.

「예, 접니다……. 듣고 있습니다. 말씀하십시오…….」

그의 아내는 그 순간 부정(不貞)을 폭로당한 불행한 아르까지 아뽈로노비치의 파렴치한 범죄 행위에 대해 까맣게 잊은 채 놀란 표정으로 복도로 난 문에 얼굴을 내밀고는 허공에 실내화를 흔들면서 속삭였다.

---

2 이른바 볼로또(현재 세라피모비띠 거리이다) 위에 있는 정부 청사라 불리는 집이다. 1921년에서 1931년 사이에 건축가 B. 요판에 의해 세워졌다.

「실내화를 신어요, 실내화……. 발이 시리겠어요.」이 행동에 그는 벗은 발을 아내에게 흔들고, 그녀를 사나운 눈초리로 바라보며 전화기에 대고 중얼거렸다.

「예, 예, 예, 물론입니다, 알겠습니다……. 지금 가겠습니다…….」

아르까지 아뽈로노비치는 수사가 벌어지는 바로 그 층에서 꼬박 하루 저녁을 보냈다. 대화는 괴롭고 불쾌하기 짝이 없는 것이었다. 왜냐하면 그 추악한 공연과 특별석에서 벌어진 싸움에 대한 것뿐 아니라, 실제로 필요한 사항에 대한 증언과 함께 예로호프 거리에 있는 밀리짜 안드레예브나와 사라또프에서 온 조카, 그리고 그 밖의 많은 것들에 대해서도 아주 솔직하게 이야기하지 않을 수 없었기 때문이다. 그런 이야기들을 모조리 털어놓는다는 것은 아르까지 아뽈로노비치에게 이루 말할 수 없는 고통을 안겨 주었다.

물론 추잡한 공연의 목격자로서, 지성적이고 문화적인 사람이자, 이해가 빠르고 자질이 출중한 증인으로서, 아르까지 아뽈로노비치는 마스크를 쓴 신비한 마술사와 그의 두 불한당 같은 조수들을 썩 훌륭하게 묘사했고, 마술사의 이름이 볼란드라는 사실도 잘 기억해 냈다. 이로써 아르까지 아뽈로노비치의 증언은 수사를 상당히 진척시켰다. 아르까지 아뽈로노비치와 다른 사람들의 증언 간의 비교를 통해 곧 온갖 엽기적인 행각을 벌인 범인들을 어디서부터 찾아야 할지를 결정할 수 있었다. 증언한 사람들 중에는 공연 후에 수치를 당한 몇 명의 부인들(림스끼를 놀라게 한 보라색 속옷의 여인과 맙소사, 그 외에도 수많은 사람들이 있었다)과 사도바야 거리 50호 아파트에 보내졌던 급사 까르뽀프도 있었다.

50호 아파트에 대한 수색은 여러 차례에 걸쳐 이루어졌다. 그들은 아파트를 지극히 철저하게 살펴보았을 뿐 아니라, 그 안에 있는 벽 전체를 모조리 두들겨 보고, 벽난로에서 연기가 빠져나가는 굴뚝마저 살펴 가며 범인들이 숨어 있을 만한 은신처를 찾아보았다. 그러나 이 온갖 조치들은 아무 효과도 없었다. 여러 번 아파트를 방문했지만, 단 한 번도 그 안에서 사람이 발견된 적은 없었다. 모스끄바에 도착한 외국인 예술가에 대한 질문을 이리저리 받아야만 했던 사람들은 모두 흑마술사 볼란드가 모스끄바에는 절대로 존재하지 않으며, 존재할 수도 없다고 단호하게 부정했다. 그럼에도 불구하고, 아파트에 누군가가 있다는 것은 아주 명백한 사실이었다.

그는 러시아에 와서 거주 등록을 하지 않았으며, 여권 혹은 다른 서류들, 즉 계약서나 협약서와 같은 것을 그 누구에게도 제출한 적이 없고, 그 누구도 그에 관한 이야기를 듣지 못했다! 공연 위원회의 프로그램 관장 부서의 부장인 끼따이쩨프는 사라진 스쪼빠 리호제예프가 볼란드의 공연에 대한 승인을 요청하기 위해 그에 관한 프로그램을 자신에게 보낸 적이 없으며, 볼란드의 도착에 대한 전화 또한 받은 적이 없다고 맹세코 단언했다. 그렇기 때문에 끼따이쩨프는, 스쪼빠가 어떻게 바리예쩨에서 그런 공연을 허용할 수 있었는지에 대해 도무지 이해할 수도, 알 수도 없다고 말했다. 아르까지 아뽈로노비치가 그 마술사를 공연에서 두 눈으로 똑똑히 보았다고 하더라는 말을 전해 주자, 끼따이쩨프는 두 팔을 벌리고 두 눈을 들어 하늘만 쳐다볼 뿐이었다. 끼따이쩨프의 두 눈으로 미루어 보아 그가 수정처럼 깨끗하다는 것이 명백했고, 또 그건 사실이었다.

중앙 공연 위원회의 대표인 바로 그 쁘로호르 뻬뜨로비치는……

이참에, 안나 리차르도브나에게는 경악할 정도로 기쁘고, 공연히 불안한 마음으로 달려온 경찰에게는 도저히 이해할 수 없는 일이지만, 쁘로호르 뻬뜨로비치가 경찰이 서재로 들어서자마자 즉시 자기 양복 속으로 돌아왔다는 사실을 말해야겠다. 또 한 가지, 자기 자리, 즉 회색 줄무늬 양복 속으로 돌아온 쁘로호르 뻬뜨로비치는 잠시 부재중에 양복이 사인한 모든 결재 사항을 완벽하게 승인했다.

……그렇게 해서 쁘로호르 뻬뜨로비치는 볼란드에 대해 전혀 알지 못했다.

어찌 되었건 뭔가 아주 터무니없는 상황이 연출되었다. 수천 명의 관객들과 바리예쩨의 모든 멤버들, 나아가 교육 수준이 가장 높은 아르까지 아뽈로노비치 셈쁠레야로프마저 그 꺼림칙한 조수들뿐 아니라 그 마술사도 보았지만, 어디에서도 그 마술사를 찾을 수 없었던 것이다. 그렇다면 여러분께 묻겠다. 그가 혐오스럽기 짝이 없는 공연 직후에 곧장 땅으로 꺼지기라도 했단 말인가? 그것이 아니라면 몇 사람들이 확인한 것과는 달리, 그가 모스끄바에 전혀 오지 않았던 것은 아닐까? 첫 번째 가정을 받아들인다면, 의심할 여지 없이 그가 땅으로 꺼지면서 바리예쩨 행정부의 대표들을 모두 데리고 간 것이 되었다. 두 번째 가정이 맞다면, 불운한 극장의 행정부가 미리 어떤 불쾌한 짓을 저지르고(서재의 깨진 창과 뚜자부벤의 행동을 기억하라!) 흔적도 없이 모스끄바에서 스스로 사라진 것이 된다.

수사를 주도한 사람이 정당하게 행동했다는 것을 인정하지 않으면 안 된다. 사라진 림스끼에 대한 수색이 놀라울 정도의 속도로 벌어졌다. 레닌그라드로 전보를 보내기 위해서는 공연이 끝난 시각과 림스끼가 사라졌을 거라 추정되는 시간, 그리고 영화관 옆의 택시 정류장에서 뚜자부벤이 보인 행동을 비교해 보기만 하면 되었다. 한 시간 뒤에 아스또리아 호텔의 4층 412호실, 즉 당시 레닌그라드로 순회공연차

온 어떤 모스끄바 극단의 공연 관리자가 머문 방의 바로 옆 방에서 림스끼가 발견되었다는 답장이 날아들었다. 그 방에는 알려진 대로 황금이 부착된 회청색 가구와 멋진 목욕 시설이 갖추어져 있었다.

림스끼는 아스또리아의 412호실의 장롱에 숨어 있다가 발각되어 즉시 체포된 후, 레닌그라드에서 심문을 받게 되었다. 그 후 바리예쩨의 재정 감독이 금치산자나 다를 바 없는 상태이고, 질문에 제대로 답변을 하지 못하거나 조금도 대답하려 들지 않으며, 자신을 특수 감방에 가두어 무장 경호를 붙여 달라고 부탁한다는 소식을 담은 전보가 모스끄바에 도착했다. 모스끄바에서는 경호를 붙여 림스끼를 데려오라는 지시를 전보로 보냈고, 림스끼는 금요일 저녁 기차를 타고 경호를 받으며 레닌그라드에서 떠났다.

금요일 저녁때쯤에는 리호제예프의 흔적도 찾아낼 수 있었다. 리호제예프에 대한 조회를 요청하는 전보를 전국 방방곡곡으로 발송하자, 리호제예프가 얄따에 있었지만 비행기를 타고 모스끄바로 떠났다는 응답이 얄따에서 전해졌다.

흔적을 찾지 못한 유일한 사람은 바레누하였다. 모스끄바 전역에 널리 알려진 극장의 유명한 행정 감독은 실종되어 그 흔적조차 보이지 않았다.

그사이 모스끄바의 다른 장소에서는 바리예쩨의 밖에서 일어난 사건들에 매달렸다. 그들은 직원들이 「영광스런 바다여」라는 노래를 부른 특이한 사건(그런데 스뜨라빈스끼 교수는 피하 주사를 놓는 방법으로 두 시간 만에 질서를 잡을 수 있었다)과 다른 사람 혹은 기관에 돈 모양의 뭔지 모를 것을 내밀었던 사람들, 그리고 또 그 돈을 받아서 괴로움을 당했던 사람들의 사건을 다루어야만 했다.

이 모든 사건들 중에서 가장 불쾌하고, 가장 충격적이며,

해결할 수 없는 사건이 백주 대낮에 그리보예도프의 홀에 있던 관에서 베를리오즈의 머리가 도난당한 사건이었음은 무엇보다 자명한 일이다.

열두 명의 사람들이 모스끄바 전역에서 산발적으로 일어난 이 복잡한 사건의 저주스런 고리들을 코바늘로 꿰듯이 하나하나 엮어 가며 수사를 벌였다.

수사관 중 한 사람은 스뜨라빈스끼 교수의 병원에 들러, 무엇보다 먼저 최근 사흘 동안 병원에 들어온 사람들의 명단을 보여 달라고 요청했다. 그렇게 해서 니까노르 이바노비치 보소이와, 머리가 잘렸던 불행한 사회자를 발견할 수 있었다. 하지만 수사관은 그들에게 별로 관심을 기울이지 않았다. 두 사람이 신비스러운 마술사가 우두머리로 있는 그 도당들의 희생자였다는 사실을 확인하기란 이제 쉬운 일이었기 때문이다. 그러나 이반 니꼴라예비치 베즈돔니의 경우는 수사관의 관심을 극도로 불러일으켰다.

금요일 저녁, 이반의 병실인 117호의 문이 열리고, 그 방에 전혀 수사관 같지 않은 둥근 얼굴의 침착하고 부드러운 젊은이가 들어왔다. 그는 모스끄바에서 가장 뛰어난 수사관 중 한 사람이었다. 그는 침대에 누운 창백하고 말라비틀어진 사람을 보았다. 그 사람의 눈동자에는 주변에서 일어나는 일들에 전혀 관심이 없다는 표정이 떠올라 있었고, 그 눈동자는 주위 사람을 지나 저 멀리를 바라보는가 하면, 때로 젊은이를 똑바로 쳐다보기도 했다.

수사관은 상냥하게 자신을 소개하고, 그저께 빠뜨리아르흐 연못에서 일어난 사건에 대해 이반 니꼴라예비치와 이야기를 나누고 싶어 찾아왔다고 말했다.

오, 만일 수사관이 조금만 일찍 왔다면, 하다못해 이반이 빠뜨리아르흐 연못에 대한 이야기를 하려고 그토록 격렬하고 간절하게 몸부림치던 목요일 밤에라도 찾아왔다면, 이반은 얼마나 의기양양해했을 것인가. 이제라도 사람들이 수요일 저녁에 일어난 일에 대해 이야기를 듣겠다고 제 발로 찾아왔으니, 고문을 잡는 일을 돕겠다던 그의 꿈이 이루어져 그 스스로가 누군가를 쫓아갈 필요가 없게 된 것이 아닌가.

그러나 맙소사, 베를리오즈가 죽은 순간부터 지금까지의 시간 사이에 이바누쉬까는 완전히 변해 있었다. 그는 수사관의 모든 질문에 공손한 태도로 기꺼이 대답할 태세가 되어 있었지만, 그의 시선과 어투 모두에는 무관심이 느껴졌다. 베를리오즈의 운명은 더 이상 시인의 가슴에 아무런 감흥을 불러일으키지 않았다.

수사관이 오기 전까지 이바누쉬까는 누워서 졸며 그의 눈앞에 어른거리는 몇 가지 환상을 좇고 있었다. 그는 이 세상에 존재하지 않는 이상하고도 이해할 수 없는 도시를 보았다. 그 도시에는 열주로 다듬어진 대리석 덩어리와 태양에 반짝이는 지붕, 음울하고 잔인한 안토니우스 탑, 푸르른 열대 식물이 지붕까지 뒤덮여 있는 서쪽 언덕의 궁전, 그 식물들 위로 석양을 받아 붉게 타오르는 청동상들이 보였다. 그는 고대 도시의 성벽 아래로 갑옷과 투구를 착용한 로마의 백인대가 걸어가는 모습을 보았다.

졸고 있는 이반의 눈앞에 면도를 깔끔히 한 사나이가 핏빛 안감을 댄 하얀 망토를 입고 안락의자에 꼼짝하지 않고 앉아 누런 얼굴을 잔뜩 찡그린 채, 이민족의 화려한 정원을 증오스럽다는 듯이 바라보고 있는 장면이 떠올랐다. 이반은 나무 한 그루 없는 누런 언덕에 횡목을 매단 텅 빈 기둥도 보았다.

빠뜨리아르흐 연못에서 일어난 사건은 더 이상 시인 이반 베즈돔니의 관심을 끌지 않았다.

「이반 니꼴라예비치, 말씀해 주세요. 베를리오즈가 전차에 깔렸을 때 당신은 회전식 개찰구에서 얼마나 멀리 떨어져 있었습니까?」

무심한 비웃음을 입술에 보일 듯 말 듯 살짝 머금고 이반이 대답했다.

「멀리 있었습니다.」

「그 바둑판무늬 양복 차림의 남자는 개찰구 바로 옆에 있었습니까?」

「아니요, 그는 멀지 않은 벤치에 있었습니다.」

「베를리오즈가 넘어진 순간, 그 사람이 개찰구 쪽으로 다가가지 않았다는 기억이 확실합니까?」

「기억합니다. 다가가지 않았습니다. 그는 몸을 쭉 펴고 앉아 있었습니다.」

이것이 수사관이 던진 마지막 질문이었다. 질문을 마친 후, 그는 일어나 이바누쉬까에게 손을 내밀며 쾌차하시기를 바란다고 말하고, 곧 그의 시를 다시 읽게 되기를 희망한다고 전했다.

「아니요.」 이반은 조용히 말했다. 「나는 더 이상 시를 쓰지 않을 겁니다.」

수사관은 공손히 웃음을 띠고, 시인은 지금 가벼운 우울증을 보이고 있지만 곧 모든 것이 나아질 거라 확신한다고 안심시켰다.

「아니요.」 이반은 수사관을 보지 않고, 저 멀리 해가 지고 있는 지평선을 바라보며 대꾸했다. 「이건 내게서 절대로 사라지지 않을 겁니다. 내가 이제껏 쓴 시들은 나쁜 것들이었고, 난 그 사실을 이제야 알았습니다.」

수사관은 이바누쉬까에게서 상당히 중요한 자료를 얻어서 나왔다. 끝에서 처음으로 사건의 실마리를 거슬러 추적해 본 결과, 마침내 모든 사건들의 시발점에 도달하게 되었던 것이다. 수사관은 사건들이 빠뜨리아르흐에서 벌어진 살인으로부터 발생했다는 것을 의심하지 않았다. 물론 이바누쉬까도, 그 바둑판무늬 양복의 남자도 물리적인 힘을 이용해 불행한 마솔리뜨의 의장을 전차 아래로 밀쳐 내지는 않았다. 그러니까 그를 바퀴에 깔리게 한 사람은 아무도 없었던 것이다. 그러나 수사관은 베를리오즈가 최면에 걸린 상태에서 몸을 전차에 던졌다고(혹은 전차에 부딪쳤다고) 확신했다.

그랬다, 증거 자료들은 이미 많았고 누구를 어디서 잡아야 할지도 알았다. 그런데 문제는 어떠한 방식으로도 그들을 잡을 수 없었다는 데 있었다. 반복해서 말하지만, 세 배나 저주받아 마땅한 그 50호 아파트에는 분명 누군가가 있었다. 이따금 그 아파트에서 때론 갈라진 목소리가, 때론 코맹맹이의 목소리가 전화벨 소리에 답할 때가 있었다. 더구나 창을 통해 축음기 소리가 날 때도 있었다. 그러나 그곳에 갈 때마다 아파트에는 실로 아무도 없었다. 그곳에 수사관들이 다녀간 것이 한두 번이 아니었고, 그것도 하루에 여러 번 시간을 달리하여 방문해 보았는데도 말이다. 그것만으로도 부족해서 구석구석을 전부 확인하며 그물을 들고 아파트를 돌아다녀 보기도 했다. 아파트에는 이미 오래전부터 감시를 붙여 놓았다. 건물의 통로를 지나 뜰에 이르는 길뿐 아니라 뒷문도 지켰고, 그것도 모자라 굴뚝 옆 지붕에도 경비를 세웠다. 50호 아파트는 사람들을 갖고 놀았지만, 어찌 해볼 도리가 없었다.

그렇게 사건은, 마이겔 남작이 야회복 차림에 에나멜 구두를 신고 손님 자격으로 50호 아파트로 향했던 금요일과 토요일 사이의 자정까지 지지부진하게 진행되었다. 마이겔 남작이 아파트로 들어가는 소리가 들린 지 정확히 10분 후 수사관들은 벨도 누르지 않고 아파트에 들이닥쳤다. 그러나 아파트에는 주인도 없었을 뿐 아니라, 불가사의하게도 마이겔 남작의 흔적조차 찾아볼 수 없었다.

아까도 얘기했지만, 이런 식으로 사건은 토요일 새벽까지 이어졌다. 이때 새롭고 아주 흥미로운 사실이 덧붙여졌다. 끄림을 출발한 6인승 비행기가 모스끄바 비행장에 착륙했고, 여러 승객들 가운데 한 이상한 승객이 비행기에서 내렸다. 그는 수염이 덥수룩했고, 한 사흘 동안은 씻지 않은 것 같은 젊은 남자였다. 그는 벌겋게 된 놀란 눈에, 짐도 없이 아주 기괴한 복장을 하고 있었다. 이 시민은 체르께스인들이 쓰는 높은 털모자를 쓰고, 잠옷 위에 까프까즈식 소매 없는 외투를 입고, 밤에 신는 새 가죽 슬리퍼를 신고 있었다. 비행기의 트랩에서 내려서자마자, 사람들이 그에게 다가갔다. 그 시민을 벌써부터 기다리고 있었던 것이다. 잠시 후 바리예쩨의 잊을 수 없는 총감독 스쩨빤 보그다노비치 리호제예프가 심문관 앞에 서게 되었다. 그는 새로운 증거들을 쏟아 냈다. 볼란드가 스쪼빠 리호제예프에게 최면을 건 뒤, 예술가로 가장하여 바리예쩨에 잠입했고, 그 후 그 스쪼빠를 모스끄바에서 먼 곳으로, 도대체 몇 킬로미터나 떨어진 곳인지 모를 곳으로 교묘히 보내 버렸다는 사실이 이제 분명해졌던 것이다. 이렇게 새로운 자료가 보충되었지만, 그것으로 문제가 간단해지지는 않았다. 아니, 문제는 오히려 더 복잡해지기까지 했다. 왜냐하면 스쩨빤 보그다노비치를 희생자로 삼는 그런 종류의 일을 저지를 수 있는 사람을 잡는다는 것이 그리 쉽지만은 않으리라는 것이 분명해졌기 때문이다. 한편 리호제예프는 본인의 요청에 따라 믿을 만한 감옥에 수감되었다. 그리고 이유를 알 수 없지만 거의 이틀 밤낮 동안 사라졌다가 돌아온 바레누하 또한 본인의 아파트에서 이제 막 체포되어 심문을 받았다.

아자젤로에게 더 이상 거짓말을 하지 않겠다고 약속했음

에도 불구하고, 행정 감독은 다시 심문에 거짓말로 응하기 시작했다. 하지만 그렇다고 해서 그를 엄중히 비판할 수만은 없는 일이었다. 아자젤로가 그에게 금한 것은 전화기에 대고 거짓말을 하는 비열한 짓이었고, 이 순간 행정 감독은 전화라는 기기를 사용하지 않은 채 대화를 나누었기 때문이다. 이반 사벨리예비치는 눈을 이리저리 굴리며, 목요일 낮에 바리예쩨의 자기 사무실에서 혼자 술을 마신 후 취해서 어디론가 나갔는데 어디로 갔는지는 기억나지 않고, 또 어디선가 오래된 보드까를 마셨지만 어디에서였는지는 역시 기억을 할 수 없으며, 어떤 담벼락 밑에 쓰러져서 잤는데 그것 역시 어떤 담벼락이었는지 기억나지 않는다고 말했다. 행정 감독에게 어리석고 비이성적인 행동으로 중대한 사건의 수사를 방해하고 있으니, 이 일에 대해 당연히 책임을 지게 될 것이라고 말하자, 바레누하는 울음을 터트렸다. 그는 주변을 둘러보면서 떨리는 목소리로 볼란드 도당들의 복수가 두려워서, 오로지 공포 때문에 거짓말을 한 것이라고 속삭이기 시작했다. 그는 자신이 이미 그 도당들의 손아귀에 있다가 나왔다고 말하며 제발 특수 감방에 보내 달라고 애걸복걸하며 간청했다.

「귀신이 곡할 놈들! 그 강철판 감방이 마음에 쏙 드는 모양일세!」 심문하는 사람들 중 하나가 혀를 끌끌 찼다.

「그 불한당들이 이 사람들을 아주 놀라게 한 모양이에요.」 이바누쉬까의 방에 있었던 수사관이 말했다.

그들은 바레누하를 할 수 있는 한 안심시키고, 감방 없이도 그를 보호할 수 있다고 말해 주었다. 그러자 그는 담장 밑에서 오래된 보드까를 마신 게 아니라, 두 사람, 그러니까 큰 송곳니가 튀어나온 불그스레한 남자와 또 다른 뚱뚱보가…… 자기를 때렸다고 실토했다.

「아, 고양이를 닮았다는 사람?」

「예, 예, 예.」행정 감독은 공포에 몸이 얼어붙는 것을 느끼며, 매초마다 주위를 둘러보면서 속삭였다. 그는 흡혈귀 안내자의 자격으로 아파트 50호에 거의 이틀 동안 있었던 일과, 하마터면 재정 감독 림스끼를 죽일 뻔한 이야기를 털어놓았다.

그 시각 레닌그라드에서 기차를 태워 데려온 림스끼가 들어왔다. 그러나 공포로 부들부들 떨고, 심리적으로 혼란에 사로잡힌 회색 머리의 노인은 진실을 말하려 들지 않았고, 그런 의미에서 그는 고집이 아주 셌다. 그 노인에게서 이전의 재정 감독을 발견하기란 아주 힘든 일이었다. 림스끼는 바레누하와 마찬가지로 본인의 사무실에서 겔라라고 하는 여자를 밤에 본 적이 없으며, 그냥 몸이 좋지 않아 인사불성 상태로 레닌그라드로 떠난 것뿐이라고 말했다. 병든 재정 감독이 강철판이 대어진 감방에 가두어 달라는 요청으로 증언을 마쳤다는 것은 두말할 필요도 없다.

안누쉬까는 아르바뜨에 있는 슈퍼마켓에서 계산원에게 10달러짜리 지폐를 내려다가 체포되었다. 수사관들은 사도바야 거리에 있는 건물의 창에서 날아간 사람들에 대한 이야기와 안누쉬까의 말에 의하면 자기가 경찰에 가져다주려고 들어 올렸다는 말편자에 대한 이야기를 주의 깊게 경청했다.

「정말 황금 편자에 다이아몬드가 박혀 있었소?」수사관들이 안누쉬까에게 물었다.

「제가 다이아몬드를 모를까 봐 그래요?」안누쉬까가 대답했다.

「정말로 당신 말대로 그가 10루블짜리 수표를 주었소?」

「내가 10루블짜리 수표도 모를 것 같아요?」

「그렇다면 언제 그것들이 달러로 바뀌었소?」

「도대체 달러가 뭔지도 모르고, 그런 건 본 적도 없어요.」 안누쉬까가 새된 소리를 내며 대답했다. 「난 자격이 있어요. 내게 상을 주었고, 그것으로 사라사 천을 사려고 했다고요…….」 그리고 그녀는 5층에 더러운 영을 끌고 와서, 그것 때문에 편안히 살 수 없도록 만든 책임은 주택 조합이 져야지 자기가 질 이유가 없다는 등의 황당한 소리를 늘어놓았다.

안누쉬까가 모든 이들을 아주 질리게 만드는 통에 수사관은 그녀에게 두 손 두 발을 다 들고, 녹색 종이에 통행증을 써 주었다. 마침내 안누쉬까가 건물 밖으로 나가자, 모두들 안도의 한숨을 내쉬었다.

그 후 또 일련의 사람들이 행렬을 지어 들어왔다. 그중에는 질투심 많은 부인이 어리석게도 남편이 사라졌다 돌아왔다고 아침에 신고하는 바람에 막 체포되어 온 사람이 있었다. 니꼴라이 이바노비치는 사탄의 무도회에서 시간을 보냈다는 우스꽝스러운 증명서를 책상에 내놓았지만, 그걸 보고도 수사관들은 그다지 놀라지 않았다. 자신이 마르가리따 니꼴라예브나의 벌거벗은 살림 도우미를 등에 태우고 공중을 날아 어디론가 멀리 수영을 하러 갔다든지, 그 일이 있기 전에 마르가리따 니꼴라예브나가 옷을 벗고 창턱에 나타났다는 등의 이야기를 할 때, 그는 실로 진실에서 조금도 벗어나지 않았다. 하지만 그는 자신이 떨어진 속옷을 손에 들고 침실에 갔다든지, 나따샤를 비너스라고 불렀다는 등의 말을 꼭 할 필요는 없다고 생각했다. 그의 말에 따르자면, 나따샤가 창밖으로 날아갈 때 그의 등에 올라타 그를 억지로 모스끄바에서 멀리 끌고 갔던 것이다…….

「폭력에 굴복해서 어쩔 수 없이 복종한 겁니다.」

니꼴라이 이바노비치는 이런 말로 얘기를 마치면서 아내에게는 이 일에 대해 절대로 함구해 달라고 부탁했다. 그리고 그렇게 하겠노라는 약속을 받아 냈다.

니꼴라이 이바노비치의 증언은 마르가리따 니꼴라예브나와 그녀의 살림 도우미인 나따샤 역시 흔적도 없이 사라졌다고 생각할 가능성을 열어 주었다. 그들을 찾아내기 위해 필요한 모든 조치가 취해졌다.

그렇게 토요일 아침에도 수사는 단 한 순간의 멈춤도 없이 진행되었다. 그 시각 도시에는 일말의 진실에 화려하기 짝이 없는 거짓말로 장식된, 전혀 가당치 않은 소문들이 이리저리 난무하고 있었다. 바리예쩨에서 공연이 있었는데, 그 공연 후에 모두 2천 명이나 되는 관객들이 엄마 뱃속에서 태어날 때의 모습 그대로 거리 밖으로 뛰쳐나왔다느니, 마법으로 만들어진 위폐들이 사도바야 거리를 뒤덮었다느니, 어떤 악당들이 오락 분과의 다섯 명이나 되는 책임자들을 납치했는데 경찰들이 그들을 이제 막 모두 찾았다느니 하는, 일일이 다 전하기도 힘들 정도의 말들이 수도 없이 돌아다녔다.

한편 점심 무렵이 되었을 때, 수사를 진행하는 곳에 전화벨이 울렸다. 사도바야 거리의 저주받은 아파트에서 또다시 인기척이 난다는 소식이었다. 아파트의 창문이 안으로 열려 있고, 그 안에서 피아노 소리와 노랫소리가 들리며, 검은 고양이가 창턱 위에 앉아 햇볕을 쬐는 것이 보인다는 것이었다.

무더운 오후 네시경에 사복을 입은 많은 남자들이 차 세 대에 나누어 타고 사도바야 거리의 320-비스 동 건물에서 얼마 떨어지지 않은 곳에 도착했다. 그들은 두 개의 작은 그룹으로 나뉘어, 한 그룹은 건물의 통로와 뜰을 지나 곧장 6라인 입구로 들어갔고, 다른 그룹은 뒷문으로 통하는, 평소에는 못이 박혀 있는 작은 문을 열어젖혔다. 이 두 그룹은 서로 다른 계단을 타고 50호 아파트를 향해 올라갔다.

그때 꼬로비요프와 아자젤로는 아침 식사를 마치고 아파

트의 식당에 앉아 있었다. 꼬로비요프는 이미 화려한 연미복이 아니라 평상복 차림이었다. 고양이는 어디 있는지 알 수 없었다. 부엌에서 냄비 부딪치는 소리가 들리는 걸로 미루어 보아, 베게모뜨는 거기서 평소의 습관대로 바보짓을 하고 있는 모양이었다. 「계단에서 들리는 이 발자국 소리들은 뭐지?」꼬로비요프가 잔에 든 검은색 커피를 티스푼으로 저으며 물었다.

「우리를 체포하러 오는 거야.」아자젤로가 대답하고, 작은 잔에 담긴 코냑을 한 모금에 다 마셨다.

「에이 참.」꼬로비요프가 그 말에 이렇게 대꾸했다.

정문 계단을 타고 올라오는 사람들은 그 시각 벌써 3층 계단참에 있었다. 거기에는 두 명의 수도공이 증기 난방 장치의 굴곡부에 매달려 있었다. 올라가는 사람들은 수도공들과 의미심장한 시선을 주고받았다.

「모두들 집에 있습니다.」수도공 중 한 사람이 망치로 관을 치면서 속삭였다.

그때 앞서 가던 사람이 외투 안에서 검은 모제르총을 거침없이 꺼내 들었고, 그와 나란히 있던 사람은 자물쇠 푸는 장치를 꺼냈다. 50호 아파트로 가는 사람들은 모두 해야 할 임무에 걸맞게 무장을 하고 있었다. 그들 중 두 사람은 쉽게 펼쳐지는 가느다란 비단 그물을 소지하고 있었고, 또 다른 한 사람은 던지는 올가미를, 어떤 사람은 가제로 된 마스크와 마취제가 든 주사기를 가지고 있었다.

1초 만에 50호 아파트의 정문이 열리고, 올라온 모든 사람들이 현관으로 들어갔다. 그때 부엌에서 문이 쾅 하고 열리는 소리가 들려와 뒷문을 통해 올라온 두 번째 그룹 역시 제시간에 도착했음을 알려 주었다.

이번에는 완전하지는 않아도 뭔가 성공할 기미가 눈앞에

보이는 것 같았다. 순식간에 사람들은 방마다 흩어졌지만, 그 어느 곳에서도 아무도 발견할 수 없었다. 그러나 그들은 식당에서 이제 막 남기고 간 듯한 아침 식사의 흔적을 발견할 수 있었다. 그리고 거대한 검은 고양이가 거실의 크리스털 항아리 옆의 벽난로 선반 위에 앉아 있는 것이 보였다. 그는 앞발에 휘발유 풍로를 들고 있었다.

「음, 그렇군…… 정말로 건장하군…….」 들어온 사람들 중 한 사람이 속삭였다.

「장난치는 것도 아니고, 누구를 괴롭히는 것도 아니고, 풍로를 고치는 것일 뿐이야.」 고양이는 적의를 드러내며 얼굴을 찌푸리고 말했다. 「고양이는 고래로부터 존재한, 함부로 범접할 수 없는 동물임을 경고하는 게 내 임무이지.」

「특별한 솜씨가 필요한 작업이로군.」 누군가 속삭이자, 다른 사람이 큰 소리로 분명하게 말했다.

「자, 함부로 범접할 수 없는 복화술사 고양이, 이리로 오시지!」

비단 그물이 하늘 높이 날아올랐다. 그러나 망을 던진 사람이 모두가 깜짝 놀랄 정도로 헛손질을 해 항아리만을 낚아채는 바람에 항아리는 그 자리에서 와장창 깨지고야 말았다.

「당신 패가 졌어!」 고양이가 고래고래 소리를 지르기 시작했다. 「만세!」 이러면서 그는 풍로를 옆에 내려놓고는 등에서 권총을 잡아 뺐다. 그는 눈 깜짝할 사이에 가장 가까이에 있는 사람을 향해 총구를 돌렸다. 그러나 고양이보다 먼저 총을 발사할 수 있었던 사람의 손에서 불이 뿜어 나왔다. 모제르 권총의 발사와 함께 고양이는 브라우닝 권총을 떨어뜨리고 풍로를 놓치고는, 고개를 아래로 처박으며 벽난로에서 바닥으로 털썩 떨어졌다.

「모든 것이 끝났다.」 고양이는 약한 목소리로 말하고, 피

웅덩이에서 괴로운 듯이 사지를 쭉 뻗었다.「잠시만 내게서 떨어져 주시오. 이 땅과 작별할 시간을 주시오. 오, 나의 친구 아자젤로!」고양이는 피를 흘리며 신음했다.「자네 어디 있나?」고양이는 식당으로 가는 문을 향해 꺼져 가는 눈동자를 돌렸다.「이 불공평한 싸움의 순간에 자네는 나를 도우러 오지 않는단 말인가. 자네는 코냑 한 잔에 불쌍한 베게모뜨를 버렸어! 사실 좋은 코냑이긴 하지. 이제 어쩌겠나, 내 죽음은 자네 양심에 맡기겠네. 난 자네에게 내 브라우닝 총을 남기네……」

「그물, 그물, 그물.」고양이의 주변에서 사람들이 불안하게 속삭이기 시작했다. 그러나 그물은, 이유를 알 수 없게도 누군가의 주머니에 걸려 바깥으로 나오려 들지 않았다.

「치명적인 부상을 당한 고양이를 구할 수 있는 유일한 방법은 휘발유 한 모금이야……」고양이는 혼란을 이용해 풍로에 있는 둥근 구멍에 매달려 휘발유를 실컷 마셨다. 그 즉시 왼쪽 앞발 윗부분에서 흐르던 피가 멈추었다.

고양이는 겨드랑이에 풍로를 낀 채, 생생하고 활기찬 모습으로 튀어 일어나더니 다시 벽난로로 뛰어 올라갔다. 거기서 벽지를 잡아 뜯으며 벽을 타고 기어 올라가, 2초 정도 지난 후에는 철로 된 커튼 봉에 앉아 들어온 사람들 위의 높은 곳에 자리를 잡았다.

눈 깜짝할 사이에 두 팔이 커튼에 달라붙더니 고양이는 커튼 봉과 함께 커튼을 뜯어냈다. 그로 인해 그늘졌던 방 안에 햇빛이 쏟아져 들어왔다. 그러나 거짓말처럼 싹 나아 버린 고양이도, 풍로도 아래로 떨어지지 않았다. 고양이는 풍로와 헤어지지 않고 교묘하게 공중에서 몸을 휘저어 방의 중앙에 걸려 있는 샹들리에에 뛰어 올랐다.

「사다리!」 아래에서 외쳤다.

「결투를 신청한다!」 고양이가 흔들리는 샹들리에 위에서 사람들 머리 위로 날아다니며 울부짖었다. 그의 손에 다시 브라우닝 권총이 나타나고, 풍로는 샹들리에의 가지들 사이에 놓였다. 고양이는 매달린 채 들어온 사람들 머리 위에서 진자처럼 왔다 갔다 하면서 사람들을 향해 총을 발사했다. 굉음이 아파트를 진동시켰다. 샹들리에의 파편들이 바닥으로 흩어지고, 벽난로에 있던 거울이 별 모양으로 갈라지고, 석회 가루가 공중을 날아다니고, 바닥에서 탄피들이 튀어 오르고, 유리창 조각들이 사방으로 튀고, 총을 맞은 풍로에서 휘발유가 뿜어져 나오기 시작했다. 이제 고양이를 산 채로 잡는 게 문제가 아니었다. 도착한 사람들은 고양이에 대한 반격으로 그의 머리와 배, 가슴 등을 정확히 조준하여 모제르 권총을 미친 듯이 발사했다. 사격은 안뜰에 공포를 불러일으켰다.

그러나 그 사격은 오래가지 않아 자연스럽게 사그라지기 시작했다. 사격은 고양이에게도, 들어온 사람들에게도 아무 해를 입히지 않았다. 아무도 죽지 않았을 뿐 아니라, 심지어는 다친 사람도 없었다. 고양이를 포함해 모든 이들이 전혀 해를 입지 않은 상태로 남았다. 그것을 다시 한 번 확인하기 위해 들어온 사람들 중 누군가가 저주스런 짐승의 머리에 다섯 발의 총탄을 발사하자, 고양이도 기민하게 응수해 탄창을 다 소진했다. 그러나 마찬가지로 이 사격은 누구에게도 해를 입히지 못했다. 고양이는 샹들리에에서 브라우닝 총구에 훅 입김을 불고, 자기 앞발에 침을 뱉으며 몸을 흔들었는데, 그 흔들림도 점점 줄어들었다. 침묵 속에서 아래에 서 있는 사람들의 얼굴에는 도무지 이해할 수 없다는 표정이 떠올랐다. 이것은 그들의 사격이 무용지물로 드러난 유일한 경우, 혹은 유일한 경우 중 하나였다. 물론 고양이의 브라우닝 권총이 장난감 총이었다고 가정할 수 있었지만, 도착한 사람들의 모제르총에 대해서는 절대로 그렇게 말할 수 없었다. 휘발유를 마신 것뿐 아니라, 고양이의 첫 번째 부상도 마술이자 돼지 같은 눈속임에 불과했다는 것이 이제 의심할 여지 없이 분명한 사실로 드러났다.

고양이를 잡으려는 또 한 번의 시도가 이루어졌다. 올가미를 던졌는데, 올가미가 초들 중 하나에 걸리는 바람에 샹들리에가 떨어져 나갔다. 샹들리에가 떨어진 충격이 건물 전체에 진동했지만, 그것 역시 아무 효과가 없었다. 그 자리에 있던 사람들은 파편들을 뒤집어썼지만, 고양이는 공중을 날아 천장 바로 아래, 벽난로 위에 있는 거울의 도금한 틀의 윗부분에 높이 안착했다. 그는 어디로도 급히 도망갈 생각을 하지 않고, 그와는 정반대로 비교적 안전한 장소에 앉아 또 한 토막의 말을 내뱉었다.

「내게 왜 이렇게 거칠게 대하는지 그 이유를,」 그가 위에서 말했다. 「도무지 알 수 없군…….」

이때 어디에서 들리는지 알 수 없는 무겁고 낮은 목소리가 이제 막 시작한 이 말을 끊었다.

「아파트에서 무슨 일이 일어나고 있는 거야? 일을 할 수 없잖아.」

그러자 불쾌한 코맹맹이의 목소리가 대꾸했다.

「물론 저건 베게모뜨죠, 마귀한테나 가버리지!」

세 번째의 걸걸한 목소리가 말했다.

「나리! 토요일입니다. 해가 지고 있습니다. 가야 할 시간입니다.」

「미안하지만, 더 이상 이야기를 나눌 수 없어.」 거울 위에서 고양이가 말했다. 「가야 할 시간이거든.」 그는 브라우닝 권총을 힘차게 던져 창에 있는 두 장의 유리를 깼다. 그런 다

음 그가 휘발유를 아래로 끼얹자, 그 휘발유는 자기 혼자서
확 타올라 천장 아래까지 불길이 넘실거렸다.

 불길은 범상치 않게 빠르고 강하게 타올랐는데, 휘발유가 있
다 하더라도 그건 그리 흔한 현상이 아니었다. 이제 벽지에서
연기가 피어오르고, 바닥에 떨어진 커튼도 타고, 깨진 창틀도
그을리기 시작했다. 고양이는 튀어 오르며 야옹 소리를 낸 후,
거울에서 창턱으로 뛰어내리더니 풍로를 들고 창턱 뒤로 사라
졌다. 바깥을 향해 쏘아 대는 사격 소리가 진동했다. 고양이가
건물의 구석에 ∩ 모양으로 붙어 있는 홈통을 향해 창턱에서
창턱으로 날아갈 때, 반대편의 방화 철제 계단 위에 앉아 있던
사람이 보석상의 집 창문과 같은 높이에서 고양이를 향해 총을
쏘았다. 홈통을 타고 고양이는 지붕으로 올라갔다. 그곳에서도
역시 굴뚝을 지키던 경비가 총을 쏘았지만 애석하게도 아무 소
용이 없었고, 고양이는 도시를 적시며 저물어 가는 태양 속으
로 자취를 감추었다.

 그 시각 아파트에서는 들이닥친 사람들의 발아래에서 마
루의 판자들이 갑자기 튀어 오르기 시작했다. 가짜 부상으로
고양이가 쓰러졌던 그 자리에서 구레나룻을 위로 젖히고 유
리 눈동자를 긴 전 남작 마이겔의 시신이 점점 강해지는 불
길 속에서 모습을 드러냈다. 그를 끌어내는 것은 이미 불가
능한 일이었다.

 타오르는 마루 판자 위에서 펄쩍펄쩍 뛰고, 연기가 피어오
르는 어깨와 가슴을 손바닥으로 두드리면서 거실에 있던 사
람들은 서재와 현관으로 물러났다. 식당과 침실에 있던 사람
들은 복도를 통해 바깥으로 달려 나갔다. 부엌에 있던 사람
들도 달려 나와 현관으로 돌진했다. 거실은 이미 불길과 연
기로 그득했다. 누군가가 달리다 말고 소방서 전화번호를 눌
러 짤막하게 전화기에 대고 간신히 소리치는 데 성공했다.

「사도바야, 302-비스 동!」

더 이상 지체할 수 없었다. 불길은 현관으로 솟구쳐 올랐다. 숨 쉬기가 힘들어졌다.

마법에 걸린 아파트의 깨진 창문에서 한 줄기 연기가 뿜어져 나오자마자, 뜰에서 절망적으로 비명을 지르는 소리가 들렸다.

「불이야! 불! 탄다!」

건물의 여러 아파트에서 사람들이 전화에 대고 외치기 시작했다.

「사도바야! 사도바야, 302-비스 동!」

도시 전역에서 급히 돌진해 온 기다란 붉은 차들이 사도바야 거리에서 종소리를 요란히 울려 사람들의 심장을 놀라게 한 그 시각, 뜰에 운집해 있던 사람들은 연기와 함께 남자로 보이는 세 명의 검은 실루엣과 한 명의 벌거벗은 여자의 실루엣이 5층의 창에서 날아가는 것을 언뜻 보았다.

제28장
꼬로비요프와 베게모뜨의 마지막 모험

그 실루엣들이 정말 존재했던 것인지, 아니면 사도바야 거리의 불운한 건물에 사는 주민들이 공포에 질려 착시 현상을 일으킨 것인지는 정확히 말할 수 없었다. 실제로 존재했다면, 그들이 곧장 어디로 향했는지에 대해 아는 사람 역시 아무도 없었다. 그들이 어디서 헤어졌는지에 대해서도 마찬가지로 얘기할 수 없었지만, 사도바야 거리에서 화재가 난 지 대략 15분이 지난 후 바둑판무늬의 양복을 입은 길쭉한 신사와 크고 검은 고양이가 스몰렌스끄 시장에 있는 외국인 상대 상점[1]의 거울 문 옆에 나타난 것만은 사실이다.

날렵하게 행인들 사이를 요리조리 지나온 남자가 상점의 바깥문을 열었다. 그러나 이때 키가 작고 뼈만 앙상한, 극도로 악에 받친 수위가 그의 길을 가로막고 화를 내며 말했다.

「고양이는 안 됩니다!」

---

1 1930년대 초에 열린 외화와 낡은 지폐, 보석류만 거래하는 특별 상점. 외국인과 특권 계층에게 물품을 보급하기 위해 만들어진 가게이다. 스몰렌스끄 시장은 현 스몰렌스끄 광장에 있었다. 아르바뜨 거리와 스몰렌스끄 광장이 만나는 모퉁이에 위치한 건물에 외국인 상대 상점이 있었다고 한다.

「미안합니다만,」 길쭉한 사나이가 가는귀가 먹은 사람처럼 마디가 굵은 손을 귀에 갖다 대고 괄괄하게 말했다. 「고양이를 데리고 있다고 하셨나요? 도대체 고양이가 어디 있다고 그러십니까?」

수위는 눈을 동그랗게 떴는데, 거기에는 그럴 만한 이유가 있었다. 정말로 어느새 시민의 다리 옆에는 고양이가 보이지 않고, 대신 약간은 고양이와 닮은 얼굴을 하고 너덜너덜한 모자를 쓴 뚱보가 그의 어깨 너머로 고개를 내민 채 상점 문을 밀고 들어가려는 중이었던 것이다. 뚱보의 손에는 풍로가 들려 있었다.

이 한 쌍의 방문객은 가뜩이나 인간을 혐오하는 수위의 마음에 왠지 들지 않았다.

「우리 상점에서는 외화만 받습니다.」 그는 좀벌레에게 갉아먹힌 것 같은 덥수룩한 쥐색 눈썹 아래 붙은 눈을 화가 난 듯이 위로 치뜨고 쉰 소리로 말했다.

「친애하는 선생,」 길쭉한 사나이가 깨진 코안경 너머로 눈을 반짝이며 괄괄한 목소리로 말했다. 「어째서 내게 외화가 없다고 생각하십니까? 옷을 보고 그렇게 생각하십니까? 귀하디귀하신 수위 양반, 결코 그렇게 판단하지 마십시오! 큰코다칠 수 있습니다. 그것도 아주 호되게 당할 수 있지요. 유명한 칼리프인 하룬 알 라시드[2]의 이야기라도 다시 한 번 읽어 보세요. 그래도 이번만은 그 이야기를 잠시 옆으로 미뤄 두도록 하지요. 내가 하고 싶은 말은, 당신에 대한 불평을 지배인에게 잔뜩 늘어놓고, 당신을 반짝이는 거울 문 사이의 이 자리에서 쫓아낼 만한 얘기를 하겠다는 거예요.」

「어쩌면 내 이 풍로에 외화가 가득 들어 있을지도 모르죠.」

2 아바스 왕조의 왕(763~809). 알 라시드는 〈공정한 사람〉이라는 뜻이다.

상점으로 맹렬히 밀치고 들어가려던 고양이 생김새의 뚱보가 격하게 얘기에 끼어들었다.

뒤에서는 벌써 사람들이 서로를 밀치며 화를 내고 있었다. 수위는 한 쌍의 진기한 사람들을 증오심과 의구심에 가득한 눈초리로 쳐다보며 옆으로 물러섰고, 우리가 익히 잘 아는 꼬로비요프와 베게모뜨는 결국 상점 안으로 들어가게 되었다. 거기서 그들은 우선 상점 전체를 휘휘 둘러보았다. 그런 다음 꼬로비요프는 상점의 구석구석에 다 들릴 정도로 목소리를 크게 울리며 선언했다.

「멋들어진 상점이로군! 아주, 아주 훌륭한 상점이야!」

칭찬받을 만한 근거가 충분히 있는 상점이었지만, 그래도 판매대 옆에 있던 사람들은 뒤를 돌아보고 어쩐지 놀란 표정으로 말한 사람을 쳐다보았다.

칸이 쳐진 선반들에서 색깔이 아주 다양한 수백 필의 사라사 천이 보였다. 그 뒤로 옥양목과 비단, 모슬린, 연미복용 나사 천이 잔뜩 쌓여 있었다. 앞쪽에는 구두 상자들이 첩첩이 쌓여 있었는데, 몇 명의 여성들이 오른발에 닳아 빠진 낡은 구두를 신은 채 왼발에 반짝거리는 새 단화를 신어 보며, 낮은 의자에 앉아 염려스럽다는 듯이 발을 굴러 보고 있었다. 어디인지 저 구석에서는 축음기를 통해 노래를 부르며 연주하는 소리가 들려왔다.

그러나 이 모든 멋진 곳을 지나, 꼬로비요프와 베게모뜨는 곧장 식료품과 과자를 파는 곳으로 갔다. 그곳은 아주 공간이 넓고, 숄과 베레모를 쓴 여인들이 포목 판매대와는 달리 떼를 지어 몰려 있지 않았다.

키가 작고 아주 네모나게 생긴 사람이 푸른빛이 돌 정도로 면도를 깨끗이 하고, 뿔테 안경을 쓰고, 구김은 물론이고 끈에 얼룩 하나 없는 새 모자를 쓰고, 연보라색 외투에 염소 가죽으로 만든 붉은 장갑을 끼고서 판매대 옆에 서서 뭐라고 명령조로 앵앵거리고 있었다. 깨끗한 흰 가운을 입고 파란 모자를 쓴 판매원이 연보라색 복장의 고객을 상대하고 있었다. 판매원은 눈알이 번들거리는 살진 분홍빛 연어에게서 은빛 광택이 나는 뱀 껍질 같은 비늘을 레위 마태가 훔친 칼과 아주 비슷하게 생긴 날카로운 칼로 벗겨 내고 있었다.

「이 판매대도 굉장하군.」 꼬로비요프가 탄성을 지르며 인정했다. 「외국인도 인상이 좋아.」 그는 호의를 가지고 연보라색 등을 손가락으로 가리켰다.

「아니야, 파고뜨, 아니야.」 베게모뜨가 생각에 잠겨 대답했다. 「친구, 자네가 실수한 거야. 내 생각에 연보라색 신사의 얼굴에는 뭔가 모자라는 게 있어.」

연보라색 등이 흠칫 놀랐지만, 아마도 우연인 듯이 보였다. 왜냐하면 그가 꼬로비요프와 그의 동반자가 말하는 러시아어를 알아들을 리 만무했기 때문이다.

「죠은 거죠?」 연보라색 손님이 엄격하게 물었다.

「세계적 수준입니다!」 판매원이 껍질 밑으로 칼날을 쑤시며 애교스럽게 대답했다.

「죠은 거 나 죠아요. 나쁜 건, 아니에오.」 외국인이 엄중하게 말했다.

「물론입죠!」 판매원이 깊이 동감하며 대답했다.

이때 우리의 지인들은 연어를 사는 외국인에게서 떨어져 과자 판매 구역으로 갔다.

「더운 날이군요.」 꼬로비요프가 뺨이 불그스름한 젊디젊은 여자 판매원에게 말을 걸었다. 「귤은 얼마인가요?」 꼬로비요프가 물었다.

「1킬로그램에 30꼬뻬이까예요.」 여자 판매원이 대답했다.

「전부 비싸네.」 꼬로비요프가 한숨을 쉬고 말했다. 「에이, 에

이……」 그는 또 뭔가를 조금 생각하더니, 동반자에게 권했다. 「먹어, 베게모뜨.」

뚱뚱보는 풍로를 겨드랑이에 끼고, 피라미드 모양으로 세 워진 귤 더미에서 가장 위에 있는 것을 집더니 껍질째 그것 을 먹어 치우고, 두 개째를 잡았다.

죽을 것 같은 공포가 여자 판매원을 사로잡았다.

「미쳤군요!」 그녀는 핏기를 잃고 외쳤다. 「영수증을 줘요! 영수증을!」[3] 그녀는 사탕을 집는 집게를 떨어트렸다.

「착한 아가씨, 귀여운 아가씨, 예쁜 아가씨,」 꼬로비요프가 판매대 위에 몸을 기대어 여자 판매인에게 윙크하면서 씩씩거 리며 말했다. 「오늘 우리한테 외국 돈이 없어서 말이야……. 어쩌겠어! 하지만 맹세컨대 다음번에는, 늦어도 월요일까지 는 현금으로 몽땅 갖다 줄게! 우린 여기서 멀지 않은 사도바 야, 화재가 난…… 거기 살거든」

베게모뜨는 세 개째 귤을 삼키고, 앞발을 초콜릿 판들로 만들어진 교묘한 조형물에 집어넣더니 제일 밑에 있는 것을 잡아 꺼냈다. 물론 그로 인해 모든 것이 무너져 내렸다. 베게 모뜨는 그 초콜릿을 금박 껍질째 삼켜 버렸다.

어류 판매대 위에 있던 판매원들은 손에 칼을 든 채 그대 로 얼어붙었고, 연보라색의 외국인은 강도들을 향해 몸을 돌 렸다. 이때 베게모뜨의 말이 틀렸다는 것이 판명되었다. 연 보라색 외국인의 얼굴에는 뭔가 모자라는 것이 아니라, 반대 로 남아도는 것이 있었다. 그것은 축 늘어진 뺨과 이리저리 굴리는 눈동자였다.

완전히 샛노래진 여자 판매원은 애원하듯이 상점 전체가

---

3 구소련의 가게에서는 먼저 계산대에서 필요한 물품에 대한 값을 치르 고, 그 영수증을 들고 판매대에 가서 물건을 받아야만 했다.

울리도록 비명을 질렀다.

「빨로시치! 빨로시치!」[4]

포목 판매대 앞에 있던 사람들이 그 비명 소리에 몰려나왔고, 베게모뜨는 과자류들이 주는 유혹에서 물러나 앞발을 〈엄선된 께르치 청어〉라는 안내문이 달린 통에 집어넣어 청어 두 마리를 꺼내더니 꼬리만 빼고 한꺼번에 삼켜 버렸다.

「빨로시치!」 제과 판매대 뒤에서 절망적인 외침이 다시 한 번 되풀이되자, 생선 판매대 뒤에서 입술 밑에 삼각 수염을 기른 판매원이 큰 소리로 외쳤다.

「너 이게 뭐 하는 짓이야, 이 악당 놈아?!」

빠벨 요시포비치는 이미 사건이 일어난 장소로 서둘러 갔다. 상점 지배인인 그는 외과의처럼 하얗고 깨끗한 가운을 입었고, 호주머니에 연필을 끼우고 있었다. 빠벨 요시포비치는 아마도 경험이 풍부한 사람 같았다. 베게모뜨의 입에서 세 번째 청어의 꼬리를 본 그는 한순간에 상황을 파악하고 모든 것을 알아차렸다. 그래서 그는 철면피들과 싸울 것도 없이 먼 곳을 향해 손을 흔들며 다음과 같이 명령했다.

「호각을 불어!」

거울 문에서 스몰렌스끄 골목으로 수위가 날듯이 뛰어나가, 상서롭지 못한 호각을 길게 불어 젖혔다. 구경꾼들이 악당들을 둘러싸기 시작했다. 그러자 꼬로비요프가 작업에 들어갔다.

「시민 여러분!」 그는 떨리는 가느다란 목소리로 외쳤다. 「이게 무슨 일입니까, 예? 한번 좀 물어봅시다! 가련한 사람,」 꼬로비요프는 떨리는 목소리로 즉시 울상을 지은 베게

---

4 뒤에 나오는 빠벨 요시포비치라는 이름을 빨리 발음했을 때 나는 소리이다.

모뜨를 가리켰다. 「이 불쌍한 사람은 하루 종일 풍로를 수리합니다. 하루 종일 쫄딱 굶었어요……. 그런데 그가 어디서 외국 돈을 가져올 수 있겠습니까?」

평상시에는 신중하고 침착한 빠벨 요시포비치가 그 말에 엄중하게 소리를 질렀다.

「그만두지 못해!」 그리고 참을 수 없다는 듯이 먼 곳을 향해 손을 흔들었다.

그러자 문 옆에서 요란한 호각 소리가 더 신나게 울리기 시작했다.

그러나 꼬로비요프는 빠벨 요시포비치의 등장에 당황하지 않고 계속해서 말했다.

「어디서요? 모든 사람들에게 이 질문을 던지겠습니다! 저 사람은 배고픔과 갈증으로 지칠 대로 지쳤습니다! 더웠어요. 그래서 저 불운한 사람이 귤 하나를 시험 삼아 먹은 겁니다. 이 귤 하나 값이 기껏해야 3꼬뻬이까예요. 그런데도 저 사람들은 숲의 봄 꾀꼬리처럼 호각을 불어 경찰들을 불러내 하던 일도 못 하게 하는군요. 이래도 되는 겁니까? 예?」 이 말을 하며 꼬로비요프는 연보라색 뚱뚱보를 가리켰다. 그러자 그 사람의 얼굴에 극심한 불안의 표정이 떠올랐다. 「저 사람은 누구입니까? 어디서 온 사람입니까? 어째서요? 저 사람이 없어서 우리가 지루하기라도 했습니까? 우리가 저 사람을 초청하기라도 했습니까? 물론,」 전직 지휘자는 빈정대듯이 입술을 비틀고 목청을 다해 고래고래 비명을 질렀다. 「보십시오. 저 사람은 화려한 연보라색 양복을 입고, 연어 때문에 온통 부어 있는데, 그건 아마도 온몸이 외화로 꽉 차서 그렇겠죠. 그런데 우리, 우리 같은 사람은요?! 저는 가슴이 아픕니다! 가슴 아파요! 아파!」 꼬로비요프가 구식 결혼식 주례처럼 울부짖기 시작했다.

어리석기 짝이 없고, 우둔하고, 아마 정치적으로도 해로울 듯한 이 모든 말에 빠벨 요시포비치는 분노하여 온몸을 부들부들 떨었다. 그러나 아무리 이상해 보이기는 해도, 운집해 있는 구경꾼들의 눈빛으로 미루어 보아, 그의 말이 많은 사람들의 동정을 불러일으킨 것 같았다. 베게모뜨는 더럽고 찢어진 소매를 눈에 대고 비극적으로 소리쳤다.

「고마워, 진정한 친구야, 고통당한 친구를 위해 나서 주다니!」 순간 기적이 일어났다. 과자 판매 구역에서 편도(扁桃)로 만든 생과자를 산, 가난하지만 깨끗하게 차려입은 가장 점잖고 조용한 노인이 느닷없이 돌변했다. 그의 눈동자가 전의에 불타 반짝이더니, 얼굴이 붉으락푸르락해지기 시작했다. 그는 생과자를 든 봉지를 바닥에 던지고 소리쳤다.

「사실이야!」 그는 어린애 같은 목소리로 외쳤다. 그런 후 그는 쟁반을 끄집어내더니 그것을 휘둘러 베게모뜨가 먹어 삼킨 초콜릿 에펠탑의 나머지를 무너뜨리고, 왼손으로 외국인의 모자를 벗기더니, 오른손을 크게 휘둘러 쟁반의 넓적한 부분으로 외국인의 대머리를 가격했다. 그러자 짐차에서 함석이 무너질 때 나는 소리가 울려 퍼졌다. 뚱뚱보는 새파랗게 질린 채 뒤로 벌렁 넘어져 께르치 청어를 담은 나무통에 주저앉았고, 통에서는 청어를 절인 소금물이 분수처럼 뿜어져 나왔다. 그때 두 번째 기적이 일어났다. 통에 주저앉은 연보라색 신사가 외국인 억양이라고는 조금도 섞이지 않은 번듯한 러시아어로 외쳤던 것이다.

「사람 죽어요! 경찰! 강도들이 나를 죽여요!」 분명 충격 때문에 이제까지 자기도 몰랐던 언어 능력을 급작스럽게 습득한 모양이었다.

그때 수위의 호각 소리가 멈추었다. 흥분한 고객들의 무리 사이로 두 개의 경찰 모자가 다가오며 어른거렸다. 그러나 교활한 베게모뜨는 한증막에서 물통에 있는 물을 의자에 붓듯이 풍로의 휘발유를 과자 판매대에 부었고, 휘발유는 저 혼자서 타올랐다. 불꽃이 위로 치솟아, 과일 바구니에 있는 아름다운 종이 띠를 삼키며 판매대를 따라 내달렸다. 판매원들은 비명을 지르며 판매대에서 몸을 던져 달렸고, 그들이 판매대에서 뛰쳐나오자마자, 창에 있던 아마포 커튼에 불이 붙고, 바닥에서 휘발유가 타오르기 시작했다. 구경꾼들은 곧 절망적인 비명을 지르고, 더 이상 필요 없는 빠벨 요시포비치를 밀치며 과자 판매대에서 급격히 뒤로 물러났다. 어류 판매대에서는 잘 연마된 칼을 든 판매원들이 뒷문을 향해 일렬로 달려갔다. 연보라색 신사는 나무통에서 간신히 빠져나와, 온통 청어 즙으로 뒤범벅이 된 모습으로 판매대에 놓인 연어 위로 몸을 굴려 그들 뒤를 쫓아갔다. 살아남은 사람들에 의해 짓눌린 거울 출입문의 유리들이 요란한 소리를 내며 깨지면서 사방으로 튀었고, 두 불한당들, 그러니까 꼬로비요프와 대식가 베게모뜨는 어디론가 사라졌는데, 그들이 어디로 사라졌는지는 도무지 알 길이 없었다. 나중에 스몰렌스끄의 외국인 상대 상점의 화재 초기에 있었던 목격자들은 그 두 불한당들이 천장까지 위로 휙 날아오르더니, 둘 다 아이들의 풍선처럼 터져 버리는 것 같더라고 말했다. 물론 정말 그런 일이 일어났는지는 의심스럽지만, 모를 일은 모를 일 아니겠는가.

그러나 스몰렌스끄에서 사건이 일어난 지 정확히 1분 후 베게모뜨와 꼬로비요프가 그리보예도프의 숙모네 집이 있는 가로수 길의 인도에 나타났다는 것만은 사실이다. 꼬로비요프는 철제 울타리 옆에 멈춰 서서 말문을 열었다.

「히야! 정말 작가의 집답군! 알아, 베게모뜨? 난 이 집에 대해 아주 좋은, 듣기 좋은 이야기를 들었어. 친구, 이 집에 관심을 기울여 봐. 이 지붕 밑에 숱한 재능들이 숨어 영글고 있다고 생각하면 기분이 좋아진단 말이야.」

「온실 속의 파인애플처럼 말이야.」 베게모뜨가 이렇게 말하고, 열주가 있는 크림색 건물을 좀 더 잘 보기 위해 주철 울타리의 콘크리트로 된 토대 위에 기어 올라갔다.

「전적으로 맞는 말이야.」 꼬로비요프가 자신의 둘도 없는 동반자의 말에 동의했다. 「이 건물에서 지금 미래의 『돈키호테』나 『파우스트』 혹은, 망할, 그러니까 그 『죽은 혼』[5]의 작가들이 자라고 있다는 생각을 하면, 가슴에 달콤한 공포가 밀려와! 그렇지 않나?」

「생각만 해도 몸서리쳐지지.」 베게모뜨가 동의했다.

「그래.」 꼬로비요프가 계속해서 말했다. 「저기 지붕 아래 멜포메네, 폴림니아, 탈레이아[6]를 섬기기 위해 자신의 인생을 아낌없이 희생하기로 결심한 수천 명의 고행자들을 결집시키는 이 집의 온실에서는 놀라운 것들을 기대할 만하지. 시작 삼아 이들 중 누구든 『감찰관』[7]이나 혹은 최악의 경우 『예브게니 오네긴』[8]과 같은 책을 써서 독서 대중에게 제공한다면 무슨 소동이 일어날지 한번 상상해 보게!」

「두말하면 잔소리지.」 베게모뜨가 다시 한 번 확인했다.

「그래.」 꼬로비요프가 계속해서 말하면서 근심스럽다는 듯이 손가락을 들어 올렸다. 「단! 반복해서 말하지만, 단! 만일 이 부드러운 온실 식물들을 미생물이 공격해서, 그들을 뿌리

5 N. 고골(1809~1852)의 유일한 장편소설이다. 이 소설이 『거장과 마르가리따』에 미친 영향은 지대하다. 불가꼬프는 이 소설을 쓰는 사이에 『죽은 혼』을 각색하여 무대에 올렸다.

6 그리스 신화에 등장하는 아홉 뮤즈들(시, 음악, 무용 등의 여신들) 중 세 뮤즈이다. 차례대로 비극, 서정시, 희극을 관장한다.

7 N. 고골의 희극. 19세기 러시아 희곡의 걸작 중 하나이다.

8 뿌쉬낀의 시로 된 소설이다.

에서부터 갉아먹지 않는다면, 만일 저 식물들을 썩게 만들지 않는다면 말이야! 파인애플한테 그런 일들이 있을 수 있잖아! 실제로 그런 경우가 있다고!」

「그런데 참,」 베게모뜨가 철제 울타리의 구멍에 자신의 둥근 머리를 들이밀면서 물었다. 「베란다의 저 사람들은 뭐 하는 거지?」

「점심을 먹고 있는 거지.」 꼬로비요프가 설명했다. 「덧붙일 말은, 내 친애하는 친구, 이곳은 비싸지 않으면서도 아주 썩 괜찮은 식당이란 거야. 계속 이어질 여행을 앞둔 여느 관광객처럼 난 뭐를 좀 먹고, 커다란 얼음 맥주 한 잔을 마시고 싶구면.」

「나도 그래.」 베게모뜨가 대답했다. 두 불한당들은 보리수나무 밑의 아스팔트 길을 따라 재앙을 감지하지 못한 레스토랑의 베란다 쪽으로 곧바로 걷기 시작했다.

하얀 양말에다 술이 달린 하얀 베레모를 쓴, 창백하고 무료해 보이는 여자가 베란다로 들어가는 입구 옆의 빈Wien식 의자에 앉아 있었다. 그곳에는 푸른 넝쿨 사이로 입구 역할을 하는 큰 구멍이 나 있었다. 그녀의 앞에 있는 단순한 모양의 부엌 탁자 위에는 두꺼운 장부가 놓여 있었고, 어떤 이유에서인지는 알 수 없지만, 여자는 레스토랑에 들어가는 사람들의 서명을 받고 있었다. 바로 그 여자에 의해 꼬로비요프와 베게모뜨가 제지를 당했다.

「신분증[9]은요?」 그녀는 놀란 표정으로 꼬로비요프의 코안경과 베게모뜨의 풍로, 그리고 그의 너덜너덜한 팔꿈치를 쳐다보았다.

「이루 말할 수 없이 미안합니다만, 어떤 신분증을 말씀하

9 신분증은 러시아에서 지니고 다녀야만 했던 최초의 문서였다고 한다.

시는지요?」 꼬로비요프가 놀라면서 물었다.

「두 분은 작가들이신가요?」 되레 여자가 물었다.

「물론이지요.」 꼬로비요프가 자부심을 드러내며 대답했다.

「신분증은요?」 여자가 반복해서 말했다.

「내 사랑스런 아가씨…….」 꼬로비요프가 부드럽게 말하기 시작했다.

「난 당신의 사랑스런 아가씨가 아니에요.」 여자가 그의 말을 가로막았다.

「오, 얼마나 안타까운지.」 꼬로비요프가 실망스런 얼굴로 계속해서 말했다.「어쩌겠소, 댁이 사랑스런 아가씨가 되어서 유쾌해지고 싶지 않다면, 그렇게 되지 않아도 돼요. 자, 그런데 도스또예프스끼가 작가라는 걸 확인하기 위해 정말로 그에게 신분증을 요구해야만 할까요? 그의 아무 소설이나 펼쳐 다섯 페이지만 봐도, 신분증 없이도 작가와 상대하고 있다는 것을 금방 확인할 수 있을 텐데요. 그리고 내 생각으로는 그에게는 아무 신분증도 없었어요! 자넨 어떻게 생각하나?」 꼬로비요프는 베게모뜨에게 물었다.

「없었다는 데 내기를 걸지.」 그는 책상 위의 장부에 풍로를 나란히 놓고, 손으로 그을린 이마를 닦으며 대답했다.

「당신은 도스또예프스끼가 아니잖아요.」 여자가 꼬로비요프 때문에 어찌할 바를 몰라 하며 말했다.

「그걸, 어떻게 알아요, 어떻게.」 그가 대답했다.

「도스또예프스끼는 죽었어요.」 여자가 그렇게 말했지만, 썩 확신에 찬 모습은 아니었다.

「반대하오!」 베게모뜨가 열렬히 외쳤다.「도스또예프스끼는 불멸이오!」

「여러분, 신분증을 주세요.」 여자가 말했다.

「잠깐, 이건 정말 우습군요.」 꼬로비요프는 꺾이지 않았다.

「작가는 신분증으로 결정되는 것이 아니라, 그가 쓰는 것으로 결정되는 거예요! 내 머릿속에 어떤 구상이 자라고 있는지 당신이 어떻게 아쇼? 아니면 이 머릿속은?」 그는 베게모뜨의 머리를 가리켰고, 베게모뜨는 즉시 여자가 머리를 더 잘 볼 수 있도록 모자를 벗어 보였다.

「여러분, 다른 사람들이 들어가게 비켜 주세요.」 그녀는 이제 신경질을 내면서 말했다.

꼬로비요프와 베게모뜨는 옆으로 비켜서서 회색 양복을 입은 어떤 작가를 들어가게 해주었다. 그는 넥타이를 매지 않은 여름 셔츠의 칼라를 재킷의 칼라 위로 빼고, 옆구리에는 잡지를 끼고 있었다. 작가는 상냥하게 여자에게 고개를 끄덕이고는, 그에게 내민 장부에 멋을 잔뜩 부린 글씨를 써주고 베란다로 갔다.

「오호, 우리, 우리가 아니라,」 꼬로비요프가 슬프게 말하기 시작했다. 「저 사람이 가련한 방랑객인 우리가 그토록 꿈꾸던 저 얼음 맥주잔을 받겠군. 우리 처지가 슬프고 안타까워 어쩌면 좋을지 모르겠네.」

베게모뜨는 다만 슬픈 기색으로 양팔을 벌리고, 고양이 털과 몹시 비슷한 굵은 머리카락을 덥수룩하게 기른 둥근 머리 위에 모자를 썼다. 그 순간 크지는 않지만 위압적인 목소리가 여자의 머리 위에서 울려 퍼졌다.

「들여보내 드려, 소피야 빠블로브나.」

장부를 든 여자는 깜짝 놀랐다. 푸른 넝쿨에서 하얀 연미복의 가슴팍과 쐐기 모양의 해적 수염이 일어났다. 그는 의심스러운 두 명의 부랑자들을 상냥하게 바라보았을 뿐 아니라, 그들에게 안으로 들어가라는 몸짓까지 했다. 아르치발드 아르치발도비치의 권위는 그가 관리하는 레스토랑에서 확실하게 감지될 수 있었다. 소피야 빠블로브나는 공손히 꼬로비요프에게 물었다.

「성함이 어떻게 되시지요?」

「빠나예프[10]입니다.」 그가 예의 바르게 대답했다. 여자는 그 성을 기록하고 질문이 담긴 시선을 베게모뜨에게 보냈다.

「스까비체프스끼[11]요.」 그가 어째서인지 풍로를 가리키며 소리를 빽빽 질렀다. 소피야 빠블로브나는 그것도 기록하고, 서명해 달라며 방문객들에게 장부를 내밀었다. 꼬로비요프는 〈빠나예프〉라는 성 반대편에 〈스까비체프스끼〉라는 이름을, 베게모뜨는 스까비체프스끼 반대편에 〈빠나예프〉라는 이름을 썼다.

아르치발드 아르치발도비치는 소피야 빠블로브나가 깜짝 놀랄 정도로 아첨 어린 미소를 지으며 손님들을 베란다의 반대편 끝에 있는 가장 좋은 자리로 안내했다. 그곳에는 탁자 위로 가장 짙은 그림자가 드리워져 있었고, 그 탁자 옆으로는 넝쿨이 성긴 틈을 통해 햇빛이 즐겁게 흔들리고 있었다. 소피야 빠블로브나는 놀라서 얼굴을 찡그린 채 예기치 못한 방문객들이 장부에 적은 이상한 서명을 오랫동안 뜯어보았다.

아르치발드 아르치발도비치로 인해 웨이터들도 소피야 빠블로브나 못지않게 놀랐다. 그는 꼬로비요프에게 앉으라고 권하며 탁자에서 직접 의자를 빼주었고, 웨이터 한 명에게는 눈을 찡긋하고, 다른 웨이터에게는 뭔가를 속삭였다. 그러자 두 웨이터가 새 손님들의 옆에서 분주하게 움직이기 시작했

10 러시아 문학에서 빠나예프는 두 명이 있다. V. I. 빠나예프(1792~1862)는 시인이자 감상주의 우화 작가이다. I. I. 빠나예프(1812~1862)는 산문 작가로서 문학 잡지『동시대인』의 편집자 중 한 명이었다.

11 러시아 문학에서 스까비체프스끼는 한 명이다. A. M. 스까비체프스끼(1838~1910)는 비평가이자 시사 평론가이다. 꼬로비요프와 베게모뜨는 두 성을 통해서 마솔리뜨 회원들의 문학적 재능과 가치의 수준을 제시하고자 한 것이다. 이들은 아주 뛰어난 대문호들이 아닌 중류 정도의 문인들이었다.

다. 손님들 중 한 사람이 풍로를 적황색이 다 된 단화 옆에 나란히 놓았다.

누런 얼룩이 묻은 오래된 식탁보가 즉시 탁자에서 치워지고, 공중에서 풀 먹인 소리를 내며 아라비아 유목민의 외투처럼 새하얀 식탁보가 놓였다. 아르치발드 아르치발도비치는 어느새 조용하지만 아주 의미심장한 목소리로 꼬로비요프의 귀에 바싹 몸을 숙이고 속삭였다.

「무엇으로 대접해 드릴까요? 특별한 철갑상어 등심이 있습니다……. 건축 대회[12]에서 빼내 온 것입니다…….」

「당신은…… 에…… 우선 전채 요리부터 주시고…… 에……,」 꼬로비요프는 의자에 팔다리를 쭉 펴고 앉아서 호의를 보이며 중얼거렸다.

「이해합니다.」 아르치발드 아르치발도비치는 눈을 감고 의미심장하게 대답했다.

레스토랑의 지배인이 대단히 의심스러운 방문객들을 어떻게 대하는지를 보자, 웨이터들은 모든 의심을 버리고 작업에 진지하게 임하기 시작했다. 한 사람은 주머니에서 담배를 꺼내 입에 무는 베게모뜨에게 어느새 성냥을 대주었고, 다른 웨이터는 녹색 유리를 울리며 식기들 옆에 작은 술잔과 가늘고 길쭉한 술잔과 얇은 샴페인 잔을 늘어놓으며 재게 움직였다. 천막 아래서 그 잔들로 나르잔 수를 마시면 얼마나 멋진지……. 아니, 미리 말해 두자면, 잊을 수 없는 그리보예도프 베란다의 천막 아래에서 나르잔 수를 마신다는 것 자체가 얼마나 멋진 일인지 모른다.

「뼈를 제거한 들꿩 고기를 대접할 수 있습니다.」 아르치발

12 1937년 6월 16일에서 26일 사이에 모스끄바에서 개최된 전 소비에뜨 연방 건축가 회의를 얘기하는 것이다.

드 아르치발도비치가 노래하듯 옹알거렸다. 깨진 코안경을 쓴 손님은 해적선 선장의 제안에 완전히 동의하고, 아무 소용 없는 안경알을 통해 그를 기꺼운 마음으로 바라보았다.

이웃 탁자에서 식사를 하던 단편소설 작가 뻬뜨라꼬프 수호베이는 버터로 구운 돼지고기를 아내와 함께 거의 다 먹어가는 중이었는데, 모든 작가들의 특징인 예리한 관찰력으로 아르치발드 아르치발도비치의 보살핌을 눈치채고는 깜짝 놀랐다. 대단히 존경할 만한 부인인 그의 아내는 해적 때문에 꼬로비요프에게 심지어 질투를 느꼈고, 작은 수저를 두드리기까지 했다. 그러니까 어째서 우리를 기다리게 하느냐……. 이제 아이스크림을 가져올 때가 되지 않았느냐! 도대체 무슨 일이냐! 마치 이렇게 말하듯이 말이다.

그러나 아르치발드 아르치발도비치는 아첨의 미소를 흘리며 그녀에게 웨이터를 보낸 뒤, 그 자신은 자신의 친애하는 손님들을 떠나지 않았다. 아, 아르치발드 아르치발도비치는 영리한 사람이었다! 작가들 못지않게 관찰력이 출중할지도 모르는 아르치발드 아르치발도비치는 바리예쩨의 공연에 대해서도, 최근 며칠 동안 있었던 다른 많은 사건들에 대해서도 알고 있었다. 그러나 다른 사람들과는 달리 그는 〈바둑판무늬〉라든가 〈고양이〉라는 단어를 귀에서 놓치지 않았다. 아르치발드 아르치발도비치는 곧 그 방문객들이 누구인지를 알아챘다. 모든 것을 추측해 낸 그가 그들과 다투지 않은 것은 자연스런 일이었다. 소피야 빠블로브나는 믿을 만한 사람이긴 하다! 그러나 이 두 사람을 베란다로 못 들어가게 하려면 뭔가를 생각해 내야만 했다! 하지만 그녀에게서 무엇을 기대할 수 있겠는가.

녹기 시작한 살구 아이스크림을 수저로 거만하게 찌르면서 뻬뜨라꼬프 부인은 무슨 광대처럼 차려입은 두 사람의 식탁에 마법처럼 푸짐한 식사가 가득 차려지는 것을 불만스러운 눈초리로 바라보았다. 신선한 청어 알이 담긴 큰 접시에서 광이 날 정도로 깨끗이 씻긴 샐러드의 잎들이 비어져 나왔다……. 잠시 후 김이 서린 은빛의 작은 통이 특별히 운반된 보조 탁자 위에 놓여 나타났다…….

모든 것이 훌륭하게 차려진 것과 뚜껑 안에서 뭔가가 보글거리는 냄비가 웨이터들의 손에 들려 오는 것을 확인하자마자, 아르치발드 아르치발도비치는 수수께끼 같은 두 방문객들을 두고 떠나는 것을 스스로에게 허용했다. 그러기 전에 그는 미리 그들에게 이렇게 속삭여 두었다.

「죄송합니다! 잠시! 뼈를 제거한 들꿩 고기를 직접 살피고 오겠습니다.」

그는 탁자에서 빠르게 물러나 레스토랑의 내부 통로로 사라졌다. 만일 어떤 관찰자가 아르치발드 아르치발도비치의 이후 행적을 추적할 수 있었다면, 그 행동들은 의심할 여지 없이 조금은 이해할 수 없는 것으로 여겨졌을 것이다.

지배인은 뼈를 제거한 들꿩 고기를 살피러 부엌에 간 것이 아니라, 레스토랑의 창고로 갔다. 그는 창고를 자신의 열쇠로 열고 들어가 안에서 잠근 뒤, 소맷부리를 더럽히지 않으려고 조심하면서 얼음이 든 상자에서 철갑상어 등심을 꺼내어 신문지로 싸기 시작했다. 그는 끈으로 신문지로 싼 꾸러미를 묶어 한옆에 치워 놓았다. 그 후 해적은 이웃 방에서 비단 안감을 댄 자신의 여름 외투와 모자가 제자리에 놓여 있는지 확인하고, 그런 다음에야 자신이 손님들에게 약속한 뼈 없는 들꿩 고기를 요리사가 열심히 요리하고 있는 부엌으로 향했다.

한 가지 말해 둬야 할 것은 아르치발드 아르치발도비치의 행동에는 이상하거나 신비한 것이라고는 전혀 없었고, 표피적인 관찰자만이 그런 행동들을 이상하게 생각할 수 있었을 것이라는 점이다. 아르치발드 아르치발도비치의 행동들은 이전의 모든 것들로부터 야기된 것들의 완전한 논리적 귀결이었다. 최근의 사건들에 대한 지식과, 더 중요한 것은, 그의 보기 드문 감각이 두 방문객들의 점심이 아무리 풍성하고 화려해다 해도 아주 짧은 시간 안에 끝나리라는 것을 그리보예도프 레스토랑의 지배인에게 가르쳐 주었다. 전직 밀수업자를 한 번도 속여 본 적이 없는 감각이 이번에도 그를 곤경에 빠지지 않게 도와주었다.

꼬로비요프와 베게모뜨가 두 번 정제된 멋진 모스끄바 보드까 잔을 두 번째로 맞부딪친 그 시각에 흥분한 사회부 기자 보바 깐달루프스끼가 땀에 흠뻑 젖은 채 베란다에 나타났다. 그는 놀라울 정도의 박식함으로 모스끄바에서 유명한 사람이었다. 그는 뻬뜨라꼬프 부부의 옆에 앉았다. 보바는 탱탱하게 부푼 가방을 탁자에 내려놓고, 즉시 입술을 뻬뜨라꼬프의 귀에 대고 그에게 아주 솔깃한 말을 속삭이기 시작했다. 뻬뜨라꼬프 부인은 호기심에 괴로워하며 귀를 보바의 기름기 흐르는 부푼 입술에 바싹 갖다 대었다. 그는 이따금 도둑처럼 주위를 둘러보며 계속해서 속삭이고 속삭였는데, 이런 단어들이 간간이 새어 나왔다.

「명예를 걸고 맹세하죠! 사도바야에서, 사도바야에서,」 보바는 더욱 목소리를 낮추었다. 「총알도 소용이 없었어요! 총알들이…… 총알들이…… 휘발유…… 화재…… 총탄들이……,」

「추악한 소문들을 퍼트리는 그런 거짓말쟁이들은 그냥!」 마담 뻬뜨라꼬프가 보바가 기대한 것보다 훨씬 큰 콘트랄토의 목소리로 분통을 터뜨리며 왕왕거리기 시작했다. 「소문들을 해명해야 할 텐데! 아니, 괜찮아요, 그렇게 될 거예요, 질서가 잡히겠죠! 이 무슨 못된 거짓말이람!」

「거짓말이라니요, 안또니나 뽀르피리예브나!」 작가 부인이 믿지 못하는 것에 실망한 보바는 탄식하며 다시 쉿소리를 내기 시작했다. 「말씀드리지만, 총알도 소용없었다니까요……. 그런데 지금 불이 났어요……. 그들이 공중에서…… 공중에서…….」 보바는 자기가 이야기하고 있는 자들이 바로 옆에서 자신의 쉿소리를 만끽하며 앉아 있으리라고는 꿈에도 생각하지 못하고 식식거렸다.

그러나 그 만끽은 곧 끝이 나고 말았다. 허리에 가죽 띠를 팽팽하게 차고 가죽 각반을 두른 세 명의 남자가 권총을 손에 들고 레스토랑의 안쪽 통로에서 베란다 쪽으로 쏜살같이 달려왔다.

「꼼짝 마!」 세 사람은 곧바로 꼬로비요프와 베게모뜨의 머리를 조준해 베란다를 향해 일제히 사격을 가했다. 총탄 세례를 받은 두 사람이 곧 공중에서 용해되고, 풍로에서 불기둥이 치솟으며 곧바로 천막을 때렸다. 마치 검은 띠를 두른 무서운 심연이 천막에 나타나 사방으로 기어가기 시작하는 것 같았다. 불꽃은 그 심연을 통해 빠져나와 그리보예도프의 집 지붕까지 치솟았다. 2층의 편집실 창에 놓여 있던 서류철들이 갑자기 불길에 휩싸이더니, 그 뒤를 이어 커튼을 휘감았다. 불꽃은 누군가가 불어 주기라도 하는 듯이 탁탁 소리를 내면서 불기둥이 되어 숙모네 집[13] 내부로 들어갔다.

몇 초 후 가로수 길의 철제 울타리로 난 아스팔트 길, 그러니까 수요일 저녁에 어느 누구에게도 이해를 받지 못한, 불행의 첫 보고자인 이바누쉬까가 걸었던 그 길을 따라 이제는 식사를 마치지 못한 작가들과 웨이터들, 소피야 빠블로브나,

---

13 그리보예도프의 집이 19세기 초 러시아 작가 그리보예도프의 숙모 집이었다는 설에 근거한다는 설명이 앞서 나온다.

보바, 뻬뜨라꼬프 부인, 뻬뜨라꼬프가 내달렸다.

일찌감치 옆문을 통해 빠져나온 아르치발드 아르치발도비치는 제일 마지막으로 불타는 함선을 나와야만 하는 선장처럼 어디론가 도망가지도, 서두르지도 않으며 비단 안감을 댄 여름 외투를 입고, 옆구리에 두 개의 훈제된 철갑상어 등심을 긴 채 평온하게 서 있었다.

제29장

거장과 마르가리따의 운명이 결정되다

 석양이 물들 무렵, 도시 위의 높은 곳에 약 150년 전에 세워진, 모스끄바에서 가장 아름다운 건물 중 하나[1]의 석조 테라스 위에는 두 사람, 그러니까 볼란드와 아자젤로가 서 있었다. 석고 항아리와 석조 꽃으로 장식한 난간이 그들을 불필요한 시선으로부터 감추었기 때문에 아래쪽 거리에서는 그들이 보이지 않았다. 그러나 그들은 도시의 끄트머리까지 거의 다 볼 수 있었다.

 볼란드는 검은 가운을 입고서 접이식 세 발 의자에 앉아 있었다. 그의 길고 넓적한 장검은 테라스의 쪼개진 포석 사이에 꽂혀 해시계 역할을 하고 있었다. 장검의 그림자는 사탄의 발에 신겨진 검은 구두 쪽으로 기어가며 계속해서 천천히 길어지고 있었다. 접이식 의자 위에 몸을 웅크리고 다리 하나를 꼰 채 날카로운 턱을 주먹 위에 괴고 앉은 볼란드[2]는

---

 1 모호프 골목과 즈나멘까 골목이 만나는 지점에 있는 건물. V. I. 바제노프가 빠슈꼬프 공작(1784~1786)을 위해 만들었다. 1862년에서 1925년까지 이곳에는 루먄쩨프 박물관이 있었지만, 지금은 러시아 국립 도서관의 오래된 건물 중 하나이다.

궁전들과 거대한 건물들, 그리고 파괴될 운명에 놓인 작은 오두막들의 무한한 덩어리들에서 눈을 돌리지 않았다.

자신의 현대식 의복, 그러니까 재킷과 중산모, 에나멜 구두를 벗어 버리고 볼란드처럼 검은 옷을 입은 아자젤로는 자신의 명령자에게서 멀지 않은 곳에 꼼짝도 하지 않고 서서, 그와 꼭 마찬가지로 도시에서 눈을 떼지 않고 있었다.

볼란드는 말문을 열었다.

「정말 흥미로운 도시로군, 그렇지 않나?」

아자젤로는 몸을 살짝 움직이고 정중하게 대답했다.

「나리, 저는 로마[3]가 훨씬 마음에 듭니다.」

「그래, 그건 취향의 문제지.」 볼란드가 대답했다.

약간의 시간이 흐른 뒤, 그의 목소리가 다시 울렸다.

「어째서 저기 가로수 길에서 연기가 솟아오르는 거지?」

「그리보예도프가 타는 겁니다.」 아자젤로가 대답했다.

「둘도 없는 단짝 꼬로비요프와 베게모뜨가 저기 머물렀다고 생각해야겠군.」

「의심할 여지가 없습니다, 나리.」

또다시 침묵이 도래했다. 테라스에 있는 두 사람은 이지러진 고층 건물의 가장 상층부의 서쪽 창에서 이지러진 태양이 눈이 부시도록 불타오르는 것을 바라보았다. 석양을 등지고 있었지만, 볼란드의 눈 또한 그 창들 중 하나처럼 이글거렸다.

그러나 이때 뭔가가 볼란드로 하여금 도시에서 몸을 돌려

2 볼란드는 로댕의 유명한 조각 「지옥의 문」의 중심인물인 〈생각하는 사람〉의 포즈를 취한 모습으로 의도적으로 그려진다. 또 다른 연구자는 볼란드의 포즈가 러시아의 조각가 M. M. 안또꼴스끼(1843~1902)의 조각 「메피스토펠레스」와 유사하다고 지적한다.

3 이 소설에서 로마는 세계 제국의 수도로서 제시된다. 그러므로 모스끄바와 로마의 비교는 16세기 초에 러시아에서 수도사 필로페이가 주창한 〈모스끄바는 제3의 로마〉라는 개념을 상기시킨다.

등 뒤에 있는 지붕 위의 둥근 탑에 관심을 갖게 했다. 탑의 벽에서 진흙을 잔뜩 묻히고 누더기가 다 된 키톤을 입고서 수제 샌들을 신은 검은 수염의 음울한 남자가 걸어 나왔다.

「저런!」 볼란드가 비웃음을 띠고 들어오는 사람을 쳐다보며 탄성을 질렀다. 「여기서 자네를 보게 될 줄은 꿈에도 몰랐군. 초대받지 않았지만 예견했던 손님이여, 무슨 일로 왔는가?」

「내가 왔다, 악의 영, 어둠의 지배자여.」 들어온 사람이 눈을 치뜨고 적의를 드러내며 대답했다.

「내게로 왔다면서 왜 내게 인사를 하지 않는 거냐, 전직 세리야?」 볼란드가 준엄하게 말문을 열었다.

「왜냐하면 네가 잘 있기를 원하지 않기 때문이지.」 들어온 사람이 난폭하게 대답했다.

「하지만 그것과도 타협하지 않으면 안 될걸.」 반박하는 볼란드의 입술은 비웃음으로 일그러졌다. 「지붕에서 채 나오기도 전에 금방 그런 어리석은 소리를 지껄이다니, 자네 말투가 그게 뭔가. 마치 악과 마찬가지로 어둠도 인정하지 않는 것처럼 그런 말을 토해 내는군. 문제를 한번 생각해 보고, 선한 마음을 품어 보지는 않으려나. 만일 악이 존재하지 않는다면 자네의 선이 무엇을 할 수 있으며, 그림자가 사라진다면 지구가 어떻게 보이겠나? 그림자는 대상과 사람들로부터 나오는 것이니. 자, 저기 내 검에서 나오는 그림자를 보게. 나무들과 살아 있는 존재들에게서 나오는 그림자들도 있지. 벌거벗은 빛을 만끽하려는 환상 때문에 모든 나무들과 모든 살아 있는 것들을 지구에서 멀리 치워 지구 전체를 완전히 벗겨 버리려는 건가?」

「너와 논쟁하지 않겠다, 늙은 소피스트.」 레위 마태가 대답했다.

「내가 이미 말한 이유로 인해 넌 나와 논쟁할 수도 없어. 넌 어리석으니까.」볼란드가 대답하고 물었다.「자, 날 지치게 하지 말고 짤막하게 말해 보게. 왜 왔는가?」

「그분이 나를 보내셨다.」

「그가 네게 뭐를 전하라고 명하던가, 노예여?」

「나는 노예가 아냐.」점점 더 격노하면서 레위 마태가 대답했다.「나는 그분의 제자이다.」

「너와 나는 언제나 서로 다른 언어로 말하는군.」볼란드가 대꾸했다.「하지만 우리가 말하는 주제가 그로 인해 바뀌지는 않아. 그래서?」

「거장의 작품을 읽으시고,」레위 마태가 말하기 시작했다.「네가 거장을 데려가 그에게 안식을 포상으로 내리기를 부탁하신다. 과연 그렇게 하는 것이 네게 어렵겠느냐, 악의 영이여?」

「어려울 거라곤 전혀 없지.」볼란드가 대답했다.「그건 너도 잘 알 텐데.」그는 입을 다물었다가 덧붙여 말했다.「그런데 어째서 너희들은 그를 너희들의 빛으로 데려가지 않는 거냐?」

「그는 빛을 받을 행동을 하지 않았다. 그러나 안식을 누릴 자격은 있다.」레위가 슬픈 목소리로 말했다.

「그렇게 될 거라고 전해 줘.」볼란드가 대답했고, 그의 한쪽 눈이 반짝이며 한마디를 더 했다.「어서 내게서 떠나라.」

「그분은 또한 거장을 사랑했고 그리하여 고통을 받았던 여자도 너희들이 데려가기를 부탁하신다.」레위는 처음으로 애원하듯이 볼란드에게 말했다.

「네가 아니면 그런 일은 추호도 생각하지 못했겠구나, 어서 떠나거라.」

그 말을 한 뒤 레위 마태는 사라졌고, 볼란드는 아자젤로를 불러 명령했다.

「그들에게 가서 모든 걸 처리해라.」

아자젤로는 테라스를 떠났고, 볼란드는 홀로 남았다.

그러나 그의 고독은 오래가지 않았다. 테라스의 포석에서 발자국 소리와 생기발랄한 목소리들이 들리더니, 볼란드 앞에 꼬로비요프와 베게모뜨가 나타났다. 그런데 이제 뚱보는 풍로 없이 다른 물건들을 잔뜩 들고 있었다. 그의 옆구리에는 황금 액자에 넣은 작은 풍경화가, 팔에는 반쯤 탄 요리사복이, 다른 손에는 꼬리까지 온전히 달린 연어 한 마리를 싼 꾸러미가 들려 있었다. 꼬로비요프와 베게모뜨에게서는 탄내가 났고, 베게모뜨의 상판에는 그을음이 묻어 있었으며 모자도 반쯤은 그을려 있었다.

「경례, 나리!」 지칠 줄 모르는 한 쌍은 이렇게 소리쳤고, 베게모뜨는 연어를 흔들기 시작했다.

「아주 좋아.」 볼란드가 말했다.

「나리, 상상해 보세요.」 베게모뜨가 흥분해서 기쁜 듯이 외치기 시작했다. 「나를 약탈병으로 알더라고요!」

「네가 가져온 물건들을 보니,」 볼란드가 풍경화를 쳐다보면서 대답했다. 「너는 약탈병이 맞다!」

「믿으시겠어요, 나리?」 베게모뜨가 마음에서 우러난 목소리로 말하기 시작했다.

「아니, 못 믿겠다.」 볼란드가 짧게 대답했다.

「나리, 맹세하건대, 가능한 한 모든 것을 구하려고 영웅적으로 노력했지만 사수할 수 있었던 건 이게 전부예요.」

「차라리 그리보예도프가 왜 탔는지를 말하지 그러나?」 볼란드가 물었다.

꼬로비요프와 베게모뜨 둘 다 양팔을 벌리고 눈을 하늘로 향했다. 베게모뜨가 외쳤다.

「알 수 없어요! 평화롭게, 아주 조용히 앉아서 식사를 하고 있는데⋯⋯.」

「그런데 느닷없이 탕탕!」 꼬로비요프가 말을 가로챘다. 「총격이 시작되었습니다! 공포에 정신이 나간 채 베게모뜨와 저는 가로수 길로 몸을 던져 도망쳤는데, 저희 뒤를 쫓아오는 겁니다. 우리는 찌미랴제프[4]로 뛰었죠!⋯⋯」

「하지만 의무감이,」 베게모뜨가 끼어들었다. 「공포를 짓눌러 저희는 돌아갔습니다.」

「아, 되돌아갔어?」 볼란드가 말했다. 「물론, 그때 건물은 남김없이 탔겠지.」

「남김없이요!」 꼬로비요프가 슬픈 빛으로 수긍했다. 「그러니까 말 그대로, 나리, 정확하게 표현하셨듯이 남김없이요. 뼈대만 남았더라고요!」

「전 쏜살같이 달려 들어갔지요.」 베게모뜨가 이야기했다. 「뭔가 값이 나가는 걸 꺼내려고, 나리, 열주들이 있는 회의실로 갔어요. 아, 나리, 만일 제게 아내가 있었다면, 제 아내가 스무 번이나 과부가 될 만한 모험을 한 겁니다! 하지만 다행스럽게도 나리, 저는 결혼하지 않았고, 솔직히 결혼하지 않아서 행복합니다. 아, 나리, 홀아비의 자유를 무거운 멍에와 바꿀 수 있겠습니까!」

「또 어리석은 소리를 시작하는군.」 볼란드가 지적했다.

「알겠어요. 계속하죠.」 고양이가 대꾸했다. 「예, 그래서 여기 풍경화가 있습니다. 더 이상 아무것도 홀에서 꺼낼 수 없었어요. 불길이 얼굴을 때리더라니까요. 전 창고로 달려가서 연어를 구했습니다. 부엌에 가서 요리사복도 구했죠. 나리,

---

4 식물학자이자, 러시아의 식물 생리학파의 기초자인 끌리멘뜨 아르까지 예비치 찌미랴제프(1841~1910)의 동상을 말한다. 1922년에서 1923년 사이에 니끼쯔끼 대문 옆 뜨베르스까야 가로수 길에 세워졌다.

저는 할 수 있는 모든 일을 했다고 생각합니다. 나리 얼굴의 의심스러운 표정을 뭐라고 설명해야 할지 모르겠군요.」

「네가 약탈할 동안 꼬로비요프는 무엇을 했느냐?」 볼란드가 물었다.

「저는 소방수들을 도왔습니다, 나리.」 꼬로비요프가 찢어진 바지를 가리키며 대답했다.

「아, 만일 그렇다면, 다른 건물을 지어야겠군.」

「지어질 겁니다, 나리.」 꼬로비요프가 대꾸했다. 「확신하셔도 된다고 감히 아뢰겠습니다.」

「그렇다면 이전보다 더 훌륭하게 지어지길 바라는 것만 남았군.」 볼란드가 지적했다.

「그렇게 될 겁니다, 나리.」 꼬로비요프가 말했다.

「제 말을 믿으세요.」 고양이가 덧붙였다. 「저는 진짜 예언자입니다.」

「어찌하였든 저희가 왔습니다, 나리.」 꼬로비요프가 보고했다. 「분부하십시오.」

볼란드는 세 발 의자에서 일어나 난간으로 다가간 뒤, 오랫동안 입을 다문 채 수행원들에게서 등을 돌리고는 홀로 먼 곳을 바라보았다. 그 후 그는 테라스 끝에서 물러나 다시 의자에 앉아 말했다.

「분부할 것이라고는 아무것도 없다. 너희들은 할 수 있는 모든 일을 다 했다. 당분간 너희가 할 일은 더 이상 없다. 쉬어도 좋다. 이제 뇌우가 시작될 테고, 이것은 마지막 뇌우가 될 것이다. 그것이 이루어야 할 모든 것을 이루면, 길을 떠나자.」

「아주 좋습니다, 나리.」 두 익살꾼은 이렇게 대답하고, 테라스의 중심에 놓인 둥근 탑 뒤 어딘가로 사라졌다.

볼란드가 말하는 뇌우는 이미 지평선에 모여들고 있었다. 검은 먹구름이 서쪽에서 일어나 태양의 반을 삼켜 버렸다.

그 후 먹구름은 태양을 모조리 뒤덮었다. 테라스가 시원해졌다. 또 얼마쯤 시간이 흐르자 어두워졌다.

서쪽에서 온 그 어둠이 거대한 도시를 뒤덮었다. 다리들과 궁궐들이 사라졌다. 마치 세상에 그런 것들이 존재하지 않았던 것처럼 모든 것이 사라져 버렸다. 한 줄기 실과 같은 섬광이 하늘 전체를 내달렸다. 그 후 천둥소리가 도시 전체를 흔들었다. 천둥은 다시 한 번 울렸고, 폭우가 쏟아지기 시작했다. 볼란드는 폭우의 어스름 속에서 보이지 않게 되었다.

제30장

때가 되었다! 때가!¹

「저, 있잖아,」 마르가리따가 말했다. 「어젯밤 때마침 당신이 잠들었을 때, 나는 지중해로부터 온 어둠에 대해서 읽었어……. 그 우상들, 아, 황금 우상들! 그것들은 어째서인지 언제나 내게 평온함을 주지 않아! 내 생각엔 지금 비가 올 것 같아. 시원해지는 것이 느껴지지?」

「모든 것이 좋고 사랑스럽군.」 담배를 피우던 거장이 연기를 손으로 흩뜨리며 대답했다. 「그 우상들은 내버려 두고……. 앞으로 어떻게 될지 정말 모르겠군!……」

이 대화는 볼란드가 있는 테라스에 레위 마태가 나타났던 바로 그 시각 해가 질 무렵에 진행되었다. 지하실의 창문이 열려 있었기 때문에 만일 누군가가 창 안을 들여다보았더라면, 그는 대화를 나누는 두 사람의 너무나 이상한 모습에 놀랐을 것이다. 마르가리따는 벗은 몸에 검은 망토 차림이었고, 거장은 입고 있던 환자복 차림이었다. 이렇게 된 이유는

---

1 뿌쉬낀의 시 「때가 되었소, 친구여, 때가!……」에 나오는 시구를 사용한 듯하다. 뿌쉬낀 또한 이 시에서 마음이 안식을 바란다고 노래한다.

마르가리따의 경우, 그녀의 물건이 독립 주택에 남아 있고, 설사 독립 주택이 그다지 멀지 않은 곳에 있다 해도 그곳에 가서 물건을 챙겨 온다는 것은 있을 수 없는 일이었기 때문이다. 그래서 그녀는 걸칠 것이 아무것도 없었다. 거장의 경우, 아무 데도 갔다 오지 않았기에 옷은 모두 장롱에 그대로 있었지만, 곧 말도 되지 않는 이상한 일이 시작되리라는 자신의 생각을 마르가리따 앞에서 펼쳐 놓느라 옷을 갈아입을 마음이 들지 않았던 것이다. 사실 그는 그 가을밤 이후 처음으로 제대로 된 면도를 해봤다(병원에서는 그의 구레나룻을 가위로 깎아 주었었다).

방 역시 이상한 모습이어서 그 카오스 속에서 뭔가를 이해한다는 것 자체가 어려운 일이었다. 양탄자 위에는 원고들이 널려 있었고, 원고들은 소파 위에도 있었다. 안락의자에는 책들이 산더미처럼 쌓여 있었다. 둥근 식탁에는 상이 차려져 있었는데, 전채 요리 사이로 몇 개의 병이 놓여 있었다. 어디서 그 모든 음식과 음료수들이 나타났는지는 마르가리따도 거장도 알 수 없었다. 깨어나 보니, 이미 탁자 위에 차려져 있었던 것이다.

토요일 해 질 무렵까지 잠을 푹 잔 거장과 그의 여자 친구는 몸이 상당히 회복된 것을 느낄 수 있었다. 어제의 모험에 대해 상기시켜 주는 것은 두 사람의 왼쪽 관자놀이에 느껴지는 약간 쑤시는 듯한 통증뿐이었다. 정신적인 측면에서 두 사람의 변화는, 지하 방에서 오가는 대화를 엿들은 사람이라면 누구나 확신할 수 있을 정도로 큰 것이었다. 그러나 엿들을 만한 사람은 아무도 없었다. 그 뜰은 언제나 텅 비어 있어서 좋았다. 매일 더 짙게 푸르러지는 창 앞의 보리수나무와 반짝버들은 봄 향기를 내뿜었고, 불기 시작한 바람은 지하실로 그 향기를 몰고 왔다.

「휴, 제길!」 느닷없이 거장이 소리를 질렀다.「생각만 해도……」 그는 재떨이에 담배꽁초를 비벼 끄고, 머리를 두 손으로 감싸 쥐었다.「아냐, 들어 봐. 당신은 현명한 사람이고, 미친 적이 없었어……. 당신은 우리가 어제 사탄과 함께 있었다고 확신해?」

「아주 진지하게, 맞아.」 마르가리따가 대답했다.

「물론, 물론 그렇겠지.」 거장이 빈정거리며 말했다.「그러니까 이제 미친 사람이 한 사람이 아니라 두 사람이 되었다는 거로군! 남편도, 아내도.」 그는 두 팔을 하늘로 올리고 외치기 시작했다.「아냐, 어찌 된 일인지는 악마나 알 일이야. 악마나, 악마나, 악마나!」

대답 대신 마르가리따는 소파에 털썩 주저앉아 깔깔거리며 맨발을 흔들기 시작했다. 그러고는 외쳤다.

「아휴, 참을 수 없어! 못 참겠어! 당신이 뭐라고 했는지 한번 생각해 봐!」

거장이 환자용 속옷을 겸연쩍게 비틀고 있는 사이, 실컷 웃고 난 마르가리따는 진지해졌다.

「당신은 지금 무심결에 진실을 말했어.」 그녀는 말문을 열었다.「어찌 된 일인지는 악마나 알 일이야. 내 말을 믿어, 악마가 모든 것을 마련했던 거야!」 그녀는 갑자기 눈을 빛내며 벌떡 일어나 그 자리에서 춤을 추면서 외치기 시작했다.「얼마나 행복한지 몰라, 그와 거래를 했다는 것이 얼마나 행복한지 몰라! 오, 마귀, 마귀여!…… 사랑스런 사람, 당신은 마녀와 함께 살게 되었어!」 이 말을 한 후 그녀는 거장에게 달려들어, 그의 어깨를 부여잡고 그의 입술과 코, 뺨에 키스를 하기 시작했다. 빗질하지 않은 검은 고수머리가 거장의 머리 위에서 헝클어지고, 그의 뺨과 이마는 키스 세례로 새빨개졌다.

「당신은 정말 마녀와 비슷해졌어.」

「그걸 부정하지 않아.」마르가리따가 대답했다. 「나는 마녀이고, 그래서 아주 만족스러워.」

「그럼, 좋아.」거장이 말했다. 「마녀라면 마녀인 거지, 뭐! 아주 멋지고 화려해! 그러니까 나를 병원에서 납치했군……. 그것 역시 좋아! 여기로 돌아왔어, 그것도 괜찮아……. 심지어는 우리를 잡으러 오지 않을 거라고 가정하자……. 하지만 제발 부탁인데, 우리가 어떻게 뭐로 살게 될 건지 얘기해 줘. 나는 당신이 걱정이 되어서 이 말을 하는 거야, 믿어 줘!」

그 순간 끝이 무딘 단화와 줄무늬 바지의 아랫단이 창턱에서 보였다. 잠시 후 그 바지의 무릎이 꿇리면서 누군가의 무거운 엉덩이가 대낮의 빛을 가렸다.

「알로이지, 집에 있어?」창밖 어디선가 바지 위 높은 곳에서 목소리가 물었다.

「자, 이제 시작이군.」거장이 말했다.

「알로이지요?」마르가리따가 창에 가까이 다가가며 물었다. 「어제 체포해 갔어요. 그를 찾으시는 분은 누구시죠? 성이 어떻게 되시죠?」

그 순간 무릎과 엉덩이가 사라지고, 쪽문이 탁 닫히는 소리가 들렸다. 그 후 모든 것이 정상으로 돌아왔다. 마르가리따는 소파에 주저앉아 눈물이 날 정도로 깔깔대며 웃어 댔다. 그러나 그녀가 진정했을 때, 그녀의 표정은 심하게 변해 있었다. 그녀는 심각한 어조로 말하기 시작했다. 말하면서 그녀는 소파에서 내려와 거장의 무릎 쪽으로 기어가서는, 그의 눈을 들여다보면서 머리를 쓰다듬기 시작했다.

「얼마나 많은 고통을 당한 거야, 얼마나 많은 고통을, 가련한 사람! 그건 나만이 아는 일이지. 봐, 당신 머리에 흰머리가 났어. 이마에도 영원히 남을 주름이 생겼고! 내 유일한 사람, 내 사랑, 아무것도 생각하지 마! 당신은 너무 많이 생각

해야만 했으니까, 이제 내가 당신을 위해 생각할 거야. 내가
보증할게, 모든 것이 눈부실 만큼 좋아질 거라고 보증할게!」
　「나는 아무것도 두렵지 않아, 마르고.」 거장이 돌연 이렇게
대답하고는 머리를 들었다. 그는 한 번도 본 적은 없지만, 아
마도 일어났으리라고 상상했던 것을 창작하던 때의 모습으
로 돌아온 것 같았다. 「나는 이미 모든 것을 겪었기 때문에
두렵지 않아. 그들이 너무나 나를 놀라게 했기 때문에, 더 이
상 나를 놀라게 할 것은 아무것도 없어. 그러나 당신이 불쌍
해, 마르고, 그게 핵심이야. 내가 같은 문제에 대해 여러 번
확인해 보는 이유가 바로 그거라고. 정신 차려! 어째서 병든
거지와 함께 인생을 망치려는 거지? 집으로 돌아가! 당신이
불쌍해서 이 말을 하는 거야.」
　「아, 당신, 당신!」 마르가리따는 헝클어진 머리를 흔들면
서 속삭였다. 「아, 당신, 믿음이 부족한 사람 같으니라고. 불
행한 사람. 난 당신 때문에 어제 밤새도록 벗은 채로 몸을 떨
었는데, 내 천성을 버리고 그것을 새것으로 바꾸었는데. 나
는 몇 달간이나 어두운 헛간에 앉아서 오직 한 가지에 대해
서만, 예르샬라임의 뇌우에 대해서만 생각했어. 나는 눈이
퉁퉁 붓도록 울기만 했었다고. 이제야 행복이 찾아왔는데,
당신은 나를 내쫓으려고 해? 그렇다면 어찌겠어, 떠나겠어,
떠날 거야. 하지만 당신이 잔인한 사람이라는 것만은 알아
둬! 그들이 당신 영혼을 황폐하게 만들어 버렸어!」
　아픈 연민이 거장의 가슴까지 차올랐고, 이유는 알 수 없
지만 그는 마르가리따의 머리카락에 얼굴을 묻고 울기 시작
했다. 그녀는 울면서 그에게 속삭였고, 그녀의 손가락이 거
장의 관자놀이에서 재빠르게 움직였다.
　「그래, 흰머리, 흰머리……. 내 눈에는 머리가 하얀 눈으로
덮여 있는 것처럼 보이네……. 아, 고통을 많이 받은 내 머리!

당신 눈이 어떤지 봐요! 황량해…… 어깨는, 어깨에는 무거운 짐이 지워져 있어……. 불구로 만들어 버렸어, 불구로…….」 두서없는 말을 늘어놓으며, 마르가리따는 온몸을 떨며 흐느껴 울었다.

그러자 거장이 눈물을 닦고 무릎을 꿇고 있는 마르가리따를 일으켜 세운 뒤, 확고한 어조로 말했다.

「됐어! 나를 부끄럽게 하는군. 더 이상 소심하게 굴지 않고, 다시는 이 문제를 거론하지 않겠어. 마음을 편안하게 먹어. 우리 둘 다, 어쩌면 내가 당신에게 전해 주었을지 모를 정신병의 희생자라는 것을 알고 있어……. 어쩌겠어, 함께 그 병을 지고 가자.」

마르가리따는 거장의 귀에 입술을 가까이 대고 속삭였다.

「당신 생명을 걸고 맹세해, 당신이 추측한 점성술사의 아들을 걸고 맹세해, 모든 게 다 잘될 거야.」

「그래, 알았어, 알았어.」 거장은 이렇게 대꾸하고 웃기 시작하더니 덧붙여 말했다.「물론 당신과 나처럼 빼앗기고 나면, 사람들은 초월적인 힘에서 구원을 찾지! 어떻게 하겠어, 거기서 구원을 찾도록 합시다.」

「자, 됐어, 됐어. 이제 이전으로 돌아왔네. 당신 웃고 있잖아.」 마르가리따가 대답했다.「그런 학자연하는 말들은 악마한테나 줘버려. 초월적인 힘이든, 그게 아니든 다 마찬가지 아니겠어? 뭔가 먹고 싶다.」

그녀는 거장의 손을 식탁으로 당겼다.

「이 음식이 지금 땅속으로 꺼지거나 창밖으로 날아가지 않으리라고 확신할 수 없군.」 거장은 아주 마음이 편안해져서 말했다.

「날아가지 않을 거야!」

바로 그 순간 창턱에서 코맹맹이 소리가 났다.

「그대들에게 평화가 있을지어다.」

거장은 흠칫 놀랐지만, 범상치 않은 일에 이미 익숙해진 마르가리따가 소리쳤다.

「이건 아자젤로잖아! 아, 너무 좋아! 정말 잘됐어!」 그리고 거장에게 〈자, 봐요, 봐, 우리를 버리지 않는다니까!〉라고 속삭이고는, 창을 열러 달려 나갔다.

「옷을 좀 여미기라도 하지그래!」 거장이 그녀의 등 뒤에 대고 소리를 질렀다.

「그런 건 아무럼 어때.」 마르가리따는 이미 복도에서 대답했다.

아자젤로는 절을 하며 거장과 인사를 나누고는, 그에게 자신의 애꾸눈을 반짝였다. 마르가리따는 탄성을 질렀다.

「아, 얼마나 기쁜지 몰라요! 내 평생 이렇게 기뻐 본 적이 없어! 내가 옷을 벗고 있는 걸 용서해요, 아자젤로!」

아자젤로는 벗은 여자들뿐 아니라 껍질이 깨끗이 벗겨진 여자들도 본 적이 있으니 걱정하지 말라고 안심을 시킨 뒤, 탁자 앞에 흔쾌히 앉았다. 그는 그 전에 먼저 벽난로 옆의 구석에 뭔가 검은 비단에 싼 꾸러미를 내려놓았다.

마르가리따는 아자젤로에게 코냑을 한 잔 따라 주었고, 그는 기꺼이 그 잔을 홀짝 다 마셨다. 거장은 그에게서 눈을 떼지 못하고 가끔씩 식탁 밑에서 왼쪽 손가락을 조용히 꼬집었다. 그러나 아무리 꼬집어도 소용이 없었다. 아자젤로는 공기 중에 사라지지 않았고, 또 사실대로 말하자면, 그렇게 사라질 이유가 전혀 없었다. 적황색 피부의 키가 작은 사나이의 모습에 무시무시한 점이라고는 전혀 없었으며, 눈에 있는 백내장은 사실 마법을 쓰지 않고서도 흔히 볼 수 있는 일이었다. 전혀 평범하지 않은 것은 가사나 망토와 비슷한 의복이었는데, 곰곰이 생각해 보면, 이것만이 유일하게 눈에 띄는 점이라고 할 수 있었다. 그는 여느 선량한 사람들이 하는 것처럼 코냑 한 잔을 안주도 곁들이지 않고 통째로 능숙하게 죽 들이켰다. 이로 인해 거장은 마치 머릿속에서 코냑이 윙윙거리는 것 같았고, 결국 이렇게 생각하게 되었다.

〈아냐, 마르가리따가 옳아! 물론 내 앞에는 악마의 사자가 앉아 있어. 나 자신이 바로 그제 밤에 빠뜨리아르흐에서 만난 것이 다름 아닌 사탄이라고 이반에게 증명하지 않았나. 그런데 이제 와서 그 생각에 놀라 최면술사니, 환영에 대해 지껄이다니. 최면술사는 무슨 악마 같은 최면술사!〉

관찰력은 그를 배신하지 않았다.

아무 변화도 일으키지 않고 세 번째 코냑을 마신 뒤, 방문객은 말문을 열었다.

「악마가 잡아갈 정도로 정말 안락한 반지하 방이로군! 다만 발생하는 한 가지 문제는 이 반지하 방에서 뭐를 할 것이냐는 거죠?」

「내 말이 바로 그 말입니다.」 거장이 웃음을 터뜨리며 대답했다.

「왜 나를 불안하게 만드세요, 아자젤로?」 마르가리따가 물었다. 「어떻게든 살겠죠!」

「무슨 말씀, 무슨 말씀!」 아자젤로가 소리쳤다. 「당신을 불안하게 만들 생각은 추호도 없었습니다. 나 자신도 그렇게 말할 겁니다. 어떻게든 살겠죠. 맞습니다! 하마터면 잊을 뻔했네⋯⋯. 나리께서 당신께 안부를 전하라시고, 또 잠시 산책을 할 수 있게 당신을 초청하신다는 말씀을 전하라고 하셨습니다. 물론 당신이 원하신다면요. 그럼, 뭐라고 답해 드릴까요?」

「기꺼이 그렇게 하지요.」 거장이 아자젤로를 찬찬히 살피며 대답하자, 아자젤로는 계속해서 말했다.

「마르가리따 니꼴라예브나께서도 거절하지 않으시리라고 기대해도 되겠습니까?」

「저도 아마 거절하지 않을 거예요.」 마르가리따가 대답했다. 또다시 그녀의 발이 거장의 다리를 툭 건드렸다.

「아주 멋지군요!」 아자젤로가 외쳤다. 「난 이런 걸 참 좋아합니다! 한 번, 두 번 만에 모든 것이 완료! 저번 알렉산드로프 공원에서와는 전혀 딴판이군요.」

「아, 생각나게 하지 마세요, 아자젤로! 그때 나는 어리석었어요. 그래요, 하지만 그랬다고 나를 심하게 욕할 수는 없어요. 어둠의 영과 만나는 게 매일 있는 일은 아니잖아요!」

「그렇고말고요.」 아자젤로가 수긍했다. 「만일 매일 만날 수 있다면 참 좋을 텐데!」

「나도 빠른 게 좋아요.」 마르가리따가 얼굴이 상기되어 말했다. 「빠른 것도 벗은 것도 좋아요……. 모제르총 같아요, 빵! 아, 얼마나 멋지게 쏴지는지!」 마르가리따는 거장을 향해 소리쳤다. 「베개 밑에 7점짜리 패, 아무 점이나!」 마르가리따는 술주정을 하기 시작했고, 그로 인해 그녀의 눈동자가 타오르기 시작했다.

「또 잊었군!」 아자젤로는 자기 머리를 치고 외쳤다. 「완전히 헤매고 있군! 나리께서 당신들께 선물을 보내셨습니다.」 그리고 그는 바로 거장에게 말했다. 「포도주 한 병입니다. 이것은 유대의 총독이 마셨던 바로 그 포도주, 팔레르노임을 확인하시기 바랍니다.」

그 희귀한 포도주가 마르가리따와 거장의 큰 관심을 끈 것은 자명한 일이었다. 아자젤로는 어두운 장례복 같은 옷자락에서 완전히 곰팡이가 핀 항아리를 꺼냈다. 그들은 포도주 냄새를 맡고 잔에 따라서 그 잔을 통해 창밖에 뇌우가 오기 전 사라지고 있는 빛을 비추어 보았다. 그들은 모든 것이 핏빛으로 채색되는 것을 바라보았다.

「볼란드의 건강을 위하여!」 마르가리따가 자신의 잔을 들며 외쳤다.

세 명 모두 잔에 입을 대고 크게 한 모금을 마셨다. 그 즉시 폭우가 쏟아지기 직전의 빛이 거장의 눈에서 사그라지기 시작하며 숨이 막혔다. 그는 끝이 왔다고 느꼈다. 그는 죽을 정도로 창백해진 마르가리따가 힘없이 그에게 팔을 뻗고 머리를 탁자 위에 떨어트린 뒤 바닥으로 쓰러지는 것을 보았다.

「독살자……」 거장은 다만 이 말만 외칠 수 있었다. 그는 아자젤로를 치려고 탁자에서 칼을 들고 싶었지만, 그의 팔은 힘없이 식탁보에서 미끄러졌다. 거장을 둘러싼 반지하실의 모든 것이 검은색으로 뒤덮이자, 그 후 모든 것이 사라졌다. 그는 벌렁 쓰러졌고, 쓰러지면서 책상의 상판 모서리에 부딪쳐 관자놀이에 자상을 입었다.

독을 먹은 이들이 잠잠해지자, 아자젤로는 움직이기 시작했다. 그가 첫 번째로 한 일은 창밖으로 빠져나가, 몇 분 후 마르가리따 니꼴라예브나가 살던 독립 주택으로 간 것이었다. 언제나 정확하고 꼼꼼한 아자젤로는 모든 것이 필요한 만큼 수행되었는지 확인하고 싶었다. 모든 것이 완전히 정상이었다. 아자젤로는 남편의 귀가를 기다리던 우울한 여인이 침실에서 나와 갑자기 창백해지더니 심장을 부여잡고 〈나따샤! 누구든…… 나를!〉 하고 힘없이 외치다가 서재까지 가지도 못하고 거실 바닥에 넘어지는 것을 보았다.

「모든 게 제대로군.」 아자젤로가 말했다. 순식간에 그는 쓰러진 두 연인 옆으로 돌아왔다. 마르가리따는 양탄자에 얼굴을 박고 엎어져 있었다. 아자젤로는 자신의 강철 같은 팔로 인형 같은 그녀를 바로 눕혀, 얼굴을 자기 쪽으로 하고 그녀의 눈을 들여다보았다. 그의 눈앞에서 독을 마신 그녀의 얼굴이 변해 갔다. 뇌우로 인한 어스름 속에서도 일시적으로 마녀처럼 변했던 사시와 격렬하고 잔혹한 모습이 사라지는 것이 눈에 보였다. 고인의 얼굴은 빛을 발했고, 마침내 부드러워졌다. 이를 드러낸 그녀의 입술은 잡아먹을 듯이 탐욕스럽지 않았다. 오히려 그 입은 고통을 당한 여성의 것이었다. 그때 아자젤로는 그녀의 하얀 이를 벌려 입속으로 그녀를 독살시킨 그 포도주를 몇 방울 더 떨어트렸다. 마르가리따는 한숨을 내쉬고, 아자젤로의 도움 없이 일어나 앉아 가느다란 목소리로 물었다.

「어째서요, 아자젤로, 어째서? 나한테 무슨 짓을 한 거예요?」

그녀는 누워 있는 거장을 보고서 몸을 부르르 떨고 중얼거렸다.

「이런 일이 일어날 줄이야……. 살인자!」

「아니, 아니.」 아자젤로가 대답했다. 「그도 이제 일어날 겁니다. 아, 왜 그렇게 신경질적인지!」

적황색 악마의 목소리가 어찌나 확신에 찼던지, 마르가리따는 금방 그의 말을 믿었다. 그녀는 힘 있고 생기발랄한 모습으로 자리에서 벌떡 일어나 누운 사람에게 포도주를 먹이는 것을 도왔다. 거장은 눈을 떠 음울하게 쳐다보다가 증오심을 품고 자신의 마지막 말을 되풀이했다.

「독살자…….」

「아! 모욕은 좋은 일을 해준 것에 대한 일상적인 보상이지요.」 아자젤로가 대답했다. 「참말로 두 눈이 멀었습니까? 어서 눈을 뜨세요!」

그러자 거장은 일어나서 생기 있고 밝은 시선으로 주위를 둘러보며 물었다.

「이 새로운 것은 도대체 무엇을 의미하는 겁니까?」

「이것은,」 아자젤로가 대답했다. 「우리가 갈 때가 되었다는 것을 의미합니다. 천둥 번개가 치는 소리가 들리시죠? 어두워지는군요. 말들이 땅을 박차고, 작은 정원이 흔들립니다. 지하 방과도 작별하십시오, 어서 인사하세요.」

「아, 알겠습니다.」 거장이 주위를 둘러보며 말했다. 「당신이 우리를 죽였군요, 우리는 죽은 거예요. 아, 이 얼마나 똑똑한가! 이 얼마나 시의 적절한가! 이제 모든 것이 이해가 가요.」

「에이, 제발!」 아자젤로가 대답했다. 「내가 당신의 소리를 들을까 봐서요? 당신의 친구는 당신을 거장이라고 부르던데, 생각이 있는 분이 어떻게 죽었다고 할 수 있지요?[2] 자신을 산 사람으로 생각하기 위해 반드시 셔츠와 환자복 바지를 입고 지하실에 앉아 있어야 한다고 보십니까? 그건 우스꽝스러운 일입니다!」

「당신이 하는 모든 말이 이해가 갑니다.」 거장이 외쳤다. 「더 이상 말하지 마세요! 당신이 수천 번 옳아요!」

「위대한 볼란드!」 마르가리따가 그에게 되풀이해서 말했다. 「위대한 볼란드! 그가 나보다 훨씬 더 잘 생각해 낸 거예요. 하지만 소설, 소설!」 그녀는 거장에게 외쳤다. 「소설은 어디로 날아가든 꼭 가져가요!」

「그럴 필요 없어.」 거장이 대답했다. 「나는 그걸 처음부터 끝까지 다 외우고 있으니까.」

「하지만 당신은 소설에서 단 한 마디…… 단어 하나도 잊지 않을 자신이 있어?」 마르가리따가 연인에게 몸을 붙이고, 베인 그의 관자놀이에서 나는 피를 닦으며 물었다.

「걱정하지 마! 나는 이제 아무것도 결코 잊지 않을 거야.」

---

2 프랑스의 철학자 데카르트(1596~1650)의 〈나는 생각한다. 고로 존재한다〉라는 유명한 문구를 교묘하게 바꾸어 말한 것이다.

그가 대답했다.

「그렇다면 불이오!」 아자젤로가 외쳤다. 「모든 것을 시작한 것도, 모든 것을 끝내는 것도 불이오.」

「불이다!」 마르가리따가 무시무시한 목소리로 비명을 질렀다. 반지하 방의 창문이 탁 소리를 내며 열리더니 바람이 커튼을 양옆으로 젖혔다. 하늘에서 천둥소리가 명랑하고 짧게 울렸다. 아자젤로는 손톱이 뾰족한 손을 벽난로에 집어넣어 연기를 내는 나무를 꺼내더니, 탁자의 식탁보에 불을 붙였다. 그런 다음 소파에 있는 낡은 신문 뭉치에, 그 뒤를 이어 원고와 창의 커튼에 불을 붙였다.

다가올 여행에 이미 취해 버린 거장은 책꽂이에서 책들을 빼내 탁자로 던지더니, 타오르는 식탁보에서 그 책의 낱장들을 구겼다. 책은 명랑하게 불꽃을 튀기며 타올랐다.

「타라, 타라, 예전의 삶이여!」

「타라, 고통이여!」 마르가리따가 외쳤다.

방이 어느새 적자색 불기둥들 사이에서 흔들리자, 세 사람은 연기와 함께 문밖으로 뛰어나온 뒤, 돌계단을 타고 위로 올라가 뜰로 나왔다. 그들이 그곳에서 처음 본 사람은 땅바닥에 주저앉은 자비 가옥 건축가의 여자 요리사였다. 그녀의 옆에는 감자들과 몇 개의 양파가 이리저리 흩어져 있었다. 요리사의 상태는 이해할 만했다. 세 마리의 검은 말이 저장 창고 옆에서 콧김을 내며 몸부림쳤고, 그로 인해 땅이 갈라지며 분수처럼 튀어 올랐다. 마르가리따가 첫 번째로 말 위에 오르자, 그 뒤를 이어 아자젤로가 탔으며 거장이 제일 마지막으로 말에 올랐다. 여자 요리사는 신음 소리를 내며 성호를 긋기 위해 팔을 들려고 했다. 그러나 아자젤로가 위협적인 목소리로 말에서 외쳤다.

「팔을 잘라 버리겠다!」 그가 휘파람을 불자, 말들은 보리수나무 가지를 꺾으며 비상하여 낮은 먹구름 속으로 돌진했다. 그 즉시 반지하 방의 창에서 연기가 쏟아져 나왔다. 아래에서 여자 요리사의 약하고 가련한 목소리가 들려왔다.

「불이야!……」

말들은 이미 모스끄바의 지붕 위를 날고 있었다.

「도시와 작별 인사를 하고 싶소.」 거장이 앞에서 달리고 있는 아자젤로에게 외쳤다. 천둥이 거장의 말꼬리를 집어삼켰다. 아자젤로는 고개를 끄덕이고, 말을 질주하게 했다. 날아오는 사람들을 맞이하여 먹구름이 쏜살같이 밀려왔지만, 아직 비를 뿌리지는 않았다.

그들은 가로수 길 위를 날며 사람들의 작은 형체들이 비를 피해 이리저리 달리는 모습을 보았다. 첫 번째 빗방울이 띨어졌다. 그들은 그리보예도프의 잔해에서 올라오는 연기 위를 날아갔다. 그들은 이미 어둠이 깔리기 시작한 도시를 날았다. 그들 위에서 번개가 번쩍거렸다. 얼마 후 지붕들은 녹음으로 교체되었다. 그제야 비가 세차게 내리면서 날아가는 사람들을 세 개의 거대한 물방울로 변모시켰다.

마르가리따는 이미 비상의 감각을 잘 알고 있었지만, 거장은 아니었다. 그는 목표 지점, 즉 그가 인사를 나누고 싶은 사람 옆에 얼마나 빨리 왔는지를 보고 놀랐다. 그가 만나려 한 사람은 오직 그뿐이었는데, 그 이유는 더 이상 작별할 사람이 없었기 때문이다. 그는 곧 비의 장막 사이로 스뜨라빈스끼 병원의 건물과 강, 그리고 늘 관찰해 왔던 맞은편 강변 위의 울타리를 보았다. 그들은 병원에서 멀지 않은 들판 옆의 숲에 착륙했다.

「나는 여기서 당신들을 기다리겠습니다.」 아자젤로가 팔짱을 끼고, 때로 번갯불에 몸을 드러냈다가는 회색 장막 속으로 숨으면서 외쳤다. 「작별 인사를 하십시오, 그러나 서두르십시오!」

거장과 마르가리따는 안장에서 뛰어내려, 물이 만들어 내는 그림자처럼 어른거리며 병원의 뜰을 지나 날아갔다. 또 몇 분이 지나 거장은 익숙한 손동작으로 117호 방의 발코니에 난 철창을 밀었다. 마르가리따가 그의 뒤를 따랐다. 그들은 천둥이 치고 폭우가 쏟아지는 시간에 보이지도, 눈에 띄지도 않게 이바누쉬까의 방에 들어갔다.

이바누쉬까는 이 휴식의 집에서 뇌우를 처음으로 관찰하던 그때처럼 움직이지 않고 누워 있었다. 그러나 그는 그때처럼 울고 있지 않았다. 그는 발코니에서 자신의 방으로 들어온 검은 실루엣을 충분히 들여다본 후, 자리에서 일어나 팔을 펴고 기쁜 어조로 말했다.

「아, 당신이군요! 나는 당신을 내내 기다리고 또 기다렸습니다. 당신이군요, 이웃 양반.」

이 말에 거장이 대답했다.

「여기 있는 건 납니다! 하지만 안타깝게도 나는 더 이상 당신의 이웃이 될 수 없습니다. 영원히 떠나기 전에 당신과 작별하기 위해 왔어요.」

「나도 알아요, 그럴 줄 알았어요.」 이반이 조용히 대답하고 물었다. 「그를 만나셨습니까?」

「예.」 거장이 말했다. 「내가 당신과 작별하러 온 이유는 당신이 내가 최근에 이야기를 나눈 유일한 사람이기 때문입니다.」

이바누쉬까는 표정이 밝아져서 말했다.

「여기에 들러 주셔서 정말 고맙습니다. 약속을 지키겠습니다. 더 이상 시는 쓰지 않겠습니다. 이제 다른 데 흥미를 느껴요.」 이바누쉬까가 미소를 짓고 미친 듯한 눈동자로 거장을 지나 어딘가를 바라보았다. 「나는 다른 것을 쓰고 싶습니다.

여기 누워 있는 동안 많은 것을 이해하게 되었어요.」

거장은 이 말에 흥분해서 이바누쉬까의 침대맡에 앉으며 말했다.

「그거 좋은 말이오, 좋은 말이에요. 그에 대해서 계속 쓰세요!」

이바누쉬까의 눈동자에서 불꽃이 일었다.

「당신은 쓰지 않으실 건가요?」 이때 그는 고개를 숙이고, 생각에 잠겨 덧붙였다.「아, 그렇군……. 내가 뭘 물어보는 거지.」 이바누쉬까가 바닥을 곁눈질해 보고 놀라서 쳐다보았다.

「예.」 거장이 말했다. 그의 목소리는 이바누쉬까에게 낯설고 공허하게 느껴졌다.「이제 더 이상 그에 대해서 쓰지 않을 겁니다. 다른 것에 관심이 더 가는군요.」

멀리서 들리는 휘파람 소리가 폭우가 쏟아지는 소리를 갈라 놓았다.

「들립니까?」 거장이 물었다.

「폭우 소리군요…….」

「아니요, 저건 나를 부르는 소리입니다. 갈 때가 되었어요.」 거장이 설명하고 침대에서 일어났다.

「잠깐! 딱 한마디만요.」 이반이 물었다.「그녀를 찾았습니까? 그녀는 여전히 당신을 사랑하던가요?」

「그녀는 여기 있습니다.」 거장이 벽을 가리켰다. 하얀 벽에서 검은빛의 마르가리따가 빠져나와 침대로 다가왔다. 그녀는 누워 있는 청년을 바라보았고, 그녀의 눈동자에는 비애가 서렸다.

「불쌍한 사람, 불쌍한 사람.」 마르가리따가 소리 없이 속삭이며 침대에 몸을 굽혔다.

「아름다운 여인이군요.」 이반은 질투심 없이, 하지만 슬픔과 일종의 조용한 감동을 느끼며 말했다.「당신의 일이 얼마나 잘 풀렸는지 보세요. 그런데 저는 그렇지 못하군요.」이때 그는 잠시 생각에 잠겼다가, 심각하게 덧붙여 말했다. 「하지만 저도 잘되겠지요…….」

「그럴 거예요, 그럴 거예요.」마르가리따가 속삭이며, 누운 사람에게 완전히 몸을 굽혔다. 「이제 내가 당신 이마에 키스를 해주면, 당신의 모든 일이 잘 풀릴 거예요……. 이것만큼은 내 말을 믿으세요. 나는 모든 걸 보았기에 잘 알아요.」

누워 있는 청년이 그녀의 어깨를 잡자, 그녀는 그에게 키스해 주었다.

「안녕, 제자여.」거장이 거의 들릴 듯 말 듯한 목소리로 말하면서 공기 중에 녹기 시작했다. 그가 사라지자, 마르가리따도 함께 사라졌다. 발코니의 철창이 닫혔다.

이바누쉬까는 불안에 빠졌다. 그는 침대에 앉아 불안하게 주위를 둘러보고는, 심지어 혼잣말을 하면서 자리에서 일어났다. 폭우는 더욱 세차게 몰아쳤고, 아마도 그것이 그의 영혼을 뒤흔들어 놓은 것 같았다. 변함없는 정적에 익숙해진 청각이 문 뒤에서 들리는 불안한 발자국 소리와 조용한 목소리들을 잡아냈고, 그는 신경이 예민해졌다. 그는 신경질을 내고 몸을 떨며 사람을 불렀다.

「쁘라스꼬비야 표도로브나!」

쁘라스꼬비야 표도로브나는 어느새 방 안으로 들어와 의문에 가득 찬 불안한 시선으로 이바누쉬까를 바라보았다.

「뭐예요? 무슨 일이지요?」그녀가 물었다. 「폭우 때문에 불안해요? 괜찮아요, 괜찮아……. 이제 우리가 도와줄게요. 내가 의사를 부를게요.」

「아니요, 쁘라스꼬비야 표도로브나, 의사를 부를 필요 없어요.」이바누쉬까는 쁘라스꼬비야 표도로브나가 아니라 벽을 불안하게 쳐다보며 말했다. 「특별한 일이라고는 없어요.

이제 내 힘으로 진정해 볼게요. 걱정하지 마세요. 그런데 한 가지만 말해 주세요.」

이반은 진심을 담아 물었다. 「저쪽 옆방, 118호실에서 무슨 일이 일어났나요?」

「118호요?」 쁘라스꼬비야 표도로브나가 되묻더니, 눈동자를 이리저리 굴리기 시작했다. 「아무 일도 일어나지 않았어요.」 그러나 그녀의 목소리는 위선적이었다. 이바누쉬까는 즉각 그것을 알아채고 말했다.

「에이, 쁘라스꼬비야 표도로브나! 당신은 진실한 분이시잖아요……. 제가 흥분해서 날뛸까 봐 그러세요? 아니에요, 쁘라스꼬비야 표도로브나, 그런 일은 없을 거예요. 똑바로 얘기해 주시는 편이 좋겠어요. 벽을 통해 모든 것을 느꼈거든요.」

「당신의 이웃이 지금 막 사망했어요.」 쁘라스꼬비야 표도로브나는 정직하고 선량한 마음을 억누르지 못하고 이렇게 속삭이고는, 번갯불을 온몸으로 받으며 이바누쉬까를 불안한 얼굴로 바라보았다. 그러나 이바누쉬까에게는 그 어떤 무서운 일도 벌어지지 않았다. 그는 다만 의미심장하게 손가락을 들고 말할 뿐이었다.

「내 그럴 줄 알았어요! 확언하건대, 쁘라스꼬비야 표도로브나, 지금 시내에서는 또 한 사람이 죽었을 겁니다. 나는 그게 누구인지도 알아요.」

그러면서 이바누쉬까는 비밀스런 미소를 지었다. 「그건 여자입니다.」

제31장
보로비요프 언덕[1]에서

뇌우가 흔적도 없이 사라진 직후, 색색의 무지개가 떠올라 모스끄바 전체를 아치처럼 감싸고 모스끄바 강의 물을 빨아들였다. 높은 언덕 위에 있는 두 개의 숲 사이로 세 명의 검은 실루엣이 보였다. 볼란드와 꼬로비요프, 베게모뜨가 흑마의 안장 위에 앉아 강 너머에 펼쳐진 도시와 제비치 사원[2]의 당밀 과자 모양의 탑을 바라보고 있었다. 도시는 서쪽으로 난 수천 개의 창에 태양을 부서트리며 반사시키고 있었다.

공기 중에 소음이 일더니, 아자젤로가 검은 망토의 꼬리에 거장과 마르가리따를 대동하고서 기다리고 있는 자들 옆으로 내려왔다.

「당신들을 번거롭게 하지 않을 수 없었소, 마르가리따 니

1 모스끄바 강 남서쪽에 있는 언덕이다. 1925년부터 레닌 언덕으로 불리다가 지금은 다시 보로비요프 언덕으로 불린다. 러시아어로 보로비요프는 〈참새들의〉라는 뜻이다. 그러므로 이 언덕은 참새 언덕으로도 불릴 수 있다.
2 모스끄바에 있는 노보제비치 사원을 말한다. 1524년에 대공 바실리 3세에 의해 세워졌다. 전설에 따르면 이 자리에서 공물로 몽골족에게 바칠 처녀들을 집합시켰다고 한다.

꼴라예브나, 그리고 거장.」잠시 침묵을 지킨 뒤 볼란드가 말문을 열었다.「하지만 나한테 불만은 없을 거요. 당신들이 이 일로 속상해했다고는 생각하지 않소. 자, 어떻소.」그는 거장에게만 말했다.「도시와 작별 인사를 하시오. 이제 가야 할 때가 되었으니.」볼란드는 손목 덮개가 달린 검은 장갑을 낀 손으로[3] 수없이 많은 태양이 강 너머의 유리들을 녹이고, 그 태양들 위로 안개와 연기, 그리고 낮 사이에 달구어진 증기가 피어오르는 도시를 가리켰다.

거장은 안장에서 뛰어내려 앉아 있는 사람들을 뒤로하고 언덕의 낭떠러지로 달려갔다. 검은 망토가 그의 뒤에서 땅에 끌렸다. 거장은 도시를 보기 시작했다. 첫 순간에는 아린 슬픔이 가슴에 밀려들었지만, 그 슬픔은 곧 집시들이 느끼는 달콤한 불안과 흥분으로 바뀌었다.

「영원히 안녕! 이건 깊이 음미해야 해.」거장은 속삭인 뒤, 말라서 갈라진 입술을 핥았다. 그는 귀를 기울여 마음속에서 일어나는 모든 것을 정확하게 포착하기 시작했다. 그의 흥분은 깊고 격심한 모욕감으로 전이된 것 같았다. 그러나 그 모욕감도 오래지 않아 사라지면서, 어째서인지 오만한 무심함으로 바뀌었다. 그 무심함은 항구적인 안식에 대한 예감이었다.

말을 탄 이들은 말없이 거장을 기다렸다. 그들은 낭떠러지 끝에서 검고 긴 사람의 형상이 도시 전체를 둘러보고 도시 너머까지 들여다보려고 머리를 들었다가는, 발아래 밟혀서 뭉개진 연약한 풀을 탐색하기라도 하듯 고개를 숙이는 모습을 바라보았다.

지루해진 베게모뜨가 침묵을 끊었다.

---

3 뻬쩨르부르그에 있는 뾰뜨르 대제 동상(일명 청동의 기사)의 포즈와 유사하다.

「허락해 주십시오, 주인님.」 그가 말했다. 「도약하기 전에 작별 인사로 휘파람[4]을 불도록 해주십시오.」

「귀부인을 놀라게 할 수도 있어.」 볼란드가 대답했다. 「더구나 오늘 너희의 추태는 이미 다 끝났다는 걸 명심해라.」

「아, 아니요, 아니요, 나리.」 안장에서 몸을 뒤로 젖히고 양손을 허리에 댄 채 뾰족한 치맛자락을 땅에까지 드리우고 여장부처럼 앉아 있던 마르가리따가 말했다. 「하라고 하세요, 휘파람을 불라고 허락해 주세요. 먼 길을 떠나려니 슬픈 마음이 드네요. 이 길의 끝에서 우리를 기다리는 것이 행복임을 알아도, 이런 감정은 아주 자연스러운 것이겠지요. 그렇지요, 나리? 저이가 우리를 웃길 수 있게 해주세요. 그렇지 않으면 눈물로 끝날까 봐, 길 떠나기 전에 모든 것을 망칠까 봐 두려워요.」

볼란드가 베게모뜨에게 고개를 끄덕이자, 아주 생기발랄해진 베게모뜨는 안장에서 땅으로 뛰어내린 뒤 손가락을 입에 대고 뺨을 부풀려 휘파람을 불었다. 마르가리따는 귀청이 떨어질 것만 같았다. 그녀의 말이 앞발을 위로 치켜들었다. 숲 속에서는 크고 마른 가지들이 이리저리 흩어지고, 까마귀 떼와 참새 떼들이 하늘로 날아오르고, 먼지 기둥이 강으로 밀려가고, 부두 옆을 지나던 하천 증기선 승객들의 모자들이 머리에서 물속으로 날아가는 것이 보였다.

거장은 휘파람 소리에 몸을 떨었지만, 뒤도 돌아보지 않고 마치 도시를 위협하듯 손을 하늘로 뻗으며 더 격렬하게 몸짓을 계속했다. 베게모뜨는 뽐내며 주위를 둘러보았다.

「휘파람을 불었군, 반박하지 않겠어.」 꼬로비요프가 관대

---

4 불가꼬프가 이 소설을 쓸 당시 참조한 책에서 휘파람은 악마에 사로잡힌 징후로 규정되었다고 한다.

하게 한마디를 했다. 「참말로 휘파람을 불었어. 하지만 냉정하게 말하자면, 아주 평범한 수준이었어!」

「나는 지휘자가 아니야.」 베게모뜨가 자랑스럽게 거드름을 피우며 대답하고는, 뜬금없이 마르가리따에게 눈을 찡긋거렸다.

「옛 기억을 더듬어 내가 한번 불어 볼거나.」 꼬로비요프는 이렇게 말하고 두 손을 비빈 뒤, 손가락에 바람을 불었다.

「하지만 조심하거라, 조심.」 볼란드의 엄중한 목소리가 말 위에서 들렸다. 「남에게 해가 되는 장난질은 집어치우고!」

「나리, 믿어 주십시오.」 꼬로비요프가 이렇게 대꾸하고 가슴에 손을 댔다. 「장난, 단지 장난만 살짝 칠 겁니다……」 그러고는 갑자기 고무줄처럼 위로 몸을 쭉 늘이더니, 오른쪽 손가락으로 기묘한 모양을 만들어 나사처럼 감았다가, 갑자기 그것을 풀면서 휘파람을 훅 불었다.

마르가리따는 그 휘파람 소리를 듣지 못했다. 그러나 그녀는 흥분한 말과 함께 약 20미터가량 옆으로 밀려나는 순간 그 휘파람이 초래한 광경을 보았다. 말과 그녀와 나란히 있던 참나무가 뽑히면서 땅이 강까지 갈라졌고, 나루터와 레스토랑이 서 있던 거대한 강가의 지층이 그것들과 함께 강에 잠겨 버렸다. 강물이 부글거리며 솟구쳤고, 반대편의 낮은 녹색 강가로 하천 증기선과 전혀 해를 입지 않은 승객들이 튕겨 나왔다. 파고뜨의 휘파람에 죽은 갈까마귀들이 콧김을 내뿜는 마르가리따의 말의 다리께로 쏟아져 내렸다.

이 휘파람에 거장이 놀라서 달려왔다. 그는 머리를 움켜잡고 그를 기다리고 있던 동반자들에게 되돌아왔다.

「자, 그럼,」 볼란드가 높은 말 위에서 그에게 말했다. 「다 결산한 거요? 작별 인사를 했소?」

「예, 했습니다.」 거장이 이렇게 대답하고는, 평정을 찾은 후 볼란드의 얼굴을 똑바로 용감하게 쳐다보았다.

그때 산 위에서 무서운 볼란드의 목소리가 나팔 소리처럼 울렸다.

「가자!」 뒤이어 베게모뜨의 날카로운 휘파람 소리와 웃음 소리가 들렸다.

말들은 돌진했고, 기수들은 위로 날아올라 달리기 시작했다. 마르가리따는 그녀의 성난 말이 재갈을 물어뜯고 당기는 것을 느꼈다. 볼란드의 망토가 기마행렬의 머리 위에 휘날리며 저녁이 되어 가는 천공을 뒤덮기 시작했다. 순간적으로 검은 덮개가 옆으로 밀렸을 때, 위로 도약하던 마르가리따는 뒤를 돌아 더 이상 각양각색의 탑들과 그 위를 선회하는 비행기가 보이지 않을 뿐 아니라, 도시 자체도 이미 오래전에 보이지 않는다는 것을 확인했다. 도시는 저만큼 대지로 물러나 위에 안개만을 자욱이 뿌리고 있었다.

제32장
용서와 영원한 안식

신들이시여, 나의 신들이시여! 저녁의 대지는 얼마나 슬픈가! 늪 위의 안개들은 얼마나 신비로운가. 그 안개 속을 거닌 사람이라면, 죽음 전에 많은 고통을 당한 사람이라면, 힘에 겨운 짐을 지고 그 땅 위를 날아 본 사람이라면 그것을 알 것이다. 지친 사람은 그것을 알 것이다. 그리하여 그는 아쉬운 마음 없이 대지의 안개와 소택들과 강들을 버릴 것이다. 죽음만이 유일하다는 것을 알기에 가벼운 마음으로 죽음의 손에 몸을 던질 것이다…….

마법의 흑마들 역시 지친 모습으로 기수들을 천천히 태우고 갔다. 곧 피할 수 없는 밤이 그들을 따라잡기 시작했다. 지칠 줄 모르는 베게모뜨마저 등 뒤로 밤을 느끼며 꼬리를 축 늘어뜨리고 잠잠해져서는 발톱으로 안장에 꼭 매달려 날고 있었다.

밤은 숲과 초원을 검은 숄처럼 뒤덮으며 어딘가 저 멀리 아래에서 슬픈 빛을 발하기 시작했다. 이제 그 불빛은 마르가리따에게도, 거장에게도 흥미 없고 불필요하고 낯선 것이었다. 밤은 기마행렬들을 뒤따라와, 그들 위로 퍼져 나가며 슬픔에 잠긴 하늘의 여기저기에 하얀 별들을 반점처럼 흩뿌려 놓았다.

더욱 깊어진 밤은 질주하는 자들과 나란히 날아가며 그들의 어깨에서 망토를 벗겨 내 이제껏 가려졌던 기만을 드러냈다. 마르가리따가 차가운 바람을 맞으며 눈을 떴을 때, 그녀는 목적지를 향해 날아가는 자들의 모습이 변한 것을 보았다. 숲의 끝에서 적자색의 보름달이 그들을 맞이하며 떠오르자, 기만은 사라지고 견고하지 못한 마법의 옷이 늪으로 떨어져 안개 속에 가라앉았다.

이제 거장의 여자 친구의 오른편, 볼란드의 바로 옆에 날고 있는 자에게서 통역을 전혀 필요로 하지 않는 신비한 고문의 통역관을 참칭한 꼬로비요프-파고뜨의 모습을 찾기란 어려운 일이었다. 꼬로비요프-파고뜨라는 이름으로 누더기 광대복을 입은 채 보로비요프 언덕을 떠난 자의 자리에는 이제 웃는 표정이라고는 지을 줄 모르는 음산한 얼굴의 어두운 보랏빛 기사가 황금 고삐의 고리를 조용히 울리며 달리고 있었다. 그는 턱을 가슴에 파묻고, 달도 보지 않고, 땅에도 관심을 가지지 않은 채 뭔가 자기 생각에 골몰한 모습으로 볼란드와 나란히 날아가고 있었다.

「어째서 저이가 저렇게 변했죠?」 마르가리따가 바람이 휙휙 부는 소리를 들으며 볼란드에게 조용히 물었다.

「저 기사는 언젠가 잘못된 농담을 한 적이 있었소.」 볼란드가 마르가리따에게 얼굴을 돌려 타오르는 눈동자를 보이며 조용히 대답했다. 「빛과 어둠에 대해 말하다가 발설한 말장난이 그다지 좋지를 않았소. 기사는 그 후 자신이 생각했던 것보다 조금 더 많이, 오래도록 농담을 해야만 했지. 그러나 오늘은 그 셈을 치르는 밤이오. 기사는 정산을 하고 종결을 지은 것이오!」

밤은 베게모뜨에게서 털이 부슬부슬한 꼬리도 끊어 갔고, 그의 털을 뽑아 그 타래들을 소택으로 흩어 버렸다. 어둠의 왕을 위로하던 고양이였던 자는 이제 언젠가 세상에 존재했던 야윈 청년, 악마의 시동, 가장 훌륭한 광대가 되어 있었다. 이제 그도 잠잠해져서 자신의 젊은 얼굴을 달에서 흐르는 빛에 드러내고 소리 없이 날고 있었다.

모두의 옆에서 강철 갑옷을 빛내며 아자젤로가 날아갔다. 달은 그의 얼굴도 변화시켰다. 괴상망측하고 추한 송곳니는 흔적도 없이 사라졌고, 애꾸눈도 가짜였던 것으로 드러났다. 아자젤로의 두 눈은 둘 다 공허한 검은색이고, 얼굴은 하얗고 냉담했다. 이제 아자젤로는 물기 없는 사막의 악마, 살인자 악마라는 자신의 진정한 모습으로 날고 있었다.[1]

마르가리따는 자기 자신은 볼 수 없었지만, 거장이 어떻게 변했는지는 잘 볼 수 있었다. 그의 머리카락은 달빛을 받아 하얗게 빛났고, 뒤로 한 갈래로 묶여 바람에 흩날리고 있었다. 바람이 거장의 발에서 망토를 걷어 냈을 때, 마르가리따는 그의 기병 장화의 박차 위에서 깜박거리는 별들을 보았다. 그는 마치 젊은 악마처럼 달에서 눈을 떼지 않은 채 날아갔다. 그는 너무나 잘 알고 사랑하는 여인에게 하듯이 달을 향해 미소 지으며 118호실에서 얻은 버릇대로 뭐라고 혼잣말로 중얼거리고 있었다.

그리고 마침내 볼란드 역시 자신의 진정한 모습으로 돌아와 날고 있었다. 마르가리따는 그의 말고삐가 무엇으로 만들어졌는지 알 수 없었다. 어쩌면 그것은 달빛으로 엮은 사슬이고, 말 자체는 암흑이고, 그 말의 갈기는 먹구름이며, 기수

1 이 장면에서 벌거벗은 겔라가 없는 것을 볼 수 있다. 불가꼬프 부인의 말에 따르면, 불가꼬프가 그녀에 대해 잊은 것 같다고 한다. 이것도 이 소설이 미완성작임을 보여 주는 예이다.

의 박차는 하얀 반점 같은 별들일 수 있다고 생각했다.

그렇게 그들은 발아래의 풍경이 변하기 시작할 때까지 침묵 속에서 오랫동안 날아갔다. 슬픈 빛의 숲이 대지의 어둠 속에 가라앉으며 어슴푸레하게 굽이치는 강들을 데려갔다. 밑에서 둥근 돌들이 나타나 빛을 반사하기 시작하자, 그들 사이로 달빛도 스며들 수 없는 검은 심연이 보이기 시작했다.

볼란드가 쓸쓸한 바위산의 평평한 정상에 말을 착륙시키자, 기수들도 규석과 돌들을 밟는 말발굽 소리를 들으며 말들을 걷게 했다. 달이 푸르스름한 빛으로 그곳을 비추자, 마르가리따는 그 황량한 장소에 놓인 안락의자와 그 위에 앉은 희끄무레한 사람의 모습을 분간할 수 있었다. 앉아 있는 사람은 귀가 들리지 않거나 깊은 상념에 잠겨 있는 것 같았다. 그는 무거운 말들이 바위산을 진동시키는 소리를 듣지 못했다. 기수들은 그를 방해하지 않고 그에게 다가갔다. 마르가리따는 달빛의 도움을 받았다. 달은 가장 밝은 전기 가로등보다 훨씬 밝게 주위를 비추고 있었다. 마르가리따는 앉아 있는 사람이 손을 잠시 비비고, 장님인 듯한 그 잘 보이지 않는 눈으로 둥근 달을 똑바로 주시하는 것을 보았다. 이제 마르가리따는 달빛을 받아 신비한 빛을 발하는 무거운 석조 의자 옆에 거대한 검은 개가 귀를 쫑긋이 세우고 엎드려, 주인과 마찬가지로 달을 불안하게 쳐다보고 있는 것을 보았다. 앉은 사람의 발 옆에는 깨진 항아리의 잔재들이 널려 있었고, 마르지 않은 검붉은 웅덩이가 퍼져 있었다.

기수들이 말을 세웠다.

「당신의 소설을 읽었소.」 볼란드가 거장을 향해 몸을 돌리며 말했다. 「한 가지 말하고 싶은 것은 안타깝지만 그 소설이 종결되지 않았다는 것이오. 그래서 당신에게 당신의 주인공을 보여 주고 싶었소. 약 2천 년 동안 그는 여기 이곳에 앉아

자고 있소. 그러나 보름달이 뜨면, 보다시피 그는 불면증으로 괴로워한다오. 불면증은 그만을 괴롭히는 것이 아니라, 그의 충직한 호위견도 괴롭힌다오. 만일 비겁함이 가장 무거운 악덕이라는 말이 맞다면, 개는 그 점에서는 죄가 없소. 용감한 수캐가 두려워하는 유일한 것은 뇌우니까. 어쩌겠소, 사랑하는 자는 자신이 사랑하는 자와 운명을 함께해야 하는 것이 아니겠소?」

「그가 뭐라고 하는 거죠?」 마르가리따가 물었다. 그녀의 지극히 평온한 얼굴에 동정 어린 표정이 떠올랐다.

「그는,」 볼란드의 목소리가 울렸다. 「같은 말을 되뇌고 있소. 달이 비추는데도 그에게는 안식이 없고, 자기 직분이 좋지 않다고 말하는 거요. 그는 잠을 이루지 못할 때면 언제나 같은 말을 하오. 하지만 잠이 들면 똑같은 장면을 보지요. 그것은 달이 길을 내면, 그 길을 따라 걸으며 체포된 가-노쯔리와 대화를 나누고 싶어 하는 장면이오. 왜냐하면 오래전에 가-노쯔리가 니산 달의 14일에 뭔가 할 말을 다 하지 못했다고 말한 적이 있기 때문이라오. 하지만 안타깝게도 어째서인지 그는 늘 그 길로 나아가지 못하고, 또 그에게 오는 사람도 아무도 없다오. 그러니 어쩌겠소, 혼잣말로 자기 자신과 얘기를 할 수밖에. 하지만 그 혼잣말에도 뭔가 변화는 필요한 법이지. 달에 대해 이야기하면서 그는 곧잘 이 세상에서 자기가 가장 증오하는 것은 자신의 불멸과 전대미문의 명성이라는 말을 덧붙인다오. 그는 자신의 숙명을 누더기를 걸친 레위 마태와 바꿀 수만 있다면, 기꺼이 그렇게 하고 싶다고 말하곤 한다오.」

「오래전 음력 한 달 때문에 음력 1만 2천 달이라니, 너무 많은 게 아닌가요?」 마르가리따가 물었다.

「프리다의 이야기를 반복하는 거요?」 볼란드가 말했다.

「하지만 마르가리따, 이제 자신을 너무 괴롭히지 마시오. 모든 것이 정당하게 자리를 잡을 것이고, 그 위에 세상은 서 있는 거요.」

「그를 풀어 주세요!」 마르가리따는 마녀였을 때 언젠가 외쳤던 것처럼, 별안간 귀청이 떨어질 정도로 비명을 질렀다. 그 비명 소리에 산에 있던 바위가 진동해 굉음을 내며 심연으로 난 비탈을 따라 쏜살같이 굴러떨어졌다. 그러나 마르가리따는 그 굉음이 바위가 굴러떨어지며 나는 것인지, 아니면 사탄이 웃는 소리인지 알 수 없었다. 그것이 무엇이든 간에 볼란드는 마르가리따를 보면서 웃으며 말했다.

「산에서 외칠 필요 없소. 그는 붕괴에 익숙해져 있기 때문에 그것으로 인해 그의 평정을 깨트릴 수는 없다오. 그를 위해 부탁할 필요도 없소, 마르가리따. 왜냐하면 그가 그렇게도 이야기를 나누려고 애쓰는 사람이 이미 그를 위해 부탁해 놓았기 때문이오.」 이때 볼란드는 다시 거장에게 몸을 돌려 말했다. 「어떠시오, 이제 당신은 당신의 소설을 한 문장으로 끝낼 수 있을 거요!」

거장은 미동도 하지 않고 서서 앉아 있는 총독을 바라보는 동안 이미 그런 말이 나올 줄 알았던 것 같았다. 그는 손으로 깔때기를 만들어, 인적도 숲도 없는 산에서 메아리가 휘돌도록 큰 소리로 외쳤다.

「자유다! 자유다! 그가 당신을 기다린다!」

산이 거장의 목소리를 천둥소리로 바꾸어 놓자, 그 천둥소리가 산을 무너뜨렸다. 저주스러운 바위 절벽들이 무너졌다. 석조 의자가 놓인 장소만 덩그렇게 남았다. 절벽들이 무너진 흑암의 심연 위에서 음력 수천 달 동안 무성히 자란 정원을 지배하듯이 반짝이는 우상들과 거대한 도시가 빛을 발하기 시작했다. 그 정원을 향해 달이 총독이 기다려 마지않던 길을 내며 똑바로 뻗어 내려왔다. 그 길에 제일 먼저 몸을 날려 달리기 시작한 것은 귀가 쫑긋한 수캐였다. 핏빛 안감을 댄 하얀 망토를 입은 사람이 석조 안락의자에서 일어나, 목이 쉬어 갈라진 소리로 뭐라고 외쳤다. 그가 우는 건지, 웃는 건지, 뭐라고 소리를 치는 건지 알아들을 수 없었다. 다만 달이 낸 길을 따라 그가 충견을 쫓아 쏜살같이 달리기 시작하는 것만이 보였다.

「나도 저기로, 그의 뒤를 쫓아가야 하나요?」 거장이 고삐를 건드리며 불안하게 물었다.

「아니오.」 볼란드가 대답했다. 「어째서 이미 끝난 일을 뒤쫓아 간단 말이오?」

「그렇다면 저기로 가라는 말씀인가요?」 거장은 몸을 돌려 오래전에 떠나온 곳, 그러니까 당밀 과자 모양의 수도원 탑들과 창에 태양이 부서지는 도시가 있는 뒤쪽을 가리켰다.

「역시 아니오.」 볼란드가 대답했다. 그의 굵은 목소리가 바위 위에서 흘렀다. 「낭만적인 거장! 당신 자신이 방금 풀어 준, 당신이 창조한 그 주인공이 그렇게도 보고자 갈망했던 자가 당신의 소설을 읽었소.」 이 말을 하고 볼란드는 마르가리따에게 몸을 돌렸다. 「마르가리따 니꼴라예브나! 당신이 거장을 위해 가장 좋은 미래를 만들어 주려 했다는 사실은 믿어 의심치 않소. 그러나 내가 당신에게 제안하고, 예슈아가 당신들을 위해 부탁한 것이 더 좋은 미래일 것이오. 저 두 사람은 내버려 둡시다.」 볼란드가 거장의 안장에 몸을 기울여 떠나는 총독의 뒤를 가리키며 말했다. 「저들을 방해하지 맙시다. 어쩌면 저들이 무엇에든 합의에 이를지 모르지.」 그리고 볼란드는 예르샬라임을 향해 팔을 한 번 휘저었다. 그러자 예르샬라임은 사라졌다.

「저쪽도 마찬가지요.」 볼란드는 뒤쪽을 가리켰다. 「반지하 방에서 무슨 일을 하겠소?」 그러자 창에서 부서지는 태양이 꺼져 버렸다. 「무엇 때문에?」 볼란드가 확신에 차서 부드럽게 말을 이었다. 「오, 세 배나 낭만적인 거장이여, 참으로 당신은 낮에는 이제 막 피어나기 시작한 벚나무 밑을 애인과 함께 산책하고, 저녁에는 슈베르트의 음악을 듣고 싶지 않은 거요? 참으로 당신은 빛을 받으며 거위 깃털 펜으로 작품을 쓰는 것이 기쁘지 않은 거요? 참으로 당신은 파우스트처럼 언젠가는 새로운 인조인간을 주조하리라는 희망을 품고 증류기 위에 앉아 있고 싶지 않은 거요? 그곳으로, 그런 곳으로 가시오! 그곳에는 집과 오래된 하인이 이미 당신들을 기다리고 있고, 초가 타고 있소. 그러나 곧 새벽을 맞이할 것이기에 그 초들도 곧 꺼질 거요. 거장, 이 길을 따라, 이 길을 따라 가시오! 잘 가시오! 나는 가야 할 때가 되었소.」

「안녕히 가세요!」 마르가리따와 거장이 한목소리로 대답했다. 그러자 암흑의 볼란드는 길도 살펴보지 않고 심연으로 몸을 던졌다. 그리고 그의 뒤를 따라 수행원들이 소음을 내며 아래로 떨어졌다. 절벽도, 작은 광장도, 달이 낸 길도, 예르샬라임도 갑자기 없어졌다. 흑마들도 사라졌다. 거장과 마르가리따는 약속받은 여명을 보았다. 그것은 한밤의 달이 지자마자 곧 그 자리에 나타났다. 거장은 자신의 애인과 함께 이끼 낀 돌다리를 지나, 아침의 첫 햇살을 받으며 걸어갔다. 그들은 다리를 건넜다. 시냇물은 성실한 연인들의 뒤에 남았고, 그들은 모랫길을 따라 걸었다.

「이 적막함에 귀를 기울여 봐.」 마르가리따가 거장에게 말했다. 모래가 그녀의 벗은 발 아래에서 사각거렸다. 「생전에 당신에게 주어진 적이 없었던 이 고요함에 귀를 기울이고 그것을 만끽해. 봐, 저기 앞에 당신이 상으로 받은 영원한 집이 있네. 베네치아식 창과 굽이치는 포도나무가 벌써부터 보여.

포도나무가 지붕까지 올라가 있네. 저기가 당신 집이야. 저기가 당신의 영원한 집이야. 나는 저녁이면 당신이 사랑하고, 당신이 관심 있어 하는 사람들, 당신을 괴롭히지 않을 사람들이 오리라는 것을 알아. 그 사람들이 당신에게 음악을 연주해 주고, 노래를 불러 줄 거야. 당신은 초가 타는 방에 빛이 드는 것을 보게 될 거야. 당신은 머릿기름에 찌든 영원한 나이트캡을 쓰고 잠들되, 입술에 미소를 머금고 잠들게 될 거야. 잠이 당신을 건강하게 해줄 거고, 당신은 지혜롭게 이런저런 일들을 논하게 되겠지. 당신은 나를 내쫓을 수 없어. 내가 당신의 잠을 지켜 줄게.」

마르가리따는 그들의 영원한 집을 향해 걸어가며 거장에게 이렇게 말했고, 거장은 마르가리따의 말이 뒤에 두고 온 시냇물이 속삭이듯 그렇게 흐른다고 느꼈다. 거장의 기억, 불안하고 바늘로 찌르는 듯한 기억이 잦아드는 것 같았다. 이제 막 거장이 자신이 창조한 주인공을 놓아 주었듯이, 누군가가 거장을 풀어 주었다. 그 주인공은 심연으로 돌이킬 수 없는 길을 떠났고 점성술사 왕의 아들, 유대의 잔혹한 다섯 번째 총독인 기사 본디오 빌라도는 그 일요일 밤에 용서를 받았다.

에필로그

어쨌든 토요일 저녁의 해 질 무렵에 볼란드가 수행원들과 함께 보로비요프 언덕에서 사라져 도시를 떠난 후, 모스끄바에서는 무슨 일이 일어났을까?

도시 전역에 걸쳐 오랜 시간이 흐르는 동안, 정말 있을 수 없는 소문들이 무겁게 울려 퍼지고, 그것이 또한 멀리 떨어진 지방의 오지에까지 재빨리 퍼졌다는 것은 말할 필요도 없겠다. 그 소문들은 반복해서 말하기조차 역겨운 것들이었다.

이 진실한 글을 쓰는 사람도 페오도시야로 가는 기차에서 직접 그 소문을 들었는데, 그것은 모스끄바에서 2천 명이나 되는 사람들이 문자 그대로 벌거벗은 채 극장에서 뛰어나와 그 모습 그대로 택시를 타고 집으로 흩어졌다는 이야기였다.

〈더러운 영이……〉라는 속삭임이 우유 가게의 줄, 전차, 상점들, 아파트, 부엌, 교외 전철과 장거리 기차, 기차역과 간이역, 여름 별장과 해변에서 들렸다.

물론 지적으로 가장 성숙하고 문화적인 사람들은 도시를 방문한 더러운 영에 대한 이야기에 끼지 않고, 심지어는 그 이야기를 비웃으며 그런 소문을 내는 사람들의 정신을 차리게 해주려고 노력했다. 그러나 말 그대로 사실은 사실이었기에 아무 설명 없이 그 사실을 떨쳐 버릴 수는 없는 일이었다. 누군가가 도시를 방문했던 것만큼은 틀림없었다. 그리보예도프에 남은 잿더미와 또 그 밖의 수많은 것들이 그것을 웅변적으로 말해 주었다.

문화적인 사람들은 수사관들의 관점을 수용했다. 깜짝 놀랄 만한 기술을 소유한 최면술사와 복화술사 일당[1]의 작업이라는 것이었다.

물론 모스끄바와 그 밖의 지역에서 그들을 체포하기 위한 조치가 즉각적이고 열성적으로 취해졌다. 그렇지만 대단히 안타깝게도 그 조치들은 무위로 끝나고 말았다. 볼란드라고 자칭한 자와 그 일당들은 모두 사라져서 모스끄바에 더 이상 돌아오지 않았으며, 그 어디에도 나타나지 않았고, 그 무엇으로도 자신을 드러내지 않았다. 자연히 그가 국외로 도망가서 그 어느 곳에서도 본색을 드러내지 않았다고 가정하게 되었다.

사건에 대한 수사는 오랫동안 지속되었다. 하여튼 이 사건은 아주 기괴한 것이었다! 건물 네 채가 불에 탔고, 수백 명의 사람들이 정신이 돈 것은 말할 것도 없고, 살해당한 사람들마저 있었다. 그 두 사람에 대해서는 정확히 말할 수 있었다. 베를리오즈와 외국인을 위한 모스끄바의 관광 명소 안내국의 불운한 관리, 전(前) 남작 마이겔이 그들이었다. 그들이 살해당했던 것이다. 후자의 불탄 유골은 화재가 진압된 후 사도바야 거리에 있는 50호 아파트에서 발견되었다. 그렇다, 희생자가 있었고, 이 희생자들은 수사를 요구했다.

1 예전에는 복화술사가 배 속에 사는 악마들에게 사로잡힌 사람이라는 전설이 있었다.

　그러나 또 다른 희생자들도 있었다. 그들은 이미 볼란드가 도시를 떠난 후에 생긴 희생자들로, 슬픈 일이지만 바로 검은 고양이들이었다.

　평화롭고 사람에게 헌신적이며 유익한 약 1백 마리 정도의 고양이들이 나라 곳곳에서 총에 맞아 죽거나 다른 방법으로 박멸되었다. 열다섯 마리의 고양이들은 아주 심하게 불구가 된 모습으로 여러 도시들의 파출소에 보내졌다. 예를 들자면, 아르마비르에서는 아무 잘못도 없는 이 짐승 한 마리가 어떤 시민에 의해 앞발이 묶인 채 경찰서에 끌려오는 일이 벌어졌다.

　이 시민은 이 동물이 도둑 같은 몸짓으로(고양이들이 그런 모습인 것을 어쩌란 말인가? 이것은 그들이 타락해서가 아니라, 그들보다 더 강한 존재들 중 누군가에게, 그러니까 개나 사람들에게 어떤 해나 모욕을 입을까 봐 두려워서 그런 것이다. 해나 모욕을 주는 것은 어렵지 않은 일이지만, 확실히 말하건대, 절대로 명예로운 짓은 아닐 것이다. 그렇다. 절대 명예로운 짓은 아니다!), 그렇다, 도둑 같은 몸짓으로 우엉 속으로 쏜살같이 뛰어들려는 순간, 매복해 있다가 그 고양이를 잡아 왔던 것이다.

　달려들어 고양이를 묶으려고 목에서 넥타이를 잡아 뜯으며 시민은 독기 어린 위협적인 말투로 중얼거렸다.

　「아이고! 그러니까 네가 지금 우리 아르마비르에 온 게로구나, 최면술사야? 자, 여기서는 안 통해. 벙어리인 척하지 마라. 네가 어떤 얼간이인지 우리는 다 알고 있으니.」

　시민은 가련한 짐승의 앞발을 녹색 넥타이로 묶어 잡아끌며 고양이가 반드시 뒷발로 걷도록 가벼운 발길질까지 하면서 경찰서로 끌고 왔다.

　「너,」 휘파람을 불며 놀리는 소년들을 줄줄이 대동하고 시민이 외쳤다. 「바보짓 그만해, 그만두라고! 그렇게는 안 될걸! 사람들이 걷듯이 그렇게 걸어 보란 말이야!」

검은 고양이는 다만 수난자의 표정을 담은 눈을 질끈 감을 따름이었다. 말할 수 있는 능력이라는 은총을 타고나지 못한 그는 자신을 변호할 방법이 전혀 없었다. 이 가련한 짐승이 자신의 구세주로 감사를 보내야 할 대상은 첫째로 경찰이었고, 그다음으로는 주인인 존경할 만한 과부 노파였다. 고양이가 파출소에 끌려오자마자, 경찰은 시민에게서 술 냄새가 진동하는 것을 확인하고, 그의 증언을 의심했다. 그러는 사이 이웃으로부터 자신의 고양이가 끌려갔다는 말을 들은 노파가 파출소로 달려와 제시간에 개입할 수 있었다. 그녀는 고양이에 대해 온갖 찬사의 말들을 늘어놓았다. 그녀는 이 고양이를 새기 때부터 벌써 5년간이나 알고 지냈으므로 자기나 마찬가지로 보증할 수 있다고 하면서 고양이에게서 그 어떠한 나쁜 점도 본 적이 없고, 이 고양이는 모스끄바에 간 적이 단 한 번도 없다고 증언했다. 고양이는 아르마비르에서 태어나, 그곳에서 자라며 쥐 잡는 법을 배웠다는 것이었다.

고양이는 정말로 큰 슬픔을 맛본 후, 실수와 비방이 무엇인지를 몸소 생활로 체득한 후에야 풀려나 여주인에게 돌아갈 수 있었다.

고양이 말고도 몇 명의 사람들이 몇 가지 사소하고 불쾌한 일을 당했다. 몇 건의 체포가 잇따랐다. 그중에는 잠깐 동안 감금된 사람들도 있었다. 레닌그라드에서는 시민 볼만과 볼뻬르가, 사라또프, 끼예프, 하리꼬프에서는 세 명의 볼로진이, 까잔에서는 볼로흐가, 벤자에서는 어째서인지 알 수 없지만, 화학 박사 베뜨친께비치가 체포되었다. 사실 그는 키가 어마어마하게 크고, 굉장히 짙은 밤색 머리칼의 소유자였던 것이다.

그 밖에도 여러 지역에서 아홉 명의 꼬로빈과 네 명의 꼬로프낀과 두 명의 까라바예프가 걸려들었다.

벨고로드 역에서 세바스또뽈로 가는 기차에서는 어떤 시민이 포승줄에 묶인 채 끌어내려졌다. 이 시민은 감자 마술로 함께 타고 가던 승객들을 즐겁게 해주려다가 봉변을 당했던 것이다.

예로슬라블에서는 마침 점심시간에 어떤 시민이 방금 수선 집에서 찾아온 풍로를 손에 들고 나타났다. 외투를 맡겨두는 곳의 수위 두 명이 그를 보자마자 자리를 박차고 도망치는 바람에 그 뒤를 이어 손님들과 종업원들이 레스토랑에서 모조리 뛰쳐나가는 소동이 벌어졌다. 그리고 이때 계산대에서는 어쩌다 그리되었는지는 알 수 없지만, 가게의 수익금 전부가 사라졌다.

그 밖에도 많은 일이 있었지만, 일일이 다 기억할 수는 없다. 그만큼 민심이 크게 동요했던 것이다.

그러기에 다시 한 번 수사를 옹호하지 않을 수 없다. 범죄자들을 잡기 위해서뿐 아니라, 그들이 행한 모든 짓을 설명하기 위해서 필요한 조치들이 모두 취해졌다. 그래서 모든 것이 설명되었는데, 그 설명들은 이해하기도 쉽고 반박할 수도 없는 것이었음을 인정하지 않을 수 없다.

수사의 대표자들과 경험 많은 정신과 의사들은 범죄 도당의 일원들, 혹은 어쩌면 그들 중 한 사람(주로 꼬로비요프가 그 인물일 거라고 의심했다)이 실제로 위치한 장소가 아니라 상상의 장소, 옮겨진 장소에 자신을 드러낼 수 있는 전례 없이 신비한 힘을 가진 최면술사라는 가정을 내놓았다. 그 밖에도 그들과 마주친 사람들에게 어떤 물건이나 사람이 실제와는 다른 장소에 있다는 생각을 불어넣거나, 반대로 실제 시야에 있는 물건이나 사람을 눈에 보이지 않게 치울 수 있는 능력이 있다는 것이었다.

이런 설명에 비추어 보면 모든 것이 확실히 이해되었다. 심지어는 시민들을 가장 놀라게 한 사건, 즉 체포하려던 중 50호 아파트에서 총을 맞은 고양이가 멀쩡했던 것과 같은, 겉보기에는 도저히 설명할 수 없는 사건도 이해될 수 있었다.

자연히 고양이는 샹들리에에 없었던 것이고, 그들에게 방어 사격을 하려던 자도 없었던 것이며, 그들이 총을 쏘아 댄 곳은 텅 빈 자리에 불과했던 것이다. 그 시각 고양이가 샹들리에에서 추태를 부린다는 생각을 사람들에게 불어넣은 꼬로비요프는 자신의 대단하지만, 범죄적으로 악용한 암시 능력을 뽐내고 만끽하면서 총질을 해대는 사람들 뒤에 자유롭게 서 있었던 것이다. 그리고 물론 휘발유를 붓고, 아파트에 불을 지른 것도 그였다.

물론 스쪼빠 리호제예프는 얄따에 날아간 적도(꼬로비요프조차 그런 일을 할 능력은 부족하다), 거기서 전보를 친 적도 없다. 보석상의 아파트에서 고양이가 절인 버섯을 포크로 집는 꼬로비요프의 마법을 보고 놀라 기절한 후 그는 줄곧 그곳에 누워 있었던 것이다. 그사이 꼬로비요프는 그를 조롱하며 펠트 모자를 씌웠고, 스쪼빠를 맞이한 수사국 대표들에게 스쪼빠가 세바스또뿔에서 도착한 비행기에서 나올 거라는 생각을 미리 불어넣은 뒤, 그를 모스끄바 비행장으로 보냈던 것이다.

사실 얄따의 수사국은 신발을 벗은 스쪼빠를 맞아들였고, 스쪼빠에 관한 전보를 모스끄바에 보냈다고 확인했지만, 이 일과 관련된 전보들의 사본은 단 한 장도 발견되지 않았다. 이로 인해 최면술사 도당이 엄청나게 먼 거리에서도 최면을 거는 능력을 지녔으며, 그것도 개인뿐 아니라 전체 그룹에게 최면을 걸 수 있는 능력을 지녔다는, 슬프지만 도저히 반박할 수 없는 결론에 도달하게 되었다. 이런 상황 아래 범죄자들은 심리적으로 가장 강한 사람들의 정신마저 빼놓을 수 있었던 것이다.

이런 판국에 1층 객석에 앉은 낯선 사람의 주머니에서 나온 카드 패나, 사라진 여인들의 옷이나, 고양이 울음소리를 낸 베레모 등과 같이 시시한 일들은 말해 무엇하겠는가! 그런 것쯤이야 아무 무대에서나 중간 정도의 실력을 지닌 전문 최면술사라면 능란하게 조작할 수 있는 일이었고, 그런 일들 중에는 사회자의 머리를 떼어 내는 어렵지 않은 마술도 포함되어 있었다. 말하는 고양이 역시 완전히 난센스이다. 그런 고양이를 사람들에게 보여 주려면 복화술의 기본만 터득하면 충분하다. 그러나 누구든 꼬로비요프의 기술이 그 기본을 훨씬 상회한다는 것쯤은 의심할 여지가 없을 것이다.

그렇다. 여기서 문제는 카드 패와 니까노르 이바노비치의 가방에 있던 가짜 편지에 있는 것이 아니었다. 그 모든 것은 하찮은 일들이었다! 베를리오즈를 확실한 죽음으로 내몰아, 전차 밑으로 밀어 넣은 것 역시 바로 그 꼬로비요프였다. 가련한 시인 이반 베즈돔니를 미치게 한 것도 그였다. 그로 하여금 환상을 보고, 고통스러운 꿈속에서 옛 예르샬라임과 태양에 달구어지는 대머리 산과 기둥에 매달린 세 사람을 보게 만든 것도 그였다. 모스끄바에서 마르가리따 니꼴라예브나와 그녀의 가사 도우미인 미녀 나따샤를 사라지게 만든 것도 그와 그의 도당들이었다. 아 참, 수사당국은 특별한 관심을 기울여 이 사건도 조사했다. 이 여인들이 살인자와 방화자 일당들에게 납치당했는지, 아니면 범죄자 일당들과 함께 자발적으로 도망친 것인지를 밝혀내야만 했다. 니꼴라이 이바노비치의 얼토당토않고 어리석은 증언에 토대를 두고, 마르가리따 니꼴라예브나가 마녀가 되어 떠난다고 남편에게 남긴 이상하고 정신없는 쪽지에 주의를 기울이고, 나따샤가 몸에 착용한 의복을 그 자리에 버려두고 사라진 정황을 고려한 후, 수사 당국은 여주인과 가사 도우미 두 사람 모두 다른 수많은 사람들과 마찬가지로 최면에 걸렸고, 그런 상태에서 일당들에게 납치되었다는 결론에 도달했다. 두 여인의 아름다움이 범죄자들을 매혹시켰다는, 매우 그럴듯한 가설이 제기되었다.

그러나 수사에서 전혀 설명할 수 없는 상태로 남은 것이 있었는데, 그것은 일당이 자칭 거장이라고 부른 정신병자를 정신 병동에서 납치한 동기였다. 그것만큼은 가설을 확립하는 데 성공하지 못했고, 또 납치당한 환자의 성도 알아낼 수 없었다. 결국 그 이름은 〈제1병동의 118번〉이라는 생명 없는 별명 아래 영원히 사라져 버렸다.[2]

이렇게 해서 거의 모든 상황에 대한 설명이 이루어졌고, 대체로 모든 일이 종결되듯이 그렇게 마무리되었다.

몇 년이 흐르자 시민들은 볼란드도, 꼬로비요프도, 다른 사람들도 잊기 시작했다. 그러나 볼란드와 그 일당으로 인해 고통을 당한 사람들의 삶에는 많은 변화가 일어났다. 이 변화가 아무리 사소하고 중요치 않을지라도 어쨌든 그것을 언급해야겠다.

예를 들면, 병원에서 3개월 동안 지낸 조르주 벤갈스끼는 건강을 회복하여 퇴원했지만, 바리예쩨에서의 일은 그만두지 않을 수 없었다. 관객들이 표를 사기 위해 산더미처럼 몰려드는 열화와 같은 시간에마저 흑마술과 그 폭로에 대한 기억은 아주 집요하게 본색을 드러냈던 것이다. 벤갈스끼는 매

2 앞 장에서 마르가리따는 자기 집에서 심장 마비로, 거장은 118호실에서 사망하는 것으로 되어 있다. 그런데 여기서 이들이 납치된 것으로 되어 있는 것 또한 이 작품이 미완성작임을 보여 주는 예이다.

일 저녁마다 2천 명의 사람들 앞에 서서, 사람들이 그를 알아보는다는 사실을 어쩔 수 없이 알게 되었고, 또 끝없이 머리가 있을 때가 좋으냐, 없을 때가 더 좋으냐와 같은 조롱기 섞인 질문을 받는 것이 가장 고통스러운 일임을 알게 되었기 때문에 바리예쩨를 떠났다.

그렇다, 그 밖에도 사회자는 그의 직업에 필수 불가결한 명랑함을 상당히 잃어버렸다. 그는 매년 봄마다 보름달이 뜰 때면 불안한 상태에 빠져 갑작스럽게 목을 부여잡고 놀란 듯이 주위를 두리번거리며 울음을 터뜨리는 불쾌하고 괴로운 버릇을 갖게 되었다. 이런 발작은 지나가는 것이었지만, 그래도 그런 증상이 있는 상태에서는 아무래도 예전의 일을 할 수 없었다. 그래서 사회자는 은퇴하여, 그의 소박한 계산에 따르자면 15년 정도는 충분히 쓸 수 있는 예금으로 살아가기 시작했다.

극장을 떠난 후 그는 바레누하와는 더 이상 만나지 않았다. 바레누하는 상상할 수 없을 정도의 친절한 태도와 공손함으로 만인의 인기와 사랑을 독차지하게 되었는데, 그 인기는 심지어는 극장의 행정 감독들 사이에서도 마찬가지였다. 예를 들면, 특별 초대권 상용자들은 그를 아버지-은인이라고 부르지 않을 수 없었다. 언제든, 누구든 간에 바리예쩨에 전화를 걸면, 언제나 전화기에서는 〈말씀하십시오〉라고 말하는 부드럽지만 슬픈 목소리가 들려왔다. 바레누하를 전화기로 불러 달라는 요청에 그 목소리는 서둘러 대답했다. 〈무슨 일이든 시켜만 주십시오.〉 그러나 정작 이반 사벨리예비치 자신은 그런 공손함 때문에 온갖 고통을 다 겪었다!

스쪼빠 리호제예프는 바리예쩨에서 더 이상 전화로 대화하지 않아도 되었다. 8일 동안 병원에서 지낸 후 퇴원하자, 스쪼빠는 곧 로스또프로 보내졌고, 그곳에서 커다란 식료품

가게의 매니저라는 직책을 맡았다. 그가 포트와인을 완전히 끊고, 구즈베리 꽃봉오리로 담근 보드까만을 마신 덕에 건강해졌다는 소문이 돌았다. 말수가 확 줄어든 그는 여자들을 멀리한다고 한다.

스쩨빤 보그다노비치가 바리예쩨에서 쫓겨났지만, 몇 년 동안 계속해서 그것만 강렬하게 꿈꾸던 림스끼는 그로 인해 크게 기뻐하지는 않았다. 병원과 끼슬로보드스끄를 다녀온 후 늙다 못해 머리까지 떨게 된 재정 감독은 바리예쩨에서 퇴직하겠다는 청원서를 냈다. 바리예쩨에 이 청원서를 가져온 사람이 림스끼의 부인이었다는 점이 흥미롭기는 하다. 그리고리 다닐로비치는 달빛 속에 깨진 유리창과 아래쪽 빗장으로 기어드는 긴 팔을 본 그 건물에 심지어는 낮에도 들어갈 용기가 나지 않았던 것이다.

바리예쩨에서 퇴직한 재정 감독은 자모스끄보레치예에 있는 어린이 인형극 극장에 취직했다. 이 극장에서 그는 존경해 마지않는 아르까지 아뽈로노비치 셈쁠레야로프와 음향 문제로 충돌할 필요가 없었다. 셈쁠레야로프는 어렵지 않게 브랸스끄로 배정을 받아 버섯 조달청의 주임으로 임명되었다. 현재 모스끄바인들은 소금에 절인 버섯과 식초 및 올리브유에 절인 하얀 버섯을 먹는데, 그 맛은 아무리 칭송해도 모자랄 지경이어서 모두들 그 전근에 극도로 기뻐하고 있다. 다 지난 일이니 하는 말이지만, 음향 업무에 관한 한, 아르까지 아뽈로노비치는 운이 좋았다고 할 수 없었다. 그가 아무리 음향을 향상시키려고 해도 예전과 별반 다를 바가 없었던 것이다.

아르까지 아뽈로노비치 말고도 극장과 관계를 끊은 사람들 중에는 초대권에 대한 애착 외에는 극장과 연루된 적이 없었다 해도 과언이 아닌 니까노르 이바노비치 보소이도 있었다. 니까노르 이바노비치는 돈을 내고도, 공짜로도 극장에는 전혀 가지 않았을 뿐 아니라, 극장에 관한 애기가 나오면 그것이 무엇이든 얼굴 표정을 바꾸었다. 극장 말고도 그는 적잖이, 아니 아주 많이 시인 뿌쉬낀과 재능 있는 예술가 사바 뽀따뽀비치 꾸롤레소프를 증오했다. 그것이 어느 정도였냐면, 가장 왕성한 활동기에 접어들었던 사바 뽀따뽀비치가 뇌졸중으로 죽었다는 소식이 신문에 검은 테두리를 친 기사로 전해지자, 니까노르 이바노비치는 하마터면 그 예술가의 뒤를 따르지 않을까 싶을 정도로 얼굴빛을 시뻘겋게 물들이며 분기를 토해 냈던 것이다. 〈그놈 쌤통이다!〉 더 나아가 인기 있는 예술가의 죽음을 맞이하여 대중들이 가슴 아픈 기억에 사로잡혀 있던 그날 저녁, 니까노르 이바노비치는 밝은 보름달만을 벗 삼아 사도바야 거리에서 홀로 끔찍할 정도로 술을 퍼마셨다. 술이 한 잔씩 들어갈 때마다 증오스러운 인물들이 저주스럽게도 그의 눈앞에 꼬리에 꼬리를 물고 나타났다. 연쇄적으로 나타난 인물들 중에는 세르게이 게라르도비치 둔칠도, 미녀 이다 게르꿀라노브나도, 전투 거위의 소유자인 붉은 얼굴도, 솔직한 까나프낀 니꼴라이도 있었다.

자, 그렇다면 이 인물들에게는 무슨 일이 일어났을까? 진정하시라! 그들에게는 아무 일도 일어나지 않았고, 또 일어날 수도 없다. 왜냐하면 호감 가는 예술가 사회자와 마찬가지로 그들은 현실 속에 존재한 적이 없으며 극장도, 지하 창고에 외화를 썩히는 구두쇠 노파 뽀로호브니꼬바야 숙모도 없고, 황금 나팔은 물론이고 뻔뻔스런 요리사들도 존재하지 않았기 때문이다. 그 모든 것은 파렴치한 꼬로비요프의 영향을 받아 니까노르 이바노비치가 꿈에 본 것이었을 따름이다. 그 꿈에 끼어든 유일한 실존 인물이 바로 예술가 사바 뽀따뽀비치였다. 그가 꿈에 연루된 것은 라디오 방송에 자주 출연하여 니까노르 이바노비치의 기억 속에 각인되었기 때문이었다. 그는 존재하는 사람이었다. 그러나 나머지 사람들은 존재하지 않았다.

그렇다면 알로이지 모가리치도 존재하지 않는 사람이었을까? 오, 아니다! 그 사람은 존재했을 뿐 아니라, 지금도 존재하며, 림스끼가 거절한 직책, 즉 바리예떼의 재정 감독 직책을 맡고 있다.

볼란드를 방문한 지 거의 꼬박 하루가 지난 후 뱌뜨까 근교 어딘가의 기차에서 정신을 차린 알로이지는 어쩐 일인지 정신이 혼미한 가운데 모스끄바를 떠나느라 바지를 입는 것도 잊었다고 확신했다. 그런데 어째서 그가 전혀 필요 없는 자비 가옥 건축가의 주민 대장을 훔쳐 왔는지는 도무지 이해할 수 없었다. 알로이지는 열차 승무원에게 막대한 금액을 지불하고 낡고 기름때 묻은 바지를 얻어 입은 후 뱌뜨까에서 되돌아왔다. 그러나 맙소사, 그는 자비 가옥 건축가의 집을 찾을 수 없었다. 오래되어 낡아 빠진 집은 화마에 쓸려 깨끗이 사라지고 없었다. 그러나 알로이지는 수완이 극도로 좋은 사람이었다. 2주 후 그는 어느새 브류스 골목[3]에 있는 멋진 방에 살고 있었고, 몇 달 후에는 림스끼의 서재에 앉아 있었다. 이전에 림스끼가 스쪼빠로 인해 고통을 당했던 것처럼, 지금은 바레누하가 알로이지 때문에 괴로워했다. 이반 사벨리예비치는 이 알로이지를 어떻게 해서든 바리예떼에서 눈에 보이지 않는 곳으로 치워 버리는 일만 꿈꾸었다. 왜냐하면 가끔 가장 가까운 지인들에게만 속삭이는 바레누하의 말대로 〈알로이지 같은 상놈은 살면서 이제껏 단 한 번도 본 적

3 현재 모스끄바의 네쥐다노프 거리로, 뜨베르스까야 거리와 니끼쯔까야 거리를 연결시킨다. 민중들 사이에서 마법사로 유명했던 장군 Ia. V. 브류스의 이름을 딴 거리 이름이다.

이 없으며, 알로이지라는 자는 못할 짓이 없는 자〉이기 때문이었다.

하지만 어쩌면 행정 감독이 편파적인지도 모른다. 알로이지가 뭐든 나쁜 짓을 하는 것이 포착된 적은 없었다. 물론, 매점 지배인 자리에 소꼬프라는 사람을 배정한 것 말고는 달리 흠잡을 만한 일을 했다고 볼 수 없었다. 안드레이 포끼치 소꼬프는 볼란드가 모스끄바에 나타난 지 9개월이 지나 모스끄바 국립대학 제1병동에서 간암으로 사망했다.

그렇다, 몇 년이 흐르자 이 책에 진실 그대로 서술된 사건은 오래도록 여운을 남기긴 했지만, 그래도 기억에서 스러져 갔다. 그러나 모든 사람이 다 잊었던 것은 아니다, 모든 사람이!

해마다 떠들썩한 봄날의 만월기가 도래하면, 저녁 즈음에 대략 서른, 아니 서른보다는 나이가 더 들어 보이는 사람이 빠뜨리아르흐 연못의 보리수나무 그늘 아래에 나타난다. 옷을 수수하게 차려입은 그는 불그스레한 얼굴과 녹색 눈의 사나이이다. 그는 역사 철학 대학[4]에 근무하는 교수 이반 니꼴라예비치 뽀니레프이다.

보리수나무로 와서 언제나 그는, 오래전에 모든 이들에게 잊힌 베를리오즈가 생애 마지막으로 조각으로 부서지는 달을 바라본 그날 저녁 자신이 앉았던 자리에 앉는다.

이제 달은 온전하게 차서 초저녁의 흰빛을 발하다가, 얼마 후엔 어두운 말과 용 문양을 황금빛 얼굴에 새기고서, 전직 시인인 이반 니꼴라예비치 위의 저 높은 곳에서 미동도 없이 헤엄치듯 흘러간다.

이반 니꼴라예비치에게는 모든 것들이 선명하고, 그는 모

4 1929~1940년에 모스끄바에 이런 이름의 대학이 있었다는 기록은 없다.

든 것을 알고 이해한다. 그는 젊은 시절 자신이 범죄적인 최면술사들의 희생자였고, 그 후 치료를 받아 완치되었다는 것을 안다. 그러나 그는 자신이 뭔가를 자기 마음대로 할 수 없다는 사실도 알고 있다. 그는 이 만월의 봄에 잘 대처할 수 없다. 만월이 가까워지기 시작하면, 그러니까 언젠가 가지가 다섯 개인 거대한 두 개의 촛대보다 훨씬 위에 달려 있었던 달이 자라서 천공을 황금빛으로 물들이기 시작하면, 이반 니꼴라예비치는 불안해져서 신경질을 내고, 식욕과 잠을 잊은 채 달이 차기만을 기다린다. 그리고 만월이 도래하면, 이반 니꼴라예비치를 집에 묶어 둘 수 있는 것은 아무것도 없다. 저녁녘에 그는 거리로 나와 빠뜨리아르흐 연못으로 나간다.

이반 니꼴라예비치는 벤치에 걸터앉아 자기 자신과 솔직하게 대화를 나누며 담배를 피우고, 때로는 달을 향해, 때로는 잘 기억하고 있는 회전식 개찰구를 향해 실눈을 뜬다.

이반 니꼴라예비치는 한 시간 혹은 두 시간 정도 그렇게 시간을 보낸다. 그 후 그는 자리를 털고 일어나, 언제나와 마찬가지로 똑같은 길을 따라 스뼤리도노프까를 지나, 장님처럼 공허한 눈을 뜨고 아르바뜨의 골목들로 간다.

그는 연료 판매소를 지나 기울어진 낡은 가스 가로등이 있는 곳에서 꼬부라져, 화려하지만 아직은 잎이 만발하지 않은 정원 옆의 철제 울타리 쪽으로 살그머니 다가간다. 그 안에는 퇴창과 가로등이 세워진 곳의 옆면은 달빛을 받아 화려하고 다른 면은 어두운 고딕식의 독립 주택이 서 있다.

교수는 왜 자신이 그 철제 울타리에 끌리는지, 누가 그 독립 주택에 사는지 모르지만, 만월이 되면 자기 자신을 이길 수 없다는 것을 안다. 그뿐 아니라, 그는 철제 울타리 뒤 정원에서 피할 수 없이 똑같은 장면을 보게 된다는 것도 안다.

그는 구레나룻을 기르고, 코안경을 끼고, 약간은 돼지를 닮은 얼굴의 믿음직한 중년 남자가 벤치에 앉은 것을 본다. 이반 니꼴라예비치는 언제나 똑같이 꿈꾸는 듯한 자세로 달에 시선을 보내는 독립 주택의 주민을 본다. 이반 니꼴라예비치는, 앉은 사람이 달을 음미한 뒤 불이 켜진 퇴창에 시선을 돌린 채, 지금이라도 창문이 활짝 열리고 창턱에서 뭔가 범상치 않은 일이 일어나리라고 기대라도 하듯 그 창을 뚫어져라 쳐다보리라는 것을 안다.

이반 니꼴라예비치는 이후에 일어날 일을 처음부터 끝까지 알고 있다. 이때는 반드시 철제 울타리 뒤로 깊이 숨어야만 한다. 왜냐하면 이제 곧 앉은 사람이 불안하게 머리를 빙빙 돌릴 것이며, 흔들리는 눈으로 허공에서 무언가를 붙잡으려고 애쓰며 흥분해서 미소를 짓고, 그런 다음에는 뭔가 달콤한 애수를 품고 느닷없이 손뼉을 치고는, 단순하면서도 상당히 큰 목소리로 중얼거리기 시작할 것이기 때문이다.

「비너스! 비너스!…… 에이, 난 바보야!……」

「신들이시여, 신들이시여!」 이반 니꼴라예비치는 철제 울타리 뒤에 숨어서, 신비한 미지의 사나이에게서 타오르는 시선을 거두지 않고 속삭이기 시작할 것이다. 「또 한 명의 달의 희생자로군……. 그래. 저 사람은 나와 마찬가지로 또 한 명의 희생자야.」

앉은 사람은 계속해서 혼잣말을 할 것이다.

「에이, 난 바보야! 어째서, 어째서 그녀와 함께 날아가지 않았을까? 내가 무엇에 놀랐을까, 늙은 당나귀 같으니라고! 증명서를 얻었군! 에이, 이제 참아야지 어쩌겠어, 늙은 저능아야!」

독립 주택의 어두운 쪽에 있는 창에서 소리가 나고, 거기서 뭔가 하얀 것이 나타나 불쾌한 여자의 목소리가 들리기까지 그렇게 계속될 것이다.

「니꼴라이 이바노비치, 당신 어디 있어요? 무슨 환상을 보고 있는 거예요? 말라리아에 걸리고 싶어요? 차 마시러 오세요!」

그러면 앉은 사람은 정신을 차리고 위선적인 목소리로 대답할 것이다.

「공기를, 공기를 쐬고 싶었어, 내 사랑! 공기가 아주 좋구먼!」

그리고 그는 벤치에서 일어나 닫히는 창을 향해 아래에서 몰래 주먹질을 할 것이고, 집에 발길질을 할 것이다.

「거짓말이야, 그는 거짓말을 하고 있어! 오, 신들이시여, 거짓말이야!」 이반 니꼴라예비치는 철제 울타리를 떠나면서 중얼거린다.「공기가 그를 정원으로 나오게 한 것이 아니라, 이 만월의 봄에 그는 달에서, 정원에서, 저 높은 곳에서 무언가를 보는 거야. 아, 그의 비밀을 알아낼 수 있다면, 그가 어떤 비너스를 잃어버렸는지, 무의미하게 손을 휘저어 허공에서 무엇을 잡으려고 하는지 알 수만 있다면, 뭐든 다 줄 수 있을 텐데.」

집으로 돌아온 교수는 이제 완전히 환자가 된다. 그의 아내는 그의 상태를 알아채지 못한 척하며, 그에게 어서 누워 자라고 재촉할 것이다. 그러나 그녀는 눕지 않고 책을 들고 램프 옆에 앉아 쓸쓸한 눈으로 자는 사람을 바라볼 것이다. 그녀는 새벽이 되면 이반 니꼴라예비치가 고통스러운 비명을 지르며 깨어나, 울면서 몸부림치기 시작하리라는 것을 안다. 그러므로 램프 밑 그녀 앞의 냅킨 위에는 미리 준비해 둔 알코올 속에 든 주사기와, 짙은 차 색깔의 액체가 든 주사약 병이 함께 놓여 있다.

심각하게 아픈 사람과 인연을 맺은 가련한 여인은 곧 자유로워지고 걱정 없이 잠들 수 있을 것이다. 이반 니꼴라예비치는 주사를 맞고 나면, 아침까지 걱정 없이 행복한 얼굴로 잠들어 그녀는 알 수 없는, 뭔가 고원하고 행복한 꿈을 꾸게 될 것이다.

똑같은 꿈이 학자를 깨워, 만월의 밤에 그로 하여금 가련한 비명을 지르게 한다. 그는 코가 없어 괴상스럽게 생긴 사형 집행인을 본다. 그는 사형 집행인이 펄쩍 뛰면서 〈헉〉 하는 소리를 내고는, 기둥에 묶인 사람들과 이성을 잃은 게스타스의 심장을 창으로 찌르는 장면을 본다. 그러나 무서운 것은 사형 집행인이라기보다는 꿈에 보이는 부자연스러운 빛이다. 그 빛은 먹구름으로부터 뻗어 나오는데, 그 먹구름은 종말의 대재앙 시기에나 볼 수 있을 정도로 부글부글 끓으며 땅 위로 쏟아져 내린다.

주사를 맞자, 잠든 사람의 눈앞에서 모든 것이 변한다. 달이 침대에서 창으로 길을 널찍이 내자, 그 길 위로 핏빛 안감을 댄 하얀 망토의 사나이가 올라가 달을 향해 걷기 시작한다. 그와 나란히 걷고 있는 사람은 찢어진 유대식 속옷을 입고, 상처투성이 얼굴을 한 어느 젊은이이다. 걷고 있는 사람들은 뭔가에 대해 열띠게 이야기를 나누며 토론을 하고, 뭔가 타협점을 찾으려고 한다.

「신들이시여, 신들이시여!」 망토를 입은 사나이가 동반자에게 오만한 얼굴을 돌리고 말한다.「그 얼마나 비열한 처형 방식인가! 하지만 자네, 내게 말해 주게.」 거만한 그의 얼굴은 애원하는 얼굴로 변한다.「처형은 없었네! 간절히 부탁하네. 말해 주게나, 없었지?」

「물론 없었죠.」 동반자가 쉰 목소리로 대답한다.「당신 눈에 헛것이 보인 거예요.」

「자네 그 점을 맹세할 수 있나?」 망토를 입은 사람이 아첨하듯이 부탁한다.

「맹세해요!」 동반자가 이렇게 대답한다. 그의 눈동자에는 어째서인지 미소가 서린다.

「더 이상 내게는 아무것도 필요하지 않아!」 망토를 입은 사나이가 끊어지는 목소리로 외치고는, 동반자를 이끌고 달을 향해 더 높이 올라간다. 그들의 뒤로 귀가 쫑긋한 커다란 수캐가 평온하고 당당한 모습으로 걸어간다.

이때 달이 낸 길이 끓기 시작하면서 그 길에서 달의 강이 철썩이며 사방으로 흩어진다. 달은 주변을 지배하며 노닐고, 춤을 추며 장난을 친다. 그때 파도 속에서 이루 말할 수 없이 아름다운 여인이 나타나 구레나룻을 덥수룩하게 기른 놀란 표정의 사람을 손에 이끌고 이반에게 데려온다. 이반은 곧 그를 알아본다. 그는 이반의 밤 손님, 바로 118번이다. 이반 니꼴라예비치는 꿈속에서 그에게 손을 뻗어 맹렬하게 묻는다.

「그러니까 이렇게, 이것으로 끝인가요?」

「이것으로 끝이오, 제자여.」 118번이 대답하자, 여인이 이반에게 다가와 말한다.

「물론 이것으로 끝이에요. 모든 것이 끝났고, 모든 것이 끝나 가고 있어요…… 당신 이마에 키스해 줄게요. 당신의 모든 것이 제자리를 찾을 거예요.」

그녀는 이반에게 고개를 숙여 그의 이마에 키스하고, 이반은 그녀에게 가까이 다가가 그녀의 눈동자를 들여다보지만, 그녀는 뒷걸음친다. 물러나 자신의 동반자와 함께 달을 향해 떠난다…….

그러자 달이 미친 듯이 날뛰기 시작하며 곧바로 이반에게 빛줄기를 퍼붓고, 사방으로 빛을 튀긴다. 방 안에서 달의 홍수가 시작된다. 빛이 넘실거리고, 점차 위로 차올라 침대를 삼켜 버린다. 그러면 이반 니꼴라예비치도 행복한 얼굴로 잠이 든다.

　　아침이 되면 그는 말은 없지만, 완전히 평온하고 건강한 모습으로 깨어날 것이다. 그의 황폐해진 기억이 평온해지고 나면, 다음 해 봄의 만월이 찾아오기까지는 아무도, 게스타스를 찌른 코 없는 사형 집행인도, 유대의 다섯 번째 총독인 잔혹한 기사 본디오 빌라도도 교수를 불안하게 하지 못할 것이다.

1929～1940

불가꼬프의 마지막 소설 『거장과 마르가리따』

미하일 아파나시예비치 불가꼬프Mikhail Afanasievich Bulgakov는 20세기 러시아 문학사에 있어서 빠스쩨르나끄와 솔제니찐에 맞먹는 굴지의 작가로, 오랫동안 대중들로부터 격리되었음에도 불구하고 마지막 작품인 『거장과 마르가리따』(1966)의 출판과 동시에 러시아뿐 아니라 서구에서도 마니아 독자층을 확보한 독보적인 작가이다. 『거장과 마르가리따』가 출판되기 전까지 미하일 불가꼬프는 주로 희곡과 짧은 소품들, 단편소설의 작가로 더 알려졌고, 그중에서도 희곡 작가로서 대중들로부터 많은 사랑을 받아 왔다. 그러나 『거장과 마르가리따』로 인해 그는 20세기 러시아 소설사에서 가장 중요한 소설가로 자리매김했고, 서구에서도 인기 있는 작가의 반열에 오르게 되었다. 『거장과 마르가리따』는 영국, 헝가리, 독일, 체코, 미국, 프랑스, 노르웨이 등 20여 개국에서 번역되었고, 지금까지도 세계 각국에서 연극으로 무대화되거나 영화화되고 있는 작품들 중 하나이다.

불가꼬프의 생애

『거장과 마르가리따』가 오랫동안 독자들에게 소개되지 못한 이유는 불가꼬프의 작품 출판과 무대화가 전면적으로 금지당했던 1929년 이후에 불가꼬프가 이 작품을 쓴 것과 깊은 관련이 있다.

미하일 불가꼬프는 러시아의 대문호 체호프처럼 1919년에서 1920년 사이에 의사로 활동하면서 짤막한 소품들과 희곡들을 발표하기 시작하였다. 불가꼬프는 1921년 모스끄바로 이주하면서 작품 활동에만 전념하게 되는데, 1922년부터 베를린에 근거를 둔 러시아 신문「그 전야」에 가벼운 소품들과 짤막한 이야기들을 게재하였고, 이것이 그의 명성을 확립시켜 주는 데 일조하였다. 1920년대에는 모스끄바의 일상에서 일어난 여러 가지 기괴한 일이나 희비극적인 사건들을 소재로 재치가 넘치는 도시적인 문체와 때로는 거리 언어의 문체를 이용해 이야기를 풀어냈다.「의사의 기이한 모험 Neobyknovennye prikliucheniia doktora」(1922), 『커프스 위의 기록 Zapiski na manzhetakh』(1922~1923),「보헴 Bogema」(1924), 『백위군 Belaia gvardiia』(1924),「젊은 시골 의사의 기록 Zapiski iunogo vracha」(1926~1927) 같은 작품들이 그 예이다. 이 작품들에서 불가꼬프는 내전 시기에 그가 목격한 잔혹함, 폭력, 살인들에 저항하고 있다. 그중에서도 그의 장편소설 『백위군』은 가장 유명하고 중요한 작품인데, 이 작품도 『거장과 마르가리따』와 마찬가지로 불가꼬프 생전에 소비에뜨에서 완전히 출간된 적이 없었다. 이 소설을 게재하던 잡지 『러시아 Rossiia』지가 폐간되면서 소설의 결론부가 세상의 빛을 보지 못했던 것이다. 그러나 이 소설은「뚜르빈가의 나날들 Dni Turbinykh」(1928~1929)이라는 희곡으로 개작되어 러시아에서 성공적으로 무대에 올려졌다. 이 극은 작가 생전에 모스끄바 예술 극장에서 8백 회에 걸쳐 공연되기도 했다.

1926년에서 1929년까지는 극작가로서의 불가꼬프의 경력에 있어 최고의 시기였다. 「뚜르빈가의 나날들」 외에도 풍자적인 코미디 「조야의 아파트Zoikina kvartira」가 바흐딴고프 극장에서 1926년에서 1929년 사이에 공연되었고, 「진홍빛 섬Bagrovyi ostrov」도 까메르니 극장에서 1928년에서 1929년 사이에 공연되어 대성공을 거두었다. 그러나 이 작품들 또한 「뚜르빈가의 나날들」과 마찬가지로 소비에뜨 신문들로부터 엄청난 공격을 받았다. 그 결과 불가꼬프는 1929년을 최악의 해로 맞이하게 된다. 그해 봄에 그는 모든 작품들의 출판과 공연화가 금지를 당하고, 그로 인해 생존을 위한 수입원을 완전히 잃게 되었던 것이다. 결국 그는 1930년 3월에 소비에뜨 정부에 편지를 써서 작품을 출판할 수 있게 해달라고, 그렇지 않으면 망명을 떠날 수 있게 해주든지, 아니면 극장에서 일을 할 수 있게 해달라고 요청했다. 그러자 스딸린이 그에게 직접 전화를 걸어 일자리를 약속했고, 그 결과 그는 모스끄바 예술 극장에서 조연출의 직책을 얻게 된다. 그 이후 그는 모스끄바 예술 극장의 고문, 젊은 노동자들을 위한 극장 대본의 감정사, 볼쇼이 극장의 리브레토 작가로 일을 하게 된다. 그러므로 그는 생전에 문학계보다는 연극계에 지인이 더 많았고, 그로 인해 그의 사망 당시 조문객들 중에는 연극인들이 더 많았다고 한다.

이렇게 불가꼬프는 강요된 침묵 속에서 생을 마감해야 했다. 1930년의 「위선자들의 밀교 Kabala sviatosh」는 4년 동안 리허설만 되풀이되다가 1936년 2월 15일에 초연되지만, 신문 「프라브다Pravda」의 부정적 리뷰로 인해 공연 7회 만에 공연 금지 처분을 받았고, 전기 소설 『몰리에르 씨의 생애 *Zhizn' gospodina de Mol'era*』는 출판이 거부되었다. 하지만 이렇게 강요된 침묵의 시기였던 15년 동안 그를 비난하는 사설들은 여러 신문과 잡지에 무려 320여 편이나 쓰였다고 한다. 그 사설들의 제목은 〈백위군은 물러가라!〉, 〈불가꼬프주의를 두들겨 패라〉, 〈무대에서 계급의 적〉, 〈극장과 영화, 문학에서 계급의 적을 무장 해제하라〉 등과 같은 것들이었다. 그러므로 그의 사후에 사람들에게 알려지게 된 그의 마지막 대작 『거장과 마르가리따』는 대중들에게 큰 놀라움으로 다가왔다. 강요된 침묵에도 불구하고 그의 주요 소품들과 희곡들이 대부분 출판된 데 반해, 이렇게 중요한 대작이 세상에 알려지지 않았다는 사실이 놀라웠던 것이다. 또한 소설 형식의 독창성, 사회에 대한 신랄한 풍자, 연극성, 예술적 자유의 정신 등이 정체되고 답답한 브레쥐네프 시대에 사람들의 심금을 울렸던 것이다. 어쨌거나 이 작품은 그의 사후 26년 만에 세상의 빛을 보게 되었고, 이 작품의 등장으로 말미암아 미하일 불가꼬프는 일약 러시아의 우상으로 부상하게 된다.

『거장과 마르가리따』의 집필 과정

『거장과 마르가리따』에 대한 구상과 작업의 시작을 불가꼬프 자신은 1928년으로 잡고 있다. 이 작품이 쓰인 과정과 작품의 자료들이 다 보존되어 있는 것은 아니다. 그러나 1930년대에 불가꼬프가 두 개의 최초의 편집본을 파괴했다는 사실은 유명하다. 1933년 8월 12일과 13일에 세 개의 편집본 중 하나를 불가꼬프가 태웠던 것이다. 다른 판본이 언제 태워졌는지에 대해서는 추측만 난무할 따름이다.

초고는 1935년 5월보다 늦지 않은 시기에 완성되었다. 초고는 최소한 15장으로 되어 있었고, 그중 열 개의 장은 제목이 있었으며, 160쪽 정도에 달했다고 한다. 제목은 몇 개를 염두에 두었는데, 〈검은 마법사*Chernyi mag*〉, 〈볼란드의 공연 *Gastrol' Volanda*〉, 〈아들 *V Syn V*〉, 〈발굽…*Kopyto*…〉 등이었다. 초기에는 미래의 주인공들인 거장과 마르가리따도 없고, 거장에 의해 쓰인 고대 소설도 없이 빠뜨리아르흐 연못에서 이상한 외국인과 베를리오즈, 안또세 베즈돔니가 예슈아 가-노쯔리에 대해 대화를 나누는 형식으로, 일종의 〈볼란드 복음서〉와 비슷한 것이었다. 이 소설은 악마에 대한 해석에 있어서도 불가꼬프의 최종본과는 차이가 컸다. 볼란드는 아직 유혹자이자, 선동가라는 악마의 고전적인 역할을 수행했다.

불가꼬프는 1929년 5월 8일 이전에 〈기사의 발굽*Kopyto Inzhenera*〉이라는 제하에 소설의 두 번째 편집에 들어갔다. 그리고 1931년 작품은 본질적인 변화를 겪게 된다. 마르가리따와 그 동반자가 등장하면서 그 동반자에게 나중에 거장이라는 호칭이 붙여지고, 그가 중심적 위치를 차지하게 되는 것이다. 그러나 아직도 중심인물은 볼란드였고, 소설의 제목도 〈발굽을 지닌 상담가*Konsul'tant s kopytom*〉였다. 불가꼬프는 마지막 장 중 하나인 「볼란드의 비상」을 쓰는 중에 종이 한 귀퉁이에 〈신이시여, 이 소설을 마칠 수 있게 해주소서〉라는 유명한 글귀를 메모하지만, 결국 작품을 완성하지는 못하고 만다.

소설의 첫 완결된 편집은 1932년 가을부터 시작되었다. 불가꼬프는 필사본 하나 없이 레닌그라드에 와서 머릿속에 있는 대로 종이에 쏟아 적기 시작했다. 그리하여 1933년 11월에 37장의 필사본 506쪽이 작성되었다.

장르는 작가에 의해 환상 소설이라 규정되었다. 책 모서리에는 소설의 가능한 제목들이 나열되어 있었는데, 그것은 〈대재상, 사탄, 내가 여기 있다, 펜을 꽂은 모자. 검은 사도. 그가 나타나다. 외국인의 발굽〉 등과 같은 것이었다. 이 모든 것이 이 작품의 주인공이 여전히 볼란드라는 것을 보여 준다. 그러나 볼란드는 예슈아 가-노쯔리라는 새로운 주인공에 의해 그 위상이 상당히 위축되고, 고대 소설 부분도 두 부분으로 나뉘어 11장과 16장에 나오고, 이 두 장 사이에 시인과 마르가리따의 사랑과 유배에 관한 내용이 나오게 된다.

1934년 말에 이 편집본은 초벌로 완성되었고, 마지막 2년 동안 불가꼬프는 이 필사본에 수많은 보완과 구성적인 변형을 가했다. 그 결과 거장과 이반 베즈돔니의 노선이 서로 교차하게 된다. 1936년 7월에 자고랸까에 있는 별장에서 이 편집본의 마지막 장인「마지막 비상Poslednii polet」이 완결된다.

1936년 후반 혹은 1937년 초에 불가꼬프는 새 공책으로 네 번째 편집을 시작했다. 그 속에서 빌라도와 예슈아의 이야기는 다시 소설의 처음으로 옮겨지면서 2장에 나오게 된다. 이 장은「황금 투창Zolotoe kop'e」이라 명명되고, 이 원고는 5장까지 이어지면서 60쪽가량이 되었다. 1937년에 또 다른 편집이 시작되는데, 제목은 〈어둠의 공작Kniaz' t'my〉으로 열세 개의 장, 299쪽짜리였다. 이것은 1928년에서 1937년 사이에 쓴 글들을 개작한 것이었다.

마침내 1937년 11월에 마지막 편집이 시작된다. 이때 제목이 최종적으로 〈거장과 마르가리따〉로 결정되며 30장으로 구성된 6천 쪽 분량의 소설이 된다.

1938년 5월 27일에서 6월 24일 사이에 타자본이 완성되는

데, 이때 작가는 텍스트에 많은 수정을 가했다. 1938년 9월 19일부터도 수많은 수정 작업이 이루어졌다. 이러한 수정 작업은 불가꼬프가 눈을 감는 순간까지 계속된다. 1939년에 「에필로그」가 쓰이고, 그와 동시에 레위 마태가 볼란드에게 나타나 거장의 운명을 결정하는 장면도 쓰인다. 이 수정 과정은 세 번째 부인 엘레나 세르게예브나가 타자본에 수정을 가하거나, 개별 종이를 삽입하는 방식으로 진행되었다. 아마도 불가꼬프는 1940년 2월 13일에 『거장과 마르가리따』에 대한 마지막 손질에 들어가, 죽기 직전까지 혼신의 힘을 기울였던 것으로 보인다.

1929년에 불가꼬프는 이 작품의 일부를 출판하려고 시도한 적이 있다. 5월 8일에 잡지 『핵 *Nedra*』의 편집부에 32쪽 분량의 원고를 보냈던 것이다. 그 안에는 이바누쉬까가 그리보예도프의 집에 나타나는 장면, 정신 병원 장면, 검은 푸들의 도움으로 병원을 탈출하는 장면이 담겨 있었다. 불가꼬프는 필명을 사용하여 작품을 보냈지만, 작품은 출간되지 않았다.

이후 엘레나 세르게예브나는 1946년부터 1966년까지 여섯 차례에 걸쳐 이 소설을 검열에서 통과시키려는 시도를 하지만, 공식적인 문학계가 이 작품이 불가꼬프의 유고 속에 존재한다는 사실을 언급한 적은 한 번도 없었다. 심지어 해빙마저도 도움이 되지 못했다. 1962년에 발간된 『소문학 사전』의 불가꼬프 관련 논문에서도 『거장과 마르가리따』는 언급되지 않았다. 다만 1962년 『몰리에르 씨의 생애』가 단행본으로 첫 출간되었을 때 까베린이 침묵의 저주를 풀고, 이 소설의 필사본이 존재한다는 사실을 최초로 언급했을 뿐이다. 그리고 4년 뒤 잡지 『모스끄바 *Moskva*』의 1966년 11호와 1967년 1호에 왜곡된 형태로나마 작품이 세상에 모습을 드러냈다. 이런 편집부의 전횡에 대해 사미즈다뜨(지하 출판)는 무엇이 잘못되었는지를 정확히 지적하는 타자본 서적을 내놓았다. 이 사미즈다뜨 본이 1973년 『거장과 마르가리따』 완성본의 근간이 되었다.

그 뒤 1967년에 파리의 임카 프레스에서 『거장과 마르가리따』의 완전한 텍스트가 나오고, 1969년 프랑크푸르트의 파종 출판사에서 잡지 『모스끄바』가 삭제한 부분을 필기체로 인쇄하여 작품을 출간하였다. 이것이 사미즈다뜨와 똑같은 본이었다.

대략 이렇게 정리될 수 있기는 하지만, 소설 텍스트의 집필 과정에 대해서는 아직도 문학계에서 의견이 분분하다. 『거장과 마르가리따』는 1973년에야 단행본으로 출판되었는데, 불가꼬프가 이 소설을 손보던 중에 사망하였으므로 미완성작으로서의 특징들이 도처에 나타난다. 예를 들면, 볼란드가 다리를 저는지, 안 저는지도 불분명하고, 베를리오즈가 대표로 불리는지, 아니면 서기로 불리는지도 불명확하다. 예슈아의 머리에 썼던 하얀 띠가 갑자기 두건으로 바뀌는가 하면, 거장과 마르가리따는 아자젤로의 마술로 사망하는 것에서 납치되는 것으로 바뀌기도 하며, 알로이지 모가리치와 바레누하의 경우 침실 창에서 뛰어내렸다고 한 것이 나중에는 계단 창을 통해 날아간 것으로 변하는 등 뒷부분으로 갈수록 묘사와 사건에 있어서 일관성이 지켜지지 않는 부분들이 많다. 더구나 바레누하를 흡혈귀로 만든 벌거벗은 미녀 겔라의 경우는 소설의 마지막 부분에서 감쪽같이 사라지기도 한다. 그러나 이러한 것들이 작품의 완성도에 해를 주는 것은 아니다.

작품의 수용

『거장과 마르가리따』의 재미는 그 무엇보다도 이 작품이 보여 주는 환상성과 희극성에 있다고 할 것이다. 환상주의적 요소는 상징주의와 그 이후 다양한 모더니즘 계열 예술의 등장 이후 20세기와 작금의 현대인의 마음을 사로잡는 주요한 요소로 등장하는데, 바로 이 작품에도 소비에뜨의 삶에 대한 냉철한 비판을 담은 현실주의적인 요소와 재미와 철학적, 종교적 주제를 전달하는 환상주의적 요소가 긴밀하게 결합되어 있다. 희극성은 1930년대 러시아 사회와 사람들에 대한 풍자에서 두드러지게 나타나는데, 숨은 의미를 지닌 이름들의 사용이라든지, 행동과 말에 대한 인물들의 예측 불허의 반응과 해석들에서 고골적인 요소들을 강하게 드러낸다.

이 작품은 특히 다양한 장르적인 요소들, 즉 풍자와 로맨스, 환상적 리얼리즘, 파르스, 광대극과 같은 요소들의 결합으로 인해 지금까지 연구자들에 의해 다양하게 해석되어 왔다. 이 작품은 바흐찐의 카니발 개념으로 해석되기도 했고, 메니피아 풍자(역사, 신화, 철학, 환상, 심각하고 우스꽝스러운 것, 고상하고 저급한 서술 층위들의 조합, 시공의 왜곡, 아이러니, 사회 제도와 권위 있는 인물의 비판 등에서)로 읽히기도 했으며, 스딸린 시대의 러시아에 대한 알레고리로 해석되기도 했다. 예를 들면, 볼란드는 스딸린이고, 유다의 살해는 끼로프의 살해에 빗댄 것이며, 리호제예프의 얄따 행은 뜨로쯔끼의 알마아따로의 추방을 빗댄 것이라는 식으로 해석되었던 것이다. 그리고 스딸린-불가꼬프-불가꼬프의 세 번째 부인 엘레나 세르게예브나의 삼각 구도가 볼란드-거장-마르가리따의 삼각 구도로 구현된 것이라고 보는 경우도 있다. 또 이 작품은 괴테의 『파우스트』에 대한 패러디 혹은 창조적 개작으로 읽히기도 한다. 볼란드의 지팡이에 푸들의 머리 장식이 있는데, 이는 『파우스트』에서 메피스토펠레스가 푸들의 모습으로 처음 등장한 것을 연상시키고, 볼란드가 보여 주는 여행하는 외국 학자로서의 모습, 여러 종류의 시가가 든 담배 케이스, 별과 행성으로 주문을 거는 듯한 행동, 이 모두가 메피스토펠레스를 생각나게 한다는 것이다. 또한 마르가리따가 그레트헨처럼 사랑의 구속(救贖)적인 힘을 구현하고 있으며, 두 작가 모두 적극적인 여성적 원칙, 이기심이 배재된 사랑과 자비를 구원의 기초로 본다는 점에서 두 작품 간의 유사성을 찾는 학자들도 있다. 물론 거장이 파우스트처럼 선과 악을 알고자 하는 욕망에 불타는 십자군 용사가 아니라는 점과 볼란드가 거장을 안식의 길로 인도하여 신의 의지를 실행하는 것과는 달리 메피스토펠레스는 파우스트의 죽음에 적극 참여한다는 점에서 두 작품 간의 현격한 차이가 지적되기도 한다. 이 작품은 서구의 괴테나 밀턴뿐 아니라 러시아의 대문호들인 뿌쉬낀, 고골, 도스또예프스끼, 똘스또이, 러시아의 종교 철학자 플로렌스끼와의 연관성 속에서 연구되기도 한다. 이렇게 이 작품은 다양하게 읽혀 왔으며, 주제와 인물의 해석에 있어서 그 논의가 아직도 분분하고, 모든 고전이 그렇듯이 아무리 파헤쳐도 그 의미가 소진되지 않는 신비와 풍요로움을 간직하고 있다.

이 작품이 지닌 의미가 쉽게 소진되지 않는 이유는 무엇보다도 서양 문화의 주요 축이 되는 성경의 이야기와 인물들이 작가에 의해 재해석되고 있고, 그 안에 내포된 윤리적, 종교적 의미의 도출이 보는 이의 관점에 따라 다양해질 수 있기 때문이다. 우선 제기될 수 있는 질문들은 다음과 같다. 소설 속에서 소위 말하는 〈예르샬라임 장〉에 나오는 예슈아는 누구인가? 그는 성경 속 예수와 어떤 관련을 맺는가? 이들을 동일 인물로 볼 수 있을 것인가? 볼란드는 과연 누구인가? 왜 그는 악의 표상이면서도 선이라는 신의 뜻을 수행하는 자로 나오는가? 그를 성경과 기독교 전통 속의 사탄과 동일시할 수 있을 것인가? 〈예르샬라임 장〉과 〈모스끄바 장〉은 어떻게 상호 관련되어 있는가? 거장과 마르가리따가 받은 응보인 안식이 의미하는 바는 무엇일까? 왜 그들은 구원이 아닌 안식을 얻는 것일까? 본디오 빌라도는 예슈아와 함께 달이 낸 길을 따라 하늘로 올라가는데, 그것이 의미하는 바는 무엇일까? 이러한 결말을 통해 불가꼬프가 궁극적으로 말하고자 한 바는 무엇이었을까? 이 작품에서 공의가 수립되고, 궁극적으로 악이 처단되었다고 얘기할 수 있을까? 이러한 질문들은 끝도 없이 제기될 수 있을 것이다. 이러한 질문들에 대해 학자들은 지나칠 정도로 상반된 의견을 내놓고 있다. 예를 들자면 예슈아와 관련하여 그를 인간인 동시에 신으로서 신인(神人)의 구현이라고 보는 학자가 있는가 하면, 이반 베즈돔니가 창조한 비하된 예수의 모습이라고 보는 학자도 있고, 순수하게 칸트식의 도덕적 정언 명령을 구현한 인물이라고 보는 학자도 있다. 그런가 하면 볼란드에 대해서도 『파우스트』의 메피스토펠레스와 비슷한 인물이라고 보는 경우도 있고, 영지주의적 관점에서 영지(靈知)를 전달해 주는 〈낯선〉 메신저라고 보는 경향도 있으며, 마니교적 관점에서 독, 어둠, 안개, 폭풍, 불꽃의 요소를 지닌 악의 세계를 구현한 인물이라고 보는 경우도 있다. 볼란드가 전통적인 사탄의 역할을 전혀 수행하지 않고, 천상의 위계에 따라 행동하는 인물이라고 보는 관점이 있는가 하면, 밀턴의 사탄처럼 철저하게 약한 자를 유혹하고 의로운 자를 넘어뜨리는 존재라고 해석하는 사람도 있다. 이렇게 다양하면서도 서로 상반된 해석이 가능한 이유는 작가 스스로가 그만큼 한 인물 안에 다양한 관점들과 요소들을 집약시켜 놓은 결과라고 볼 수 있다. 독자들도 위에 제기된 질문들에 답을 찾는 방식으로 작품을 읽어 간다면, 나름의 방식대로 작품의 의미에 도달할 수 있으리라고 여겨진다. 그만큼 이 작품은 해석의 가능성에 있어서 대단히 열려 있으며, 실질적으로도 미완이지만, 그 의미에 있어서도 완결되지 않은 〈열린〉 소설이라고 볼 수 있다.

작품의 구성과 문체, 인물과 주제

이 작품은 구성과 서술의 차원에서도 독특하다. 『거장과 마르가리따』는 이중의 소설로 거장의 본디오 빌라도에 관한 소설과 거장의 운명에 대한 소설로 구성되어 있다. 두 소설은 시간적으로 1천9백 년의 간극을 지닌 사건들을 다루고 있으며, 서술도 서로 다른 사람에게 속해 있다. 그러나 두 소설은 고대 소설의 작가가 두 번째 소설의 인물이 됨으로써 서로 연결된다. 서술이 서로 다른 이에게 소속되어 있으므로, 소설들은 서술 방식에 있어서도 놀라울 정도로 차이를 드러낸다. 거장의 소설은 마치 무인칭 소설처럼 그 속에 개성화된 저자도 보이지 않고, 독자도 없는 듯하다. 저자가 독자에게 말을 거는 부분도, 저자가 자신의 판단을 드러내 놓고 말하는 부분도 없으며, 주인공의 말의 정정도, 역사적 비교도, 문학적 인유도 보이지 않는다. 문체의 측면에서 보았을 때는 에너지가 넘치고, 율동적으로 조탁된 산문으로 행동의 장소와 인물, 행동들이 간결하고 정확하면서도 표현적으로 묘사되어 있다. 고대 소설 속에는 허구의 요소도, 환상의 요소도, 악마의 장난질도 개입하지 않으며, 예수아의 죽음이라는 비극적 사건을 다룸에 있어 희극적 요소, 그로테스크, 풍자, 파르스 등이 사용되지 않고 있다. 거장은 예술 작품이라기보다는 역사를 실제 일어났던 그대로 재구성하고자 노력하는 듯하다.

그러나 거장에 대한 소설은 전혀 다르게 쓰여 있다. 이 소설에는 저자의 개성이 깊이 각인되어 있는데, 서술자는 독자, 그리고 인물들과의 자연스럽고 친근한 수다 형식으로 서술을 구축해 나간다. 저자의 말에는 동정, 슬픔, 기쁨, 비애, 안타까움, 분노의 표현이 그득하고, 사건들도 아주 다채로운 문체로 묘사되어 파르스, 그로테스크, 드라마티즘, 서정성, 때로는 공포 등이 섞여 있다. 이때 억양의 교체는 순간적으로 일어난다. 이런 문체적인 다채로움으로 인해 서술자의 말은 욕설과 신문의 말투, 사무실의 약어 등 다양한 요소들로 가득해진다. 마침내 서술자가 가장 진실된 것이라고 여러 번 강조하는 소설 속의 이야기들은 수많은 소문들, 끝까지 말이 되지 않는 것들, 믿을 수 없는 환상들의 개입으로 말미암아 그 내용을 믿을 수 없을 정도가 되어 버린다.

이 이중의 소설은 이야기 구조로 보았을 때는 세 개의 층위로 나뉜다. 하나는 역사의 이야기로 본디오 빌라도에 관한 이야기이고, 다른 하나는 모스끄바의 현실에 대한 이야기이며, 또 다른 하나는 볼란드를 중심으로 하는 초월적 세계의 이야기이다. 이 세 이야기는 거장과 마르가리따라는 인물들을 핵으로 하여 하나의 이야기로 엮이게 된다. 모스끄바의 현실에 대한 이야기는 1930년대 모스끄바의 일상을 구현한 것으로 밀고와 체포가 횡행하는 폭력적인 정치 체제, 각종 위원회의 전시장인 관료주의, 소련 사회의 고립성(외국인 상점, 외국인에 대한 부정적 시각), 물품 부족과 아파트 문제, 문화적·정신적 폭력성(거장에 대한 공격, 무신론의 강요), 물욕과 배신행위 등을 고발하는 풍자와 아이러니로 가득하

다. 이러한 모스끄바 사회의 모습은 고대의 도시 예르샬라임
에서도 반복되는데, 아프라니와 쥐잡이 마르끄로 대변되는
비밀경찰 제도와 정치적 폭력성, 기리앗의 유다에게서 보이
는 물욕과 밀고 행위, 니자의 배신, 까이파의 종교적 폭력성
과 그로 인한 예르샬라임의 고립(도시 예르샬라임의 파괴에
대한 본디오 빌라도의 예언) 등에서 발견될 수 있다. 이들 두
도시는 찌는 듯한 태양의 열기로 가득 차 있고, 이 태양 아래
에서 본디오 빌라도는 참을 수 없는 편두통에 시달리며, 예
슈아는 죽음보다 더한 고통을 당하며, 베를리오즈와 베즈돔
니는 살구 즙으로 목을 축이며 갈증을 달래지 않을 수 없다.
이 태양의 열기는 인간의 영혼과 정신을 고갈시키고, 창조력
을 말살시키는 숨 막히는 시대의 정신을 상징한다고 볼 수
있다.

모스끄바와 예르샬라임에서 보이는 인간들의 문제는 이들
세계에만 국한된 것이 아니라, 볼란드가 모스끄바에서 개최
하는 사탄의 위대한 무도회에 참석한 역사적 인물들을 통해
인류 보편의 문제가 된다. 어찌 보면 초월적 악의 세력인 볼
란드와 그 일당들이 자유롭게 인간 세계에 들어와 난동을 부
리고 장난을 칠 수 있는 이유는 인간이 지닌 이러한 본래적
악덕들 덕분이라고 볼 수 있다. 모스끄바의 현재를 작은 원
으로 하여, 그보다 더 큰 원으로 예르샬라임의 과거가 거장
을 통해 모스끄바의 현재와 연결되며, 모스끄바에 침투한 볼
란드의 이야기를 통해 이 두 동심원의 세계는 더 큰 동심원
인 초월적 세계에 포함되며 이어지고, 이 볼란드의 초월적
세계는 예슈아로 대변되는 보다 큰 진리와 공의의 동심원과
연결되면서 그 안에 포함되는 것을 볼 수 있다. 내적 구조로
보았을 때 이 동심원들은 상호 연결되어 나선형을 이루지만,
끊어지지 않는 고리를 형성함으로써 펼쳤을 때 몇 차례 꼬인

뫼비우스의 띠를 형성하는 듯하다. 이를 통해 겉으로 보기에는 발전으로 보이는 역사의 진행에도 불구하고 인간의 불의가 변함없이 인간과 사회를 지배한다는 불가꼬프의 날카로운 비판과 풍자 의식이 드러나게 된다. 이는 역사의 변증법적 발전과 이상 사회를 향한 사회주의 신념에 대한 작가의 날카로운 비판을 보여 주는 것이기도 하다.

이 소설은 당대 소비에뜨 사회가 보여 준 종교적 경직성과 폭력성에 대한 불가꼬프의 조롱을 담고 있기도 하다. 예수라는 인물의 역사적 현존 자체를 부정하도록 강요한 시대적 분위기 속에서 거장은 예수를 역사적 인물로 소설 속에 부활시킨다. 그리고 사탄인 볼란드는 자신의 존재를 증명하기 위해 역설적이게도 그 예수의 역사성에 대해 증언한다. 어떻게 보면 사탄으로 하여금 예수에 대해 증언하게 한다는 것 자체가 불가꼬프가 품었던, 시대에 대한 말할 수 없이 깊은 경멸과 조롱을 보여 주는 예라고 할 수 있을 것이다. 바로 코앞의 일도 예단할 수 없는 인간이 모든 것을 조종할 수 있다고 말할 수 있겠냐는 볼란드의 조롱은 역설적이게도 인간의 유한성과 초월적 힘의 실재에 대한 불가꼬프의 믿음을 보여 주는 것이기도 하다. 거장은 예슈아를 모호하게나마 역사적 인물로 복원시키지만, 불가꼬프는 작품의 말미에 레위 마태를 통해 보다 높은 권위로 부활한 예슈아를 상정할 수 있도록 도와준다.

위에서 살펴본 바와 같이 이 작품은 구성에 있어서의 반복성과 회귀성뿐 아니라, 인물 구도에 있어서도 각 층위에서 상호 상응하는 인물들의 반복성을 보여 준다. 『불가꼬프 백과사전*Bulgakovskaia Entsiklopediia*』(M. 1996)을 편찬한 러시아의 학자 소꼴로프는 모스끄바와 예르샬라임, 볼란드의 초월계라는 세 세계에는 각기 역할과 생김새에 있어서 유사한 점이 많은 세 인물들이 존재한다고 분석한다. 예를 들면, 정신 병원 원장 스뜨라빈스끼-본디오 빌라도-볼란드의 트리오는 자신들이 속한 세계에서 수행원들의 도움으로 자신들의 의지를 관철시키는 존재들이라는 점에서 묶일 수 있고, 스뜨라빈스끼의 오른팔인 의사 표도르 바실리예비치-아프라니-꼬로비요프의 삼인조는 세 발 의자, 안경, 구레나룻과 콧수염, 조수의 역할 등으로 묶일 수 있다. 동물 삼인조로는 경찰견 뚜자부벤과 빌라도의 반가, 고양이 베게모뜨가 나온다. 쥐잡이 마르77와 아자젤로, 아르치발드 아르치발도비치는 사형 집행인의 역할을 하는 것으로 트리오를 이룬다. 배신자 삼인조로는 알로이지 모가리치-기리앗의 유다-마이겔 남작이 있는데, 이들은 각자 거장, 예슈아, 그리고 볼란드를 밀고하거나 밀고하려고 한 인물들이다.

소꼴로프는 유일하게 트리오를 이루지 않는 인물이 예슈아와 거장이라고 한다. 예슈아와 거장의 운명은 진실을 추구하려다가 사회로부터 핍박을 받고, 한 사람은 육체적인 죽음, 다른 사람은 작가로서 죽음에 처해지는 인물이라는 점에서 유사하다. 불가꼬프는 예슈아의 이야기를 통해 예슈아가 기독교에서 말하듯 신이었는지 아니었는지의 진위 여부와는 상관없이 예수는 역사적 존재로서 현존했으며, 그 현존에 대한 해석(작품에서는 레위 마태의 해석이 된다)이 종교로 발전했으리라는 주장을 펼치고 있다. 그리고 이 작품에는 예슈아의 신념은 그 어떠한 것보다 선한 것이었으며, 인간에 대한 깊은 연민과 믿음(《세상에 선하지 않은 사람은 없다》는 예슈아의 말)에서 출발한 것이며, 예슈아 자신은 세상의 그 어떠한 권력과 권위에 의해서도 파괴되지 않는 자유로운 정신의 소유자였고, 거짓 없이 진실만을 추구한 존재였다는 해석이 담겨 있다. 이것은 예슈아를 소설 속에 묘사한 거장의 해석이기도 하고, 일부 불가꼬프 자신의 해석이기도 하다. 현대 세계에서 예슈아의 역할을 담당하는 것은 거장이다. 거장 또한 시대의 요구보다는 자신의 내적 요구에 따라 작품을 쓰면서 역사적 진실을 예술적으로 복원하고자 노력했고, 그로 인해 사회로부터 매장을 당한 존재이기 때문이다. 이러한 두 인물을 통해 작품 속에는 예술에 관한 주제가 들어오게 되는데, 이들의 이야기는 정신적 자유에 관한 이야기이고, 동시에 예술의 자율성과 자유, 권력과 예술과의 관계에 관한 이야기이며, 작가 자신의 이야기라고 볼 수 있다.

마르가리따는 사랑과 희생으로 거장을 구하는 여인으로, 러시아 문학에서 전통적으로 발견되는 강한 여성상의 계승자라고 볼 수 있다. 그녀는 거장을 위해 마녀가 되지만, 악마와 거래는 할지언정 영혼과 자신의 존엄까지 팔지는 않는다. 이는 전통적인 마녀들과 차별되는 점이라고 할 수 있다. 혹자는 그녀에게서 러시아 정교회의 성상화「자비의 성모」(아기 예수를 안은 채 얼굴을 맞댄 성모 마리아의 성상화)의 이미지를 떠올리기도 한다. 〈드람리뜨〉에서 난동을 부리고 난 후 두려워하는 어린 소년을 돌보아 주는 장면이라든가, 아자젤로가 준 독주를 마신 그녀의 얼굴 표정에 서린 슬픔과 이반 베즈돔니가 마르가리따를 보았을 때 느낀 슬픔과 조용한 감동이「자비의 성모」를 연상시킨다는 것이다. 마르가리따는 사랑의 구속적 힘을 구현하는 인물로서 거장을 구할 뿐 아니라, 사탄의 위대한 무도회에서 프리다를 고통에서 건지고, 본디오 빌라도를 영원한 양심의 가책에서 해방시키고자 하는 자비로운 역할을 감당한다.

그러나 거장과 마르가리따보다 독자의 심금을 더 울리는 주인공이 본디오 빌라도이다. 그에게서 느끼는 카타르시스와 동정은 작가 불가꼬프가 묘사의 대상들에게 품는 깊은 연민과 긍휼의 감정과도 관련이 깊다고 할 것이다. 어두운 현세적 권력의 상층부에 있지만, 나름의 한계를 지닌 본디오 빌라도에 대해 갖는 작가의 연민은 빌라도의 깊은 양심의 가책과 고뇌에 대한 묘사에서 극명하게 드러난다. 하염없이 하늘로 이어지는 달의 길을 따라 예슈아와 함께 말할 수 없는 희열을 느끼며 어린아이가 보채듯 올라가는 빌라도의 모습은 무소불위한 권력자이기 이전에 용서와 구원을 갈망하는 한 인간의 연약함을 그대로 보여 준다. 삶에 지친 거장과 마르가리따에게 구원이 아닌 안식만이 주어진 데 반해 빌라도에게 예슈아와 함께하는 영예가 주어진 이유는 바로 빌라도의 가책과 갈망, 고뇌에 대한 작가의 깊은 연민의 결과가 아니었을까. 그리고 우리가 그 연민에 공명하는 이유는 우리 또한 시대의 이데올로기와 폭력 앞에서 매순간 비겁함에서 오는 잘못된 선택으로 인해 가책과 갈망을 느낄 수밖에 없는 연약한 존재임을 자각하고 있기 때문일지도 모른다.

볼란드는 사라졌지만, 모스끄바에서의 삶에서 변한 것이라곤 그다지 없다. 언제나 그렇듯이 인물만 바뀔 뿐 인간 내면이 변하지 않는 한 크게 달라질 것이라고는 없다는 뜻일 것이다. 언제든 볼란드가 다시 찾아와 〈어디 한번 사람들이 얼마나 달라졌는지 볼까〉라는 말로 사람들을 시험하고 조롱할 때, 변화된 모습을 보일 만한 세대와 나라, 민족은 그 어디에도 없으리라는 불가꼬프의 풍자와 신랄한 조롱은 예리하고 서글프기도 하지만, 인간에 대한 연민을 담고 있기에 따스하기도 하다. 작가는 이러한 인간의 문제를 참담한 비극이나 비난으로 풀어내지 않는다. 궁극적으로 작가는 그러한 현실 속에서도 누군가는 여전히 예술의 이름으로 끊임없이 진리와 자유를 추구할 것이고, 그 사람의 예술은 그 어떠한 경우에도 불멸할 것이라는 믿음을 잃지 않고 있다(「원고는 불

타지 않소.」「도스또예프스끼는 불멸이오!」), 태양이 부서지
고, 달이 용해되며 물과 불이 난무한 가운데 악마와 그 수행
원들이 날뛰는 이 묵시록적인 텍스트에서 작가는 사람들에
게 제각기 합당한 응보를 부여하면서, 궁극적으로 초월적 세
계에서 인간에 대한 심판은 자비에 근거할 것이라는 믿음을
드러낸다. 이러한 작가의 진리와 공의에 대한 순수한 믿음이
작품을 읽는 독자들에게 따스한 감동과 공의에 대한 소망을
끊임없이 불러일으키기에 이 작품은 아마도 20세기의 영원
한 고전으로 자리매김을 할 수 있었으리라 여겨진다.

본서의 번역 원본은 M. Bulgakov, *Sobranie sochinenii v 5
tomakh* (M., 1990) T. 5에 수록된 것이며, 주석은 같은 책에
딸린 G. Lesskis, V. Gudkova, E. Zemskaia의 주석과 Irina
Belobrovtseva, Svetlana Kul'ius의 *Roman M. Bulgakova
Master i Margarita: kommentarii*(M., 2007)를 주로 참조하여
작성하였다. 연보를 위해서는 G. Lesskis, K. Atarova,
Putevoditel' po romanu Mikhaila Bulgakova Master i
Margarita (M., 2007)와 Boris Sokolov, *Entsiklopediia
Bulgakovskaia*(M., 1996)를 주로 참조하였다.

홍대화

미하일 아파나시예비치 불가꼬프 연보

1891년 출생   5월 3일[1] 끼예프에서 신학교 교수 아파나시 이바노비치 불가꼬프Afanasii Ivanovich Bulgakov와 여학생 기숙 학교의 여선생 바르바라 미하일로브나Varvara Mikhailovna(처녀 때 성은 뽀끄로프스까야Pokrovskaia) 사이에서 3남 4녀 중 맏아들로 태어남.

1900년 9세   8월 18일 제2끼예프 김나지움 예비반에 입학.

1901년 10세   8월 22일 제2끼예프 김나지움에 입학.

1906년 15세   『백위군*Belaia Gvardiia*』에 묘사된 안드레예프스끼 언덕에 있는 건물 13동으로 이사.

1907년 16세   3월 14일 아버지가 신장 경화로 사망.

1908년 17세   여름 사라또프에서 온 여학생 따찌야나 니꼴라예브나 라빠Tat'iana Nikolaevna Lappa와 알게 됨.

1909년 18세   제2끼예프 김나지움을 졸업하고, 어머니의 반대를 무

1 1918년 2월까지는 구력인 율리우스력이 사용되었다. 율리우스력은 현행 태양력에 비해 18세기에 11일의 차이가 있고, 그 후 1세기마다 1일이 더해진다. 그러므로 신력에 따르면 미하일 아파나시예프 불가꼬프는 5월 15일에 태어난 것이 된다.

룹쓰고 끼예프 대학 의학부에 입학.

1913년 22세　따찌야나 니꼴라예브나 라빠와 결혼.

1914년 23세　제1차 세계 대전 발발. 여름에 아내와 함께 사라또프에 머묾. 부상자들을 위한 진료소에서 일함. 가을 학업을 계속하기 위해 끼예프로 돌아옴.

1915년 24세　4월 말~5월 초 해군성 의사로 자원하지만, 건강상의 이유로 군 복무에 부적합하다는 판정을 받음. 5월 18일 대학 학장의 승인하에 뻬체르스끄에 있는 끼예프 적십자 군 병원에서 일함.

1916년 25세　9월 소아과 전공의로 졸업.

1916~1917년 25~26세　스몰렌스끄 현에 있는 지방 의회 병원에서, 후에는 뱌지마에서 일함. 이 시기부터 작품을 쓰기 시작하지만, 작품을 발표하지는 않음.

1917년 26세　사라또프에 있는 처가 방문. 니꼴라이 2세의 폐위에 대한 소식을 들음. 9월 뱌지마 도시 병원에서 전염병과 성병학 분과 과장으로 일함. 12월 모스끄바와 사라또프를 방문함.

1918년 27세　3월 끼예프로 돌아와 성병 전문의로 일함. 이때 작품을 쓰지만, 이 작품들은 현존하지 않음.

1919년 28세　2월 우끄라이나 민족주의 세력에 의해 세워진 우끄라이나 인민 공화국의 군의(軍醫)로 동원됨. 2월 3일 밤 우끄라이나군의 퇴각 시 탈영함. 8월 말 군의 자격으로 혁명을 지지하는 붉은 군대에 동원되어 끼예프를 떠남. 여름에 「질병Nedug」과 「첫 꽃Pervyi tsvet」을 씀. 8월 14~16일 끼예프로 돌아와 전투 중에 반(反)소비에트군 제니낀파 측으로 넘어감(혹은 포로가 됨). 10월 11월 제3쩨르스끄 까자끄 부대의 군의로 북까프까즈에서 복무함. 11월 26일 신문「그로즈니Groznyi」에 〈미래에 대한 전망Griadushie perspektivy〉이라는 사설이 М. Б. 라는 이름과 성의 머리글자만으로 발표됨. 12월 의료 활동을 전면적으로 그만두고 지방 신문사에서 기자로 복무하기 시작함.

1919~1920년 28~29세   그로즈니와 블라지까프까즈의 신문에 불가꼬프의 소품들이 처음으로 발표됨. 『커프스 위의 기록*Zapiski na manzhetakh*』에 대한 작업 시작.

1920년 29세   2월과 3월 회귀열에 걸려 소비에뜨 권력이 도시에 확립되기 전 제니긴파들과 함께 도시를 뜨지 못함. 혁명 군사 위원회의 예술 분과 내 문학부와 연극부의 장이 됨. 6월 4일 최초의 짤막한 유머러스한 희곡「자기방어*Samooborona*」가 제1소비에뜨 극장에서 상연됨. 희곡은 전해지지 않음. 7월과 8월 드라마「뚜르빈의 형제들*Brat'ia Turbiny*」을 씀. 8월 21일 드라마「뚜르빈의 형제들」이 제1소비에뜨 극장에서 초연됨. 10월 말과 11월 예술 분과의 활동에 대한 조사 위원회에서 심한 비판을 받고 제명당함.

1921년 30세   1~2월 희곡「파리의 코뮌주의자들*Parizhskie kommunary*」을 써서 공산주의적 희곡의 장인을 선정하는 대회에「자기방어」,「뚜르빈의 형제들」과 함께 모스끄바에 보내지만, 세 작품 모두 탈락됨. 이 희곡들을 불가꼬프에 의해 모두 폐기되어 오늘날까지 전해지지 않음. 3월 제1소비에뜨 극장에서「파리의 코뮌주의자들」초연. 4월 5월 희곡「회교승의 아들들*Synov'ia Mully*」을 씀. 5월 15일「회교승의 아들들」초연. 5월 26일 띠플리스로 갔다가, 바뚬으로 감. 7월과 8월 바뚬에서 콘스탄티노플로 떠나려고 하지만 성공하지 못함. 9월 바뚬에서 끼예프로 돌아옴. 9월 26일 끼예프에서 모스끄바로 이사함. 10월 1일 인민 정치 계몽 위원회 내 문학 분과에서 비서가 됨. 10월 초『거장과 마르가리따』의 배경이 되는 볼리샤야 사도바야 10동 50호로 이사함. 11월 23일 인민 정치 계몽 위원회의 해체에 따라 12월 1일부로 해고됨. 11월 말 주간 신문「상공통보*Torgovo-promyshlennyi vestnik*」의 사회부 주임으로 취직하다.

1921년 말~1922년 초 30~31세   여러 잡지사와 신문사에 잠시 동안 일함. 수많은 사설들과 보고서들을 발표.

1922년 31세   1월 중순「상공통보」가 폐간됨. 2월 1일 끼예프에서 어머니가 발진티푸스로 사망. 4월 신문사「경적*Gudok*」에 입사. 처음에는 교열자로, 나중에는 칼럼니스트로 일함. 5월 베를린 신문「그 전야

Nakanune」와 동 신문의「문학 부록」파트에서 일하기 시작함. 1922년에 여러 간행물에서 불가꼬프의 작품을 출판. 단편「의사의 기이한 모험Neobyknovennye prikliucheniia doktora」,『커프스 위의 기록』중 여러 장들, 스케치「붉은 벽돌의 모스끄바Moskva krasno-kamennaia」, 단편「강신술 회합Spiriticheskii seans」,「붉은 왕관Krasnaia korona」, 「13호-엘뻬뜨 라브꼬문의 집N.B.-Dom El'pit-Rabkommuna」,「서류철 속의 수도Stolitsa v bloknote」등.

1923년 [32세]   1~2월『백위군』1부에 대한 작업. 1년 동안 스물두 편이 넘는 스케치와 단편, 칼럼이 발표됨. 3월 전 러시아 작가 연합에 입회. 5월 30일 베를린에서 온 알렉세이 똘스또이Aleksei Tolstoi를 위해 꼬모르스끼Komorskii가 개최한 연회에 참석. 이 연회는「고인의 기록Zapiski pokoinika」에서 묘사됨. 11월 1일 G. P. 우호프G. P. Ukhov라는 필명으로 불가꼬프의 사설 〈마드리드 정원의 비밀*Taina Madridskogo dvora*〉이「경적」에 발표됨.

1924년 [33세]   1월 초 〈표지 전환파Smenovekhovtsy〉(소련의 자본주의 부활을 기대한 망명 러시아인 인쩰리겐찌야 단체)와의 연회에 참석하여 후일 두 번째 부인이 될 L. E. 벨로제르스까야L. E. Belozerskaia와 알게 됨. 4월 따찌야나 니꼴라예브나 라빠와 이혼. 가을과 겨울 소설『백위군』완성. 그 밖에도 1924년 한 해 동안 중편「악마의 서사시 D'iavoliada」, 단편「칸의 불Khanskii ogon'」, 장편『백위군』의 일부가 출판됨. 단편「숙명의 알Rokovye iaitsa」을 완성함.

1925년 초 [34세]   잡지『러시아*Rossiia*』에 소설『백위군』의 1부가 나옴. 1월 19일『백위군』을 희곡으로 개작하는 작업 시작. 겨울과 봄「개의 심장Sobach'e serdtse」의 작업에 들어감. 2월 15일 문예지『핵 *Nedra*』의 주간 N. S. 안가르스끼의 아파트에서「개의 심장」낭독. 2월 「숙명의 알」이『핵』6호에 게재됨. 4월 3일『백위군』을 모스끄바 예술 극장을 위한 희곡으로 써달라는 제안을 받음. 4월 말『러시아』5호에 『백위군』의 뒷부분이 출간됨. 4월 30일 L. E. 벨로제르스까야와 혼인. 8월 15일『백위군』의 희곡을 모스끄바 예술 극장에 제출. 9월 초 스따니슬라프스끼Stanislavskii 입회하에 모스끄바 예술 극장 단원들에게

『백위군』을 낭독해 줌. 연말 『백위군』과 「조야의 아파트Zoikina kvartira」에 대한 작업 진행. 1년 동안 10편이 넘는 작품들이 여러 곳에 발표됨.

1926년 35세 1월 11일 바흐딴고프 스튜디오의 단원들에게 「조야의 아파트」 낭독. 1월 30일 희곡 「진홍빛 섬Bagrovyi ostrov」의 상연을 위해 실내 극장과 계약 체결. 1월과 2월 모스끄바 예술 극장에서 『백위군』 리허설에 들어감. 2월 27일 단편 「치치꼬프의 모험Pokhozhdeniia Chichikova」을 정치 기술 박물관에서 문학적 유머를 위한 연회에서 낭독. 3월 바흐딴고프 극장에서 「조야의 아파트」 리허설 시작. 4월 26일 작품집 『악마의 서사시』 재간. 5월 7일 합동 국가 보안부에서 불가꼬프의 집 수색. 「개의 심장」의 원고와 일기장 세 권을 압수해 감. 5월 10일 레닌그라드의 필하모니 대공연장에서 열린 문학 예술 연회에서 안나 아흐마또바Anna Akhmatova와 알게 됨. 5월 13일 레닌그라드에서 돌아옴. 진술을 위해 합동 국가 보안부에 출두를 요청받음. 6월 25일 공연 위원회가 모스끄바 예술 극장에서 『백위군』의 공연을 허락함. 6월 말과 7월 초 소 레프쉰 골목 4동 1호로 이사. 7월과 8월 모스끄바 근교에 있는 뽄소비Ponsovyi 부부의 주말 농장에서 「조야의 아파트」에 대한 작업 진행. 9월 10일 『백위군』의 희곡 텍스트에 대한 작업을 마무리. 「뚜르빈가의 나날들Dni Turbinykh」로 제목을 확정. 9월 15일 바흐딴꼬프 극장 단원들이 「조야의 아파트」 대본 읽기에 들어감. 9월 17일 공연 위원회의 회원들이 참석한 가운데 「뚜르빈가의 나날들」의 첫 공개 리허설 진행. 9월 23일 관객들, 정부 인사들, 언론들이 참석한 가운데 리허설 진행. 9월 25일 「뚜르빈가의 나날들」의 공연이 공식적으로 허가됨. 10월 5일 「뚜르빈가의 나날들」 초연. 연말까지 41회에 걸쳐 공연됨. 10월 11일 〈언론의 집〉에서 「뚜르빈가의 나날들」에 대한 논쟁이 벌어짐. 10월 21일 공연 위원회에서 「조야의 아파트」의 공연 허가. 10월 28일 바흐딴고프 극장에서 「조야의 아파트」 초연. 연말 훗날 〈질주Beg〉라 이름 붙여질 희곡에 대한 작업이 시작됨.

1927년 36세 1월과 2월 「진홍빛 섬」에 대한 희곡을 완성하여 모스끄바 실내 극장에 줌. 2월 7일 메이홀드 극장에서 「뚜르빈가의 나날들」과 「봄갈이 사랑Liubov' Iarovaia」에 대한 토론회에 나감. 3월과 4월

「질주」에 대한 첫 편집 작업 완료. 5월과 여름 끄림의 수닥에 위치한 음악가 A. A. 스뻰지아로프A. A. Spendiarov의 주말 농장에서 휴식을 취함. 8월 1일 볼쇼이 뻬로고프스까야 36-B 6호에 방 세 개짜리 아파트를 임대 계약함. 11월 9일 바흐딴고프 극장 공연 목록에서 「조야의 아파트」 사라짐.

1928년 37세 1월 2일 희곡 「질주」에 대해 모스끄바 예술 극장과 계약을 체결하고 대본 읽기에 들어감. 6월 17일 공연 위원회에서 「조야의 아파트」와 「뚜르빈가의 나날들」을 공연 목록에서 삭제하기로 결정. 9월 11일 모스끄바 예술 극장에서 「뚜르빈가의 나날들」 2백 회 공연이 이루어짐. 9월 26일 공연 위원회에서 희곡 「진홍빛 섬」에 대해 허가함. 10월 9일 모스끄바 예술 극장의 예술 소비에뜨에서 희곡 「질주」에 대해 논의함. 10월 11일 「질주」의 모스끄바와 레닌그라드에서의 공연을 공연 위원회가 허락함. 모스끄바 예술 극장과 레닌그라드 대극장에서 「질주」의 리허설 시작. 공연 위원회는 1928년 한 해 동안 「질주」의 공연을 금지하다가는 허가하기를 반복함. 10월 24일 희곡 「질주」의 공연 금지가 최종 확정됨. 12월 9일 실내 극장에서 「진홍빛 섬」에 대한 비공개 심사가 이루어짐. 12월 11일 「진홍빛 섬」 초연. 연말 이후 〈거장과 마르가리따Master i Margarita〉라는 제목이 붙여질 새로운 소설에 대한 작업 시작.

1929년 38세 2월 28일 미래의 세 번째 아내가 될 엘레나 세르게예브나 쉴로프스까야Elena Sergeevna Shilovskaia와 알게 됨. 3월 6일 불가꼬프의 모든 작품들의 공연 금지에 대한 공연 위원회의 결정이 공포됨. 3월 17일 「조야의 아파트」의 마지막 198회 공연이 이루어짐. 4월 「뚜르빈가의 나날들」이 공연 목록에서 삭제됨. 봄 소설 『거장과 마르가리따』에 대한 두 번째 편집이 시작됨(〈기사의 발굽Kopyto Inzhenera〉). 5월 8일 〈기사의 발굽〉 중 한 장인 〈푸리분드광Maniia furibunda〉의 원고를 〈핵〉 출판사에 넘김. 6월 초 실내 극장에서 「진홍빛 섬」이 마지막으로 공연됨. 7월 초 자신의 어려운 사정과 소련을 떠날 수 있게 허락해 달라는 요구를 담은 편지를 스딸린Stalin과 깔리닌Kalinin, 고리끼Gor'kii에게 보냄. 9월 3일 소련을 떠날 수 있게 도와달라는 요청을 담은 편지를 소비에뜨 중앙 집행 위원회 간부회의 비서 A. C. 예누끼제A. C. Enukidze와 고리끼에게 보냄. 9월 원고 「비밀 친구에게 Tainomu drugu」에 대한 작업을 함. 10월 몰리에르에 대한 희곡 작업에 착수. 12월 6일 몰리에르에 대한 희곡 「위선자들의 밀교Kabala sviatosh」의 첫 번째 편집 작업 완료. 희곡 「지복Blazhenstvo」에 대한 구상과 작업에 착수.

1930년 39세 1월 말과 2월 초 자먀찐Zamiatin과 삘냑Pil'niak과의 만남. 1월 11일 불가꼬프가 드라마 연합에서 희곡 「몰리에르Mol'er」를 낭독. 3월 18일 공연 위원회가 희곡 「몰리에르」를 금지함. 3월 28일 소련 정부에 편지를 보냄. 소설 「극장Teatr」과 『거장과 마르가리따』의 초기 편집본과 희곡 「지복」의 일부를 불태움. 4월 17일 4월 14일에 권총 자살한 마야꼬프스끼Maiakovskii의 장례식에 참석. 4월 18일 스딸린의 전화를 받음. 5월 10일 모스끄바 예술 극장의 조연출 직책을 맡음. 5월 「죽은 혼Mertvye dushi」의 무대화 작업에 들어감. 7월 7일 모스끄바 예술 극장의 예술 위원회가 「죽은 혼」의 무대화를 위한 첫 개작본을 거부함. 10월 31일 「죽은 혼」의 무대화를 위한 두 번째 개작본을 모스끄바 예술 극장에서 읽고 논의함. 예술 위원회의 지적에 따라 개작을 완성함. 12월 모스끄바 근교 휴양소에서 엘레나 세르게예브나 쉴로프스까야와 만남.

1931년 초 40세 「죽은 혼」의 리허설. 2월 25일 가정을 깨지 말아 달라는 쉴로프스까야 남편의 강력한 요청에 의해 쉴로프스까야와 관계를 끊음. 5월 30일 외국에서 휴식을 취할 수 있게 해달라는 요청을 담은 편지를 스딸린에게 보내지만 응답을 받지 못함. 7월과 8월 희곡 「아담과 이브Adam i Eva」와 「몰리에르」에 대한 작업에 들어감. 8월 22일 「아담과 이브」 완성. 희곡을 레닌그라드의 붉은 극장과 바흐딴고프 극장의 감독부에서 읽음. 10월 3일 희곡 「몰리에르」를 공연 위원회에서 허락함. 가을 모스끄바 예술 극장에서 「몰리에르」를 올리기로 약속.

1932년 41세 1월 모스끄바 예술 극장에서 「뚜르빈가의 나날들」을 다시 올리기로 결정. 2월 11일 「뚜르빈가의 나날들」에 대한 총 리허설. 2월 18일 초연이 이루어짐. 3월 14일 레닌그라드 대극장에서 「몰리에르」를 거절했다는 소식이 전해짐. 3월 말 모스끄바 예술 극장에서

「몰리에르」의 리허설이 시작됨. 3월 11일 〈멋진 사람들의 생애〉 시리즈를 위해 몰리에르에 대한 책을 쓰기로 계약 체결. 7월 8월 몰리에르에 대한 책에 착수. 엘레나 세르게예브나 쉴로프스까야와의 서신 교환과 관계가 회복됨. 10월 3일 벨로제르스까야와 이혼. 10월 4일 엘레나 세르게예브나 쉴로프스까야와 결혼. 10월 아내와 레닌그라드에 가 있는 동안 『거장과 마르가리따』에 대한 작업을 다시 시작함. 첫 번째 완성된 편집본에 대한 작업 시작됨(〈대재상Velikii kantsler〉). 11월 25일 모스끄바 예술 극장에서 「몰리에르」의 리허설이 이루어짐. 11월 28일 불가꼬프의 개작에 따라 모스끄바 예술 극장에서 「죽은 혼」의 초연이 이루어짐.

1933년 42세　3월 5일 몰리에르에 대한 소설 작업이 끝남. 〈몰리에르 씨의 생애Zhizn' gospodina de Mol'era〉라는 제목이 붙여짐. 3월 10일 모스끄바 예술 극장에서 희곡 「질주」의 리허설이 재개됨. 4월 몰리에르에 대한 소설에 대해 출판사가 부정적인 평가를 하고, 불가꼬프가 책을 넘기기를 거절함. 4월 29일 희곡 「질주」에 대해 모스끄바 예술 극장과 새로운 계약을 함. 5월 6월 레닌그라드 뮤직홀에서 희곡 「지복」에 대해 계약하고 작업에 들어감. 여름 희곡 「질주」의 새로운 편집에 들어감. 11월 9일 「질주」의 대한 새로운 편집본 완성. 11월 『거장과 마르가리따』의 37장 506쪽의 분량에 달하는 원고 완성(〈대재상〉). 11월 29일 모스끄바 예술 극장 감독부가 극장 상연 계획에서 「질주」를 제외시킴. 12월 9일 찰스 디킨스의 소설 『피크윅 클럽의 기록』을 각색한 연극에서 재판장 역할을 맡아 처음으로 무대에 섬. 12월 23일 모스끄바 예술 극장에서 희곡 「몰리에르」를 읽음. 12월 25일 희곡 리허설이 다시 시작됨.

1934년 43세　1월 모스끄바 예술 극장에서 「뚜르빈가의 나날들」을 공연하기로 결정. 2월 레닌그라드에서 온 아흐마또바와 만남. 4월 예누끼제에게 두 달에 걸친 해외 휴가를 요청함. 5월 29일 소비에뜨 작가 동맹에 가입 신청서를 냄(6월 4일에 가입 허락됨). 6월 7일 스딸린에게 편지를 씀. 답장을 받지 못함. 6월 20일 모스끄바 예술 극장의 레닌그라드 공연 시 「뚜르빈가의 나날들」 공연 5백 회를 맞음. 7월 12일 『거장과 마르가리따』에 대한 새로운 편집 작업 시작. 여름 「죽은 혼」

의 시나리오 작업에 들어감. 겨울 뿌쉬낀에 대한 희곡 작업 시작. 10월 16일 모스끄바 예술 극장에서 희곡 「몰리에르」에 대한 리허설이 재개됨. 10월 말 『거장과 마르가리따』의 첫 번째 완전한 편집 작업이 완성됨. 12월 17일 뿌쉬낀에 대한 희곡과 관련하여 바흐딴고프 극장과 계약 체결.

1935년 44세   겨울 뿌쉬낀에 대한 희곡에 대한 작업을 지속함. 「죽은 혼」과 「검찰관Revizor」의 시나리오 작업도 지속. 2월 4월 스따니슬라프스끼가 참석한 가운데 「몰리에르」의 리허설이 시작됨. 3월 26일 뿌쉬낀에 대한 희곡 작업이 다시 시작됨. 4월 7일과 13일 모스끄바에 온 아흐마또바와 만남. 4월 8일 뜨레네프Trenev의 집에서 빠스쩨르나끄Pasternak와 만남. 4월 22일 「몰리에르」를 수정하라는 요구를 거절하는 편지를 스따니슬라프스끼에게 보냄. 그의 답변 수용됨. 4월 23일 미국 대사관의 연회 방문. 이 연회는 『거장과 마르가리따』에 나오는 사탄의 위대한 무도회의 묘사에 반영됨. 5월 7일 희곡 「이반 바실리예비치Ivan Vasil'evich」의 일부를 풍자 극장의 배우들에게 읽어 줌. 6월 2일과 18일 뿌쉬낀에 대한 희곡을 바흐딴고프 극장 배우들에게 읽어 줌. 9월 9일 뿌쉬낀에 대한 희곡 작업 완성. 9월 30일 「이반 바실리예비치」 희곡 완성. 10월 2일 풍자 극장 배우들에게 희곡을 읽힘. 10월 29일 「이반 바실리예비치」의 무대화가 허락됨. 10월 체포된 남편과 아들의 석방을 위해 애쓰는 아흐마또바를 도움. 연말 모스끄바 예술 극장에서 「몰리에르」의 리허설이 지속됨.

1936년 45세   2월 모스끄바 예술 극장에서 「몰리에르」의 총 리허설과 비공개 심사가 이루어짐. 2월 6일 불가꼬프가 스딸린에게 편지를 쓰기로 결심. 2월 16일 「몰리에르」의 초연이 이루어짐. 3월 9일 신문 「프라브다Pravda」에 「몰리에르」에 대해 〈외적 화려함과 거짓된 내용Vneshnii blesk i fal'shivoe soderzhanie〉이라는 제목의 사설이 실림. 이후 공연 취소됨. 3월 16일 신문 「소비에뜨 예술Sovetskoe iskusstvo」에 모스끄바 예술 극장 배우 M. M. 얀쉰M. M. Ianshin의 희곡 「몰리에르」에 대한 사설 〈교훈적인 실패Pouchite'lnaia neudacha〉가 실림. 5월 13일 풍자 극장에서 「이반 바실리예비치」 공연의 비공개 총 리허설이 이루어짐. 6월 말과 7월 『거장과 마르가리따』 소설의 기본 텍스트에 수정을 가

한 마지막 노트 작업에 들어감. 「마지막 비상」 장이 쓰임. 9월 15일 모스끄바 예술 극장에서 해고되고, 볼쇼이 극장 리브레토 작가이자 고문으로 일하게 됨. 11월 26일 「고인의 기록」에 대한 작업에 돌입.

1936년 말~1937년 초 45~46세　5장까지만 진행된 소설의 네 번째 편집 작업이 시작됨.

1937년 46세　겨울 희곡 「알렉산드르 뿌쉬낀 Aleksandr Pushkin」이 금지됨. 3~9월 몇몇 리브레토를 집필함(「흑해 Chernoe more」, 「미닌과 뽀자르스끼 Minin i Pozharskii」, 「뾰뜨르 대제 Petr Velikii」). 4~5월 「고인의 기록」의 몇 장을 친구들에게 낭독해 줌. 가을 「고인의 기록」에 대한 작업을 그만둠. 11월 『거장과 마르가리따』에 대한 최종 편집에 들어감.

1938년 47세　겨울과 봄 『거장과 마르가리따』에 대해 집중적으로 작업. 친구들에게 소설의 일부를 낭독해 줌. 5월 22일과 23일 『거장과 마르가리따』의 마지막 편집을 끝냄. 5월 27일~6월 24일 소설을 타자로 치고 수정함. 6월 25일 엘레나 세르게예브나가 아들과 함께 쉬고 있는 레베잔으로 한 달간 쉬러 감. 8월 『돈키호테』를 희곡으로 개작. 9월 〈목자 Pastyr'〉라는 가제목의 희곡 작품에 대한 작업을 시작. 훗날 「바뚬 Batum」이라는 제목을 붙임. 9월 19일 소설 『거장과 마르가리따』의 타자본에 대한 수정 시작. 연말까지 『거장과 마르가리따』에 대한 작업을 지속.

1939년 48세　4월 26일~5월 14일 친구들에게 『거장과 마르가리따』 전문을 낭독해 줌. 5월 14일 『거장과 마르가리따』의 에필로그 완성. 7월 2일 희곡 「바뚬」을 모스끄바 예술 극장 단원들에게 읽어 줌. 7월 희곡 작업을 완성하고 모스끄바 예술 극장 감독부에 넘김. 8월 14일 「바뚬」에 대한 작업을 위해 모스끄바 예술 극장 스텝들과 아내와 함께 그루지야로 떠났다가 희곡 공연이 취소되었다는 소식을 기차에서 듣고 모스끄바로 돌아옴. 급격한 시력의 저하를 느낌. 9월 두 번째로 급격한 시력의 저하를 느낌. 불가꼬프의 건강이 악화됨. 혈압성 신장 경화라는 진단을 받음. 10월 4일 시력 감퇴로 인해 엘레나 세르게예브나에게 『거장과 마르가리따』의 수정 사항을 받아 적게 함. 이 작업은 죽음이 임박할 때까지 계속됨.

1940년 ^{49세} 2월 13일 마지막으로 엘레나 세르게예브나에게 『거장과 마르가리따』의 수정 사항을 받아 적게 함. 3월 10일 오후 4시 39분 미하일 아파나시예비치 불가꼬프 사망. 3월 11일 작가 동맹 건물에서 시민장이 치러짐. 3월 12일 화장되어 모스끄바 노보제비치 사원에 안장됨.

열린책들 세계문학 076 거장과 마르가리따 하

옮긴이 홍대화 1965년 서울에서 태어나 고려대학교 노어노문학과를 졸업했으며, 동 대학원에서 석사 학위를 받았다. 러시아 상뜨뻬쩨르부르그 대학교에서 문학 박사 학위를 받았으며, 현재 경남대학교 인문과학연구소 연구전임강사로 있다. 논문으로 「보리스 빠스쩨르나끄의 소설 『의사 지바고』의 구성과 상징 체계」, 「도스또예프스끼의 작품에 드러난 인간의 죄의 문제」 등이 있으며, 저서 『혼자 배우는 러시아 어』(1995), 역서로 『러시아 희곡 1』(1998, 공역), 도스또예프스끼의 『죄와 벌』(전2권) 등이 있다.

지은이 미하일 불가꼬프 **옮긴이** 홍대화 **발행인** 홍지웅·홍예빈
발행처 주식회사 열린책들 **주소** 경기도 파주시 문발로 253 파주출판도시
전화 031-955-4000 **팩스** 031-955-4004 **홈페이지** www.openbooks.co.kr
Copyright (C) 주식회사 열린책들, 2008, 2009, *Printed in Korea.*
ISBN 978-89-329-0993-6 04890 **ISBN** 978-89-329-1499-2 (세트)
발행일 2008년 11월 30일 보급판 1쇄 2009년 12월 20일 세계문학판 1쇄 2019년 3월 1일 세계문학판 2쇄

이 도서의 국립중앙도서관 출판예정도서목록(CIP)은 서지정보유통지원시스템 홈페이지(http://seoji.nl.go.kr)와 국가자료공동목록시스템(http://www.nl.go.kr/kolisnet)에서 이용하실 수 있습니다.(CIP제어번호 : CIP2009003502)

열린책들 세계문학
Open Books World Literature

각 권 8,800~15,800원